KNAUR

ANDREAS
DUTTER

NEVER KISS A VILLAIN

Love Studies

Roman

Besuchen Sie uns im Internet:
www.droemer-knaur.de

Originalausgabe Mai 2024
© 2024 Knaur Verlag
Ein Imprint der Verlagsgruppe
Droemer Knaur GmbH & Co. KG, München
Alle Rechte vorbehalten. Das Werk darf – auch teilweise –
nur mit Genehmigung des Verlags wiedergegeben werden.
Die Nutzung unserer Werke für Text- und Data-Mining
im Sinne von § 44b UrhG behalten wir uns explizit vor.
Redaktion: Anika Beer
Covergestaltung: SO YEAH DESIGN, Gabi Braun
Coverabbildung: © Collage unter Verwendung
von Motiven von Shutterstock.com
Abbildung im Innenteil: surachet khamsuk / Shutterstock.com (Glitzer),
Kate ZavaArt / Shutterstock.com (Ornament)
Satz und Layout: Adobe InDesign im Verlag
Druck und Bindung: CPI books GmbH, Leck
ISBN 978-3-426-44672-0

2   4   5   3

Für all die queeren Menschen, die aufgrund ihrer Queerness Gewalt (sei es physisch oder mental) erfahren haben oder gestorben sind. Für all die Menschen, die sich dennoch dieser Gefahr aussetzen und öffentlich für Gleichberechtigung kämpfen. Für alle, die sich noch nicht sicher genug fühlen, um sie selbst zu sein. Für alle Allys.

Bei manchen Menschen lösen bestimmte Themen ungewollte Reaktionen aus. Deshalb findet ihr am Ende des Buches eine Liste mit sensiblen Inhalten.

The Glasgow Gazette

Professor verstirbt in Unibibliothek

Die Studierenden an der University of Glasgow starren die Blumenkränze, Kerzen und Bilder ihres Professors Francesco Romeo Segreto an. Viele betiteln ihn als Lieblingsprofessor. Seine Kollegschaft beschreibt ihn wie folgt: aufopferungsvoll und blitzgescheit.
Seine Aufopferungsbereitschaft darf die University of Glasgow selbst nach seinem Tod noch spüren, denn in seinem Testament hat Professor Segreto auch die Universität bedacht.
Francesco Romeo Segreto hat sich zeit seines Lebens nicht nur als Historiker einen Namen gemacht. Er wird selbst in die Geschichte eingehen. Nicht wegen seines Todes an seinem Lieblingsort, der Unibibliothek, angeblich Schlaganfall. Er hat mit seinem Wissen nicht nur im Fernsehen als Historiker Antworten gegeben, sondern in vielen Demos, Reden und Projekten immer wieder sein Gesicht gezeigt und die Menschen daran erinnert, wie wichtig es ist, aus der Geschichte zu lernen. Und ganz im Sinne dieses Leitsatzes vererbt er der Universität einen Großteil seines Vermögens, da Wissen für ihn stets das höchste Gut gewesen ist.
So steht es im Testament.
Segreto hat nicht nur für die Universität, sondern auch für die Stadt Glasgow einiges erreicht. Angefangen mit seinen Errungenschaften für die historischen Museen der Stadt bis hin zu seiner viral gegangenen Rede.
Wie sein Erbe exakt verteilt werden wird, ist nicht bekannt.

Doch wie heißt es so schön? Des einen Freud ist des anderen Leid. Denn: Sosehr sich die Universität auf das Erbe freut, es gibt da den Sohn des Professors. Ob Massimiliano Segreto – in der Stadt besser bekannt als Party-Miliano Scandalo – diesen Verlust einfach hinnehmen wird? Wir werden berichten.

Kapitel 1

Quentin

Ich lehnte mich gegen die Scheibe meines Fensters. Des einzigen Fensters in meiner Wohnung. Es brachte kaum Abkühlung. Denn genau heute musste sich Glasgow dazu entscheiden, uns einen sonnigen, schottischen Tag zu bescheren. Hallo, aufgeheiztes Fenster, bye, Kühle. Okay, das Wetter entschied nicht die Stadt selbst, aber wer interessierte sich schon für Meteorologie? Ich wollte jetzt auf sie sauer sein – die Stadt –, also war ich das auch.

Der feuchte Lappen, den ich mir in den Nacken gedrückt hatte, fühlte sich auch nicht mehr kalt, sondern wie ein lauwarmer Brei an. Danke, Glasgow, dass du heute nicht mal kalt bleiben konntest.

Wieder huschten meine Augen zum Zeitungsartikel vor mir auf dem breiten Fensterbrett.

Verschwommen. Scharf. Verschwommen. Scharf.

Die Buchstaben vermengten sich zu einer tintenschwarzen Schlange. Eine Sekunde später brannten sie sich wieder glasklar in meinen Kopf. Dort hinterließen sie einen Abdruck für die Ewigkeit.

Wieder änderte sich nichts an dem Bericht. Ich überflog ihn täglich, um meinem Gehirn zu sagen: »Du hast dich nicht geirrt. Es ist kein schlechter, extrem makabrer Scherz. Keine Verwechslung.« Trotzdem konnte ich es noch nicht begreifen. Nicht nach der Beerdigung. Nicht nach den Zeitungsartikeln.

Professor Francesco Romeo Segreto war gestorben.

Ich blinzelte mich aus der Todesanzeige meines Professors

und legte sie weg, weil mal wieder ein Kopfwehstich durch meinen Nacken hoch in meine Schläfen wanderte.

Beste Idee meines Lebens, mich am Vorabend des einzigen Tages in der Woche, an dem ich nicht zu einem meiner Jobs musste, bis zur Oberkante volllaufen zu lassen. Jetzt konnte ich die freie Zeit weder für meine Uni-Arbeiten nutzen noch mich entspannen. Die Zeit verrann mir zwischen den Fingern, die selbst jetzt noch nach Alkohol rochen, und ich fühlte mich gefangen in einem stickigen Raum, der mein drückendes Unbehagen widerspiegelte.

Das Dröhnen meines Laptops zog meine Aufmerksamkeit auf sich, als sich aus irgendeinem Grund der Bildschirm aus dem Ruhemodus einschaltete. Die Lüftung klang, als lüde ich sämtliche geheime Staatsakten jedes Landes der Welt herunter. Oder als öffnete ich gleichzeitig alle Websites meiner Favoritenliste. In meinem Kopf pochten die passenden mahnenden Worte im Rhythmus des blinkenden Cursors: »Schreib. Endlich. Du. Hast. Kein. Geld. Und. Musst. Das. Studium. Beenden. Damit. Du. Dir. Einen. Richtigen. Job. Suchen. Kannst.« Oh, eines fehlte noch. »Du. Esel.«

Daneben stapelte sich der Berg von Mahnungen und Rechnungen wie in einem RomCom-Film, in dem die Protagonistin Geldsorgen hatte. Ich hoffte, bald käme mein unmoralisches Angebot, das ich annehmen musste, um sie zu bezahlen – die vielen Stunden, die ich mit Nebenjobs verbrachte, reichten jedenfalls nicht dafür. In den letzten Wochen hatte ich öfter eine Ärztin aufgesucht, die schon nur noch darauf wartete, dass ich zusammenbrach. Studium, lernen, an der Kasse stehen, Regale einräumen (nicht im selben Laden), Nachhilfe, bei einem Blumenladen aushelfen … Burn-out, hm, ja, ich lief direkt in seine Arme. Ich sollte ihm einen Namen geben. Vielleicht Donald? Donald van Burn-out. Mein Kopf sprang von einem Gedanken zum nächsten, so viel Chaos herrschte in ihm.

Wieder ging ein Stich durch meinen Kopf. Warum müssen Köpfe so wehtun, wenn wir Alkohol trinken? Wieso hatte ich nicht genug Wasser getrunken vorm Schlafengehen? Weshalb hatte ich mich überhaupt mit diesem Dings ... äh, Typen da getroffen? Letzteres verdiente es, dass ich meinen Kopf ein wenig von der Fensterscheibe hob und ihn wieder dagegenknallen ließ.

»Aua!«

Mein Blick fiel wieder auf den Zeitungsartikel.

Segreto war nicht mehr da. Segreto, der mir trotz allem nie angeboten hatte, ihn beim Vornamen zu nennen. Aber irgendwie klang es auch edler, ihn Segreto zu nennen. Niemand war mehr da. Als Vollwaise hatte ich irgendwann begonnen, mein Herz zu verschließen, und vor Professor Segreto war ich der Meinung gewesen, mich an mein Vorhaben halten zu können.

Quentins Herz ≠ Ort für Liebe.

Aber Segreto ... Segreto hatte diesen Strich durch das Gleichzeichen wegradiert. Okay, das klang, als wäre da was gelaufen. Das ist es nicht. Er hatte mich in seinen Vorlesungen entdeckt, mein Gespür oder meinen Hang oder – ach, keine Ahnung, was das passende Wort dafür war. Segreto. Der hätte das passende Wort gefunden. Vielleicht ... Hingabe! Ja. Hingabe war gut. Der meine Hingabe zur Geschichte entdeckt und gefördert hatte. Wir teilten diese Leidenschaft zur Geschichte sowie Philosophie, und er war zu ... Ja, was? War es vermessen zu sagen, er war zu einer Vaterfigur geworden? Ohne Vaterkomplex oder Liebelei mit einem älteren Professor. Ich wusste ja nicht einmal, was ein Vater war. So auf der emotionalen Ebene. Aber er kam meiner Vorstellung eines Dads nahe.

Ich überflog den Artikel erneut und blieb wieder bei Segretos Sohn hängen. Mein erster Gedanke? Ob Segreto mich oder seinen Sohn lieber mochte. Unangebracht und absurd. Selbstverständlich mochte er seinen Sohn lieber als mich. Ob er mich mal erwähnt hatte?

Wie sein Sohn wohl aussah? Okay, Schluss. Der One-Night-Stand-Fehler von gestern reichte für die nächsten Jahrhunderte. Was war denn aus meinem Schwur geworden: Keinen Sex mehr, nur um mein Selbstwertgefühl zu steigern? Natürlich schon, wenn ich es wollte und darauf Lust hatte, aber nicht mehr lediglich aus dem Grund, weil ich dachte, wenn ich mit diesem beliebten Typen Sex hätte, würde das auch mich besser machen. Ich wusste doch eigentlich, dass es nicht langfristig half. Sucht war nie ein Hilfsmittel. Hatte die Geschichte etwa jemals etwas anderes erzählt? Nope. Ich würde ja einen tollen Historiker abgeben.

Nein, keine Selbstwert-pushenden Dates mehr mit irgendwelchen heißen Typen in creepy Hinterzimmern, bei denen ich mich hinterher besser an die schmierigen Vorhänge erinnerte als an den Namen meines Lovers. Und schon gar keine mit dem *Sohn* meines verstorbenen Doktorvaters. Auch nicht als Fantasie.

Ich konnte die Einsamkeit in meinem Herzen nicht füllen, indem ich, na ja, andere Stellen in meinem Körper oder die Körper anderer füllte.

Mein Handy vibrierte neben mir auf dem Fenstersims. »Oh, danke. Ablenkung, das brauche ich jetzt.« Weg mit den Gedanken an Danielos – ah, das war sein Name gewesen! – verschwitzten Schoß und seinen etwas zu festen Biss in mein Ohrläppchen.

Erleichtert entsperrte ich mein Handy. Was nicht so einfach war. Mein Handy hatte die besten Jahre längst hinter sich. Ich durfte so gut wie keine Bilder oder andere Daten in meinem Speicher mehr haben, damit es nicht heiß lief. Wenn ich meine Geschichtsvideos machte ... Nun ja, sagen wir so: Es war gefährlich.

Toll.
Spam-Mail.

Haben Sie Probleme, Sexpartner in Ihrer Umgebung zu finden? Dann ...

»Nein!«, schrie ich meinem Handy entgegen – da entdeckte ich darunter eine Mail von gestern Abend. Die hatte ich ja gar nicht geöffnet.
Die Uni?

Lieber Mister Wallace,

wir alle trauern noch. Der Verlust unseres sehr geehrten, überaus geschätzten Professors Francesco Romeo Segreto, der die Universität Glasgow nicht nur bereichert hat, sondern ihr ...

Blablablabla. War das eine Rundmail an alle? Ich konnte gerade einfach nichts von Segreto lesen. Es schmerzte zu sehr. Vor allem, wenn es sich nur um leere Worthülsen handelte. Selbst auf der Beerdigung hatte nur ein Pressesprecher der Universität gesprochen und dabei kein einziges Wort darüber verloren, wie und wer Segreto wirklich gewesen war. War sein Sohn überhaupt da gewesen? Ich konnte es gar nicht sagen, so sehr hatte ich neben mir gestanden.
Da ich mich lieber über Rundmails als über mich ärgerte, las ich weiter. Der Text ging generisch weiter. Dann noch Aufzählungen seiner wichtigsten Publikationen und ... Moment, was war das? Mit dem Rücken meines Zeigefingers schob ich meine Brille hoch.

> Deshalb melden wir uns heute bei Ihnen, Mister Quentin Wallace, um Sie darüber zu informieren, dass Sie eingeladen wurden, einer Testamentsverlesung mit dem Anwalt der Familie Segreto, Doktor Sharma, beizuwohnen. Diese findet, wie von Professor Segreto gewünscht, für alle Studierenden in der Universitätsbibliothek statt. Wo genau, finden Sie im Anhang.

Das fand ich eine nette Geste. Sie wollten wohl für die Transparenz öffentlich verkünden, wofür die Gelder von Segreto verwendet werden sollten. Es freute mich, dass ich als einer von Segretos Top-Studenten eine persönliche Einladung bekommen hatte, um mir das anzuhören. Ich strich über seinen Namen in der Mail, und der Bildschirm dankte es mir mit einem Hochscrollen bis zum Anfang. Seufzend wischte ich mich wieder nach unten.

> Wie Sie sicherlich wissen, hat Professor Segreto sein Leben der Universität und der Geschichte gewidmet. Deshalb wollte er auch nach seinem Tod sichergehen, dass Menschen mit seiner Leidenschaft die Welt da draußen nicht vergessen lassen, dass …

»… die Geschichte sich so oft in unserem Leben wiederholt und wir, statt ständig weiterzuwachsen, oft Rückschritte machen«, ergänzte ich den ikonischen Ausspruch wie automatisch. Ich hatte ihn so oft von meinem ehemaligen Professor gehört, dass ich gar nicht anders konnte. Wobei Segreto das nie als gegebenen Fakt sah. Für ihn war es eher eine Mahnung. Dass die Geschichte sich wiederholte, wenn wir als Menschen das nicht einsahen und uns änderten. Geschichte müsste sich nicht wiederholen, lernten wir alle mehrheitlich aus unseren Fehlern.

Es tut uns leid, dass der Termin so kurzfristig zustande kommt. Bei uns hat sich leider ein administrativer Fehler eingeschlichen. Wir hoffen, dass Sie es dennoch möglich machen können, sich zu der Verlesung einzufinden, die am …

Ich überflog die restlichen Worte und sprang auf.

»Woah!« Keine gute Idee, mit Schwindel irgendetwas schnell zu machen.

Aber der Termin war in nicht mal einer Stunde!

Mit meinen Zeigefingern massierte ich meine Schläfen und stellte mich vor den schmalen Ganzkörperspiegel an der Wand neben meinem Fenster.

Konnte ich so gehen?

Also natürlich nicht *so*, nur in schwarzen, eng anliegenden Shorts. Aber mit diesem Gesicht? Mit den verquollenen Augen unter meiner Brille? Ich wuschelte durch die dunkelsten dunkelbraunen Haare der Welt und entschied, dass das reichen musste.

Kapitel 2

Quentin

Die gläserne Fassade des stattlichen Bibliothekskomplexes empfing mich, als ich die Tür durchschritt. Über dem Eingang prangte das Schild der University Library, dessen Design an ein U-Bahn-Schild erinnerte. Im Inneren herrschte eine angenehme Ruhe. Meine Studenten-ID griffbereit, schritt ich durch das Drehkreuz. Im Aufzug nach oben hatte ich das Gefühl, die blauen Lichter um die runden Knöpfe starrten mich wie Roboteraugen an. Als ahnten sie, warum ich hier war. Ich drückte den Knopf. Ein Ruck schüttelte mich durch, und wir sausten in die Höhe.

Die Türen glitten auf, und ich folgte dem Flur, bis ich den Raum mit der passenden Zimmernummer erreichte und anklopfte. Dahinter hörte ich quietschende Stühle, Räuspern und ein Sorry. Daraufhin öffnete sich langsam die Tür, und ein Mann mit dunkelblauer Krawatte lugte hervor.

»Guten Tag, Sie sind Mister Wallace?«

»Ja, der bin ich.« Wow. Hatte mich Segreto so sehr gemocht? Hatte er so viel über mich erzählt, dass mich alle sofort erkannten? Da fühlte ich mich gleich wie ein Star. Das war … Das …

»Schön, dass Sie da sind. Ich bin Doktor Sharma, der Anwalt von Professor Segreto. Sie sind der Letzte auf der Liste.«

Das war extrem peinlich. Er kannte mich nur, weil ich der Letzte war, der noch fehlte. Nicht weil ich so wichtig war. Was hatte ich mir nur gedacht?

»Freut mich, tut mir leid, dass ich zu spät komme. Mein … Taxi hat einen Platten gehabt.« Das stimmte gar nicht, aber ich hatte den Drang, mich in einem guten Licht zu präsentieren. Leider war das kein Einzelfall. Mir war es so wichtig, von Leuten gemocht zu werden, dass ich seit meiner Kindheit zu kleinen Notlügen griff, um besser dazustehen. Wie auch jetzt. Vielleicht war das auch so ein Heimkinder-Ding. Früher hatten wir uns alle Geschichten überlegt, warum unsere Eltern uns nicht wollten. Wir wussten alle, sie waren gelogen, aber dennoch hatten alle mitgespielt à la »Wow, dein Dad ist ein Superheld und kämpft auf dem Mars für das Universum? Wie krass …«

Doktor Sharma öffnete die Tür weiter, und ich schlüpfte zwischen ihm und dem Rahmen hinein. »Kein Problem. Tut mir leid für die Unannehmlichkeiten.«

»Danke, alles gut.« In dem kleinen Raum saßen einige Leute eng beieinander auf einer dunkelgrünen Couch in U-Form. Selbstverständlich starrten sie alle den Zuspätkommer an. Mich.

»Schön, dann sind wir vollzählig.« Professor Kiprotich, der eng mit Segreto gearbeitet hatte, kratzte sich verlegen an der Glatze und deutete mit seiner Hand auf den freien Platz auf der Couch direkt vor ihm.

Doktor Sharma saß bei Professor Kiprotich, dazwischen ein Kerl, den ich erst jetzt bemerkte. Sie saßen hinter dem Schreibtisch wie eine Jury. Merkwürdig. Der Typ zwischen Sharma und Kiprotich erinnerte mich an jemanden. Warum fand das Treffen jetzt doch in diesem Büro und in kleinem Kreise statt? Sollten nicht alle erfahren, wofür sie die Gelder verwenden würden?

»Schön, dass Sie nun alle anwesend sind. Neben mir sitzt der Sohn unseres verstorbenen, allseits geschätzten Professor Segreto. Massimiliano Segreto.« Die Ankündigung von Kiprotich wirkte kühl.

»Hey.« Seine Begrüßung klang eher nach einem brummenden Hund, der kein Leckerli bekommen hatte. Woher kannte ich ihn? Dann sah er mich an, und seine Augen weiteten sich. Nur für einen Moment, dann wandte er den Blick schnell ab.

Genau wie es auch Professor Segreto getan hat, sobald ihm Mittel für neue Bücher gekürzt worden waren, dachte ich.

An ihn erinnerte dieser Typ mich also. An Segreto selbst. Die treuen Augen. Diese treuen, hellbraunen Augen. Zumindest mit Fantasie und wenn ich den Rest seiner Mimik ausblendete.

»Mister Segreto hat sich entschlossen, seinen Thailand-Trip für uns zu verschieben, um Sie kennenzulernen.« Wie ich diesen Seitenhieb von Segretos Anwalt liebte.

Massimiliano war also eine sonnengebräunte Schlange mit vom Meerwasser verwuschelten Chaoshaaren. Statt zu antworten, streckte er sein Kinn vor und fuhr mit den Fingern über seinen Dreitagebart, als wollte er damit verhindern, dass ihm unbedacht etwas Unkluges entwich. Schließlich, nach einem Moment der Stille, sagte er leise: »Sehr gerne.«

»Warum sind wir nun hier?« Macy Gumede, eine junge Frau, die letztens einen Vortrag über veraltete Bücher im Lehrplan in Bezug auf trans Personen gehalten hatte. Ihr Charisma auf der Bühne hatte alle eingenommen, so sehr, dass einige Lehrkräfte sich dazu entschieden hatten, ihre Literaturvorschläge anzunehmen, noch bevor dies von oberster Stelle abgesegnet worden war.

»Genau darauf wollte ich nun zu sprechen kommen, Miss Gumede.« Professor Kiprotich drückte seine Finger an den Kuppen aneinander und spreizte sie ein wenig. »Wir wollen Ihre Zeit auch nicht zu lange beanspruchen, es ist nur, nun, wie sage ich das. Eine solche Situation haben wir noch nicht gehabt. Der Universität sind selbstredend schon mal einige Erbschaftsanteile oder Spenden zugekommen. Doch dieses Mal ist es … anders.« Anders? Was meinte er damit? Die Stimme des Professors blieb ruhig. Sie war tief, weich, ein wenig wie eine Hörbuchstimme. Trotzdem schaffte sie es, dass sich nach dem letzten Satz alle Studierenden im Raum aufrichteten. Worum ging es hier eigentlich? Verteilte er nun ein paar Aufgaben für die richtige Veranstaltung, in der sie erzählten, wofür die Gelder verwendet werden sollten?

Ich beugte mich vor. Näher zu ihm. Wollte nichts verpassen.

Der Professor wandte sich zum Anwalt. Beide warfen sich mehrere flüchtige Blicke zu. Jedes Mal, wenn sie aufeinandertrafen, legten sich ihre Stirnen mehr in Falten.

»Das kann Ihnen Doktor Sharma besser erklären.« Mit einer bedeutungsvollen, langsamen Geste richtete er das Wort an ihn.

In der Mitte zwischen ihnen: Massimiliano. Er rutschte etwas tiefer in den Stuhl und legte die Spitze seines kleinen Fingers an seine Unterlippe. Nach und nach schossen mir die Erinnerungen an den Typen von gestern Nacht in den Kopf.

Schluss damit.

Keine. Selbstwert-Dates. Mit. Dem. Sohn. Meines. Toten. Doktorvaters! *Auch nicht im Kopf!!*

»Worauf Ihr Professor hinauswill, ist, dass Professor Segreto nicht nur eine große Summe an die Universität gespendet hat.« Mehrfach linste der Anwalt auf seine Papiere.

»Sondern?« Ein Typ hinten, am unteren Ende der U-Form, meldete sich zu Wort. Dabei zupfte er seinen schwarzen Rollkragenpullover am Nacken zurecht und strich sich danach über die pastellrosa Haare. »Warum so geheimnisvoll?«

»Professor Segreto hat sich dazu entschlossen, sein geliebtes Obsidian Hill Cottage am Rande Glasgows beim Possil-Loch-See als Wohnsitz an Studierende zu vergeben, die aktuell an ihrer Promotion arbeiten. Die idyllische Lage und die Abgeschiedenheit sollen ihnen helfen, sich mit voller Konzentration ihrer Arbeit zu widmen, und sie darüber hinaus finanziell entlasten. Dabei ist es ihm ein Anliegen gewesen, dass die ausgewählten

Personen dasselbe Engagement für die Universität an den Tag legen, wie auch er ...«

Massimiliano stieß ein »Pff« aus und verschränkte die Hände hinter seinem Kopf. Und als er mit den Händen einmal kurz seine Haare nach vorn strich, schoss es mir wie ein Blitz durch den Kopf. Wie bei dem Dingsbums von gestern Nacht ... ah! Danielo. Als er seine Kapuze aufhatte. Moment. Das ... Das war Danielo von gestern Nacht?! Beziehungsweise war Danielo Massimiliano. Das konnte doch nicht wahr sein, oder? Ich guckte zu seinen Händen. Diese großen Hände, die meinen Hintern – Ach, du ... Hatte Massimiliano mich deshalb so angesehen? Hatte er mich erkannt? Wir beide hatten – offensichtlich – nicht unsere echten Namen benutzt, waren stockbetrunken, und es war dunkel gewesen, vielleicht checkte er es genauso wenig wie ich im ersten Moment ...

Doktor Sharma räusperte sich, und ich zwang mich, meine Aufmerksamkeit wieder ihm zuzuwenden. »... wie auch er sein Leben der Universität gewidmet hat.« Ein mahnender Seitenblick zu Massimiliano folgte. Dieser hob einen Moment beide Augenbrauen und sah weg. »Außerdem, und das möchte ich ebenfalls betonen, sollen diese beiden Plätze an zwei Studierende gehen, die es finanziell gesehen nötig haben.«

Verstand ich das richtig? Wir wurden zu dieser Testamentsverlesung eingeladen, weil *wir* etwas bekommen sollten?

Die Stimmung wurde unruhig, und bevor jemand unterbrechen konnte, fuhr er fort. »Falls nun die Frage aufkommt, warum wir nicht nur jene beiden eingeladen haben: Professor Segreto war es wichtig, dass mehrere Studierende, die ihn in den letzten Semestern beeindruckt haben, eingeladen werden. Wir haben für alle, die nicht von ihm ausgewählt wurden, Briefe, die Professor Segretos Bewunderung ausdrücken. Doch nicht nur das. Sie sind alle hier, weil Segreto große Stücke auf Sie gehalten hat und weil Sie alle dazu eingeladen sind, sich in den kommenden Semestern auf einen Wohnsitz im Cottage zu bewerben. Denn für Professor Segreto ist es wichtig, dass Lernende gefördert werden. Nur für die jetzige erste Runde sind die beiden Plätze bereits vergeben.«

»Die Chance auf einen Platz?«, meldete sich Bram Toohey zu Wort und fuhr durch seine kurzen blonden Haare. Ich kannte ihn von ein paar Erweiterungsseminaren in Geschichte, die er vor zwei oder drei Semestern belegt hatte. Inzwischen schrieb er offenbar ebenfalls an seiner Doktorarbeit in Geografie. »Na, da bin ich jetzt gespannt.« Er verschränkte seine Arme, was seine trainierten Oberarme zur Geltung brachte, und hob seine Augenbrauen. Gleich danach sah er von Doktor Sharma zu mir und zwinkerte mir zu. »Oder?«

Etwas perplex zuckte ich nur mit den Schultern und merkte, wie mir heiß wurde.

»Mein Dad liebte solche Auftritte und Leute gegeneinander aufzuhetzen«, sagte Massimiliano und erntete dafür entsetzte Blicke von Kiprotich, Sharma und mir. Wie konnte er so über seinen Vater sprechen, der all das ermöglichte?

»Hört sich nach einem vorbildlichen Vater an.« Der Sarkasmus triefte aus Brams Worten, aber seltsamerweise schien Massimo das zu gefallen. Am liebsten hätte ich etwas gesagt, doch ich wollte nicht auffallen und behielt meinen Unmut für mich.

Doktor Sharma fuhr mit seinem Finger über das Papier und sah nur kurz auf. »Ähm, also. Es war so der Wunsch von Professor Segreto. Aber das mit dem Cottage ist nicht alles. Professor Segreto hinterlässt den ersten beiden Studierenden im Obsidian Hill Cottage ein Vermögen. Also den zweien, die er für dieses erste Stipendium ausgewählt hat. Die Jahre danach liegt es in der Hand der Universität, wer die Plätze im Cottage bekommt, dann natürlich ohne zusätzliches Erbe oder andere finanzielle Stipendien.«

»Was denn für ein Vermögen?« Bram Toohey wiederholte

das Wort, und ich war mir nun sicher, es mir nicht eingebildet zu haben. Ja, verdammt noch mal, was für ein Vermögen?

Doktor Sharma holte Luft. »Die ersten beiden dieses Jahr haben die Chance auf ein Vermögen von dreihunderttausend Pfund, wenn sie ihre Doktorarbeit in der von Professor Segreto vorgegebenen Frist bis Anfang September abgeben. Die genauen Daten bekommen Sie per Mail. Professor Segreto hat, für den Fall seines Ablebens, genau vorgegeben, wie viele Wochen nach der Testamentsverlesung Sie Zeit haben.« Wenn Segreto das alles so genau festgelegt hatte, musste er gewusst haben, dass er nicht mehr lange zu leben hatte. Traurig, dass er das mit sich selbst ausgemacht hatte.

»Dreihundernsnd?« Das Wort quietschte der Rollenkragentyp am hinteren Ende der Couch blitzschnell hervor und verschluckte dabei in seinem Schock die letzten Buchstaben.

War das mein unmoralisches RomCom-Geldangebot, das ich nicht ausschlagen konnte, falls ich es bekam? Shiiiit.

Wir guckten uns alle an. Stillschweigend versicherten wir uns, alle dasselbe vernommen zu haben.

»Ganz konkret haben entweder beide, einer von ihnen oder niemand die Chance auf das Erbe. Schaffen es beide bis zum Schluss, teilen sie sich das Erbe, schafft es einer, bekommt es diese Person, schaffen es beide nicht, geht alles an Professor Segretos Sohn zurück.«

Massimiliano kommentierte das mit einem unnötig langen Luftausstoßen. Er hatte wahrlich kein Gesicht, das seine Emotionen verbergen konnte. Genau diese unbändigen Emotionen hatten mich mit ihm im Bett beinahe zum Durchdrehen gebracht. Mist. Wie konnte das nur passieren?

Ich schluckte. Schluckte meine Fassungslosigkeit, meinen Drang, aufzuspringen und im Kreis zu gehen, und all meine Hoffnungen, die mit dieser Nachricht einhergingen, hinunter. Noch nie in meinem ganzen Leben war ich so nahe an so einer

Summe gewesen. Niemals hätte ich gedacht, mit meinem Hang zur Geschichte und dem Lernen auch nur in Verbindung mit so einer Summe zu stehen. Mir wurde schwindelig. Ich lehnte mich zurück. Beugte mich wieder vor. Stützte meine Ellbogen an meinen Oberschenkeln ab. Nahm sie wieder runter. Knetete meine Hände durch. Ich musste die Fassung bewahren.

Wenn ich eines nicht wollte, dann, zu bedürftig zu wirken. Aber das war ich. Sehr sogar. Die Regale mit den unzähligen Mappen und Postern von Uni-Festen verschwammen vor mir, verzerrten sich, bis ich mich wieder in die Klarheit zurückblinzelte. So klar, wie es mit meiner Sehschwäche ging.

»Aber wie wurde das entschieden?« Stimmt, daran hatte ich noch nicht gedacht. Nastja Robnik allerdings schon. Sie studierte ein Semester weniger hier als ich und schrieb auch schon an ihrer Doktorarbeit.

»Kann ja schon mal verraten, dass ich nichts mitzuentscheiden habe.« Massimiliano schenkte uns ein Giftlächeln. Nach und nach versteinerte seine Miene und verharrte in seinem angepissten Zustand. Bis er mich ansah. Als unsere Blicke sich trafen, wanderten seine Augen einige Sekunden an mir hinab, blieben in meinem Schoß hängen, huschten wieder hoch und dann ... Dann zwinkerte dieser ... dieser ... dieser *Arsch* mir zu. Natürlich erkannte er mich. Mist.

»Da sprechen Sie einen wichtigen Punkt an.« Professor Segretos Anwalt lehnte sich zurück und legte das Papier beiseite.

»Das würde ich aber auch gerne wissen.« Bram Toohey wirkte genauso gereizt, wie ihn alle beschrieben. Er war öfter mal in Prügeleien verwickelt, er war ebenso gefährlich wie intelligent. Ihn mochte und schätzte Segreto auch? Hatte er jemanden von ihnen lieber gehabt als mich?

»Natürlich, Mister Toohey ...«

»Bram reicht«, unterbrach er ihn.

»Also ... Das hat Professor Segreto entschieden. Wie er selbst schrieb: anhand von Leistungen und weil hier mit die jüngsten Doktoratsanwärter und -anwärterinnen der Universität sitzen. Ferner haben Sie alle innerhalb Ihrer Institute Beiträge geleistet, die für die Universität wichtig sind, und nutzen Ihre Studien auch außerhalb, um damit die Werte der Universität zu vertreten. Und Sie alle haben irgendwie mal mit Professor Segreto zusammengearbeitet. Sei es direkt mit ihm als Professor, in anderen Kursen oder in anderen Angelegenheiten, und er ist von Ihnen beeindruckt gewesen.«

»Und wer sind nun die Glücklichen?«, hakte Bram nach. »Und vor allem: Wer bekommt nur diese Briefe und die Chance auf einen Platz im Cottage?« Er setzte sich aufrecht hin und sah dabei kurz zu mir. Lange hielt unser Blickkontakt nicht, und er setzte sich vor an den Rand der Couch.

»Dazu kommen wir jetzt, und ich finde nicht, dass es angemessen ist, sich über Briefe der Wertschätzung und die Aussicht auf einen Platz im Obsidian Hill Cottage von Professor Segreto derartig zu äußern. Schließlich war er nicht verpflichtet, überhaupt etwas der Universität oder deren Studierenden zu vermachen.« Professor Kiprotich nickte dem Anwalt zu, fortzufahren.

»Bei all diesen Punkten gibt es eine Person unter Ihnen, die dabei ganz klar hervorsticht.« *Bitte, lieber Doktor Sharma, sagen Sie meinen Namen* – schickte ich als Stoßgebet ins Universum.

»Mister Cormac Glenn.« Merkwürdig, aus Doktor Sharmas Mund klang Quentin Wallace ganz anders, als ich es gewohnt war. Oh, warte, weil das gar nicht ich war. Shit.

Obwohl ich hier auf dieser Couch, vor allen, meine Fassung bewahren wollte, sackten meine Schultern nach unten. Meine Mimik hatte ich einigermaßen unter Kontrolle, sodass der schmale Strich, zu dem mein Mund geworden war, gerade noch so nach oben ging. Es fühlte sich an, als hob ich zwei Felsen an meinen Mundwinkeln an, damit sie ein wenig Freude zeigten.

Wir alle im Raum suchten nach diesem Cormac. Es war Mister Rollkragenpullover. Sein Mund stand leicht offen, und er deutete auf sich. »I-ich?« Er hob seine Augenbrauen unterschiedlich hoch an, bis eine witzig-verdutzte Welle auf seiner Stirn zu sehen war. »Ich?«, wiederholte er und strich sich eine blassrosa Strähne aus dem Gesicht.

Ich suchte Massimilianos Blick. Er hing ebenfalls an Cormac. Nur konnte ich nicht einschätzen, was er dachte. Bisher war seine Mimik wie ein Stummfilm, die alles sagte, was ich wissen musste. Doch jetzt, was … Was trieb ihn um? Er blinzelte nicht mehr. Seine Augen hingen an Cormac, als versuchte er, in seinen Kopf zu stieren.

»Ja, Mister Glenn. Professor Segreto hat geschrieben …« Doktor Sharma musste nun doch wieder seine Unterlagen fassen. Er murmelte den Text rasch vor sich hin, bis er die Stelle fand. »… dass Sie mit dreiundzwanzig Rekorde brechen, Ihr meteorologisches Wissen und Ihre Forschungen bahnbrechend sind. Sie arbeiten beim lokalen Nachrichtensender, haben Auslandsjahre gemacht, in London im führenden Zentrum, das für die Wetteraufzeichnung in England zuständig ist, geholfen und, und, und. Er schreibt auch, ich soll nicht vor allen auf Ihre Finanzen eingehen, aber Sie sollten sich an all Ihre gemeinsamen Gespräche erinnern.«

Cormacs Brust blähte sich auf. Immer mehr. So tief holte er Luft. Statt etwas zu sagen, nickte er und blies die Luft langsam durch seine Nase raus. »Danke.«

»Beschleunigen wir das etwas.« Professor Kiprotichs Vorschlag klang gut. Vor allem, wenn ich Brams böses Funkeln in den Augen sah, seitdem Cormacs Name gefallen war.

»Bitte«, stimmte Massimiliano zu.

»Selbstverständlich, Professor Kiprotich. Also. In Abstimmung mit den Unterlagen von Professor Segreto ist der zweite Name auf der Liste: Quentin Wallace.«

Kapitel 3

Massimo

Ein paar Sekunden musste ich mich noch zusammenreißen. Ein paar Wege noch entlanglaufen. Dann, aber dann würde ich so was von austicken. Meine Arme verkrampften sich, so viel Überwindung kostete es mich, die Tür hinter mir nicht zuzuknallen. Die Studierenden um mich heizten meine Nerven zusätzlich auf. Sie, mit ihren beschissenen Umhängetaschen, Coffee-to-go-Bechern und Bücher in fester Umarmung vor ihren beigen Outfits umhertragend. Ich stellte mir vor, mit was für einer Bewunderung mein Dad sie jeden Tag auf dem Weg zur nächsten Vorlesung bestaunt hatte. Und wie er im stillen Kämmerlein die Volldeppen ausgewählt hatte, die mein Erbe bekamen. Meines! Ja, ich durfte unser Haus behalten und meinen Pflichtanteil, aber nicht das Familiencottage, und das Vermögen schmerzte auch. Wenn ich mir bloß vorstellte, was damit alles an dringend benötigten Dingen in den Tierheimen angeschafft werden könnte, mit denen ich zusammenarbeitete! Wie viele Hunde es von der Straße retten könnte, statt dass es ein paar selbstgerechten Studierenden in den Rachen gestopft wurde … Ich musste mich bei irgendjemandem abreagieren, also zerrte ich mein Handy aus der Tasche und wischte das Bild von meinem Hund Salaì zur Seite.

> Hey Wlada, bist du in der Stadt? Bräuchte jemanden zum Reden. Wie sieht es heute um 20 Uhr aus? Im *Cilian – biadh glasraichs*?

Ich steckte das Handy wieder weg und stapfte weiter. Früher hatte ich diesen Ort gemocht. Gemeinsam hatten meine Mom und ich Dad hier besucht, wir hatten mit ihm zu Mittag gegessen, und er hatte mir Tausende Geschichten über die Universität von Glasgow erzählt. Ich hatte an seinen Lippen gehangen und mir vorgestellt, wie wir eines Tages gemeinsam die Uni besuchten. Ich als Student und er als Professor.

Nun, das hatte sich nicht so entwickelt wie erhofft. Mit einem gedanklichen Augenrollen kommentierte ich innerlich jeden einzelnen Fakt über die Universität, der mir gerade durch den Kopf schoss. Während ich durch die alten Kreuzgänge des Innenhofs schlenderte und meine Blicke über die gewölbten, offenen Bogengänge und majestätischen Säulen schweifen ließ, spürte ich, wie sich in mir alles zusammenzog. Ich hasste die umherschwebende Präsenz meines Dads und die Erinnerungen an ihn. Warum musste ich überhaupt hier sein? Hatten sie gehofft, ich würde bei der Verlesung den großzügigen Gönner raushängen lassen und mich über die triefäugige Dankbarkeit freuen, während sie mein Erbe einstrichen – das einzig Gute, was Dad mir noch hätte zukommen lassen können, nachdem es mit väterlicher Liebe ja nicht weit her gewesen war? Von wegen! Während ich mir auf die Zunge gebissen hatte, um nicht ausfallend zu werden, war mir vor allem eines klar geworden: Ich würde dieses Geld nicht aufgeben, und wenn die beiden es nur bekamen, solange sie ihre Frist einhielten, dann würde ich dafür sorgen, dass das nicht geschah. Wie ich das Cottage zurückbekam, darüber musste ich mir noch mal Gedanken machen, aber das Vermögen würde im September auf mein Konto fließen. Ach, Cazzo! Warum musste ich mir darüber überhaupt Gedanken machen? Konnte Dad nicht wenigstens nach seinem Tod aufhören, mich zu demütigen? Ich hätte einfach in Thailand bleiben sollen, wo sie meine Arbeit wenigstens zu schätzen wussten. Unter meinen Fingernägeln spürte ich noch den Phantomdruck feiner Sandkörnchen am Strand. Zumindest hatte ich dank meiner Arbeit in Thailand die Beerdigung meines Dads verpasst. Ich hatte zwar gelogen, als ich gesagt hatte, ich bekäme so bald keinen Flug, aber ich hätte nicht dabei sein wollen.

»Scheiß drauf«, flüsterte ich mir zu und verließ die Uni.

Vor den Toren des Campus lag die viktorianische Wohngegend im West End – wieder so ein Begriff, den Dad mir eingebläut hatte, trotzdem fühlte ich mich hier draußen gleich mehrere Zentner leichter. An einem schwarzen Zaun mit goldenen Spitzen legte ich meine Finger bei einem der Gitterstäbe an und ließ sie im Gehen darüberrattern. Eine dumpfe Melodie entstand und verpasste mir Kindheits-Vibes. Die von der guten Sorte dieses Mal. Entlang der University-Gardens-Straße zog sich eine ewig lange bunte Linie parkender Autos, unter denen auch ich einen Parkplatz ergattert hatte.

In meinem schwarzen Ford Focus Titanium X schnallte ich mich an, richtete meinen Spiegel und machte das Radio an. Es verband sich mit meinem Handy und spielte *Mad World* von Alexz Johnson. Die Gesichter der Erbschleichenden im Büro erschienen wie geisterhafte Fratzen vor mir an der Autoscheibe. Sie wollten mich bestehlen. Letzter Wille hin, letzter Wille her. Warum wollte mein Dad mir meine Zukunft rauben? Er wusste … Er kannte mich. Warum sollte ich seinen Willen respektieren, wenn er meinem auch nie nur ein Fünkchen Achtung geschenkt hatte?

»Fuck.« Meine aufgestauten Aggressionen entluden sich, und ich schlug auf das Lenkrad ein.

Und noch mal. Und noch mal. Und noch mal.

»Du Arschloch!« *Wie konntest du mich alleine lassen, bevor wir uns vertrag… Nein, bevor du eingesehen hättest, wie allein du mich gelassen hast! Wie scheiße du zu mir warst? Bevor du deswegen bei mir zu Kreuze gekrochen wärst und wir doch noch irgendwie zueinandergefunden hätten?*

Diese Gedanken nagten unaufhörlich an mir, drängten sich in meine Seele und schienen sich im Inneren meines Wesens zu verfangen. Als ob sie in einem ständigen Kreislauf verweilten, ohne jemals einen Ausweg zu finden. Es war, als ob die Energie, die sie mit sich brachten, in meinem Körper gefangen wäre ohne Hoffnung auf Entkommen. Ich hatte das unheilsame Gefühl, dass mein Körper jeden Moment vor Anspannung explodieren würde.

Bevor das geschehen konnte, lenkte mein Handy mich ab.

Eine Nachricht von Wlada.

> Das klingt ziemlich runterziehend. Darauf habe ich gerade so gar keine Lust, mein Lieber. Wir sind in Bali, komm doch lieber vorbei und feiere mit uns. Aber bitte gut gelaunt. Oder such dir noch mal 'nen heißen Kerl so wie gestern Nacht. Wie ich immer sag: Lächle und gönn dir was Schönes.

Lächle, und alles sollte sich bessern? Ich rollte mit den Augen. Wlada eben. Dann schrieb ich halt jemand anderem. Ich wechselte zu meinen Kontakten und scrollte sie durch. Und scrollte. Und scrollte. Die Oberflächlichkeit meiner Kontaktliste war keine Neuheit für mich. Trotzdem schmerzte es. Da war einfach fucking niemand mehr. Niemand!

Obwohl ... Doch.

Ich rief Abby an.

Es klingelte. Und während ich darauf wartete, dass Abby abnahm, sickerte ein anderer Teil von Wladas Nachricht zunehmend durch all die Wolken von Wutgedanken zu mir durch.

Ein heißer Typ wie gestern Nacht?

Unweigerlich sah ich sein Gesicht vor mir.

Quentin. Oder sollte ich sagen, Josh? Der Typ, mit dem ich vor der Testamentsverlesung noch einen One-Night-Stand gehabt hatte, als wär nicht alles schon kompliziert genug? Fuck. Im wahrsten Sinne des Wortes. Ich hatte ihn gefickt. Wir uns gegenseitig.

Fuck indeed.

Da suchte ich extra unbedeutenden Sex, gab mich als jemand anders aus, um nicht Mister Scandalo zu sein, und jetzt ... hatte ich es ausgerechnet mit dem Erbanwärter getrieben. Es klingelte noch immer. Leider half es aber nicht, die Gedanken an die Nacht mit ihm aus meinem Kopf zu drängen. Ich erinnerte mich an Jo..., äh, Quentins Körper unter mir. Meine Hand in seinem Nacken und wie wir es in dem alten Zimmer über einer Bar, das ich gemietet hatte, getrieben hatten, nachdem wir uns über eine App betrunken getextet hatten. Im Rausch des Feierns waren wir aus der Partynacht ausgebrochen und hatten uns getroffen. Wie um alles in der Welt hätte ich damit rechnen sollen, dass das so endete?

Ja, ich fand ihn heiß. Verdammt heiß.

Und ich musste ihn leider hassen und sein Leben zerstören. Troppo drammatico. Meine italienische Spezialität.

»Ja?« Das Klingeln wurde zu einem Wort.

»Ja?«, wiederholte ich.

»Du hast mich angerufen, mein Lieber.« Oh, Abby! Ich sah sie vor mir, wie ihre Zornesfalte tiefer wurde und sie mich mit ihrer rechten hochgezogenen Augenbraue ansah. Dazu die Haare in alle Richtungen abstehend, weil sie morgens sofort aus dem Bett rollte und sich als Erstes um ihre Tiere kümmerte, bevor sie auch nur eine Sekunde an sich dachte.

»Stimmt, sorry, ich bin etwas neben der Spur.«

»Verstehe ich, tut mir leid, dass ich nach dem Tod deines Dads nicht so viel Zeit für dich gehabt habe. Bei mir in der Tiervilla geht es drunter und drüber ... Ich hab den Zuschuss für das neue Gehege nicht bekommen, dann muss der Traktor in die Reparatur und, ja, keine Ahnung, gerade brennt die Hütte. Aber damit will ich dich nicht belasten, du hast genug zu tun. Ich sollte für dich da sein und …«

»Nein!«, unterbrach ich sie. Sie sollte, nein, sie durfte sich nicht schuldig oder verantwortlich fühlen. »Ich …« Ihre Tiervilla war einer meiner Lieblingsorte in Schottland. Sie hatte mir vor fast zehn Jahren, als ich zum ersten Mal freiwillig bei Abby ausgeholfen hatte, mehr über das Leben beigebracht als meine Eltern jemals. »Ich wollte nur deine Stimme hören. Das mit dem Anbau bekommen wir hin, ja?«

Noch während ich die Worte aussprach, wurde mir bewusst, dass ich in Zukunft mit solchen Versprechen wohl etwas vorsichtiger sein musste. Ich half Abby und anderen Tierpflegestellen wie ihrer seit Jahren mit dem Geld meiner Familie aus – ohne es an die große Glocke zu hängen. Die Öffentlichkeit ahnte nichts davon, dass ich mich weltweit in Tierheimen engagierte. Das war mein ganz eigenes, privates Ding. Nicht mal Abby selbst hatte ich gesagt, dass viele der Spenden, die ich angeblich bei meinen Kontakten für ihre Villa einwarb, in Wahrheit aus dem Privatvermögen meiner Familie stammten. In diesem Moment allerdings wurde mir mit einem Mal klar, dass meine Ressourcen für diese Art von Hilfe mit Dads letztem Willen so begrenzt waren wie nie zuvor. Würde ich sie ausgerechnet jetzt im Stich lassen müssen? Das konnte doch wohl nicht wahr sein!

»Das ist lieb, Massi, aber ehrlich gesagt bin ich diesmal nicht so optimistisch. Die Bank hasst mich offenbar, und um alles über die regelmäßigen Spenden aufzufangen, ist die Summe zu groß. Die Leute brauchen ihr Geld selbst, aber die Tiere … Ich kann sie doch nicht ihrem Schicksal überlassen oder weggeben und …« Sie schluckte. »Ach, egal. Du hast recht. Uns fällt schon was ein.« Sie erlaubte sich nicht, lange Trübsal zu blasen, und räusperte sich ihre starke, toughe Stimme zurück.

»Moment, das klingt, als gäbe es da noch etwas.« Nervös trommelte ich mit meinen Fingern gegen das Lenkrad.

»Na ja, ich wollte dich nicht belasten, aber die Bank will mir bald eine letzte Frist setzen, und ich weiß nicht, wie bald die sein wird. Dann ...«

»Eine Frist!?« Meine Stimme war nur noch ein Krächzen.

»Nein, sie lassen das für mich fallen. Natürlich eine Frist.« Sie atmete laut aus. »Sorry, bin mit den Nerven am Ende. Es geht hier um meine Tiere, um ihr Leben.«

Wie viele verkorkste Zufälle konnte es eigentlich geben? Bald würde das verdammte Erbe wieder auf mein Konto fließen. Ich musste unter allen Umständen dafür sorgen, damit ich Abby und allen anderen weiterhin helfen konnte. Die Tiere und alle, die sich um mich kümmerten, waren in den letzten Jahren mein einziger Halt gewesen. Sie alle verließen sich auf mich. Sie wussten zwar nicht, dass ich es war, viele ahnten nicht einmal, dass ich eine reiche Familie hatte, aber ich fühlte mich für sie alle verantwortlich.

»Massimo?« Ihre Stimme erinnerte mich daran, dass sie immer noch dran war.

»Ja, sorry.«

»Hast du nicht im April noch gemeint, du hättest wahrscheinlich einen Spender, kannst du den nicht fragen?«

Natürlich hatte ich den gehabt, und zwar mich! Aber jetzt hatte ich nichts mehr zum Spenden. »Klar«, sagte ich trotzdem. »Den bekomme ich überzeugt. Wir schaffen das!«

Lange kam keine Reaktion von ihr. »Bestimmt. Müssen wir ja. Für die Tiere.«

Ich nickte, eher für mich, Abby konnte es ja nicht sehen. »Für die Tiere. Ich komme bald mal raus, ja?«

»Klar, und dann ... Hey! Stellt das wieder hin. Diese Hunde. Ich, ich ...« Sie hatte aufgelegt.

Ich lachte kurz auf und steckte das Handy weg. Der Nachklang des Lachens schmeckte bitter. Nein, diese Frau durfte ihre Villa nicht verlieren. Das würde ich einfach nicht zulassen.

Mein Griff zum Autoschlüssel bestätigte meine innerliche Angespanntheit. Ich hielt den Schlüssel so fest in der Hand, dass es mir schwerfiel, ihn im Zündschloss zu drehen.

Das Geräusch des anspringenden Motors brachte mich endlich ein wenig runter. Die letzten Tage schon war ich ziellos, laut Musik hörend durch Glasgow gefahren. Vom Norden über den Clyde-Fluss in den Süden zum West End und zum East End, um meine Gedanken von Dad abzulenken. Es würde auch heute funktionieren.

Spoiler: Tat es nicht. Stattdessen fuhr ich an den Ort, an dem mir ein Vergessen am allerwenigsten gelingen würde.

»Komm, Salaì.« Erneut klatschte ich in die Hände. »Guck mich nicht so an. Ich hebe dich nicht über die Pfütze.«

Dieser Cockerspaniel konnte einem das Leben wirklich schwer machen. Ich hätte ihn doch nicht holen sollen. »Hopp. Hopp.«

Salaì bellte einmal und hob den Kopf, als wäre er empört über meine Bitte. Seine Schlappohren wackelten dabei, und ich liebte es, wie die welligen Locken seines Fells im Wind mittanzten.

»Salaì, bitte.« Mein flehender Unterton verriet ihm ohnehin, dass er bald gewonnen hätte.

Was ich an Glasgow nicht vermisst hatte? Dass sich hier gefühlt vier Jahreszeiten an einem Tag abspielten. Heute Morgen war es nebelig und windig gewesen, auf dem Weg zum Auto kam die Sonne raus, bei der Fahrt hierher schüttete es wie aus Eimern, und jetzt erfüllte das schottische Grau den Himmel. Fehlte nur noch Schnee, aber der kam zum Glück im Juni nicht. Die vierte Jahreszeit am Tag machte dann erst der September voll.

»Da legt der sich auch noch hin.« Meine Schultern gingen nach unten, und ich hüpfte über die Pfütze zu ihm. »Komm,

Sturkopf.« Aus den Knien heraus hob ich ihn hoch, und sobald wir über die Pfütze gekommen waren, sprang er selbst von meinem Arm und tapste voraus.

»Glaub nicht, ich vergesse das!«

Endlich erreichten wir das Ende des unebenen Weges, und sobald wir um die Ecke der verwilderten Bäume kamen, erblickte ich es.

Das Obsidian Hill Cottage meiner Familie. Noch. Bald gehörte es der Universität von Glasgow. Ich musste an Quentin denken. Wie war sein voller Name gewesen? Quentin Wallace? Meine Schritte verlangsamten sich, während ich mir sein Gesicht in Erinnerung rief.

Er sah eigentlich ziemlich niedlich aus. Niedlicher als im Schummerlicht der Nacht, als er unter mir gelegen hatte. Da war er verflucht heiß gewesen. Seine unbeholfene Art, als sein Name genannt wurde, war allerdings wieder sehr niedlich.

Aber nicht, wenn er im Begriff war, mir einen Teil meines Erbes zu stehlen. Da war er weder niedlich noch heiß, sondern abstoßend hässlich.

Es war offenbar Zeit, wieder am Wetterrad zu drehen und das Grau durch ein paar Wolkenbrüche mit Sonnenschein zu vertreiben. Das goldene Licht erhellte die Weite. Das Grün der Graslandschaft wirkte satter. Und ein einziger Strahl umhüllte das Cottage. Ich nahm die morsche Brücke über den Fluss und hörte das Knacken des Holzes. Ein Luftstrom brauste durch die Felder zu mir, wirbelte meine Haare auf, blies Salaì durch das kupferne Fell, und ich saugte den Windstoß tief ein. Lange behielt ich diese reine, kühle Luft in mir, fühlte, wie sie mich von innen heraus erfrischte, und stieß sie wieder aus.

Salaì lief voraus. War ein heller Tupfer in der Landschaft und sprang vor dem Holztor auf und ab. Bei jedem Schritt, den ich näher kam, schlang ich fester und fester meine Arme um mich. Nicht weil mir kalt war. Immerhin war ich ein halber Glaswegian. Nein, es waren die Erinnerungen. Lebhafte, halb transparente Gedankenspiele aus längst vergangenen Zeiten liefen flackernd vor meinem inneren Auge ab.

Meine Eltern, die im Vorgarten zu Musik tanzten. Der Gänseblümchenrock meiner Mutter wirbelte hoch. Ich lief Schmetterlingen hinterher. Und überall standen Staffeleien mit Moms Bildern. Sie fing dauernd neue an, weil sie nie zufrieden war, nur um auch diese wieder halb fertig stehen zu lassen. Dazwischen Bücherstapel meines Dads. Irgendwo: ich. Aber nicht an dritter Stelle, irgendwo nach ihren Leidenschaften, der Geschichte, der Architektur, Geld, Kunst und Co. Nein, hier im Cottage war ich endlich gleich wichtig wie die Passionen meiner Eltern, genauso selig treibend, träumend *irgendwo* wie alles andere.

Vor der hüfthohen Steinmauer blieb ich stehen, strich über die chaotisch angeordneten Brocken. Das Moos, das sich an einigen Stellen angesiedelt hatte, fühlte sich an wie ein feuchter Schwamm unter meinen Fingerspitzen. Nur etwa einen Fußbreit entfernt lag die alte Holztür, deren rostigen Riegel ich zur Seite schob. Obwohl die Erinnerungen an die Berührungen meiner Eltern, die das Tor so oft geöffnet hatten, längst vom Wetter abgewaschen und mit den Jahren verblasst waren, spürte ich noch immer die Wärme ihrer Hände darauf.

Sobald ich die Tür geöffnet hatte, huschte Salaì zwischen meinen Beinen hindurch hinein. Zweimal geblinzelt, und die verschwommenen Gestalten der Vergangenheit verpufften. Weg war das Bild von früher. Der Kiesweg bis zur hellblauen Tür war geharkt, und die … Moment. Die Blumen am Rand wankten leicht im Wind? Hä? Wie konnte das sein? Eigentlich hätte es viel unordentlicher sein müssen.

Die Büsche um den Vorgarten waren rundlich getrimmt. Wie damals. Die Fenster nicht voller Wasserflecken, Schmutz oder innen verstaubt. Sondern … Glänzend? Ich spulte in meinen Gedanken zurück. Die hellblaue Tür! Sie und die Fensterrahmen im ersten und zweiten Stock waren frisch gestrichen. Als hätte sie jemand mit der Farbe des Himmels an einem sonnigen Sommermorgen angemalt.

Und plötzlich, einfach so, erkannte ich einen Kopf hinter den sechs Glasflächen an der Tür, und sie öffnete sich. Das konnte doch unmöglich wahr sein.

»Dad, Mo…« Meine Stimme versagte.

»Oh. Hey, Massimo.« Jasna schob ihren roten Hut zurück und den weißen Flechtkorb mit ein paar Tulpen darin den Unterarm hoch. »Wir haben uns seit meinem ersten Tag bei dir im Haus gar nicht mehr gesehen. Wie geht's Anita?«

»W-was machst du hier?«, sagte ich perplex und musste an Anita, meine alte Hausbetreuerin, denken, die ihr ganzes Leben bei uns gearbeitet hatte und wie eine Mutter für mich gewesen war. Merkwürdig, nun Jasna ihren Job machen zu sehen.

Jasna strich sich ihre mattblonden Haare hinter die Ohren und legte den Kopf ein wenig schief. »Ähm. Arbeiten? Das ist doch das Obsidian Hill Cottage, oder?« Noch bevor sie weitersprechen konnte, ging sie in die Knie. »Na, wer bist denn du?«

Salaì wedelte mit dem Schwanz und lief vor Jasna im Kreis. Seltsam, normalerweise war der Kerl nicht so zutraulich.

Jetzt verstand ich auch, warum mein Dad Jasna Nikolić vor seinem Tod nicht nur als Nachfolgerin der alten Hausbetreuerin bei mir zu Hause, sondern auch für das Cottage eingestellt hatte. Sie sollte das Cottage wieder schön machen. Für die beiden Studenten.

»Na, wer bist denn du?«, wiederholte Jasna und streichelte meinen Hund.

»Salaì.«

»Tut mir leid, ich verstehe den Akzent in Glasgow noch nicht so gut.« Der Korb fand neben Jasna Platz, und sie spielte an

Salaìs Ohren, zog seine Härchen nach, die aussahen, als hätte er sich blonde Strähnen hineingemacht.

Ich musste lachen. »Das ist sein Name. Und ja, du bist hier richtig. Tut mir leid, ich habe nicht daran gedacht. Arbeitest du nicht etwas viel?« Ich guckte auf die Tulpen im Korb. »Du sollst das Cottage ja nur bewohnbar machen.«

»Na ja, die Studierenden ziehen hier bald ein. Ich muss das fertig bekommen. Habe nicht mehr so lange, bis sie einziehen, und ich will meine Arbeit gut machen.« Hm. Stimmt. Daran wollte ich nicht unbedingt wieder erinnert werden. Trotz dieser dunklen Gedanken musste ich zugeben, sie hatte da eine Mammutaufgabe angenommen.

»Ist dir das auch nicht zu viel?«

Sie schüttelte den Kopf. »Ich habe Floristin gelernt und in einer Gärtnerei gearbeitet. Ich liebe das.« Jasna erhob sich, woraufhin Salaì schnaubte und sie mit entsetzt aufgerissenen Augen ansah.

Ja, Salaì, stell dir vor, sie streichelt dich jetzt nicht bis Mitternacht durch.

»Ich habe mir selbst auch immer ein Haus gewünscht, und ehrlich gesagt habe ich bis gerade eben auch so getan, als wohnte ich hier und machte mein Haus sommerfertig.« Als sie sich einmal im Kreis drehte, flackerte abermals das Bild meiner Mutter auf. »Ich weiß, ich bin seltsam.« Sie zog beschämt die Mundwinkel runter, schnappte sich den Korb und eilte nach rechts.

»Nein, alles gut.« Ich zog meine Schuhe und Socken aus, um das saftige Gras zu spüren, und folgte ihr. »Ich habe mir in Thailand auch vorgestellt, ich wäre ein reicher Tourist, der sich alles leisten kann.«

»Na ja, bist du nicht ein reicher Tourist, der sich alles leisten kann?« Der Anflug eines Lächelns stahl sich auf Jasnas Lippen, als sie zu mir hochguckte.

Wir nahmen den Weg hinters Haus zu dem Fluss, der vorne eine Biegung machte und am Cottage vorbeilief.

Ich blinzelte mehrmals und warf ein paar »Ähm« raus, bis ich mich fing. »Theoretisch ja, aber bald ja nicht mehr so reich.«

»Ich habe davon im GUM gelesen. Ist das sehr schlimm für dich?« Sie las das *Glasgow University Magazine?*

»Schlimm oder nicht, ich hab ja keine Wahl.« Ich beugte mich unter einer Laterne durch und mimte all die anderen Leute nach, die mir ständig sagten: »Ist ja sein Letzter Wille.«

Ganz sicher würde ich meiner Haushälterin nicht erzählen, dass ich plante, den Verlust meines Erbes nicht einfach hinzunehmen. Genauso wenig, wie es sie etwas anging, was ich wirklich mit meinem Geld tat, wenn ich nach Thailand und in andere Länder reiste.

»Trotzdem bestimmt nicht leicht. Dieses Cottage zum Beispiel? Ist ein Teil von dir. Ich sehe sofort, dass ihr hier früher als Familie Zeit verbracht habt, da sind Erinnerungen drin, meine ich. Die Bilder und so.«

Es war das erste Mal, dass mich jemand ansatzweise verstand. Es überrumpelte mich.

»Oder geht es dir mehr ums Geld?« Jasnas zweite Frage drückte mein Herz leicht zusammen. Nicht weil ich sie unangemessen fand – was sie war –, sondern weil ich nicht die Wahrheit sagen wollte. Natürlich interessierte mich das Geld, aber aus so vielen Gründen.

»Sieh mal, wenn wir hier hochgehen«, wich ich aus und ging eine Steigung hinter dem Haus hoch, »verstehst du, warum es Obsidian Hill Cottage heißt.«

»Oh, wegen des Dachs?«

»Jap. Die kleinen Steintafeln des Dachs sind beinah so schwarz wie Obsidian. Und da bei dem Dachfenster vorne bin ich oft rausgeklettert und habe die Sterne angeguckt. Mittlerweile ist ja alles schon etwas verwittert und mit Moos bedeckt, aber …«

»Ich erkenne es. Und ich liebe den Namen.«

»Ich auch, Jasna, ich auch.«

»Es geht dir nicht verloren.«

»Hm?«

»Das Cottage. Es wird hier sein. Genau wie die Mäuse in der Pension, in der ich lebe.« Jasna lachte kurz auf. »Die Uni hat bestimmt nichts dagegen, wenn du es besuchst. Oder mal hier bist, wenn die Studierenden in den Ferien nicht da sind.«

»Mhm.«

Womöglich verstand sie mich eben doch nicht so gut.

»Wenn du magst, kannst du mir helfen.« Ihr Korb drückte sich in meine Seite. »Ich habe mir gedacht, ich pflanze die an der Hinterseite des Hauses an, was meinst du?«

»Wie kommst du auf die Idee?«

»Nur so, warum?«

Meine Mutter hatte das jeden Frühling gemacht. »War nur so 'ne Frage.«

»Aber keine Antwort auf meine.« Breit grinsend blickte Jasna mich an, und ich ahnte, sie würde nicht lockerlassen, bevor sie ihre Antwort bekam.

Ich und … gärtnern? »Nicht dass ich was kaputt mache.«

»Was willst du kaputt machen?«

»Weiß nicht. Die Wurzeln der Blumen? Ich kann das bestimmt nicht.«

Jasna rollte mit den Augen. »Mitkommen, Massimo.«

Keine Ahnung, wann ich das letzte Mal ein so ehrliches Gespräch mit jemandem geführt hatte.

Kapitel 4
Massimo

Die letzten Tage hatte ich Jasna mit den Vorbereitungen im Obsidian Hill Cottage geholfen, und das hatte mir nur noch mehr Gründe geliefert, warum ich mein Erbe nicht aufgeben sollte. Beweise wie einen Tomatenstrauch, den ich eingepflanzt hatte und der immer noch lebte. Oder die Petroleumlampe, die ich gefüllt hatte, ohne dass sie explodiert war. All die Erinnerungen an die einzigen schönen Momente in meiner Kindheit, die ich im Cottage wiederentdeckt hatte. Das alles und noch viel mehr zeigte mir, dass ich nicht aufgeben *durfte*. Nicht aufgeben *wollte*, weil es nicht nur mir, sondern *zu mir* gehörte. Außerdem hatte es nur Vorteile. Denn sobald ich mein Erbe zurückbekommen hätte, würde ich mich auch darum kümmern, mir das Cottage wiederzubeschaffen. Sobald das der Fall war, hätte ich auch ein schön renoviertes Ferienhaus.

Mit meinem Hund im Gepäck fuhr ich durch Glasgow Richtung Universität. Aus dem Radio dröhnte Stephen Sanchez mit *High*. Das grün-weiße Tempolimitschild mit der Aufschrift *Twenty's Plenty* erinnerte mich an die neue Zwanziger-Zone, und ich bremste ab. Wann war zwanzig zu fahren genug? Ein Schmunzeln bahnte sich an. Ich spürte wieder meinen Dad neben mir, der sich an der Halterung über der Tür festhielt, sobald er mit mir mitfuhr. Sogar in diesen Zonen. Er hatte das Ich-traue-meinem-Kind-alles-zu-Spiel durchgespielt. Nicht.

Backsteingebäude wechselten sich mit diesen alten Sandsteinhäusern rund um die Uni ab. Sattgrüne Bäume peitschten wie wild im Wind umher. Winzige Regentropfen trommelten gegen das Autodach. Das dumpfe Aufschlagen auf der Glasscheibe und das Ruckeln der Scheibenwischer gesellten sich dazu. Okay, ich gab es zu. Ich hatte das vermisst. Die letzten Monate, oder waren es Jahre gewesen, hatte ich kaum längere Zeit am Stück in Glasgow verbracht. Meistens war ich nur zurückgekommen, um Salaì zu besuchen, den ich in einer Straßenhundeauffangstation in Nordgriechenland zum ersten Mal gesehen hatte. Es war Liebe gewesen. Sofort. Ohne Umwege. Gemeinsam mit ihm hatte ich den Weg bis nach Glasgow mit dem Auto und auf Schiffen zurückgelegt, da ich ihm keinen Flug zumuten wollte. Wie oft ich ihn auf diesem Weg verflucht und im selben Moment noch mehr lieben gelernt hatte …

Durch den Rückspiegel entdeckte ich ihn schlafend in seiner festgegurteten Box und beschloss, meinen Aufenthalt nicht nur für den Kampf um das Erbe, sondern auch für ihn zu verlängern. Außerdem war es schön, Freude im Gesicht eines Lebewesens zu sehen, wenn ich nach Hause kam.

Dieser Gedanke begleitete mich bis in die Universität von Glasgow. Selbst nachdem ich Salaì bei einer guten Freundin meines Dads abgegeben hatte, die schon oft auf ihn aufgepasst hatte. Sie arbeitete in der Verwaltung der kleinen Kirche im alten Universitätsgebäude. Was es hier nicht alles gab. Die Uni beeindruckte mich nach all den Jahren noch bei jedem Blick darauf. Das hochstrebende Bauwerk zum Beispiel, als hätten sie versucht, damit den Himmel zu durchbrechen. Ich schloss mich einer Schar von Studierenden an. Sie sprachen über Hausarbeiten, Punktesysteme, aber auch über das Pub in der Kirche, TikTok-Trends – saure Gummischlangen, die zum Essen zuerst eingefroren wurden? – und über die letzte Party am Wochenende. Ein wenig verlangsamte ich meine Schritte, um mich wie ein Teil von ihnen zu fühlen. Ein Teil von etwas, dem ich stets hatte angehören wollen, um Dad zu beeindrucken.

»Hast du gehört, dass Quentin Wallace auch für das Erbe infrage kommt?«, hörte ich von einem Typen vor mir, der seine rote Cap nach hinten drehte. »Zusammen mit dem Dings, dem Wetterfreak, der bei G-TV nebenbei arbeitet, wo dieser ehemalige Kinderstar jetzt Moderator ist.«

»Ach, Cormac?«, entgegnete ein Mädchen, zog ihre Brille hoch über ihre Haare und beließ sie dort. »Ja, aber ... Na ja, wundert es dich, dass dieser Typ auch dabei ist? Cormac und Quentin haben ja sonst nichts außer der Uni.«

»Das meine ich nicht. Findest du es nicht merkwürdig?«

»Was?«

»Na ja, die sind beide schwul. Was will die Uni damit erreichen? Einen auf queerfreundlich machen? Ich wette, die sind nur deshalb dabei, Becky.« Er verschränkte seine Arme hinter seinem Kopf.

Wie oft hatte ich mir solche Sprüche auch anhören müssen. Die Kreise, in denen ich dank meiner Familie aufgewachsen war, mit all ihren traditionellen Werten, hatten mir ihre Abneigung oftmals gezeigt.

Ich presste meine Zunge gegen meinen Gaumen, um nichts Falsches zu sagen, und bog ab. Nein, das musste ich mir nicht mehr geben.

Im Innenhof änderte ich meinen Weg zum Learning Hub des Campus. Dort hatte mein Dad nämlich auch ein kleines Büro gehabt, in dem ich mehr über Quentin und Cormac herausfinden wollte. Es war nicht mehr lange hin, bis sie ins Cottage einziehen würden und ich meinen Plan zur Vereitlung ihrer Doktorarbeiten in Aktion setzen würde. Aber dazu brauchte ich vor allem eines: mehr Infos! Ich wusste, dass Dad in diesem Büro Akten seiner Studierenden aufbewahrte, und von Quentins und meiner Nacht hatte ich die Info, dass in seiner Akte Dinge standen, die schmutziger wären als alles, was wir in dieser Nacht gemacht hatten.

Sofort verdrängte ich ebenjene Nacht und ging weiter. Das

moderne Gebäude des James McCune Smith Learning Hub wirkte im Kontrast zur Universität wie ein Fremdkörper. Den Drehflügel der Eingangstür überlistete ich, indem ich mich zusammen mit anderen hindurchquetschte, die ihre Karte über den Laser hielten. Ein kleines Chaos entstand, doch schließlich gelangten wir ins Gebäude. Wie oft hatte ich mich früher dazugestohlen und mir vorgestellt, bald ein Teil dieser Welt zu sein? Die Gedanken hatten mich oft begleitet, bis zu jenem einen Tag, an dem mein Vater mich spöttisch angesehen und behauptet hatte, ich würde ihn an der Uni nur blamieren.

Tatsächlich dauerte es nur den Weg hierher, bis die Sonne schien, und die Strahlen erhellten das Erdgeschoss. Da ich noch mal in der App mit dem Plan des Gebäudes checken wollte, in welchem Zimmer das Büro war, setzte ich mich an die Glasfront auf einen der orangefarbenen Sitzblöcke vor einen Rundtisch. Als ich mein Handy auspacken wollte, erkannte ich jemanden auf einem blauen Sitzblock neben mir. Das konnte doch nicht wahr sein.

»Ähm, sorry?« Ich lehnte mich leicht vor.

Oh, er trug In-Ear-Kopfhörer. Ich tippte ihm gegen die Schulter.

Er hob den Kopf von seinem schmalen Laptop, blinzelte und richtete seinen Blick auf mich. Mit einem Ruck zog er die Kopfhörer aus seinen Ohren, und seine Augen weiteten sich vor Überraschung. »M-Massimiliano?«

»Massimo reicht. Quentin, nicht wahr?«

Er klappte den Laptop halb zu. »Quent reicht.«

Ich nickte. »Okay. Na, was machst du?«

Quent faltete seine Hände im Schoß und begann sie zu reiben. Anfangs zögerlich, doch dann immer intensiver, bis seine Fingerkuppen rosig wurden. »Doktorarbeit und so.«

Es fiel mir schwer, sein Gesicht mit etwas anderem als unserer gemeinsamen Nacht zu verbinden, aber das Schicksal hatte ihn zu meinem Feind gemacht. Na ja, weniger das Schicksal als mein Vater, der ihn zum Erben ernannt hatte.

Ich lehnte mich gegen die Holzstange, die den Bereich mit der Rollstuhlrampe hinter mir abtrennte, und merkte, wie die Sonne meinen weißen Baumwollpulli aufwärmte, der noch ein wenig nass vom Regen war. Quent wurde nervös, da ich nichts mehr sagte, und ich liebte es, die Anspannung in seinem Gesicht zu sehen. Am liebsten hätte ich ihm geradeheraus befohlen, auf das Erbe zu verzichten, aber das würde nichts bringen. Vermutlich war es am besten, so lange nett zu ihm zu sein, bis ich wusste, wie ich ihn und Cormac von der Frist ablenken konnte.

»Ah ja, ziemlich fleißig, könntest ja noch warten, bis du in *meinem* Cottage wohnst, da hast du mehr Ruhe.« Ich zog meine Augenbrauen hoch und betonte das absichtlich gereizt. Nett sein war einfach meine größte Stärke. Nicht. Egal. Wenn ich ihn davon abhalten wollte, mit seiner Arbeit voranzukommen, konnte ich damit auch hier und jetzt anfangen. Alles, was ihn aus dem Konzept brachte, war gut, oder?

»Äh …«

»Und hast du gar keine Angst in so einem alten Haus außerhalb Glasgows?« Ich machte eine Wegwerfbewegung mit der Hand. »Aber na ja, du triffst dich ja auch mit Fremden namens Danielo und hast keine Angst.« Es fiel mir schwer, mein Grinsen zu verbergen.

Quent erwiderte erst nichts und legte seine Brille ab. Das Sonnenlicht strahlte auf den kräftigen, dunkelbraunen Rahmen und durch die Gläser auf sein Buch über Medizinanthropologie. »Können wir das bitte vergessen und nicht darüber sprechen?«

»Aber du warst kürzlich noch recht gesprächig.« Ich näherte mich ihm ein wenig, sah mich um und flüsterte dann: »Bitte, nimm ihn endlich …«

»Schscht!« Quent blickte hektisch um sich, was mir eine gewisse Genugtuung verschaffte. »Bitte. Okay? Das war eine Nacht. Das waren Josh und Danielo. Nicht wir. Nicht mehr. Bitte. Ich habe nicht ohne Grund extra nach jemandem gesucht, der bald weg ist, und dir einen falschen Namen gegeben, genau wie du mir.«

Ich zuckte mit den Schultern und sagte leichthin: »Okay, ich tue so, als hätten wir uns nicht nackt und verschwitzt aneinander gerieben und uns ins Ohr gestöhnt.« Es erregte mich bereits wieder, es auszusprechen. Verdammt, dabei wollte ich doch ihn aus der Reserve locken und nicht mich!

»Danke.« Das Danke kam eher wie ein mürrisches Knurren daher, aber okay.

»Und warum bist du hier?« Sein funkelnder Blick wirkte, als fügte er in Gedanken ein Danielo dazu.

»I-ich?«

Ein breites Grinsen verpasste Quent zwei Grübchen, jeweils eines an jeder Wange. »Ja, du, Massimo.« Er guckte nach links aus dem Fenster und zwickte kurz die Augen zusammen, bevor er sich rasch durch die Haare fuhr. Die Sonne verschwand langsam hinter einer dicken Wolke, und das warme Schokoladenbraun seiner Haare färbte sich wieder kühl und finster.

»Nicht so wichtig.«

»Hm, okay?« Er musterte mich zweifelnd. »Aber sag mal. Wegen des Erbes. Ich hoffe, dass du nicht sauer bist? Hängt da nicht auch etwas Nostal…«

»Nostalgie? Ach was, nein«, unterbrach ich ihn und bemühte mich mit einem Lächeln, mir meinen Unmut nicht anmerken zu lassen. Ob ich sauer war? Ja! Aber das würde ich doch nicht zugeben. Was für eine beschissene Frage. Wollte er mich damit reizen? »Ich meine, klar, aber was soll ich denn mit dem alten Kasten? Hab doch das Stadthaus geerbt.« Ich hielt kurz inne. Wenn ich nur an dieses Haus und all die schlimmen Erinnerungen daran dachte, wurde mir übel. Wie lenkte ich von dem Thema ab? »Du kannst mir ja mal deine Doktorarbeit zeigen, oder?« Ich rutschte mit meinem Sitzblock zu ihm und griff nach seinem Laptop. »Darf ich mal einen Blick hineinwerfen?« Mit meinen Fingern schob ich den Deckel gerade ein wenig auf, erkannte ein Bild von jemandem mit einer weiten, dunkelgelben Leinenhose, da knallte Quent den Laptop wieder zu.

»Nein!«

»Oh, sorry, ich wollte nicht, ich meine, wollte ich doch, aber – sorry, noch mal. Ich bin …« Ich war es nicht gewohnt, nicht zu bekommen, was ich wollte. Bis auf die Liebe meiner Eltern. Und den Teil meines Erbes, den Quentin mir wegnehmen wollte. »… oft unüberlegt. Natürlich war das total grenzüberschreitend, sorry noch mal.« Als ob mich seine langweilige Kack-Geschichtsdoktorarbeit interessierte. Damit konnte er Dad um den Finger wickeln, nicht mich.

»Kein Ding, also schon, aber ich bin da etwas empfindlich.« Quent fasste in die Tüten neben ihm und zog einen Snack raus. »Willst du?«

»Was soll das sein?«

»Kleine Salzbrezeln mit dunkler Schokolade, Meersalz und ein wenig Karamell.« Er warf sich eine in den Mund. Es knackte, und er schob mir die Tüte zu.

»Das würde ich nicht mal meinem schlimmsten Feind anbieten.« Also aktuell Cormac und ihm. Aber er aß es ja freiwillig.

»Höre ich da Widerworte gegen die Salzbrezeldynastie Wallace?« Er hob eine seiner buschigen Augenbrauen. »Diskutiere ja gern, aber da will ich keine Kritik hören.«

Mit meinem Kinn deutete ich auf seinen Laptop. »Dann lieber zu deiner Doktorarbeit?« Noch gab ich nicht auf. Ich wollte dieses Bild noch mal sehen. An was erinnerte mich diese Hose bloß?

Quent packte seinen Laptop. »Ähm, sorry, ich muss jetzt sowieso los.«

»Oh, okay.«

Er stand auf und verstaute seine Sachen in einer Fake-Leder-Umhängetasche. »Bis dann, bye.«

»Bye«, rief ich ihm hinterher.

Sobald er verschwunden war, rumorte mein Magen. Die Begegnung mit Quentin ließ das alles real werden. Dass mein Dad ihn mochte. Dass er Dad verehrt hatte. Dass er nett war und ich meinen Plan gegen ihn richtete. Aber das war nur Schein. Musste Schein sein. Jemand wie Quentin, der sich so gut mit meinem Dad verstanden hatte, musste genauso ein arroganter Arsch sein, oder? Ja! Alleine schon diese beschissene Geschichtsleidenschaft der beiden. Staubtrockener Müll. Hier und jetzt mussten Dinge zum Besseren geändert werden. Die Gegenwart brauchte unsere Aufmerksamkeit. Durch ihre schicken Akademikerbrillen konnten sie noch so lange jahrhundertealte Texte betrachten und sich an Jahreszahlen aufhängen. Das änderte nichts. Ts. Egal. Ich machte mich wieder auf die Suche nach dem Büro meines Dads.

Davor standen zwei Typen, und ich näherte mich ihnen. »Was ist hier los?«

»Oh, wir räumen das Zimmer aus, der Professor ist verstorben, und die Sachen braucht kein Mensch mehr, also …«

»Der Professor war mein Dad.«

Die beiden warfen sich Blicke zu, bis der Erste mit dem orangenen Shirt sich wieder mir zuwandte. »Tut mir leid.«

»Ja, danke. Darf ich mich vielleicht umgucken?«

Der andere Typ mit der Glatze mischte sich ein. »Eigentlich sollen wir niemanden …«

»Lass ihn«, flüsterte der mit dem orangefarbenen Shirt.

»Okay, zwei Minuten.«

»Danke.« Jetzt war ich beinahe so manipulativ wie mein

Dad, wenn ich auf trauernden Sohn machte, um reinzukommen. Aber gut, musste ich mir wenigstens keine Gedanken mehr darum machen, wie ich in das Büro kommen sollte.

Es dauerte ein paar Minuten, bis ich mich zurechtgefunden hatte. Schränke, Regale und Tische standen verschoben im Raum, als würde alles grundgereinigt werden, und in Dutzenden Kartons waren Akten, Bücher und sonstiges Zeug versteckt. Je mehr ich mich durchwühlte, desto mehr Papierkram kam mir entgegen. Ich griff in eine offen stehende Lade und erkannte ein Bild. Von Mom, mir und ihm. Meine Mutter hatte die Ausstrahlung einer Diva aus einer längst vergangenen Zeit besessen. Eine Diva, die nie ein Kind haben wollte. Mich nicht wollte. Ihre blond gefärbten Haare, die immer wie eine graziöse Welle um ihren Körper fielen. Die roten Lippen. Der rote Nagellack. Auf diesem Bild saß sie auf einer Picknickdecke hinterm Haus, neben dem alten Teich. Als machte sie Aufnahmen für einen Hollywoodfilm. Mein Dad mit einem Buch in der Hand, das Hemd hing lässig aus seiner braunen Cordhose, und ich spielte mit einem pinken Elefanten auf Rädern in der Wiese. Ich blinzelte mich aus den Erinnerungen und fand einige Akten unter dem Bild. Die erste war von Bram Toohey, den ich von einigen Partys kannte. Er hatte meinen Dad wohl für ein paar Seminare als Professor gehabt, weil er Extrapunkte aus einem anderen Studienfach gebraucht hatte. Außerdem …

Quentin Wallace und Cormac Glenn.

»So, die Zeit ist um, wir müssen weitermachen«, rief einer der beiden Typen in den Raum, und ich zuckte zusammen.

Kapitel 5

Quentin

Quentin Wallace. Quentin Wallace. Quentin Wallace. Quentin Wallace. Quentin Wallace.

Mein eigener Name hallte noch immer wie ein penetranter Tinnitus in meinen Ohren, obwohl zwischen dem heutigen Tag und dem Tag der Testamentsverlesung eine Woche vergangen war. Mein Name hatte noch nie fremder gewirkt. Von einer Sekunde zur anderen hatte sich nicht nur mein Wohnungsproblem gelöst, ich konnte meine Nebenjobs kündigen, da ich keine Miete mehr zahlte, und hatte obendrauf noch die Chance auf ein Erbe. Ein kleines Taschengeld bekamen wir für die Verpflegung auch, und ich hatte noch etwas Geld gespart, da ich schon immer Angst hatte, was ich machen sollte, falls ich mal krank wurde und meinen Nebenjobs nicht nachgehen konnte. Das würde vermutlich reichen, bis … Ich wagte es gar nicht zu denken. Bis ich das Erbe bekam. Ich musste diese Doktorarbeit so was von schaffen! Und das würde ich auch. Auf eine Zukunft. Auf eine Absicherung. Einen Halt. Etwas, nein, nicht bloß etwas. Das Erste, auf das ich mich neben mir im Leben verlassen könnte.

Geld. Geld, das meine Schulden für die Uni tilgen würde.

Veränderungen waren mir noch nie schwergefallen. Bisher hatte ich auch kaum einen sicheren Boden unter den Füßen gehabt. Keine Ahnung, wie mein Leben verlaufen würde. Und nun plötzlich, ja urplötzlich, lebensverändernd plötzlich stand ich vor einem Cottage mitten in einer wunderschönen schottischen Landschaft.

Plötzlich war ich etwas wert. Hatte einen Wert.

Und dieses Mal musste ich dafür nicht mal mit jemandem schlafen.

Ich stand schon eine ganze Weile vor diesem Cottage. Denn vor nicht mal einer Minute hatte ich meine alte Betreuerin Millie in der Jugendeinrichtung Room for Teenage Fostering angerufen und sie gefragt, ob ich das hier alles wirklich verdient hatte. Ich? Ich! Aber auch Millie, mit der ich ab und zu noch losen Kontakt hatte, hatte nur gemeint, ich sollte mich doch einfach freuen. Also setzte ich endlich einen weiteren Fuß in Richtung Cottage. In Richtung neues Leben.

Die Tür öffnete sich, bevor ich mich richtig darauf vorbereitet hatte. Doch da war nicht Cormac, sondern ...

»Hi! Quentin, richtig?« Blonde, glatte Haare rutschten aus einer Spange und wirbelten um ein strahlendes Gesicht. »Ich bin Jasna.« Sie wischte sich ihre Hand an dem senfgelben Kleid ab und reichte sie mir. Ein paar wenige Erdstückchen fühlte ich bei unserem Händedruck.

»Hi, ähm ... Darf ich fragen, was du hier machst?«

Meine andere Hand pochte noch. Dieser Druck fühlte sich schon so normal an, dass ich ihn beinahe vergessen hätte. Langsam öffnete ich meine Finger und ließ vom Trolley ab, den ich über zehn Minuten über diesen steinigen Weg gezogen hatte. Unten klebten noch eingetrocknete Matschreste, und das linke Rad wirkte, als verabschiedete es sich bald, quittierte den Dienst, um nie wieder diesen Weg zurücklegen zu müssen. Ich machte die Hand mehrfach auf und zu, während Jasna noch mit ihren Gedanken ganz woanders schien.

»Hm?«

»Ich überlege noch, welche Bezeichnung passt, aber ich, na ja, sagen wir, ich bin für das Cottage zuständig. Also für den Garten und das Haus, nicht eure Butlerin oder so. Und ich wohne auch nicht hier, eigentlich habe ich gar keine richtige

Wohnung. Aber in der Pension, in der ich schlafe – bis ich eine Bleibe habe –, ist es ganz nett, die haben dort sogar Haustiere. Okay, es sind keine Haustiere, es sind Mäuse, aber … egal. Nebenbei singe ich noch in Bars, würde gern Sängerin werden und so.« Ihre Erklärung entlockte mir ein erleichtertes Schnauben. Und ein Lachen. Dabei hatte ich gar nicht geahnt, diese Erläuterung zu brauchen.

»Zum Glück. Ich habe gar nicht daran gedacht, dass sich darum ja jemand kümmern muss, und ich …« Ich guckte auf meine Hände. Eine weiß, die andere noch rot, pochend vom Kofferziehen. »… habe nämlich keine Ahnung vom Gärtnern.«

»Echt? Keinen grünen Daumen?«

»Nein, aber witzig, wusstest du, dass diese Redewendung mit dem grünen Daumen schon lange verwendet wird? Eine Geschichte gibt es, die geht auf König Edward I. zurück, der grüne Erbsen mochte, und die Person aus seiner Dienerschaft, die nach dem Schälen den grünsten Daumen hatte, wurde belohnt. Ist aber nicht wirklich belegt. Was aber belegt ist …«

»Furchtbar witzig, mhm.« Jasna rang sich ein Lächeln ab und machte den Weg an der Tür frei. »Komm rein, wir haben gerade Tee aufgesetzt.«

»Oh, toll.« Ein wenig graute mir vor meinem Koffer, aber ich griff trotzdem nach ihm und zog ihn polternd hinter mir her. Das Rad machte es definitiv nicht mehr lange.

»Hey.« Drinnen angekommen, erkannte ich ihn sofort.

»Cormac! Hey!« Es war ein seltsames Gefühl, jetzt mit ihm zusammenzuleben. Mein Kopf konnte gar nicht richtig einordnen, wie ich das fand. Dafür passierte mir auch gerade zu viel.

»Ja, bin ein Frühaufsteher.« Cormac erhob sich von dem Ecksofa, über dem tausend verschieden gemusterte Decken lagen, und der dunkle Holzboden gab knarrende Geräusche von sich, bis er mich erreicht hatte. Generell überschlugen sich meine Eindrücke in diesem lebhaften Cottage. Cormac breitete seine Arme weit aus. »Darf ich?«

»Was?«

»Umarmeeeen«, stieß Jasna belustigt hinter mir aus, als wäre das doch sonnenklar, und gab mir von hinten einen Schubs in Cormacs Arme.

»Oh.« Ich landete in seinem Oversize-Pulli in Grau, und seine dünnen Arme schlangen sich um mich. »Ähm, ja.« Bevor ich die Umarmung erwiderte, legte ich meinen Kopf etwas seitlich, um seinen hellrosa Haaren auszuweichen.

»Willkommen, Mitbewohner.« Cormacs Stimme klang wie die von Jasna. Lebendig, jungenhaft, aber trotzdem störrisch, laut, klar und so wahrhaftig. Er rubbelte mir durch meine Haare, die ohnehin vermutlich windzerzaust abstanden. Als er mich losließ, winkte er Jasna zu sich. »Trinken wir Tee, und dann soll Jasna uns eine Führung geben.«

»Hey, hörst du nicht zu?« Jasna drängte sich neben Cormac, als wollte sie ihn wegdrücken. »Ich bin nicht eure Butlerin, aber ich mach das trotzdem gerne. Schließlich will ich wissen, wie euch meine Arbeit gefällt.«

»Hast du nicht gesagt …«, Jasna brachte mich kurz aus dem Konzept, als sie sich bei mir und Cormac einhakte und mit uns losging, »du kümmerst dich nur um den Garten und das Haus?«

»Jaaaaaa, aber ich habe Massimo auch geholfen, die alten Dinge im Cottage in Schuss zu bringen und es neu für euch herzurichten. Damit ihr es gemütlich habt in eurem Zuhause.« Sie machte das für uns und lebte selbst in einer Pension? Mit Mäusen? Ich bückte mich unter einer Kletterpflanze weg, die sich an den quer verlaufenden, naturbelassenen Holzbalken entlangschlängelte, zwischen denen ich eine steinerne Decke erkannte. Die schwarzen gusseisernen Laternen mit Glühbirnen darin waren kaum noch zu sehen. Vorbei an der Holztruhe, die als Couchtisch diente, trieben uns der Duft von Tee und das

Pfeifgeräusch der Kanne Richtung Küche. Kurz erhaschte ich noch einen Blick auf den Kamin, der mit Steintafeln eingerahmt war, und dann lotste Jasna uns schon um die Ecke in die Küche.

»Boah, wie gemütlich es hier einfach ist.« Staunend blickte ich durch das offene Fenster neben uns. Jasna stimmte leise ein Lied an, das wie der perfekte Themesong für dieses zauberhafte Cottage klang. Leichtfüßig, magisch und mysteriös. Die Efeublätter verdeckten beinah die komplette Sicht nach draußen, und die beiden Fenster hatten Mühe, sich offen zu halten, doch das machte nichts. Dieses urige Flair von einem pflanzenbewachsenen Haus sorgte für eine Wohlfühlstimmung, von der ich nicht wusste, wann ich sie zuletzt gehabt hatte. Die Porzellanvase mit dem blau-gelben Blumenstrauß darin machte das noch mehr zu einem echten Postkartenmotiv. Was mir auch nichts gebracht hätte, da ich niemanden hatte, dem ich eine hätte schicken können.

Auf dem alten gusseisernen Kochzentrum mit dem durchgehenden Herdkranz stand der pfeifende Teekessel. Wasserdampf malte Wolken in die Luft. Davon beschlugen die Kupferpfannen darüber ein wenig. Weiter unten flatterte ein Geschirrtuch um den Griff der Holzschublade und verdeckte ein paar der handbemalten alten Kacheln rund um den antiken Holzofen. Jasna eilte zur Kanne, legte sich ihre blonden Haare über die Schulter, weiter weg vom Ofen, hielt sich dann an der Herdstange fest und zog den Kessel etwas rüber. »Teewünsche?«, fragte sie in die Runde, bevor sie von einem krummen, schmalen Holzbalken, der wie ein Baumstamm mitten im Cottage wirkte, ein paar Tassen von Haken nahm. »Wir haben hier Pfefferminze, Ingwer und Schwarztee.«

»Ingwer«, sagte ich, noch immer völlig eingenommen von dem Charme des Hauses.

»Ich auch, hast du eine Zitrone da? Und etwas Honig?« Cormac hüpfte auf die zartgrüne Kochzeile im Farmhausstil und schien ebenso begeistert wie ich.

»Haben wir alles da, Jungs. Ach, wie schön, dass hier ein wenig Leben einkehrt. Wisst ihr ... Na komm schon.« Jasna ruckelte an einer Schublade herum, die sich nicht öffnen ließ, bis sie zu rasch rausschoss. »Das hat noch gefehlt. Ich hab hier die kleinen Glasvasen noch oben hingestellt«, sie deutete auf ein Brett über dem Fenster der Spüle, »mit ein, zwei Blumen aus dem Garten und habe sogar die Kacheln geputzt. Aber irgendetwas hat noch gefehlt, und das sind ...«

Cormac warf mir einen zufriedenen Blick zu, und ich konnte nicht anders, als zu grinsen.

»Wir?« Ich deutete auf mich, dann auf Cormac.

»Exakt. Menschen, die hier leben.« Jasna betonte das Wort *leben*. Sie goss die Tees auf und stellte sie rüber an einen kleinen, weißen Tisch an einem Fenster.

»Ich finde ja, du solltest hier auch leben, wenn du das schon so hergerichtet hast«, sagte ich so dahin, während ich mich noch umschaute und mich mit Cormac auf die Sitzecke mit den weißen Kissen setzte.

Jasna winkte meinen Vorschlag nur ab, als dächte sie, das wäre nur eine Höflichkeitsfloskel, und nahm auf einem der Stühle Platz, stellte aber gleichzeitig noch ein Bienenkorbglas samt Honiglöffel und ein paar Kekse ab. »Ist übrigens Löwenzahnhonig. Ich liebe den, müsst ihr probieren. Und? Seid ihr sonst nervös, na ja, hier zusammen zu leben und dieses ganze Erb-Ding durchzuziehen?«

»Eigentlich schon.« Ich nahm die Zitrone von meiner Untertasse, drückte ein wenig Saft in die Tasse und legte die Scheibe in den Tee. »Wir müssen auch noch ein paar Interviews dazu geben, also der Regionalpresse. Daran habe ich gar nicht gedacht, du?«

Cormac lehnte sich zurück und verschränkte seine Arme

hinter seinem Kopf. Sie lagen an den großen Glasflächen des lang gezogenen Eckfensters, das uns nicht nur einen herrlichen Ausblick auf die Weite bescherte, sondern uns mit warmen Sonnenstrahlen beschenkte. Ein welkes Blatt von der Pflanze über ihm knickte genau in diesem Moment ab und schwebte auf seinen unordentlichen Mittelscheitel. »Geht. Ich arbeite ja bei G-TV und helfe da beim Wetter mit, schreibe die Telepromptertexte für die Wetterfrösche, so was eben. Da geht dieser Glanz ein wenig verloren.« Stimmt, das hatte ich ja schon mal über Cormac erfahren. »Vor allem mit Kollegen wie Yiannis, der mir täglich den letzten Nerv raubt mit seiner arroganten Fresse. Der moderiert seit ein paar Monaten das Wetter und ist ein echt mühsamer Typ, aber er hat letztens sogar etwas ziemlich Witziges gemacht, nämlich Nolan, dem Senderchef, gesagt … Ach, egal eigentlich.« Hasste er diesen Yiannis echt so sehr, wie er vorgab?

»Wie aufregend! Also der erste Teil deiner Geschichte, nicht das Yiannis-Ding. Den werden wir dann hier wohl eher nicht begrüßen im Cottage, was?« Jasna nahm ihren selbst befüllten Teebeutel heraus, und der Honig, der wie Gold unter der Sonne glänzte, glitt zähflüssig in ihren Tee.

Cormac schüttelte entschieden den Kopf.

»Aber ihr macht das bestimmt gut.« Jasnas Worte würden hoffentlich wahr werden.

»Ja, wird schon werden. Unglaublich, wie …«, ich pflückte Cormac das Blatt vom Kopf und reichte es ihm, »sich mein Leben verändert hat, und das nur, weil Segreto gestorben ist. Ich kann das noch immer nicht fassen. Also seinen Tod.« Ich verlor mich in dem Strudel meines Ingwertees beim Umrühren und bildete mir ein, seine gerötete Nase darin zu erkennen. »Eigentlich ist das hier echt zu schön, um wahr zu sein. Schade nur, dass das mit dem Tod von Segreto zusammenhängen musste.«

»Ihr habt euch gut verstanden?« Cormac hob die Tasse an.

»Ahhhhm, heiß«, zischte er und hielt sie nur noch an dem Henkel.

»Ja, er …« … *ist wie ein Vater für mich gewesen,* dachte ich. »… war ein grandioser Historiker und Professor. Er hat mir immer bei meinen Forschungen geholfen, und wir haben so oft dieselben Theorien geteilt. Ich habe es geliebt, mit ihm über meine Arbeit zu sprechen und …«

»Worüber schreibst du deine Doktorarbeit eigentlich?«, hakte Cormac nach. »Sorry, ich neige zum Unterbrechen.« Er pustete in seine Tasse und formte seine Lippen zu einem Trichter, traute sich aber dann doch nicht, den Tee zu berühren, und schickte nur seine Zunge vor, die wie eine kleine Schlange aus einem Loch hervorkroch und die Oberfläche durchbrach. »Ah, geht.«

Laut schlürfend genoss Cormac seinen Tee und stellte die Tasse danach ab.

»Ich schreibe über queere Menschen der Geschichte. So grob gesagt. Analysiere dabei Briefe, Zeitungen und so. Ich recherchiere über Codes in Briefen, die sie verwendet haben, um nicht erkannt zu werden, wenn diese vorab geprüft wurden. Was das mit ihrer Psyche gemacht hat. Der Druck. Mit Interviews von Menschen, die zum Beispiel auf San Domino und so gewesen sind. Über dreihundert queere Männer sind in Italien 1938 auf diese Insel gebracht worden. Denn laut Mussolini sollte es in Italien nur richtige Männer geben – Toxic Masculinity, ahoi! Sorry, ich schweife ab. Und wie das auch noch Nachwirkungen auf heute hat, vieles anhand von alten Postkarten, Berichten, Zeichnungen und so weiter. Das Thema hat ganz knapp gewonnen.« Ich pustete den Dampf meines Tees weg und nahm einen Schluck. Der zitronige Ingwer mit der Löwenzahnhonignote überzeugte mich sofort und beruhigte meinen Magen.

»Spannend, aber jetzt muss ich wissen, was das andere Thema war«, sagte Jasna und beugte sich ein wenig vor.

»Sagen wir so, es wäre um absurde Todesarten gegangen, so im Kern.«

Cormac und Jasna lachten beide auf.

»Sehr gut, heißt, wir wissen, zu wem wir unsere Verflossenen schicken«, sagte Cormac, und Jasna warf ein »Ja, genau« hinterher, doch ihr Blick zeigte weniger Belustigung als eher Unbehagen.

»Bitte, sehr gerne«, witzelte ich und merkte, wie mich die gelassene Art meines neuen Mitbewohners sofort auflockerte.

»Ich hoffe, die Studierenden, die diese Plätze nach euch bekommen, sind auch so nett«, sagte Jasna und erinnerte mich daran, dass ich irgendwann nicht mehr hier sein würde.

»Aber nur wir werden jemals ein fettes Erbe bekommen«, scherzte Cormac. »Na ja, falls zumindest einer von uns die Doktorarbeit in der Frist schafft. Ich kann noch gar nicht realisieren, dass Segreto der Uni das alles vermacht hat und die das Erbe auch nach seinen Wünschen verteilen. Und ich könnte das echt gebrauchen. Mein Konto weint jede Nacht mit mir um die Wette.« Die letzten beiden Sätze ließen die Stimmung etwas kippen. Wir tauschten Blicke aus. Ich kannte Cormac nicht, deshalb wusste ich nicht, ob er wollte, dass ich die Doktorarbeit nicht schaffte, damit er alles bekam, oder gönnte er mir die Hälfte?

»Obwohl ...«, Cormacs Blick verlor sich in den getrockneten Blumen, die von der Holzdecke hingen, »ich ja auch irgendwie selbst schuld bin. Na ja, egal.«

Die Studierenden nach uns konnten, wenn sie gut in ihrem Fachgebiet waren und es nötig hatten, vielleicht hier leben, aber wir würden als die Erb-Studenten Segretos in die Uni-Geschichte eingehen. Eigentlich gönnte ich Cormac die Hälfte, ich hoffte nur, er mir auch. Wenn ich ehrlich war, schätzte ich ihn aber schon so sein. Und ich war einfach nur happy, all meine Jobs und diese miese Einzimmerwohnung ohne Wärmedämmung, mit ständig kaputter Heizung und Wasserflecken kündigen zu können, um mich hierauf zu konzentrieren. Das konnte meine Chance sein, in ein schuldenfreies Leben zu starten. Ich musste das hier priorisieren.

»Ach, wie war denn jetzt dein Bezug zu Segreto?« Gut, dass Jasna als Puffer diente und das Thema wechselte.

»Ähm, äh, also …« Cormac kratzte sich hinter seinem Ohr. »Das, also so gut kannten wir uns gar nicht. Ehrlich gesagt, ich fühle mich gar nicht so wohl dabei, dass ich hier bin. Ich war gar nicht so 'n richtiger Student von ihm. Ich habe nur freiwillig einige Kurse von ihm besucht, in denen es um alte Techniken in der Meteorologie ging.«

»Aber deine Leistungen müssen ihn beeindruckt haben.« Jetzt lehnte ich mich etwas zu ihm und lächelte ihm zu. »Glaub mir, Cormac, sonst hätte dich Segreto hierfür nicht ausgewählt.«

»Danke, das bedeutet mir echt viel. Ich, na ja …«, Cormac drehte seine Teetasse ein paarmal im Kreis, »neige eher dazu, meine Erfolge und das, was ich mache, kleinzureden. Meine Familie ist da eher nicht so drauf. Die nimmt das nicht ernst, und ich bin einfach nur der Streber. Deshalb mache ich mich selbst immer über meine Sachen lustig, damit ich ihr das vorwegnehme. Das und so ein paar andere private Dinge hat Segreto auch mal von mir erfahren, als er mich beim Heulen erwischt hat.« Cormac winkte nach dem letzten Satz ab. »Peinlich. Egal.«

»Oh, nein, das ist ja echt schade, dabei kannst du so stolz sein.« Jasna legte ihre Hand auf seine, dann auf meine. »Ihr beide. Uuuuund: Heulen ist nicht peinlich.«

»Danke«, kam es von Cormac und mir gleichzeitig.

»Für diesen Fall habe ich …« Jasna lenkte uns wieder mit einem wilden Augenbrauentanz ab und stierte verstohlen unter den Tisch. Dort zog sie eine Art geheime Schublade raus, rutschte zurück und … hielt plötzlich einen Flachmann in der Hand. »Das hier hinterlassen! Habe ich hier gefunden, gereinigt, sterilisiert und befüllt.«

»Das ist …«, begann Cormac.

»Genau, was wir jetzt brauchen«, sagte ich und trommelte gegen den Tisch. »Jasna zuerst, dann ich.«

Cormac und Jasna prusteten los, und ich warf ebenfalls meinen Kopf in den Nacken, als ich auflachte. Wir reichten den Flachmann einmal im Kreis durch, aßen die zuckrigen Kekse von Jasna auf und starteten ein Trinkspiel. Alle tranken, sobald am Fenster ein Vogel vorbeiflog. Was ziemlich, ziemlich oft vorkam. Manchmal hielten sie sogar vor dem Fenster, als schüttelten sie über uns den Kopf, ehe sie weiterzogen.

Wir verloren uns in Gesprächen über die Uni, bis uns ein Klopfen hochschrecken ließ.

»Ähm, ich weiß ja nicht, wie ich es finde, wenn wir hier draußen ein Klopfen gegen die Tür hören.« Zitternd erhob ich mich langsam und setzte mich sofort wieder.

Cormac rutschte dicht neben mich, um hinter sich aus dem Fenster zu linsen, wohl um sicherzugehen, dass wer auch immer da war, nicht hinter das Haus gehuscht war.

»Ich bin mir sicher, in der Geschichte endeten solche Situationen oft nicht gut.« Ich hakte mich bei Cormac ein, und er nahm meine Hand.

»Mhm«, stimmte er zu, »und ich habe keine Ahnung von Geschichte.«

»Jungs …«

»Hey, Mister Mörder«, lallte ich ein wenig. »Wir sind nicht hier.«

»Quentin! Du Sohn eines Esels.«

»Ich habe keine Eltern«, sagte ich zu Cormac. »Obwohl es dann ja auch stimmen könnte, wenn ich sie nicht kenne«, witzelte ich.

»Jungs! Das ist vermutlich nur …« Jasna wurde unterbrochen, als die Hintertür neben der Küchenzeile aufgerissen wurde.

Kapitel 6
Massimo

»Beruhigt euch«, rief ich durch die Küche und ging mit erhobenen Armen an den Tisch. »Ihr seid ja ängstlicher als ...«
»Als du bei dem letzten Gewitter hier?« Für diese Enthüllung schenkte ich Jasna einen Todesblick. »Oh, war das etwas, das ich nicht verraten durfte?« Sie kniete sich neben mich hin. »Hallo, mein Liebling.« Das galt natürlich nicht mir, sondern Salaì, der hinter mir durch die Tür geschlüpft war und aufgeregt sicherstellte, dass Jasna ihn auch überall streichelte.

»Was machst du hier, Massimo?« Quentin legte seinen Löffel lautstark auf den Teetassenuntertasse.

Ich? Ich!? Am liebsten hätte ich ihm ins Gesicht geschrien, was er hier in meinem Haus machte. Doch das behielt ich für mich. Denn dank der Akten, die ich mir in Dads altem Büro schnell unter meinen Pulli geschoben hatte, begann ich langsam klarer zu sehen, wie ich es schaffen konnte, die beiden von ihrer Frist abzulenken. Offene Feindseligkeit, so viel war sicher, würde dabei nicht hilfreich sein. Mehr noch. Ich musste mich vorerst mit ihnen anfreunden. Oberflächlich. Darin war ich doch gut, oder nicht? Ich hatte ein ganzes Handy voll oberflächlicher Bekanntschaften. Zwei mehr dazu, facilissimo.

»Darf ich nicht mehr mein Cottage besuchen?« Mit meinem Kinn deutete ich auf den Tisch und zwang mich zu einem Grinsen, um die Worte zu entschärfen.

»An unserem Tisch ist immer Platz.« Jasna schob mit ihrem Fuß den weißen Stuhl zurück und winkte mich fröhlich heran. Das helle Sitzkissen mit den blauen Blumen fühlte sich weich unter meinem Hintern an, und in meinem Kopf ploppte das Bild von uns auf, als wir die alten Holzstühle gemeinsam gestrichen hatten.

»Streng genommen ist es ja übrigens gar nicht mehr dein Cottage.« Cormac hatte seinen Ellbogen am Tisch abgestützt und drehte mit seinem Finger eine Locke ein. Seine Haare waren beinahe hellblond, doch das blasse Rosa war vor allem im Sonnenlicht noch wie ein magischer Schimmer zu erkennen. Als wäre er nicht von dieser Welt. »Hi, Baby.« Cormacs Mimik erhellte sich, als Salaì sich an seine Beine drängelte. Als er sich bückte, um *meinen Hund* zu streicheln, erlaubte ich mir ein bitterböses Funkeln. Es kostete mich wirklich Kraft, nichts zu sagen.

Freundlich sein, Massimo!

»Komm schon, Mac.« Jasna schickte Cormac eine Ermahnung über ihre Augen und legte danach ihre Hand auf meine. »Ist doch schön, dass Massi hier ist. Er ist in Ordnung, echt – er hat richtig viel geholfen, hier alles hübsch zu machen für euch. Er will bestimmt mit uns feiern.«

Okay, Jasna hatte es geschafft, uns Hyänenrudel zu zähmen – vorerst. Nur ... was gab es bitte schön zu feiern? Dieses Cottage sollte in meinem Familienbesitz bleiben. Es gehörte mir.

»Stimmt. Also, ich wusste nicht, dass ihr feiert. Ich wollte einfach mal sehen, wie es euch so geht. Hier ...« Ich sah mich um. Eigentlich sollte das nur meiner Rede mehr Ausdruck verleihen. Doch als ich so durch die Küche blickte und meinen imaginären Dad an der Spüle beobachtete, wie er einen Teller in eines der vertikalen Abtropffächer in das Regal darüber stellte, und meiner halb transparenten Mom daneben zuguckte, wie sie die getrockneten Knoblauch- und Chilikränze aufhängte, musste ich schlucken.

»Hier?« Eine leichte Berührung von Quentin an meinem Unterarm, halb auf dem hochgekrempelten Hemdärmel, halb auf meiner Haut, riss mich aus meiner Fantasie. Oder vielmehr: Riss mich aus dieser und schleuderte mich in eine, die ebenfalls mit nackter Haut zu tun hatte.

Ich sah Quent an. Direkt in seine Augen. Sie zogen mir die Wut aus den Adern. Die Wut, die meine Muskeln anspannte und meinen Magen verkrampfte. Was aber blieb? Das Ziehen in meiner Bauchgegend. »Ähm, hier habe ich so tolle Tage verbracht, da wollt ich halt, na ja, dass ihr es auch schön habt.«

»Und wie ginge das besser als mit einer *spontanen* Einweihungsparty?« Jasna exte ihren Tee und sog die Luft scharf ein, als wäre es ein Schnaps gewesen.

»Eine Einweihungsparty?« Cormac drehte seine Tasse im Kreis und holte auch aus ihr den letzten Schluck heraus.

»Das wird *lustig,* Mac, schau nicht so.« Jasnas Gesicht strahlte.

Das war für mich der Zeitpunkt zu gehen. Ich machte doch nicht bei ihrer Scheißparty mit, die es nur deshalb gab, weil diese Parasiten mein Cottage besetzten!

»Lustig?« Mac stand auf, und gemeinsam mit Quent brachte er das Geschirr zur Spüle, wo ich noch ein wenig Gezischel, Lachen und Poltern hörte. »Ich bin gespannt.«

»Und ich erst, aber, oh … Hallo, na wie geht es dir?« Quent hatte sich zu Salaì hinuntergebeugt, der ihm nachgehechelt war, und streichelte mit beiden Händen seinen Körper entlang. Mein Hund war auch durch und durch ein Verräter. Aber ich verstand ihn, mein Körper liebte es auch, Quentins Hände zu spüren. Was dachte ich denn da? Das hatte hier nichts mehr zu suchen. Quent war nun mein offizieller von der Uni ernannter Erzfeind. Weg mit diesen Gedanken.

Jasna wusste genau, wo alles war. Sie so selbstverständlich durch die Küche tänzeln zu sehen wie meine Mutter damals, brachte mich auf eine Idee. Eine Idee, die mich näher in ihren inneren Kreis brachte. »Sag mal, Jas. Wie wär's, wenn du die

Mäusepension hinter dir lässt und oben das freie Zimmer nimmst? Es ist genug Platz, und wir könnten es als Bedienstetenzimmer eintragen lassen.« Ich stand auf und ging zu ihnen. Mit Jasna hier hatte ich einen guten Grund, öfter vorbeizukommen. Und das würde ich müssen, um mit meinem Plan voranzukommen, egal, wie sehr es mich nervte …

Als die drei mich ansahen und Jasnas Blick sich erhellte, fiel mir auf, wie ruhig es geworden war. »Ich meine, äh, du hast das alles so schön wohnlich gemacht und musst doch hier sowieso arbeiten, da kannst du auch hier leben, wenn du magst.«

»Ist das dein Ernst?« Jasna sprang auf und ab. »Würde euch das stören?« Besorgt legte sie ihre Hände auf die Stelle über ihrem Herzen und blinzelte Cormac und Quent an.

»Ist das ein Scherz? Massimo hat doch recht. Du hast das alles hier so schön gemacht.« Quent beäugte mich kurz. »Du solltest auf jeden Fall hier leben.«

»Außerdem ist es keine Lüge, dass Quentin und ich hier alleine vermutlich verrotten würden.« Cormac lächelte Jasna aufmunternd zu.

Jasna strahlte und umarmte mich stürmisch. »Danke! Dann musst du jetzt aber erst recht zur Party bleiben, ja?«

Ihre Umarmung wurde mir zu viel. Keine Ahnung, wann mich jemand das letzte Mal aufrichtig umarmt hatte. Mein Verstand wollte von hier weg, aber das war die perfekte Möglichkeit, ihnen näherzukommen, also … »Klingt doch zauberhaft!« Zauberhaft? Was zum …

»Perfekt.« Verschwörerisch lotste Jasna uns zu einer alten Truhe im Wohnzimmer. Wir hatten sie von einem Glasgower Flohmarkt als Deko geholt. »Ich denke, ich habe zufällig sogar das *beste* Motto.«

Quent, Cormac und ich warfen uns denselben skeptischen Blick zu. Was erwartete uns dort drinnen?

Jasna öffnete die Truhe mit dramatischer Geste.

»Was ist es?«, flüsterte Cormac leise zu Quent, offenbar weil er sich nicht traute, selbst hineinzusehen.

»Feenflügel?«, stieß Quentin überrascht aus.

Jetzt wollte ich doch wieder gehen.

Bunte Lichterketten umspielten die Wendeltreppe, und inmitten dieses funkelnden Lichtermeers eilte Jasna mit ihren pinken Feenflügeln die Stufen hinauf zur Holzgalerie, die den Wohnbereich umrahmte. Überall leuchteten rote, grüne, blaue und gelbe Punkte auf den Topfpflanzen und verliehen der Szenerie noch mehr Farbenpracht. Oben angekommen, stellte sich Jasna vor das hölzerne Geländer und blickte zu uns hinab. Ihr Zauberstab in Sternenform erinnerte an ein Zepter. Es war wohl an der Zeit, zuzuhören.

Ich betrachtete uns drei hier unten im Spiegel an der Wand neben der Wendeltreppe und fragte mich, was Jasna jetzt noch mit uns vorhaben konnte. Das bunte Licht brach sich auf den Goldsprenkeln in unseren Flügeln, und ich überlegte kurz, ob ich das Erbe nicht doch aufgeben und so weit wie möglich von hier verschwinden sollte.

»Hiermit erkläre ich die Fairytale-Einweihungsparty für eröffnet!« Jasna schwang ihren Zauberstab, was den Glitzer darauf löste. Er rieselte auf uns herab.

Zwei, drei Sekunden Stille.

»Quent! Die Musik!« Jasnas zischender Ausruf ließ Quentin zusammenzucken, und er drückte den Knopf in seiner Hand.

Die Fairytale-Playlist von Jasna füllte den Raum. Engelsgleiche Stimmen verschmolzen mit den Klängen alter Instrumente, darunter Geigen, Trommeln, Flöten und noch einige, die ich nicht genau zuordnen konnte. Aber sie schufen den perfekten Rahmen für das Motto dieser besonderen Feier. Salaì hatten wir in Cormacs Zimmer oben gelassen, damit ihm die Musik nicht zu laut wurde.

Quentin ließ seine Schultern kreisen und bestaunte die Melodie. »Also ich find's eigentlich ganz gut«, sagte er und schnappte sich einen Glitter Lavendertini, den Jasna ebenso spontan erfunden hatte wie den Rest der Party. Wodka, süßer Lavendellikör, Zitronensaft, Beerensirup, ein wenig Mineralwasser und zur Garnitur eine Zitronenscheibe, essbaren Glitzer und einen Lavendelzweig in einem Martiniglas.

»Du kannst mir doch nicht sagen, du hast das nicht von langer Hand geplant«, rief Quent hoch zur Galerie.

Jasna tanzte zu uns nach unten und stupste Quent mit ihrem Zauberstab auf die Nase, was noch mehr Glitzer in seinem Gesicht hinterließ. »Eine Fee gibt nie ihre Geheimnisse preis.«

»Okay, okay.« Quent lachte. »Lasst uns ein Einweihungsselfie machen!«

Jasna blieb sofort stehen. Beinahe zu schnell, da ihr Körper etwas vorkippte. »Nein! Keine Fotos. Von mir. Ich ...« Sie legte ein rasches Lächeln auf. »Ich mag keine Bilder von mir, da sehe ich furchtbar aus. Okay?«

Quent, Mac und ich tauschten überraschte Blicke. Für einen kurzen Moment schien die Stimmung eingebrochen.

»Zumindest muss ich dann keine Angst haben, von dir betrunken gefilmt und online gestellt zu werden«, sagte Cormac und tanzte weiter. Erleichtert griffen wir sein Schulterzucken auf.

»Und jetzt lasst uns die Feenwelt mit unserer Party erschüttern.« Cormac schnappte sich einen in Karamell getunkten Apfel auf einem Zweig, nahm Quents Hand, und die beiden drehten sich im Kreis zu *Learn Me Right* vom *Brave*-Soundtrack.

Als ich merkte, dass Jasna ihre Lippen zum Sound bewegte, schien das auch Cormac zu erkennen und verringerte kurzerhand die Lautstärke des Songs. Gleich danach übertönte Jasnas Stimme das Lied, und ich war überrascht, wie gut sie klang. Und wie sie da so von links nach rechts und wieder zurück schunkelte mit geschlossenen Augen, glaubte ich, bei einem Wohnzimmerkonzert eines Weltstars dabei zu sein. So eine kräftige, aber dennoch – auch passend zum Song – feengleiche Stimme. Ich war zwar schon auf Konzerten gewesen, aber noch nie einer Person so nahe, die so schön live gesungen hatte. Es war geradezu magisch.

»Komm schon.« Jasna öffnete die Augen wieder und reichte mir ihre Hand. »Ich sehe deinem zum Takt wippenden Fuß doch an, dass du deine italienische Hengst-Fassade nicht mehr lange aufrechterhalten kannst.«

Ich hob belehrend meinen Zeigefinger. »Italienisch-schottisch.« Direkt nach dem Wort »schottisch« spielten die Dudelsäcke im Song, und meine Elfenohren rutschten ein wenig runter. »Aber da die Klischees ja gerade so richtig reinkicken und wir sowieso übergossen von Stereotypen sind, warum nicht.«

Ich nahm Jasnas Einladung zum Tanz an, griff nach ihrer Hand und tanzte mit ihr neben Quent und Cormac mit, der die Musik wieder lauter gemacht hatte. Quent und Cormac drehten sich schneller und schneller. Cormacs Kopf kippte nach hinten. Er lachte laut auf.

»Mac, ich kann nicht mehr.« Quent biss die Zähne zusammen, doch die belustigten Laute und das unterdrückte »Mmmhhhh« drangen hindurch.

»Halt durch.«

»Ich … rutsche aus deinen schwitzigen Fingern«, sagte Quent.

»Das sind deine, nicht mei...«

Sie flutschten jeweils aus den Händen des anderen. Es schmiss die beiden zurück. Quent in einen dunkelbunten Ohrensessel und Cormac unter den Traumfänger zwischen zwei Fenstern. Gut, dass wir den Kerzenständer dort noch weggestellt hatten.

»Nicht schlappmachen, Jungs, weiter geht's!« Jasna lief kichernd zu Cormac, zog ihn auf die Füße und tanzte mit ihm weiter. Scheu blickte ich zu Quentin und er zu mir. Ob er ihnen von uns erzählt hatte? War es merkwürdig, nach unserem One-Night-Stand zu tanzen? Egal, das war doch genau das, was ich wollte … Quentin. Also nicht ihn, doch in den Akten meines Dads hatte ich gelesen, dass er neben all den akademischen Aufzeichnungen auch private Notizen über ihn gemacht hatte. Natürlich, mein liebster, grenzüberschreitender Dad. Wichser. Dadurch wusste ich jetzt jedenfalls, dass sich Quents Leistungen regelmäßig verschlechtert hatten, sobald er jemanden gedatet hatte. Mein Dad hatte dazu einige weitere Notizen gemacht, über Selbstwertgefühl und so, die ich nicht verstanden hatte, aber das hatte ich auf jeden Fall gecheckt. Vor allem war mir jedoch klar geworden, dass genau das womöglich ein sehr leichter Weg sein konnte, Quentin von seiner Doktorarbeit abzulenken. Er stand auf Männer. Er stand auf *mich*, das hatte ich schon recht zweifelsfrei festgestellt. Es war die perfekte Chance und das hier bestimmt kein schlechter Start. Also reichte ich Quentin meine Hand, und wir tanzten neben Jasna und Cormac.

Ja, das unterschied sich so was von den Partys, die ich sonst besuchte. Kein teurer Schampus, kein Bling-Bling, kein Gold überall, kein schwarzer Marmor. Sondern nur Papierfeen, Girlanden, Glitzer und Plastikflügel. Quentin vermied es, mich anzusehen. Doch ich hatte keine Geduld für diese scheuen Annäherungen, also hob ich mit meinem Finger sein Kinn an. Diese einfache Berührung schickte eine Welle durch meine Nervenbahnen. Oh, Mann, wie sehr ich ihn anschreien wollte, weil er mir dieses Cottage hier wegnehmen wollte. Doch etwas anderes in mir wollte ihn wieder gegen das Bett in dem alten, ekligen Zimmer von letztens drücken. Und wer sagte denn, dass mir meine Sabotage nicht auch Spaß machen durfte? »Na, da lerne ich ja noch einiges über dich, was? Quent mag Tanzen und Feenpartys?«

Quentin lächelte und schob sich seine Brille hoch. »Und noch viel mehr.« Er sah sich kurz um. »Aber ... du scheinst dich ja auch ganz wohlzufühlen hier bei uns.« Quentins Witz setzte etwas in meinem Kopf in Bewegung. Bei uns? Schön, dass er sich in meinem Haus direkt wohlfühlte. Ts!

Aufpassen, Massimo!

Sie durften nicht vermuten, dass ich es hasste, dass sie hier waren. Sie mussten denken, ich hätte damit abgeschlossen und gönnte ihnen das. Zu viel Spaß durfte das allerdings auch nicht machen, und schon gar nicht durfte ich am Ende anfangen, Quentin oder Cormac oder sogar beide zu mögen. Ich lenkte sie von ihrem Ziel ab. Nicht umgekehrt.

Damit meine Gedanken nicht zu sehr von meinem Gesicht abzulesen waren, entfernte ich mich von den anderen, hob einen Glitter Lavendertini an und setzte ihn an meine Lippen.

Ich konnte das schaffen. Ich musste nur schlauer sein. Schlauer als zwei Doktoranden. Großartig. Mein Dad lachte bestimmt irgendwo da draußen im Universum über mich.

Womit wir wieder beim Thema Ablenken wären.

In der Akte von Cormac stand, dass Cormac einen Ex-Freund hatte, der ihm irgendetwas geklaut hatte. Was bedeutete, dass er zumindest unter anderem auch auf Männer stand. Vielleicht konnte ich so direkt an beide rankommen. Obwohl ich Cormac dann auch nicht zu sehr fertigmachen wollte, wenn er schon von Männern ausgenutzt worden war. Da musste ich anders agieren. Na, mir würde schon was einfallen, wenn ich ihn erst besser kennenlernte.

Ich schlüpfte zwischen Cormac und Quentin, die mittlerweile wieder miteinander tanzten und sich über irgendetwas unterhielten. Cormac schien etwas verblüfft. Eine schnelle, eindringliche Melodie. Ich sah ihm tief in die Augen, kam ihm näher und lächelte ihm zu. »So eine Einweihungsparty hat was, oder?«

»Äh, ja ...« Cormac huschte zur Seite, lachte auf und packte sich ein Kissen. »Ich werde dich so was von übertrumpfen, Quentin. Und vor dir mit der Doktorarbeit fertig sein.« Ach, darüber hatten sie sich unterhalten. Cormac war in Kampflaune und fixierte Quentin vor ihm, noch mit dem Kissen bewaffnet.

Gut, Cormac konnte ich also tatsächlich nicht so einfach rumkriegen. Dann Quent zuerst, den hatte ich ja schon mal für mich gewonnen. Denn wenn es nach meinem Dad ging, konnte ich ja nichts, aber wenn es etwas gab, worin ich gut war, dann war es Sex. Und wenn das schon meine einzige Stärke war, dann musste ich damit Quent von seiner Doktorarbeit abhalten. Und ich wollte, dass Quentin sich ...

Ein Klopfen unterbrach mich.

»Gehört das zum Song?« Quentin erstarrte mit dem Kissen über dem Kopf und Cormac unter ihm auf dem gemusterten Teppich.

»Moment.« Jasna drückte auf Stopp, und die Musik unterbrach.

Das Klopfen kam zurück. Wir folgten dem Klopfen hin zur Tür. Dumpf und schwer hallte es mir durch Mark und Bein.

»Wir hätten nicht diesen stählernen Schmiedering als Türklopfer anbringen sollen, der klingt so unheimlich«, sagte Jasna.

»Macht jemand auf?« Quentin legte das Kissen weg und stieg von Cormac weg. »Mac?«

Von einem Klopfen auf das nächste nüchterten wir gefühlt alle komplett aus.

»Vergiss es.« Cormac nahm Quents Hand an und ließ sich hochziehen. »Ah! Da ist jemand am Fenster vorbeigehuscht, ich habe es gesehen. Oh, mein ... Das ist genug Aufregung für mich.«

»Ach, lassen wir das. Ich mach jetzt auf.« Wow, so mutig hätte ich Quentin gar nicht eingeschätzt.

Als Quentin bei der Tür ankam, schloss ich auf. »Gemeinsam, ja?« Wenn ich schon auf Besitzer dieses Cottages machte, musste ich mich auch darum kümmern.

»Alles klar. Drei, zwei …«

»Eins! Macht auf«, grölte Jasna.

Die Tür schwang auf, und ich erkannte noch im letzten Moment, wie zwei Lichter um die Ecke des Pfades huschten. Vermutlich Handylichter. Sie verschwanden im Schutz der Bäume und ließen uns mit einem mulmigen Gefühl zurück.

»Und?« Jasna und Cormac trauten sich zu uns.

»Nichts.«

»Niemand mehr da. Sie sind weg«, stimmte Quentin mir zu.

»Merkwürdig. Wollte uns jemand Angst einjagen?« Jasna drängte sich ein wenig zwischen Quentin und mich und spähte nach draußen.

»Angst? Welche Angst? Hat hier jemand Angst gehabt?« Wir alle schenkten Cormac unseren fiesesten Seitenblick, aber niemand kommentierte seine Aussage. »Okay, okay, okay, nicht gleich so überschwänglich mit der Zustimm…«

»Da.« Jasna zeigte auf die Türmatte.

»Ah, was? Was?!« Cormacs Stimme überschlug sich.

»Ein Brief.« Ich hob ihn auf und nahm ihn aus dem Umschlag. »Was soll das? Vielleicht jemand von der Uni, der euch einen Streich spielen wollte, weil es hier draußen nachts unheimli…« Ich unterbrach mich selbst, als ich den Brief überflog. Das konnte doch nicht sein.

»Was steht denn da?« Quentin lugte zu mir rüber, um den Inhalt mitzulesen.

Ich schluckte. »Es waren Leute von der Uni, aber das … Das ist kein Streich mehr.«

Kapitel 7

Quentin

Seit einigen Minuten schlenderte ich rastlos im Wohnzimmer hin und her. Massimo saß auf der alten Couch, seine Feenflügel neben sich und eine der Strickdecken auf seinem Schoß. Jasna und Cormac hatten sich zwischenzeitlich zurückgezogen, Jasna ins Badezimmer und Mac in sein Zimmer zu Salaì. Warum hatte ich nicht zuerst nach dem Brief gegriffen? Vielleicht hätte ich ... Ja, was hätte ich tun können? Ihn im Kamin verbrennen und den anderen eine falsche Botschaft mitteilen? So hätte ich zumindest Cormac vor dem bewahren können, was in dem Brief stand. Damit er nicht ... Damit niemand sich so fühlen musste wie ich mich.

»Dass sie extra hier rausfahren, zum Obsidian Hill Cottage, nur um uns diesen Brief voller Beschimpfungen, Drohungen und Beleidigungen vor die Tür zu legen, zeigt, dass wir das ernst nehmen sollten.« Damit erhielt ich wieder Massimos Aufmerksamkeit. »Die Geschichte zeigt uns, dass wir das ernst nehmen sollten. Wir können morgen die Uni-Verwaltung ...«

»Und ihnen was sagen? Wir haben keine Beweise, dass es Studierende gewesen sind. Das mit dem Erbe stand in allen möglichen Zeitungen und im Internet. Das kann genauso gut sonst jemand gewesen sein, der es gelesen hat und euch das nicht gönnt.« Massimo strich sich seine lockigen Haare zurück und verweilte in dieser Position. »Hör zu, ich sage nicht, du übertreibst, aber wenn wir damit zur Verwaltung gehen und es verläuft im Nichts, und das geht weiter, hört nicht auf, und ihr geht da sechs, sieben Mal hin, dann nimmt euch irgendwann keiner mehr ernst. Klar, sie sind eure Ansprechpartner wegen des Stipendiums und so, aber sie sollten euch auch ernst nehmen. Wenn wir damit zur Uni gehen oder sonst wohin, brauchen wir mehr.«

Nun, dieses Argument konnte ich durchaus nachvollziehen. Schließlich lehrte uns die Geschichte nicht nur, auf solche Dinge zu achten, sondern auch, wie oft uns niemand ernst nahm, es sei denn, die Hütte brannte bereits. Besonders wenn wir Teil einer Gruppe waren, die ohnehin mit Diskriminierung kämpfte, unterstellten uns die Leute doch ständig, dass wir nur nach Aufmerksamkeit heischten. Bullshit, aber Realität. Daher war es echt klug, mit Bedacht vorzugehen. Vielleicht war dies ja auch das erste und letzte Mal. In dem Fall würde ich es dennoch irgendwann in der Universität dem Mobbing-Beauftragten melden, aber es wäre vorbei.

Stille legte sich über uns, lediglich das Rauschen der Dusche aus dem Badezimmer oben durchbrach sie. Ein paarmal versuchte ich zu sprechen, entschied mich dann jedoch für Stillschweigen. Ich setzte mich seitlich neben Massimo auf die Couch, zog ein Bein hoch und knetete meine Hose. »Danke, dass du noch geblieben bist. Eigentlich wollte ich ja noch ein wenig recherchieren und ein Geschichtsvideo drehen, aber das wird mir die ganze Nacht den Verstand rauben.«

»Ach, das lenkt dich also ab? Hält dich vom Lernen ab?« Massimo kratzte sich über seinen Bart am Kinn, und sein Blick verlor sich irgendwo draußen, außerhalb des Fensters, wo Blitze sich durch die Wolken zogen, aber noch keinen Mucks von sich gaben.

»Würde es das nicht alle, denen so was passiert?«

Lichterfüllte Linien wie verzweigte Adern zogen sich durch den Himmel. Näher und näher Richtung Cottage. Wie ein böses Omen, das mir sagen wollte: Nimm das ernst.

»Cormac und Jasna ja nicht.«

Cormac? Da wäre ich mir nicht so sicher gewesen. An seinem Blick hatte ich genau erkannt, was er gefühlt hatte. Denselben Messerstich wie ich. Nur wollte er es nicht zeigen. Bei Jasna hatte ich eher das Gefühl gehabt, als schmerzte es sie für uns.

»Ich denke, du schätzt sie falsch ein.«

Wieder ein Blitz. Wieder ein schlechtes Zeichen. Was es auch zu bedeuten hatte, es erinnerte mich an eine alte Last, die ich lange mitschleppte. Zusammen mit der nächsten Blitzverzweigung, die wie das Gerippe eines Blattes aussah, verband sich nach und nach diese Erinnerung mit der frischen von heute.

»Quent?« Massimos Stimme klang entfernt.

Langsam verschwamm das Jetzt mit dem Damals. Dem scheißverfickten Damals.

Von meiner Perspektive aus erkannte ich auf einmal meine Arme, dünner als jetzt, weniger Haare, und mit einem Pulli bedeckt. Meine Hand, die an die silberne Türklinke im Jugendheim griff. Alles überschnitt sich stroboskopartig mit meinem jetzigen Ich von vorhin, als ich an den geschwungenen antiken Türknopf im Cottage gegriffen hatte. Die weiße Tür mit meinen Postern von Jon Snow, One Direction, Zendaya und Taylor Swift überlappte sich mit der blauen Holztür mit den kleinen Fensterchen auf Augenhöhe. Beide Türen schwangen gleichzeitig auf.

Mein Körper erhitzte sich, als ich an diese vergangenen Tage dachte. Ich konnte nicht blinzeln, meine Augen brannten. Gefühlt paralysiert starrte ich auf die Verschmelzung meiner Erinnerungen. Die Bilder flimmerten schneller und schneller, als hätte der Film einen Defekt. Ich griff nach dem Brief im Heim in einem Clip und nahm ihn Massimo im anderen ab, um die Zeilen darauf zu lesen. Zuerst die von damals.

Wir brauchen hier keine von euch SchwucXXXXX (die nächsten Wörter wurden zu verschwommenen Tintenklecksen – von mei-

nen Tränen vielleicht? Keine Ahnung) bei uns. Verpiss dich von hier. Niemand will dich Schwanzlutscher bei uns. Xxx xxxx Xx xxxx Xxx, xxxx xxxx xxx (alles darunter konnte ich nicht mehr lesen. Vermutlich versperrte sich mein Gehirn davor).

Gleich danach wechselte die Szenerie rund um das weiße Papier mit der von der dunklen Nacht vor dem Obsidian Hill Cottage ab.

Wir machen bei diesem ganzen LGBTQ-Scheiß-Wahn nicht mehr mit (im Kopf ergänzte ich LGBTQIAP+, wenn schon, denn schon). Programme für euch, jetzt wieder dieser Drecks-Pride-Month, diese bunten, unnötigen Flaggen überall. Ihr, die ihr denkt, jetzt wärt ihr was, und über den Campus stolziert. Und jetzt noch dieser Müll mit dem Erbe und dem Cottage? Komischerweise zwei Fehlzünder wie ihr? Niemand Normales? Hier hört der Spaß auf! Es gibt auch normale Menschen, die Geldprobleme haben. Und was macht die Uni? Holt sich wieder im Pride Month zwei von eurer Sorte ran, um Publicity für die Uni zu erreichen. Aber das werden wir so nicht hinnehmen.

Mein Kopf fügte ganz automatisch die aggressiven Stimmen aller Leute zu diesen Worten hinzu, die mich bisher beschimpft hatten.

»Quent!«

Ein Ruck ging durch meinen Körper. Die Bilder verschwanden. Die Stimmen verzerrten sich. Die Buchstaben auf den Briefen verliefen zu Tintenklecksen, zu einem reißenden Tintenfluss, der meine Gedanken wegschwappte und mich zurück in die Realität beförderte.

Zurück zu ihm. Zurück zu Massimo. Zurück zu diesen Augen. Segretos Augen. Die letzten Augen, die wirklich für mich da gewesen waren.

»Quent, alles gut? Warum weinst du jetzt?« Die tiefwarme Stimme wurde etwas höher. Was sagte Massimo da? Ich weinte? Ich griff mir ins Gesicht, und schon kurz bevor ich meine Wange berührte, merkte ich es auch so. Die Tränen. Schnell wischte ich sie weg und zog die Nase hoch.

»Nichts, ich, sorry, wahrscheinlich habe ich an, ähm, den Film, also nein, ein Video im Internet mit …«

»Ah, okay …« Massimo schloss kurz die Augen, und ich merkte, wie er sich etwas verkrampfte. Binnen weniger Sekunden wirkte er weicher. Hatte ich mir seine Anspannung nur eingebildet? Er lächelte sanft. »Wegen des Briefs? Euch wird nichts passieren.«

Ich schüttelte den Kopf. »Ich will dich nicht mit meinem Kram nerven.«

»Sag es mir!« Ein Knick ging durch Massimos Lächeln. Als wäre er ein flackernder Fernseher, der auf einer Seite den lockeren, auf der anderen den angespannten Massimo zeigte. »Ich meine, ich gehe bei dem Wetter nicht auf diesem matschigen Weg zum Auto, also würdest du mich nicht nerven, und ich, äh, höre gern zu. Dir zu. Gerne.« Passend dazu grollte der erste Donner murmelnd, schwer und dumpf um das Cottage, als unterstriche er Massimos Worte. »Das Gewitter stimmt mir zu.«

Massimo lächelte, und auf einmal war da gar kein Wetter mehr, sondern alles in mir fühlte sich nach purem Sommer an. Sommer am Strand mit warmem Sonnenlicht auf meiner Haut und keiner einzigen Wolke am Himmel.

Ich sollte das nicht tun. Dieses Annähern. Dieses Gefühlezeigen. Dieses Zuhausefühlen. Es würde mir wieder und wieder doch nur genommen werden. Entrissen, zerfetzt, auf den Boden geworfen und niedergetrampelt werden. Und doch war ich wieder dieser Esel, der es zuließ. Wie all die Male davor. Der wieder hoffte. Und Hoffnung war so böse. So dunkel. So niederschmetternd. Es tarnte sich nur so leuchtend, strahlend und warm, doch hinter der Maske der Hoffnung verbarg sich die schlimmste Fratze dieser Welt. Enttäuschung. Nichts brachte ein Herz mehr zum Platzen als eine falsche Hoffnung. Als das Ende einer Täuschung, die ich mir selbst eingeredet hatte.

Aber vielleicht konnte ich Massimo vertrauen. Er hatte das mit unserem One-Night-Stand nicht ausgeplaudert und gönnte uns sogar sein eigenes Erbe. »Ich will jetzt keine bösen Waisenhaus- oder Jugendheim-Klischees auf den Tisch packen«, sagte ich nach einer Weile.

Massimo trat gegen die alte Truhe, die wir als Tisch nutzten. »Diese umfunktionierte Schatzkiste hält das noch aus.«

Mir entkam ein belustigtes Schnauben.

»Sorry, also du bist in einem Heim aufgewachsen?«

»Nicht nur in einem. In mehreren. Einmal habe ich so eine Adoption durchgemacht. Eine tolle Frau, leider sind uns nur ein paar Monate miteinander vergönnt gewesen, bevor sie gestorben ist. Dann bin ich wieder zurück. Hab nur ihren Nachnamen behalten. Wallace. So hat sie geheißen.« Alle Kräfte, die ich in mir hatte, wandte ich auf, um ihr Bild zu verdrängen. »Ansonsten kenne ich weder meine Familie noch irgendeine Form von Familie. Trotzdem habe ich wirklich, wirklich Glück gehabt mit meinen Heimen. Meistens waren die Leute echt nett, ich hatte junge, noch motivierte Menschen um mich. Und ja, wir waren so was wie eine kleine Familie, aber ... Alle von uns haben irgendwie ihre Herzen verschlossen, weil irgendwann gingen sie alle, und danach haben wir nie wieder was voneinander gehört. Und ich habe danach auch alles Mögliche getan, um nicht vermittelt zu werden. Dazu gehörte nicht viel. Nicht reden, in der Ecke sitzen, sich nicht zurechtmachen und so reichte den Leuten oft, dass ich ihnen zu wenig niedlich oder potenziell mühsam erschien, um adoptiert zu werden. Selbst später im Jugendheim war es eigentlich schön. Nur kamen da eben die Jugendlichen erst in diesem Alter aus den Familien zu uns, in dem sie rebellisch waren und einige nicht sehr queerfreundlich.«

»Und?« Diese Unds und Abers gab es immer, das wusste auch Massimo.

»In meinem letzten Jugendheim für Teenager, das uns so ein bisschen auf die richtige Welt vorbereitet hat, sind die Emotionen übergekocht. Wir sind alle Teenies gewesen. Rebellisch. Wollten ausbrechen. Individuen sein. Wir waren ungewollt und abgeklärt. Manche kamen auch aus schwierigen Familien, und ich gebe ihnen keine Schuld, Chaos im Kopf gehabt zu haben. Ich habe damals niemandem von meiner Sexualität erzählt. Warum auch? Irgendwann ist es aber rausgekommen. Nicht gelöschte Internetverläufe und so. Und dann waren da diese Leute, die nur noch auf mir herumgehackt haben, die Leute, die nicht dazwischengehen wollten, um weiterhin dazuzugehören, und die Betreuenden, die uns alle nicht mehr so richtig bändigen konnten.« Da gab es noch so, so, so, so viel mehr, aber für heute genügte das. Für mich. Ich wollte da nicht weiter eintauchen. »Dieser Brief hat mich an einen Vorfall von damals erinnert und mich dahin zurückversetzt. Nichts weiter.«

»Nichts weiter?« Massimo rückte näher zu mir. Sein herber Geruch und sein Glitter-Lavendertini-Atem schwebten ihm voraus. »Das ist echt einiges, das du da zu schultern hast. Es tut mir so leid.« Warum klang diese Entschuldigung so aufrichtig? So gar nicht mehr schwankend zwischen locker und angespannt? Als entschuldigte er sich ehrlich für meine Vergangenheit.

»Du kannst ja nichts dafür.«

»Trotzdem. Solche Flashbacks sind scheiße und belastend. Also, stelle ich mir vor.« Wie er das sagte, klang es, als kannte er das. Aber woher? Mit diesem tollen Dad und dem vielen Geld? Okay, das war wohl ziemlich einfach gedacht. Auch er konnte seine Probleme haben.

»Für dich ist es doch bestimmt auch nicht einfach. Hier zu sein. Im Cottage bis zum Rand voll, beinahe am Überlaufen mit Erinnerungen an deine Eltern. Wir sind jetzt schließlich beide ohne Eltern. Meine leben ja sogar vielleicht noch, megahappy, mich nicht in ihrem Leben zu haben und ein paar Hunderttausend Pfund gespart zu haben, die ein Kind nun mal so kostet.«

Massimo wich perplex etwas zurück. Mehrmals stolperte ein Ähm aus seinem Mund. Vermutlich hatte ich ihn mit meinen Gedankengängen überfordert. Das tat ich leider oft. Weswegen ich meistens nicht so viel redete. Oversharing, ahoi!

»Ach, um mich sorge dich nicht. Denk da gar nicht drüber nach. Mein Dad hatte bestimmt gute Gründe, es euch zu vermachen. Und deine leiblichen Eltern verdienen dich nicht. Aber ... Wie hast du das dann geschafft, so ...« Massimo unterbrach sich, als überlegte er, was er sagen wollte. »Na ja, so klug zu werden? Nicht dass Kinder, die in Heimen aufwachsen, nicht intelligent sein können, aber so überfliegermäßig. Ohne das eben vorgelebt zu bekommen. So einer der jüngsten Bald-Doktoranden zu sein. Heißt es nicht immer, Bildung ist leider etwas, was noch oft daran hängt, wie viel sich jemand leisten kann?«

Er sprach sich um Kopf und Kragen, dabei wusste ich ja, was er meinte. Ohne Eltern mit gutem Einkommen war es wirklich hart gewesen. »Wie erwähnt sind ...«

Ein Krachen und Poltern ging durch die Luft. Wie eine Explosion mitten in meinem Kopf. Als implodierte die Welt. Das Donnern zog sich so lange hin und kam so überraschend, dass selbst mir ein mulmiges Gefühl in den Magen gepflanzt wurde. Aber nichts im Vergleich zu Massimo. Dieser sprang neben mir auf, als wäre ein Lkw durch die Tür gerast. Begleitet von einem unterdrückten Schrei sah er sich hektisch um.

»Wir werden sterben!«

Im selben Moment stürmte Cormac aus seinem Zimmer und

hielt sich an dem Holzgeländer über uns fest. »Wir werden sterben!«

Hatten Massimo und er sich abgesprochen?

»Du hast Angst vor Gewitter? Du hast bald einen Doktortitel in Meteorologie«, brüllte ich zu ihm hoch.

»Und deswegen freue ich mich über Explosionsgeräusche und Blitze, die mich töten?« Mac rannte die Wendeltreppe hinab, stoppte mittendrin, als erneut ein Donner, rollend über unserem Dach, sich einen Spaß aus seiner Angst zu machen schien. Neben ihm lief Salaì, dem das alles nichts auszumachen schien. Einer der wenigen Hunde, die keine Angst vor Gewitter hatten.

»Und ich, ich habe keine Angst.«

Mit hochgezogenen Augenbrauen musterte ich Massimo, der am ganzen Körper zitterte, sosehr er auch versuchte, lässig dazustehen.

»Ich bitte dich.« Jasna kam in einem meiner Pyjamas aus dem Badezimmer. »Ich habe alles gehört, und ich soll bestimmt nicht noch mal unsere Geschichte aufrollen?« Stimmt, sie hatte ja erwähnt, dass Massimo sich beim letzten Gewitter davor schon gefürchtet hatte.

»Bei Gewitter duschen ist übrigens auch nicht so ungefährlich«, wandte Cormac ein, wofür er nur ein Schulterzucken von Jasna bekam.

»Nei…« Massimo zuckte beim nächsten Donner zusammen, dessen Blitz gleichzeitig den Himmel und das Cottage erleuchtete. »…n.«

»So, habt ihr alle eure letzten Worte parat?« Cormac kniete vor mir am Boden, zwischen Couch und Truhe eingeklemmt. »Meine wären: Ahhhhh!«

Tolle letzte Worte, begleitet von einem erneuten Donnern. Nur dass dieses Mal der Strom ausfiel. An meiner anderen Hand spürte ich nun auch ein Ziehen, und als der nächste Blitz den dunklen Raum erhellte, erkannte ich für eine Sekunde Massimos Finger, die sich in meine verkeilt hatten. Massimos Haut, die meine berührte. Wie damals ... Seine Haut, die einen Blitz vom Himmel über seinen Körper in meinen schoss, sich durch all meine Verzweigungen bis hin zu meinem Herzen stahl.

»Ich geh mal raus in den Keller und sehe nach dem Strom.« Jasna, heldenhaft gekleidet in meiner Pyjamahose mit Chopper aus *One Piece* darauf und in einen riesigen weißen Pulli, öffnete beherzt die Tür.

»Du. Bist. Doch. Nicht. Ganz. Normal.« Cormac stand auf und deutete Jasna mit jedem Wort einmal mehr den Vogel. »Du gehst da nicht raus. Und schon gar nicht in einem Schlafanzug mit einem Dachs drauf.«

»Dachs!? Chopper ist ein *Rentier* und ... Egal. Und wie ich das machen werde, halt mich auf.« Die quietschgelben Gummistiefel standen neben der Kommode. Jasna sah sie an. Cormac sah sie an. Beide sahen sie an. Jetzt sah ich sie auch an. Und langsam griff Jasna wie zu einer Waffe nach unten.

»Jasna«, stieß Mac gequält aus.

»Bist du sicher, dass du Meteorologie studierst?«, hakte Massimo nach, doch an seiner Hand spürte ich trotz des Witzes noch sein Zittern.

Weil er noch immer meine Hand hielt.

Okay, gelassen bleiben.

Cormac guckte zu Massimo. »Ja, und ich habe schon Dutzende Berichte gelesen über Leute, die von Blitzen getroffen wurden und – hey!«

Jasna hatte bereits die Tür geöffnet und war nach draußen verschwunden.

Kapitel 8

Massimo

Salaì hüpfte neben mir auf und ab, als ich den silbernen Kühlschrank mit der Ferse zukickte und sein Futter für heute auf die Marmorplatte daneben legte. Der gestrige Abend mit Quent, Cormac und Jasna hatte mich meinem Plan, mein Erbe zurückzubekommen, ein Stückchen näher gebracht. Ich freundete mich mit ihnen an, ließ sie im Glauben, ich gönnte ihnen das Erbe, und es wirkte nicht seltsam, wenn ich Zeit mit ihnen verbrachte, um sie von der Frist abzulenken. Bei Quentin konnte ich an unseren One-Night-Stand anknüpfen und ihn mit Sex von der Doktorarbeit fernhalten. Mehr noch, wenn er sich in mich verliebte ... Aber was war mit Cormac? Für ihn brauchte ich noch einen Einfall.

»Salaì, ich hab's doch gleich.« An meinem Oberschenkel spürte ich sein weiches Fell, und seine sanften Pfoten drückten sich in mein Bein. »Wenn du nicht gleich aufhörst, gibt's nichts zu essen.«

Für einen Moment hörte Salaì auf zu hecheln, zog seine Zunge ein und legte den Kopf schief. Nur um sich gleich danach ein wenig von mir abzustoßen. Er kippte vor und landete mit seinen Vorderpfoten wieder an meinem Oberschenkel. Das wiederholte er ganz penetrant weitere fünf Male.

Er wusste ohnehin, ich würde ihm sein Essen geben.

»Du machst mich fertig.«

Salaì schnaubte, als wollte er sagen »*Und du mich erst.*«

Ich schnappte mir eine der Schüsseln, die aufeinandergestapelt auf der hölzernen Kochinsel standen – die eigentlich nur ein länglicher, restaurierter Tisch war, den meine Mutter mit geschwungenen, dicken Beinen versehen hatte –, und fummelte an der Dose herum. »Komm schon, sonst frisst mein Hund mich.«

Über mir öffnete sich die halb transparente Abdeckung der Glaskuppel – perfekt vom Timer eingestellt. Mehr und mehr von der warmen Junisonne drang herein und ließ die weiße Küche erstrahlen. Langsam kroch sie auch vor die Glasfront hinaus auf die Terrasse, wo mein Essen auf mich wartete. Auf der Küchenzeile gegenüber fiel ein Sonnenstrahl direkt auf das Gemälde des Obsidian Hill Cottages.

Es war der einzige Ort, an dem ich mit meinen Eltern einen Hauch von Familiensinn gefühlt hatte. Selbst bei einem Scheißgemälde spürte ich das. Eine Verbundenheit, die mir gestern aus jeder Ecke des Hauses entgegengewabert war. Letzter Wille hin oder her. Wenn meinem Vater das nichts bedeutet hatte, bitte, aber mir schon. Dieses Haus, das Cottage und unser Geld waren die drei Dinge, die diese Familie zusammengehalten hatten. War das traurig? Ja. Aber genau deshalb wollte ich das für mich. In jedem Buch in diesem Haus, in jeder Pflanze im Cottage und in jedem Geldschein steckte etwas von meiner Familie. Das Geld an sich bedeutete mir eigentlich nichts. Klar, zum Überleben wäre es schön, aber ich brauchte es hauptsächlich, um Abby und den anderen Tierpflegeeinrichtungen zu helfen. Das Cottage hingegen ... das war persönlich. Und auch dafür würde und musste ich noch einen Weg finden, es zurückzubekommen.

Ein Ruck ging durch meine weißen Shorts. Er riss mich aus dem Bild, das mich mehr und mehr in seinen Bann zog, und ich ließ meine Augen zu Salaì wandern. »Du bist ungeduldiger als, als, als ... ich. Und mach meine Shorts nicht schmutzig.«

Ich beschäftigte mich wieder mit Salaìs Futter, aber der gestrige Abend ließ mich noch nicht los. Was Quent über seine Zeit im Jugendheim erzählt hatte, tat mir leid, aber ich konnte wegen so was nicht einknicken. Abbys Tiervilla, die Tierschutzeinrichtungen und meine Reisen, um dort weltweit auszuhelfen, all das würde in die Brüche gehen, wenn ich das Geld nicht hatte. Aber noch viel mehr reizte es mich, wenn ich wirklich ehrlich war, meinem Dad seinen Letzten Willen abzuschlagen. Er hatte es nicht verdient. Er hatte es einfach nicht verdient, nicht nach allem, was er mir …

Ein *Wuff* holte mich aus meinen Gedanken.

»Mensch, ja!« Ich funkelte Salaì an, konnte ihm aber nicht lange böse sein und schickte ihm einen Luftkuss.

Der Inhalt der Dose kippte in die Schüssel, und ich hob sie an. Mit Salaìs Essen ging ich nach draußen auf die Terrasse zu meinem Frühstück, das auf einem kleinen schwarzen Rundtisch wartete. Unter meinen Fußsohlen spürte ich den warmen Marmor. Ich stellte die Schüssel neben meinen Tisch und setzte mich. Auf meinem Handy durchsuchte ich Cormacs Tik-Tok-Profil, dort hatte er Videos erneut veröffentlicht. Videos von Leuten, die sich über diesen Kinderstar-Yiannis lustig machten. Von seiner Akte wusste ich ja auch, dass er bei G-TV arbeitete. Wie Yiannis. Ich kannte ihn von einigen Partys … Er mochte den Typen also nicht? Ehrlicherweise kam er mir auch etwas arrogant vor. »Was meinst du, Salaì? Sollte ich Yiannis mal Cormacs Reposts zeigen? Das wäre doch eine Möglichkeit, Cormac abzulenken.«

Statt einer Antwort erhielt ich Schmatzgeräusche und ein leichtes Tänzeln um die Schüssel, was Salaì oft machte, wenn er fraß. Wie sehr ich ihn vermisst hatte. Ich durfte echt nicht mehr so viel und lange verreisen. Obwohl mich ja hier auch nicht mehr wirklich etwas hielt.

Ich durchsuchte weiter das Internet und erhielt eine Benachrichtigung. Jemand hatte mich auf Instagram markiert?

Ich öffnete die App. Der erste Beitrag in meinem Feed war ein Post von Bram Toohey. Der hatte auch schon ewig nichts mehr online gestellt. Ich likte das Bild von der Skyline Glasgows. Früher hatte ich Bram öfter auf Partys getroffen, auf denen er als Kellner gearbeitet hatte. Es war immer wieder zu leicht gewesen, ihn zu überreden, sich mit mir und einem Silbertablett voller Champagner irgendwo zu verschanzen und das teure Gesöff allein leer zu trinken. Ein bisschen aufbrausend war er und steigerte sich schnell in Empörung und Selbstmitleid hinein, aber er schien einen guten Kern zu haben. Oh, und ... bei der Testamentsverlesung war er ja auch gewesen und hatte auch einen dieser Mitleidsbriefe von meinem Dad bekommen. Die mit der *Cottage-Chance*. Etwas klapperte in meinem Kopf, aber ehe ich dem nachgehen konnte, fiel mir wieder ein, dass ich ja markiert worden war und eigentlich deshalb überhaupt Instagram geöffnet hatte. Eine Story-Erwähnung. Der Account sagte mir nichts. *GlasgowAlphasNow?* Augenrollend klickte ich mich in ihr Profil. Wie zu erwarten eine toxische Seite voller problematischer Memes und Aussagen. Wie Menschen nur darauf reinfallen konnten ...

Ich klickte auf ihr Profilbild, um in die Story zu gelangen.

Party-Miliano Scandalo bei den beiden Publicity-Gays vom Erbskandal im Cottage von Professor Segreto? Was macht er da? Bringt er noch mehr Geld vorbei, oder feiern sie eine Orgie? Lasst euch nicht verarschen, Leute. Normale Studentinnen und Studenten hatten nie eine Chance. Diese Schwxxx

Ich verdrehte die Augen und las im nächsten Absatz weiter.

... verarschen uns! Wacht auf!

Der Text über einem Nachtfoto mit meinem Auto von der Seite! Mein Auto! Es stand halb auf dem erdigen Pfad neben der Straße, und dahinter erkannte ich die Weite des Feldes. Und diesen beschissenen Namen *Party-Miliano Scandalo* konnte ich auch nicht mehr lesen.

> Was fält ech Dreckspssern eigntlich ein, meinen Namen in den Mund zu nehmen und mein Auto zu fotgarfieren? Udn online zu stellen??!11!! Ich werde euch so hart verklagen, dass euch der Arch platzt.

Das war vermutlich nicht mein bester Text, wütend, dank meiner Rage falsch geschrieben, aber ich konnte die Flammen des Zorns, die durch meine Finger peitschten, nicht im Zaum halten. Ich schickte den Raxt ab – einen Rage-Text – und klickte mich in die Nachricht, um sie noch mal zu lesen.

Gelesen.

Gelesen!?! Sie hatten sie schon gelesen? Und warum schrieb niemand?

> Fällt euch nichts mehr ein?

Bin gespannt, ob sie nun antwor...

Dieses Konto wurde gelöscht.

Niemals. Sie hatten ihr Konto gelöscht? Und ich keinen Screenshot gemacht, toll. Was waren das für Feiglinge? Mit meinem Daumen schob ich mir aggressiv mein Schoko-Cornetto zwischen die Lippen. »Mem mich mbeuch merwische!«, grölte ich mit vollem Mund.

Ich spülte mit dem Espresso nach und knallte mein Handy voller Wut auf den Tisch. »Wenn ich euch erwische«, wiederholte ich.

Gleich danach schob ich es ein wenig zur Seite, um sicherzugehen, dass die Glasplatte über den weiß-grünen Mosaiksteinchen keinen Riss bekommen hatte.

Bevor ich überreagierte – was damit enden würde, dass ich zur Uni fahren und dort alle anschreien würde, bis sich jemand zur Tat bekannte –, lehnte ich mich zurück. Aber vielleicht war es auch niemand von der Uni, das hatte ich doch gestern noch Quentin so superschlau erklärt … Ich schloss meine Augen und ließ den Duft des Grüns durch mich hindurchfegen. Außerdem war Jasna hier irgendwo im Garten, vermutlich strich sie den Pavillon neu. Also durfte ich nicht zu laut über meine Pläne nachdenken. Denn in mir kündigte sich eine neue Idee an, die sowohl für Quentin als auch für Cormac funktionieren könnte. Ich sollte Yiannis wie vorhin überlegt ein paar Screenshots schicken, und danach sollte ich mich vielleicht mal bei Bram melden. Er hatte bei der Testamentsverlesung ziemlich sauer gewirkt und sich abfällig über meinen Dad geäußert. Und er war doch ziemlich clever. Vielleicht hatte er einen Rat? Und selbst wenn nicht und es nur half, mich mal bei jemandem auszukotzen, war es schon ein Erfolg.

Ich nahm mein Handy wieder und verschanzte mich auf der anderen Seite des Gartens. Vorbei an uralten Bäumen und Sträuchern, die größer als ich waren, wiegte ich mich in Sicherheit und rief Bram an. Er hatte mir mal seine Nummer gegeben, falls ich einen Kellner für Privatpartys brauchte.

»Bram Toohey hier?«

»Hier ist Massimo … Segreto.« Wie ich den Namen hasste.

»Oh, h-hi. Geht es um eine Party? Ich …«

»Nein, es geht um die Testamentsverlesung. Ich hatte den Eindruck, dass es dich ganz schön aufgebracht hat, nicht ins

Cottage zu ziehen, und wollte mal hören, wie's dir damit so geht.«

»Ich ... Das, also. Tut mir leid, ich ...«

»Nein, das finde ich gut. Das mit dem Erbe ist schon echt unfair. Vor allem, es vor eurer Nase baumeln zu lassen, obwohl von Anfang an klar war, dass ihr nie eine Chance drauf haben werdet.«

»Echt? Ja, gut, wahrscheinlich kannst du's irgendwie nachfühlen. Ist ja dein Geld, das da an irgendwelche Studenten geht.« Am Telefon klang seine Stimme so jung und rotzig. »Tut mir echt leid für dich.«

»Danke.«

Stille. Lange Stille.

»Oookay.« Was sollte ich jetzt sagen? Warum hatte ich nur diese Idee gehabt, anzurufen?

»Willst du da eigentlich gar nichts unternehmen? Es ist doch dein Erbe!« Brams Stimme wurde lauter.

»Was ich denke, tut nichts zur Sache, oder? Es ist Dads Letzter Wille.«

»Also lässt du diese Ungerechtigkeit zu? Mal ehrlich, ich finde das richtig beschissen.« Ich konnte förmlich vor mir sehen, wie Brams Ohren und Wangen fleckig rot anliefen. Das war immer so, wenn er sich zu sehr über irgendwas aufregte.

»Ich hab eine Idee. Was, wenn wir dafür sorgen, dass sie nicht mit ihrer Arbeit fertig werden. Dann bekommst du das Geld zurück, oder?«

Ich stockte innerlich. Wie konnte er denselben Gedanken haben wie ich? War der so naheliegend? Na ja, ehrlich gesagt wahrscheinlich schon. »Ja ... und?«, hakte ich nach.

»Ich könnte dir dabei helfen.«

»Ach. Und wie?«

»Ich weiß auch nicht, kann doch nicht so schwer sein, sie abzulenken. Ich könnte ein paar Fake-Accounts auf Instagram anlegen und ihnen ein paar Nachrichten schreiben oder so, um sie aus dem Konzept zu bringen. Oder über den Mail-Dienst der Uni.«

»Na ja, Bram, ich weiß nicht so recht. Ich meine, warum solltest du das für mich machen? Aus Rache, oder was hast du davon?«

Im Hintergrund hörte ich Straßengeräusche. War er rausgegangen? Aber von wo hinaus? Na ja, konnte mir egal sein.

»Ach Quatsch, Rache. Ich will natürlich Geld. Wenn du das Erbe zurückbekommst, gibst du mir einen Teil davon. Sagen wir dreißigtausend. Zehn Prozent. Mehr will ich gar nicht.«

Zehn Prozent Provision, damit er mir half, mein Erbe, mein Recht und meine Genugtuung gegenüber Dad zu bekommen? Das klang eigentlich vielversprechend. Da musste ich aber auch wieder an den Brief und diese Alphas denken. »Okay, einverstanden. Aber! Du regst dich nur darüber auf, dass du es unfair findest, dass das Erbe nicht besser verteilt wird, weil es andere auch verdient haben, klar? Ich will keine Drohungen oder sie irgendwie psychisch fertigmachen, und bitte keine queerfeindliche Scheiße, wie andere sie posten. Sie sollen deine Nachrichten sehen, sich vielleicht etwas schuldig fühlen und empfänglicher für Ablenkung sein. Nicht mehr, sonst war's das und ich gehe zur Polizei.«

Bram schnaubte belustigt. »Beruhig dich, Mister. Alles klar.«

Okay, das war ja besser gelaufen als geplant.

Endlich hatte ich mir Zeit genommen und war zwei Stunden raus zu Abby gefahren.

»Massimo!« Kleine Fältchen zogen sich neben ihren Augen, als sie die Tür öffnete und mich breit anlächelte. Je seltener ich kam, desto mehr fiel mir jedes Mal auf, wie sie älter wurde. Doch als sie mich an der Hand zu sich zog und mich in den Arm nahm, spürte ich am eigenen Leib, dass sie von ihrer Kraft nichts eingebüßt hatte. »Komm rein, Mensch, wie schön, dich zu sehen.« Ihre Härchen flogen wirr unter ihrem Stirnband umher, als sie sich umdrehte.

Sie lotste mich durch ein Labyrinth aus Krimskrams, älter und uriger als das Angebot des Secondhandladens, den ich oft besuchte. Und verstaubter. Aber so war Abby. Abby kümmerte sich um ihre Tiere und nur um sie. Deshalb sah ihr Wohnbereich auch aus, als wäre er vollgestellt und zugemüllt.

»Was führt dich her, Massimo?« Abby hob eine Kiste mit Porzellantieren auf und stellte sie auf eine alte Kommode. Je mehr sie sich bewegte, desto mehr Staub wirbelte sie auf. »Hier sieht es ein wenig unordentlich aus, aber ich habe viel um die Ohren.« Sie zupfte ihren selbst gestrickten Pulli zurecht und stopfte den unteren Teil in ihre Hose mit den tausend Taschen, aus denen Tüten mit Leckerlis ragten.

»Ähhhhhh.« Um mich stapelten sich Deko, Gemälde, Regale und Stühle. Abby füllte ihr Zuhause damit, um die Einsamkeit zu vertreiben und ihre Trennungsschmerzen zu betäuben – was ich ihr nach acht Ehemännern nicht verdenken konnte. Doch das ging mich nichts an. In Bezug auf die Tiere sorgte sie vorbildlich, und vor allem die Bereiche für die Tiere sahen makellos aus. »Nach Dads Tod ...«, ... fühle ich mich einsam, wollte ich sagen, behielt es aber für mich, »habe ich das Gefühl, mir wächst das alles über die Ohren. Der Papierkram.«

»Och, Mensch, Massimo.« Abby warf ihre Mähne zur Seite und guckte über ihre Schulter zu mir. »Das kenn – huch.« Es schepperte laut, als sie über ineinandergesteckte Töpfe stolperte. Sie fing sich an einem riesigen Plüschhasen. »Kenne ich. Der Papierkram für die Förderungen geht bei mir auch total unter. Dabei müsste ich echt hinterherkommen, ich habe das neue Gehege mit Geld gebaut, das ich nicht habe, weil ich dachte, den Zuschuss hab ich sicher, und jetzt nervt die Bank.« Sie nahm Platz in ihrem Ohrensessel im Wintergarten, der in den Farben eines Mosaikregenbogens erstrahlte. Ein Regenbogen, der von verstaubten Fenstern durchzogen und von Pflanzen überwuchert war, als befänden wir uns mitten im Urwald.

»Bank? Ist alles okay? Also mit der Tiervilla? Gibt's neue Infos?« Das beunruhigte mich. Abbys Tiervilla war mein Rückzugsort, der Ort, an dem ich so viele meiner Leidenschaften entdeckt hatte, der Ort, der mich geprägt hatte, der Ort, der mir gezeigt hatte, ich …

»Massimo.« Abby beugte sich vor, und ihre Halsketten baumelten gegeneinander. Sie legte ihre Hand auf meinen Oberschenkel. »Es ist natürlich nicht alles okay, aber ich werde das schon irgendwie … Nein, ehrlich gesagt weiß ich nicht, ob es nicht dieses Mal doch das Aus bedeutet, aber das ist mein Problem.« Plötzlich hustete sie los und lehnte sich wieder zurück. Ihre etwas angeschwollen wirkende Hand verweilte vor ihrem Mund, bis der Anfall vorbei war.

War sie krank? »Bist du krank?«

»Nein, nur etwas Staub geschluckt. Ich sollte mal putzen.« Sie lachte auf.

»Abby. Sag die Wahrheit.«

Sie wischte sich mit ihrer Hand über die gerötete Wange. »Es ist einfach stressig. Ich habe jetzt auch die Frist von der Bank erfahren. Bis Anfang Oktober habe ich noch.« Abbys Gesicht wurde fahl, als sie es ausgesprochen hatte.

»Bis Oktober. Diesen Oktober?« Meine Stimme überschlug sich.

»Ja. Leider, ja.« Das konnte doch alles nicht mehr wahr sein. Im September entschied sich nicht nur, ob die beiden Erbschleicher das Vermögen bekamen, sondern – nein, das durfte nicht passieren.

»Okay.« Ich schluckte. »Okay«, wiederholte ich, um mich zu beruhigen.

Ich sah aus dem Fenster neben mir und erkannte im Hinterhof Hunde herumtollen. Ein paar lagen an einem Baum unter einem schattigen Blätterdach, andere wiederum kämpften spielerisch miteinander.

Diese Tiere brauchten diese Villa.

Ich brauchte sie.

»Schau nicht so.« Abby räusperte sich. Sie hob ihren Kopf an und ließ ihre Augen durch den Wintergarten schweifen, ehe sie auch nach draußen guckte. »Es wird schwer, und ich will nicht lügen, die Sorgen halten mich nachts wach, aber es wird schon.«

»Und wenn du ein paar Leuten von der Spendenliste schreibst, ob sie nicht etwas mehr ...«

»Das packe ich nicht. Spenden annehmen ist schon hart, aber nachfragen ...«

Wir unterbrachen uns gegenseitig, aber das kannte ich schon von früher. Wir waren eben beide Sturschädel. »Dann mach das jetzt auch für die Tiere.«

Abby atmete lange aus. »Ich versuche es. Und was ist mit deinem Spender?«

»Sehr gut und ja, ja ... das wird schon. Dauert nur eine Weile, er muss auch noch ein paar Dinge abklären, ehe das Geld fließen kann. Schreib mir, damit ich weiß, ob du etwas erreicht hast.« Ich setzte ein siegessicheres Lächeln auf.

»Ja, ja, mache ich.« Sie winkte ab. »Aber jetzt lass uns irgendetwas Erfreulicheres besprechen.«

»Okay. Machen wir. Es ist schön, dich zu sehen.«

»Ich freue mich auch. Weißt du ... Ich liebe diese Tiere, aber manchmal muss ich auch echte Menschen sehen. Nicht zu viele und meistens eher nicht, aber manchmal ganz bestimmte Gesichter zu sehen tut schon gut.«

»Das stimmt«, sagte ich, obwohl mir beim besten Willen nicht mehr als ein, zwei Leute einfielen, deren Gesichter ich gerne sah, und einer davon war ich. Okay, das war eine Lüge, um mir zu beweisen, dass ich noch derselbe Scheißegal-Typ war wie früher, bevor meine Eltern gestorben waren. In Wahrheit ertrug ich mich selbst ja auch nicht mehr.

Genau wie mein Dad mich nicht ertragen hatte.

Und meine Mutter.

Kapitel 9

Quentin

»Tödliches Make-up der Leute aus der viktorianischen Zeit.« Ein reißerischer Spruch für den Einstieg in mein Video? Perfekt eingebaut! »Hallo, mein Name ist Quentin, und das ist der einzige Account, den ihr braucht, wenn ihr unglaubliche Geschichtsfakten hören wollt.« Cut. Ich wechselte die Position vor mein Eckfenster mit dem tollen Ausblick zum Feld und der Trauerweide, damit der Hintergrund nicht derselbe war. Währenddessen lief natürlich mein Handy heiß, als produzierte es Lava. Ich brauchte dringend ein neues.

»Habe ich nicht des Öfteren berichtet, dass Menschen aus dem viktorianischen Zeitalter Widersprüche geliebt haben? Heute schießen sie wieder den Vogel ab. Sie haben nämlich ammoniakhaltige Haarprodukte verwendet, um diese zu pflegen und …« Cut. Wieder ein Wechsel vor mein Bücherregal mit den alten Klassikern mit den Vintagebuchrücken. Es sah aus, als wüchsen einfach zwei Baumstämme durch das Haus, zwischen denen jemand Bretter angebracht hätte, um es als Regal zu nutzen. An der Seite hingen herbstliche Fake-Blätterranken. Ich liebte es hier! »Na ja, auch zur Haarentfernung. Aber das war nicht alles. Sie haben sich auch Tollkirschensaft in die Augen getropft, um größere Pupillen und somit ausdrucksvollere Augen zu bekommen.« Ich verzog das Gesicht und pausierte wieder.

Auf meinem Handy suchte ich das copyrightfreie Klassikbild einer Frau und blendete es hinter mir als Greenscreen ein. »Wie ihr seht, auch Teil fünf meiner Reihe ›Toxisches Make-up‹ ist nicht nur wieder ziemlich merkwürdig, sondern abermals ein Beweis dafür, wie spannend Geschichte sein kann. Also folgt mir gerne für mehr historische Fakten.«

Ich schnitt noch mein Einatmen am Anfang der Clips weg sowie Ähms und den Schluss, damit alles schnell überging, und blendete Untertitel ein. Dann lud ich es hoch. Als es online ging, verbrachte ich noch ein paar Minuten auf TikTok und las mir die neuesten Kommentare durch. Ein Fehler.

A-Tate_Girl0909: Wow, erst ein Erbe abgreifen, weil du gay bist, und jetzt noch TikTok-Fame werden wollen.

B€-noice-to-evry0n€88989887: Hat der eigentlich mit dem toten Professor geschlafen für das Erbe?

AmberToyHo_€00: Wer interessiert sich für die Scheiße? Mach lieber was Vernünftiges. Zum Beispiel auf das Erbe verzichten.

Ich ging offline. Genug für heute. Aber hey, wenigstens hatte ich ein Video hochgeladen. Zufrieden stellte mich das ganz und gar nicht. Lieber hätte ich die Zeit nutzen sollen, um an meiner Arbeit weiterzuschreiben. Was machte ich stattdessen? Ließ mich von Hatenachrichten runterziehen, großartig, Quentin. Das ging echt ganz schön durch die Presse. Aber irgendwie … keine Ahnung. Seit dem Fairytale-Abend konnte ich sowieso keinen klaren Gedanken mehr fassen. Dieses Gefühl von Zusammenhalt und dieses gemütliche Zuhause wiegten mich in einer trügerischen Sicherheit, einer, die sogar diese Nachrichten aufwog, der ich jedoch nicht traute. Nicht trauen wollte. Viel zu rasch schlitterte ich in diese Freundschaft mit Jasna und Cormac, die es mir mit ihrer verpeilten Art so leicht machten, sie zu mögen und mich zu öffnen. Damit kam aber auch die

Angst, sie wieder zu verlieren, wie Segreto. Das ertrug ich nicht noch mal. Dieses Gefühl von Ankommen, bis es mir weggerissen wurde und ich wieder am Anfang stand. Ich hielt mich nicht umsonst von festen Beziehungen fern.

Schuldbewusst nahm ich meine Wasserflasche, die nach meinem Joggingausflug – ich joggte nie, aber kommt schon, bei dieser Kulisse hier musste ich das machen – noch an der Steinwand stand. Ich ging vorbei an der Schaukel, die von einem Deckenbalken hing, und erreichte schließlich mein Bett. Auf der bunt gestrickten Tagesdecke lag mein Laptop. Ich klappte ihn auf und beobachtete eine Weile das Blinken des Cursors auf dem Worddokument. »Vielleicht könnte ich den neuen Unterpunkt mit einem Vergleich der Zeitungsartikel beginnen«, murmelte ich vor mich hin und pickte die zwei Schnipsel von der Decke, die ich verteilt hatte. »Das könnte ich dann noch damit ausschmücken, dass Länder ja oft ihre eigene Geschichte damals verfälscht haben, um besser dazustehen, und …«

Ein Klopfen riss mich aus meinen Gedanken.

»Quent?«

»Was gibt's, Cormac?«

»Musst du noch in die Uni, ich würde jetzt fahren? Muss danach noch in den Sender, weil dieser Depp von Yiannis wieder irgendeine Hilfe mit meinen Teleprompertexten braucht. Keine Ahnung, warum er immer unausstehlicher wird und immer mehr Arbeit in petto hat.« Alles hier wirkte so abgeschieden, dabei lag das Obsidian Hill Cottage lediglich hinter dem Possil Loch und dem Possil-Marschland. Ein Naturreservat gleich neben Glasgow, und es täuschte deshalb vor, wir wären weit ab vom Schuss, irgendwo in der Einöde. Dabei waren es mit dem Auto gerade mal fünfzehn Minuten zur Uni, zwanzig mit dem Rad. Einfach den Pfad von hier die Lochfauld Road runter zur Straße, dem Verlauf folgen, und zack, da war die Stadt. Dennoch hatten wir heute beim Frühstück beschlossen, uns zu fragen, falls jemand in die Stadt reinmusste, damit wir uns zusammentun konnten.

Direkt nach seiner Frage war ich aufgestanden und zur Tür geeilt. Ich öffnete sie und streckte meinen Kopf raus. Cormac hob seine dunklen Augenbrauen an. »Also?«

»Nein, aber danke. Ich bin heute noch nicht wirklich viel weitergekommen bei meiner Arbeit. Wie sieht's bei dir aus?«

Von unten drang ein angenehmer Duft hoch über die Galerie in mein Zimmer. Cormac lenkte meine Aufmerksamkeit jedoch gleich wieder auf sich, indem er mit den Schultern zuckte und seine Arme am Hinterkopf verschränkte. »Ja, geht so.«

»Das heißt gut, aber du willst mich nicht verunsichern, oder?«

»Oder ich will dich verunsichern, damit ich das Erbe für mich alleine habe.« Stimmt, schaffte es nur einer von uns beiden, dann bekäme nur dieser das gesamte Erbe. »Quatsch.« Er winkte ab. »Ja, es läuft eigentlich ganz gut, aber dafür haben wir ja heute Morgen festgestellt, dass du generell früher begonnen hast. Deshalb ...«, er lugte hinter sich über das Holzgeländer, »werde ich jetzt auch fahren. Ich habe übrigens Tee gemacht. Also ... ja, nimm dir ruhig etwas.«

»Ist der Tee vergiftet?«

Cormac zog seine Brauen tief in Richtung Nase. »Was für eine Frage. Natürlich ist er das.« Kopfschüttelnd ging er um die Ecke zur Wendeltreppe, und ich hörte das klapprige, wackelnde Geräusch beim Runtergehen. Kurz danach hörte ich die Tür nach draußen und bemerkte, dass ich das erste Mal so richtig alleine hier war.

Ich hatte jetzt also zwei Möglichkeiten. A: Ich machte meine Uni-Arbeit weiter. B: Ich kümmerte mich endlich wieder um mich. Um meine Region zwischen den Beinen. Und da ich Massimo nicht aus dem Kopf bekam ...

Ein paar Minuten später beugte ich mich an dem Geländer nach vorne. »Hallo? Ist hier jemand? Jasna? Cormac?« Okay, alleine war ich zumindest. Das war sicher.

Zurück in meinem Zimmer griff ich nach dem schmutzig goldenen Schlüssel im Schloss. Er kam mir so alt vor, dass ich jedes Mal fürchtete, ich könnte damit ein Portal in eine fremde Welt öffnen, doch diesmal drehte ich ihn nicht um. Neben der Furcht vor einem Weltenportal plagte mich ständig die Angst, dass der Schlüssel klemmen könnte und ich nicht mehr herauskäme.

Trotz dieser Ängste zog ich mich zurück auf mein Bett. Mit meinem Bein schob ich alles zur Seite. Ich presste die Bücher gegen die Pflanzenranken, drückte meine Notizen ein wenig in die Regale mit den Büchern, die zu meinem Bett gehörten, und kickte das Ladekabel in Richtung des Eckfensters. Draußen prasselten Regentropfen gegen die Scheibe, und die Lianen der Trauerweide bewegten sich im laut brausenden Wind. Einige ihrer Äste peitschten sogar manchmal gegen das Glas. Ich hoffte nur, dass nicht Blitz und Donner durch den Himmel zogen, wenn ich mir vorstellte, dass Cormac gerade auf dem Weg z… Stopp.

Regel Nummer eins: Wenn du vorhast, dir einen runterzuholen, denk nicht an deinen Mitbewohner. Außer du bist heiß auf ihn, was bei Cormac nicht der Fall war.

Ich lehnte mich gegen die Wand hinter mir, bedeckt mit einem gemusterten Wandteppich und einer bunten Lichterkette. Ich hob meinen Laptop auf meine Oberschenkel und klickte die Erinnerung an mein Zeitungsinterview weg. Gerade als ich vorhatte, das Internet zu durchsuchen, fiel mir etwas anderes ein: Massimo.

Nein, ich konnte doch nicht …

Urplötzlich, und dafür konnte ich nun wirklich nichts, öffnete ich die Seite von Massimo mit dem oberkörperfreien Bild, auf dem er nur die senfgelbe Leinenhose trug, die halb offen und locker an seiner Leistengegend hing. Er saß an einer Strandbar. Das Haar noch mehr verwirbelt vom Meerwasser als sonst, die Augen ein wenig zusammengezwickt wegen der Sonne. Nein, ich musste gar nicht mehr weitersuchen. Ich stellte den Laptop neben mich auf das Bett, hob meinen Hintern an, um meine graue Sweatpants halb runterzuziehen, und blendete alles um mich aus. Nur noch Massimos Bild existierte in diesem Augenblick. Alles rundherum verschwamm. Wurde weichgezeichnet.

Ich hob mein Shirt an, und meine Hand wanderte meinen Oberkörper hinunter, bis sie meine Mitte erreichte. Wenn ich Massimos Bild betrachtete und meine Hand auf mir spürte, konnte ich nicht anders, als schwer zu atmen. Irgendwann brannte sich Massimos Bild so stark in meine Gedanken, dass ich meinen Kopf weiter in den Nacken legte, tiefer ins Bett rutschte und meine Augen schloss. Mein Atem wurde schwerer, und ich verteilte etwas Spucke auf meiner Hand. In meinen Gedanken tauchte das dunkle Zimmer über der Bar von neulich auf, und plötzlich war Massimo da. Oder Danielo. Egal. Jedenfalls sah er genauso aus wie auf dem Bild und drängte mich zurück auf das alte Bett.

Die Trauerweidenlianen peitschten gegen mein Fenster im Wettstreit mit dem Regen. So heftig, dass ich sogar dachte, der Regen flüsterte mir ein fragendes »*Quent?*« durchs Fenster zu. Ich spürte Massimos Hände an meinem Arm hochwandern. In meinen Gedanken gab es nur noch das Zimmer, nur uns beide. Kein Gewitter, nur uns.

Dann wieder ein Klopfen. Der Wind musste stärker geworden sein. Der Sturm schien heftiger zu werden und mit ihm auch der in mir.

Ich spannte die Muskeln meines Arms immer mehr an und bewegte ihn schneller. Die Regentropfen wurden größer, schwerer, das Klopfen lauter, aufdringlicher. Meine Hand wurde heiß. Mit der anderen fuhr ich meinen Oberschenkel hinab, und ich hörte ein leises Seufzen zwischen den Regengeräuschen untergehen, als ich mir vorstellte, wie seine weichen, leicht angefeuchteten Lippen meinen Schw…

»Quent, jetzt mach doch auf.«

Ich zuckte zusammen und griff an meine Hose.

»Ich klopfe hier bald die Tür ein, bist du überhaupt da?« Die Tür öffnete sich, und die braunen Locken vom Bild erschienen plötzlich zwischen Tür und Angel.

»Warte, ich …« Warum hing denn meine Jogginghose genau jetzt an meinen Knien fest.

»Jasna hat gemeint, klopf an, aber wenn da niemand aufmacht, mache ich mir Sorgen, ich dachte, du hast dir vielleicht wehgetan und …«

Mit einem Ruck zog ich meine Hose halb nach oben und mein Shirt ebenso halb darüber. Zeitgleich klappte ich den Laptop ein wenig runter, aber nicht ganz zu. Gleich danach legte ich meine Hände auf meinen Schritt. »Hey, ich wollte gerade, ähm …« Meine Atmung beruhigte sich kaum. »Aufmachen. Hatte einen Kopfhörer drinnen und dich erst jetzt gehört.«

Massimo lehnte sich gegen den Türrahmen und verschränkte die Arme. Er grinste mich einfach nur an. Sonst nichts. Diese frechen, fordernden Augen wanderten an mir auf und ab. Wieder überkam mich dieses luftige Gefühl, als zöge er mich mit diesem Blick aus und ich läge wieder halb nackt da.

»Was …« Ich räusperte mich. »… machst du hier?«

»Jasna hat mich mitgenommen, um euch zu besuchen. Sie hat gemeint, ich soll anklopfen, habe ich, aber du hast mich nicht gehört. Hatte Angst, irgendwas ist nicht in Ordnung oder so, weil du auch nichts gesagt hast.« Im selben Moment, in dem Massimo übers Anklopfen sprach, hämmerten auch Regentropfen und Lianen wieder gegen das Fenster. Ich hatte also doch das Klopfen und den Quent-Ruf gehört, aber es mit dem Unwetter verwechselt. Scheiße. Okay, neue Regel: Vor dem Handanlegen checken, ob dich die Natur völlig verarschen will.

Wollte dieses Cottage mich fertigmachen?

»Ja, nächstes Mal kommst du aber nicht mehr einfach so in mein Zimmer. Ich arbeite, und da vergesse ich oft alles um mich herum, und ich habe gedacht, ich bin alleine.« So gut es ging, setzte ich ein wütendes Gesicht auf, dabei fiel es mir noch immer schwer, Massimo anzusehen.

»Mhm. Das glaube ich auch.« Dieses beschissene Schmunzeln brauchte Massimo gar nicht zu unterdrücken. Ich erkannte es auch so. »Echt harte, schwitzige Arbeit.«

»Ich komm gleich, okay? Muss noch speichern.«

»Ja, das denke ich auch. Viel Spaß beim *Speichern*. Oder soll ich dir beim *Abspeichern* helfen?« Massimos Augen erhellten sich, als er sich wegdrehte. Ein breites Grinsen zeigte sich auf seinem Gesicht, seine Zähne blitzten kurz auf. Dann biss er sich auf die Unterlippe und ließ das Lächeln verschwinden, bevor er die Tür hinter sich schloss. Das konnte doch nicht wahr sein. War das gerade wirklich passiert? So ganz ohne Einbildung?

»Oh, nein … Das ist wirklich passiert.« Ich glitt hinunter, bis ich im Bett lag, und legte meine Hände über mein Gesicht. »Ich kann da nicht runtergehen. Nie wieder.«

Aber wenn ich nicht aufkreuzte, war es noch offensichtlicher.

Mit diesem Gedanken im Gepäck hastete ich schneller nach unten, als mir lieb war, und sah Jasna mit Massimo auf der Couch sitzen. Tee trinkend. Salaì lag am Boden und hob den Kopf kurz an.

»Quent! Alles gut? Massimo hat gemeint, du hast schweißtreibend hart an deiner Doktorarbeit geschrieben. Wir wollten dich nicht stören. Ich habe mir nur gedacht, er soll dich runterholen, und ich mache uns Cormacs Tee fertig. Auf meine Rufe hast du ja nicht reagiert.« Ein leises Schlürfen drang durch den Wohnraum, und Jasna verfolgte den Dampf des Tees.

»Ich hole gerne Leute runter.« Das hatte Massimo nicht gesagt, oder? Er grinste in seine Tasse und schlürfte noch lauter als Jasna. »Quent macht es doch nichts aus, runtergeholt zu werden, oder?«

»Ich habe Musik gehört und, ja, sehr hart an meiner Arbeit geschrieben und mich erschrocken, als der da reingekommen ist. Nächstes Mal klopf bitte, bis ich aufmache.« Ich hoffte, mein Kopf sah nicht so lavarot aus, wie er sich anfühlte.

Ich setzte mich demonstrativ nicht neben Massimo, obwohl neben Jasna nur ein winziger Spalt frei war, und dennoch zwängte ich mich zwischen sie und die Lehne. »Danke für den Tee und, ja, der ist von Mac.«

»Hättest ja zusperren können.« Massimo stellte seine Tasse wieder ab.

»Ist mein Zimmer, nicht deines. Schon mal etwas von Privatsphäre gehört?« Was der sich rausnahm, nur weil er Geld hatte.

Massimo öffnete seinen Mund, als wollte er zurückschießen, doch dann legte er ein unschuldiges Lächeln auf. »Du hast recht.« Abwehrend hob Massimo beide Hände an. »Sorry. Ich habe echt nur gedacht, dass dir vielleicht etwas passiert ist.« Statt seiner Belustigung bemerkte ich einen Ausdruck in seinem Gesicht, den ich nicht deuten konnte. Eine Mischung aus Verwirrung und Schuld. Er schien es ernst zu meinen.

»Ich habe das Gefühl, ihr redet über etwas, das ich nicht verstehe, also gehe ich mal im Garten weitermachen.« Jasna trank den Tee leer und erhob sich. »Er hat aber recht.« Sie deutete zu Massimo. »Mass hat vorhin, als ich seinen Pavillon repariert habe, Essen geholt, und als er mich gerufen hat und ich nicht geantwortet habe – hab mit dem alten Radio seines Dads Nachrichten gehört –, ist er auch hergelaufen, weil er gedacht hat, ich bin von der Leiter gefallen oder so.« Sie stieg über mich hinweg und warf mir einen Blick zu, der eindeutig fragte: »*Warum drängst du dich hier so rein?*« Ja, diesen Blick konnte ich genau deuten.

»Wahrscheinlich so ein Ding, weil, na ja, meine Eltern weg sind und ich nie für sie da sein konnte oder so 'ne Sache eben, oder nicht da war, als sie gest…« Noch immer wagte Massimo nicht, mich anzusehen. »Egal. Will mich nicht rechtfertigen, ich mach das nicht wieder. Sorry.«

»Schon okay.« Trotzdem. Ich mit Massimo alleine? Jetzt? Never. »Warte, Jasna. Ich komme mit.«

»Ich auch.« Massimo war gleich neben mir. Salaì sprang sofort auf und verfolgte uns.

Jasna musterte uns beide und schüttelte dann den Kopf. »Ich ergänze: Ich bin weder Butlerin noch Kindererzieherin hier, ja?« Sie stieg in ihre Arbeitsschuhe und öffnete die Tür. »Und keine Fotos!«

»Jaja. Oh, warte, ich muss noch mal zurück, mein Laptop ist noch an.« Gerade als ich mich umdrehen wollte, hielt Massimo mich auf.

»Schalten die sich nicht von alleine irgendwann auf Standby?«

»Nee, das hab ich ausgeschaltet, weil's mich bei der Recherche nervt, wenn ich zwischen Büchern und Bildschirm wechsle und der ständig ausgeht. Der bleibt an, solange ich ihn nicht zuklappe. Killt natürlich den Akku viel schneller so.«

Massimo setzte eine unergründliche Miene auf, ehe er mit den Schultern zuckte. »Ja, und … Ist doch egal? Du hast doch *abgespeichert* vorhin. Wolltest du doch.«

Zack, mein Gesicht war wieder rot. Jetzt konnte ich auf keinen Fall mehr hochgehen. Was sollte auch schon passieren? »Ja. Äh. Okay.«

Das Wetter war umgeschwenkt. Nebel kroch über die Weite

und legte sich wie ein kühler, feuchter Schleier um das Cottage. An der Tür schnappte ich mir noch meine dicke braune Strickjacke und folgte Jasna. Erst jetzt merkte ich, dass Massimo seine Schuhe nicht angezogen hatte. Sein Ernst?

»Ganz schön kalt.« Hinter dem Haus hielten wir an dem Fluss, der sich um das Cottage zog und wo Jasna ein Hochbeet aufgebaut hatte. »Das Wetter schlägt mal wieder schneller um als meine Motivation, an der Doktorarbeit zu schreiben.«

Salaì sauste an mir und Jasna vorbei, sodass ich nach rechts auswich und gegen Massimos Arm stieß. Ich drehte mich sofort zu ihm. Schon wieder waren wir uns so nahe. Viel zu nahe. »Sorry«, hauchte ich. Die Nähe dieses Mannes war mir zu viel.

»Trotz der harten Arbeit? Müsste dir da nicht heiß sein?« Dafür erhielt Massimo einen Ellbogenhieb in den Bauch und ich ein zufriedenstellendes »Au«. Unter seinen Füßen hörte ich ein matschiges Geräusch beim Gehen, und ich fragte mich, wie er das ohne Schuhe aushielt?

»Wisst ihr, ihr beiden seid nicht unbedingt eine Arbeitserleichterung.« Jasna rieb an dem Blatt einer Pflanze. »Kommt lieber her und riecht hier dran.« Sie wedelte mit ihrer Hand, damit wir uns beeilten.

Ein wenig stellten Massimo und ich uns noch an wie streitende Kindergartenkinder, drängelten uns gegenseitig vor, bis ich zuerst bei Jasna war. »Ja?«

»Hier.«

»Boah, minzig.« Ich liebte diesen Geruch, er erinnerte mich an mein Jugendheimzimmer, da hatte ich eine Duftlampe mit Minzöl gehabt.

»Ja, du musst die Blätter etwas reiben.« Jasna ließ Salaì auch daran riechen. Er schnaubte und lief weg.

»Der Pro-Tipp für Mojito übrigens.« Massimo näherte sich der Minzpflanze, noch bevor ich mich zurückgezogen hatte. Seine Nase berührte fast meine, und er zwinkerte mir zu. »Die erste ist auch noch ganz *feucht* vom Regen.« Dann beugte er sich wieder zur Minze und roch daran.

Ich rollte mit den Augen, lächelte ihm zu, nur um ihn dann überraschend anzugreifen, indem ich ihn vorstieß und er mit der Nase in der Erde landete. Für einen kurzen Moment steckte seine Nasenspitze fest. »Hey.« Massimo säuberte sich die Nase mit seiner Handfläche.

»So, das war's. Wir pflanzen hier keine Nasenhaarbäume.« Gleich darauf packte Jasna mich am Kragen meiner Strickweste, und mit der anderen Hand hatte sie Massimo an seinem Hoodie. »Beide. Wegtreten. Nein, verlasst das Grundstück.« Trotz Jasnas Gouvernantenstimme umspielte der Anflug eines Lächelns ihre Lippen.

»Wohin denn? Außerdem hat er angefangen.« Ich befreite mich aus Jasnas Griff.

»Das stimmt n…« Massimo schloss seine Lider ein, zwei Sekunden, und als er sie wieder öffnete, wirkte er nicht mehr so kampfeslustig. »Okay. Wir sind nur eine Last, wir gehen besser. Wie wär's. Ich lade dich ein … Gehen wir in diesen neuen Club da, der ist superexklusiv, aber mit mir …«

»Ich bin nicht so der Club-Fan. Und ein Pub?«

»Macht das mal unter euch aus. Die Petersilie wartet auf mich. Ich hole den Dünger aus dem Schuppen.« Weg war sie.

»Pubs? Die sind so … ungehobelt irgendwie. Und die können keine guten Cocktails. Die sind nur gut, um Joshs abzuschleppen.« Ein bisschen ärgerte es mich, dass ich das nicht gefilmt hatte, um es in eine Glasgow-Gruppe online zu posten. Da hätte Party-Miliano seinen nächsten Skandal an der Backe. Und dass ich nach dem Wort »abschleppen« grinsen musste. Aber fürs Protokoll: Wir hatten uns gegenseitig abgeschleppt, und ja, ich hasse es selbst, dass ich deshalb einen Selbstwertbooster bekommen hatte. Genau das wollte ich doch nicht mehr. Kein Sex mehr, um mich wertvoller zu fühlen, nur wenn ich wirklich darauf Lust hatte. Das musste ich doch endlich geschissen bekommen. Und deshalb: Auch keinen Sex mit Massimo! Nie wieder! Streng genommen hatte ich ja sowieso mit Danielo Sex gehabt, nicht mit Massimo.

»Und ein Museum? Es gibt da dieses Adam O'Connel Museum of History, das ist soooo gut, und die haben ...« Massimos Schnarchgeräusche übertönten mich so lange, bis ich aufhörte.

»Okay, du bist dran.«

Sekunden verstrichen. Sekunden, in denen Massimo ein nachdenkliches Gesicht aufsetzte, und mir wurde wieder bewusst, dass er mich beinahe beim Wic... Massimo stolperte vor und landete in meinen Armen. »Salaì!«

Salaì war plötzlich neben uns, nachdem er Massimo geschubst hatte, und wedelte mit dem Schwanz. Mit einem lauten *Wuff* guckte er uns an. Wir sahen beide zu ihm hinab, dann wieder einander in die Augen.

»Vielleicht will er Fangen spielen«, sagte Massimo schüchtern und pustete sich eine Strähne aus dem Gesicht.

Ich spürte das Pusten an meiner Wange und schob Massimo von mir weg. Am liebsten hätte ich meine Arme ausgefahren und ihn gaaanz weit weg von mir gedrückt. Ich schluckte und stoppte meine Gedanken, die in Ü18-Stuff abdrifteten. »Ja, dann viel Spaß, lauf los. Am besten in die Stadt zurück.«

»Ha, ha, aber okay, wie wär's mit Kino?« Er schnippte mit beiden Händen. »Kino mögen alle.«

»Welcher Film?«

Ein wenig knickte Massimos gebrochenes Grinsen ein. »Ähm, es soll einen neuen *Fast and* ...«

»Sprich den Filmtitel erst gar nicht aus.« Es schüttelte mich durch. »In der Innenstadt gibt es aber so ein Indiefilmkino, da gibt es einen italienischen Film mit Untertiteln über ...«

Wieder ein Schnarchen.

»Ernsthaft, Massimo? Fällt dir nichts Besseres ein?«

»Ich weiß, das zweite Mal war lahm.« Die Erde im Hochbeet neben ihm war noch dunkelbraun vom Regen, und ein paar Pfützen waren noch nicht eingesickert. Er legte einen Finger auf die Erde und drückte sie ein. »Hm. Gym?«

Ich faltete meine Arme zu einer Schleife vor die Brust und hob eine Augenbraue an.

»Okay, habe ich mir schon gedacht, aber ich wollte mir auch nicht vorhalten lassen, dass ich dich für einen klischeehaften Nerd halte.« Er wischte sich die Erde von den Fingern.

Ich trat neben das Hochbeet und beobachtete den Fluss, wie er rauschte und neben uns vorbeifloss. Der Wasserspiegel war durch den Regen angestiegen, und abgebrochene Äste und Blätter trieben darin. »Es geht gar nicht darum, dass ich das nicht wollen würde. In der Medizingeschichte lernen wir, dass die Menschheit viel gesünder wäre, würden wir, solange wir fit sind, noch an uns arbeiten.«

»Ach ja, stimmt ja, die gute alte Medizingeschichte.« Massimo streckte sich direkt neben mir aus, sodass ich einen Blick auf seinen Bauch erhaschte. Schnell wandte ich den Blick ab, speicherte das Bild für spätere einsame Stunden. Ich schaute stattdessen zu ihm hoch.

»Ach, über Nacht Medizingeschichte-Spezialist geworden?«

Massimo dehnte sich und sah mich gerade noch mit einem breiten Grinsen an, bevor er herzhaft auflachte. Seine Fröhlichkeit war so ansteckend, dass ich mich ebenfalls vor Lachen krümmte.

»Sorry«, unterbrach ich mich selbst. »Ich wollte jetzt auch nicht so tun, als hättest du keine Ahnung davon.«

»Habe ich aber auch echt nicht. Bis auf Lobotomien und so, was ich in *American Horror Story: Asylum* gesehen habe.« Okay, das wär zumindest etwas, das wir gemeinsam gucken könnten. Warum dachte ich denn jetzt daran? Wir würden niemals eine Serie gemeinsam schauen, warum auch?

»Okay, na ja, jedenfalls geht es mir eher darum, dass ich einfach nie die Zeit gehabt habe oder hätte, aber viel wichtiger noch: Ich hätte mir noch einen, was weiß ich, fünften Job suchen müssen, um mir eine Mitgliedschaft in einem Fitnessstudio leisten zu können.« Äste knackten unter meinen Füßen, während ich mich dem Flussufer näherte. Ich senkte meinen Blick, um Massimo nicht direkt in die Augen schauen zu müssen. Denn direkt nach meinen Worten zog ich meine Augenbrauen zusammen und verzog meine Miene in einem Anflug von Genervtheit. Ich wollte nicht einen auf Mitleid machen. Der arme Nerd, der sich kein Gym leisten konnte. Auch wollte ich nicht den Anschein erwecken, dass ich das sagte, damit er mir das Erbe gönnte.

»Das tut mir leid. Sorry, ich … hab daran gar nicht gedacht.« Seltsamerweise hatte ich das Gefühl, als würde Massimo hinter mir dieselbe ertappte Grimasse ziehen wie ich gerade noch.

Am liebsten hätte ich mich ins Gras gesetzt und meinen Gedanken dabei zugesehen, wie sie vom rauschenden Fluss davongetragen wurden. Aber der Boden war nass, kalt und Massimo noch da. »Kein Ding. Keine Ahnung, warum ich das gesagt habe. Immerhin wäre ich ja auch zu faul.« Ich lachte einmal auf. »Ich könnte ja auch zu Hause Liegestütze machen oder so.«

»Ums Cottage joggen?«

»Das will ich auch öfter machen.« Ich wandte mich wieder zu ihm um. »Warum bist du eigentlich mit Jasna mitge…«

Massimos Handy klingelte, und er fischte es aus seiner Hose. »Oh. Da muss ich ran.« Ein paar Schritte entfernte er sich von mir. »Hallo?« Flüchtig linste er über seine Schulter. Dieser Blick traf mich jedes Mal wie ein Pfeil mitten in meine Brust.

»Na? Habt ihr alles geklärt?« Jasna hatte ein paar Sachen in einem Flechtkorb bei sich und stellte ihn auf den Rahmen des Hochbeets.

»Ähm, ja, na ja, wir wissen nicht, was wir machen sollen, um dich nicht zu nerven, aber vermutlich wäre es ...« Massimo kam zu uns zurück und packte sein Handy weg, als ich noch sprach. »... wäre es, äh, ohnehin besser, ich bleibe da und schreibe an meiner Arbeit weiter.«

»Was? Nein!« Jasna und ich starrten Massimo beide nach seinem Ausruf an.

»Nein?« Jasna schraubte einen Eimer mit Bionährstoffen für die Pflanzen auf.

Ein Luftzug brauste zwischen uns durch, wirbelte Massimos Shirt und Haare auf. Er kratzte sich am Ohr. »Ich mein, klar kannst du, aber ich habe, äh ... ähm, oh, gerade jemandem abgesagt, weil ich gedacht habe, wir unternehmen etwas.«

»Sorry, aber ich muss echt. Vielleicht kannst du ja Jasna helfen, scheint dir ja auch Spaß zu machen.« Eigentlich wollte ich gerne, aber die Arbeit hatte Vorrang. Das und das Geld.

»Ich ...«

Bevor Massimo mehr sagen konnte, ging ich vorbei. Mein Handy vibrierte. Ich nahm es im Gehen heraus und linste auf die Nachricht. Während ich Jasna und Massimo sprechen hörte, nahm das Grün um mich ab. Der Wind wurde weniger. Alles verschwand, bis ich nach und nach auch ihre Stimmen nicht mehr wahrnahm. Nur noch die Nachricht auf dem Handy existierte.

Ich las mir die Instagram-Direktnachricht durch. Immer und immer wieder.

> Na? Arbeitest du schön an deiner Doktorarbeit? Fühlt es sich nicht beschissen an, wenn du weißt, du hast die Chance auf das Erbe nur, weil du Segretos Liebling warst? Denkst wohl auch noch, du verdienst das? Schäm dich!

Meine Augenlider flatterten, und ein Schwindelgefühl überkam mich, sodass ich schwankte.

»Alles gut, Quentin?« Jasnas Rufen holte mich wieder ins Hier und Jetzt zurück.

Ich eilte wieder zu den beiden. »Vielleicht sollte ich doch etwas rauskommen, weg von der Arbeit.«

Massimo sah von mir auf mein Handy und lächelte. »Dann lenken wir dich mal etwas ab, ja?«

»Und was? Wir können uns auf nichts einigen, oder?« Nach meiner Frage vertiefte sich Jasna in die Anleitung ihres Düngers und sah nicht mehr auf, als wären die Inhaltsstoffe gerade ganz besonders spannend.

»Ähm, ich …«

»Whisky!« Jasna klatschte in die Hände. Erde und Dünger flogen kreuz und quer. Ich wischte etwas davon von meiner Wange.

»Whisky?«, wiederholten Massimo und ich.

»Whisky.« Der zufriedenste Gesichtsausdruck der Welt huschte über Jasnas Gesicht. »Fällt mir gerade wieder ein, wegen des Düngers. Da habe ich letztens etwas zu Resten bei der Whiskyherstellung und Dünger gelesen, egal. Es gibt eine neue Whisky-Destillerie am Clyde-Flussufer. Habe ich letztens am Markt in der Nähe gesehen.« Ihre linke Hand richtete sich auf mich. »In einem uralten Gebäude mit historischem Hintergrund und Zeitstrahl der Familie Auchinleck und Lennox.« Die rechte zeigte zu Massimo. »Und mit, na ja, Whisky-Tasting für dich.«

Massimos und mein Blick trafen sich. Sie verbanden sich. Sprachen miteinander. Sagten: Whisky? Whisky!

Massimo hob seinen Arm. »Dann auf zum Clyde!«

»Dass wir uns mal einig sind«, sagte ich.

Massimos Mimik veränderte sich. Es war nur ein Augenblick, in dem er die Augenbrauen Richtung Nasenspitze zog. Als passte es ihm nicht, dass … Ja, was eigentlich? Ich fand, dass wir nicht viel gemeinsam hatten? War doch so.

»Jap, aber es gibt bestimmt noch so einiges, was wir ja jetzt nach und nach herausfinden können, was?« Massimo ging zu mir. »Aber zuerst ... werde ich noch mal auf die Toilette gehen.«

»Okay, ich warte hier. Die Toilette ist neben meinem Zimmer.« Von dem er ja leider wusste, wo sich das befand.

»Ich weiß«, sagte er, mehr an sich gewandt.

»Ach ja?«

»Äh, ja, ich ... Die Tür zur Toilette stand offen, als ich dich runterholen wollte.« Massimo grinste und wendete sich Richtung Cottage. »Außerdem hat das Cottage einmal mir gehört«, fügte er etwas brummend hinzu. Oh. Stimmte ja.

Das würde ich mir wohl ewig anhören dürfen. »Zieh dir Schuhe an!«, rief ich ihm hinterher.

Massimo und ich hatten etwas weiter weg von der Destillerie geparkt, um neben dem Clyde herzuspazieren. Wir hörten abwechselnd einen Song aus meinen Playlists, im Augenblick Måneskin mit *Gossip,* und danach einen aus seiner, zuletzt *Music for a Sushi Restaurant,* womit ich sehr gut leben konnte.

Wir gingen vom Gehweg aus die Treppe hinauf und bogen dann nach links ab, um die *Clyde Arc*-Brücke über den Fluss zu überqueren. Die Sonne ließ den breiten Fluss glitzern. Leider konnte ich wegen des Verkehrs, der an uns vorbeirauschte, das sanfte Plätschern des Flusses kaum hören.

Nachdem wir die Brücke überquert hatten, folgten wir einem Weg entlang des Flusses. Am Geländer neben dem Fluss hingen Rettungsringe und dazwischen eine Vorrichtung, die Anker einzog. Gleich daneben wurde eine Lagerhalle neu renoviert. Massimo und ich unterhielten uns über die Musik, die wir hörten, und ich war erstaunt, dass er laut App sogar mehr Musik gehört hatte als ich.

Plötzlich ertönte eine Roboterstimme aus meinem Handy,

die uns mitteilte, dass wir unser Ziel bald erreichen würden. Ich überprüfte die Information noch einmal in der Maps-App. Während wir dahinschlenderten, fragte ich mich, ob Massimo das hier wirklich genoss. Hatte er echt gar keine Wut in sich, weil er sein Erbe an uns verlor? Ja, Geld war nicht alles, aber so viel auf einen Schlag zu verlieren war ihm völlig egal? Andererseits hatte ich ja keine Ahnung von den Finanzen der Segretos. Vielleicht hatten die ja noch ein paar Millionen auf dem Konto und sechs Immobilien weltweit. Dann war das für ihn womöglich tatsächlich weniger wichtig. Außerdem … Vielleicht, ja vielleicht mochte Massimo mich ja wirklich. Immerhin hatten wir einen One-Night-Stand gehabt, bevor die ganze Sache losgegangen war. Was bedeutete, zumindest körperlich fand er mich anziehend, und da das Universum uns wieder zusammengeführt hatte, konnten wir doch … Ja, was? Zumindest eine Freundschaft aufbauen, oder? Und ich wollte ja ohnehin anfangen, mich mehr wertzuschätzen, also konnte ich mir auch sagen, Massimo wollte mich kennenlernen, weil ich eben toll war. So! Ich hatte es gesagt. Kurz darauf erreichten wir das alte Gebäude mit den beigen Sandsteinen.

»Wusstest du, dass der Sandstein so schmutzig und verfärbt ist, weil während der Industrialisierung so viel Ruß und Schadstoffe aus den Öfen der Fabriken eine schwarze Schicht über die Häuser hier gelegt haben? Quasi all die Farbe verschwand. Erst in den Fünfzigern gab es eine groß angelegte Reinigung, aber selbstverständlich konnte das alles nicht komplett sauber werden.« Nach meiner Erklärung deutete ich zu einem Turm neben dem Gebäude. Er hatte große, abgerundete Fenster mit Spitzbögen und Fensterrosen.

»Darüber habe ich mir ehrlich noch nie Gedanken gemacht.« Massimo nickte anerkennend und schlenderte mit den Händen in der Hose zum alten Sandsteingebäude. Pflanzenranken bewucherten das Gebäude, und direkt über dem restaurierten grünen Scheunentor war ein Loch in die Pflanzenwand geschnitten. Darin waren die hellblauen Wörter *Auchinleck & Lennox Distillery* zu erkennen. Ein Pfeil leitete uns zum angebauten Glaskomplex, den wir innerhalb von zwei Minuten erreichten. Nachdem wir den Schalter aufgesucht hatten, überreichte uns der Mitarbeiter das rot-weiße Ticket.

»Achtzehn Pfund, bitte.« Er hatte eine sehr jugendliche Stimme, ein wenig rotzig. Null Bock auf diesen Job.

Puh, ganz schon teuer.

»Ich zahle beide.« Massimo zog sein Portemonnaie.

»Nein, du …«

»Ich will aber.«

»Aber ich will das nicht«, sagte ich mit Nachdruck. »Trotzdem danke für das Angebot.«

Kapitel 10

Massimo

»Oh, darüber habe ich mal mit deinem Dad gesprochen.« Quent sprang von einem Ausstellungsstück zum nächsten und wirkte dabei wie Salaì, wenn er auf Essen wartete. »Ist es okay, wenn wir über Professor Segreto sprechen?«

Warum nicht? Meine Fäuste waren schon so fest geballt, dass es sich nur noch um zwei, drei Erwähnungen meines Dads mehr handeln musste, bis ich es geschafft hätte, meine Fingernägel durch das Fleisch zu bohren. Wieso dann jetzt aufhören? »Klar.« Es war mir nach wie vor unbegreiflich, wie er so fasziniert von meinem Dad sein konnte. Er musste ein genauso überheblicher Arsch sein, der dachte, er wäre besser, elitärer, weil er sich diese Jahreszahlen und den ganzen Mist merkte. Wie er. Dad.

Er zeigte wieder auf das nächste Ausstellungsstück. Ein Zeitstrahl mit Bildern. »Da haben die Leute rund um die Uhr gearbeitet, damit der Whisky den Clyde in Schiffen beladen hinuntertuckern konnte, um in die Welt entlassen zu werden. Mit deinem Dad habe ich – oh! Oh!« Der Druck auf meinen Fäusten ließ nach, als ich Quent dabei beobachtete, wie er sich völlig aufgescheucht selbst unterbrach und zum Bild eines Königs rannte. »König James der Vierte! Über ihn habe ich auch mit deinem Dad geredet.« Meine Nägel bohrten sich wieder stärker in meine Haut. »Der hat geholfen, eine Zunft ins Leben zu rufen. Nur die allein durften dann Aqua Vitae produzieren. Wie aufregend, oder?!« Quent hob sein Handy und machte ein Bild.

»Heilwasser? Was für Heilwasser?« Ich stellte mich neben

ihn, um ihn vom Blick eines Typen abzuschotten, der Quent wegen seiner Freude augenrollend musterte.

Zum Glück erkannte Quentin das nicht und deutete auf eine braune Glasflasche mit vergilbtem Etikett. »Im 15. Jahrhundert kam damals so dieses ganze Destillierungszeug in Schottland an, weil – oh, wow, was für ein Tipp, das kann ich in meine Arbeit einbauen, es gab bestimmt so queere Zunftmitglieder, die sich heimlich geliebt haben, danke, Massimo – sie Aqua Vitae produziert haben. Das war so was wie der Vorreiter des Whiskys, aber damals hauptsächlich für medizinische Zwecke genutzt. Zum Beispiel bei Koliken oder Pocken, später, so ab 1505, zur Sterilisation.«

Ja, wirklich toll, Massimo, dass du Depp ihm jetzt auch noch Inspiration für seine Doktorarbeit lieferst.

Während Quentin weiter über die Ausstellungsstücke schwärmte, holte ich mein Handy hervor. Eine Nachricht von Bram. Ich wischte den Sperrbildschirm weg und las.

> Hey, also du hast ja nicht wirklich gesagt, was hier so abgeht, aber du hast gesagt, falls ich über dein Erbe an der Uni höre, soll ich dir Bescheid geben. Die Uni hat natürlich viel Interesse daran, dass Quentin und Cormac ihre Doktorarbeiten schaffen und das Erbe bekommen, weil sie dann gut dastehen, und da Segreto, also dein Dad, gestorben ist – sorry, bro –, hat Quentin ja einen neuen Prof zugeteilt bekommen. Professor Demir hat Quentin wohl in eine Gruppe anderer Geschichtsdoktoranden gebracht und denen heute seine Nummer gegeben, damit er da Hilfe bei der Arbeit hat, und die wollen sich heute treffen.

Ich schrieb nichts zurück, sondern steckte mein Handy weg. So war das also. Hm ...

»Oder? Ist das nicht spannend? Ich liebe es, wie die Leute hier damals zusammengehalten haben.« Quentins Freude über all das hier war schlimmer als Salaì, der sich darüber freute, meine Schuhe zerfetzen zu können.

Im selben Atemzug baute sich aber auch mehr und mehr Respekt vor Quent und seinem Wissen auf. Allein wie er diese Jahreszahlen raushaute, als wäre es ganz normal, das zu wissen. War es doch nicht, oder? Oder? Ich hoffte, es war auch normal, König James den Vierten nicht zu erkennen. In mir stieg heiße Scham auf. Ich fühlte mich wie in eine Geschichtsstunde mit meinem Dad zurückversetzt, in der er mich mit hochrotem Kopf anschrie, wenn ich so was nicht wusste. Manchmal gab's als Pralinchen auch noch eine Ohrfeige dazu. Kein Wunder, dass Quent der Sohn war, den er sich immer gewünscht hatte. Nicht ich … Ihn musste er bestimmt nicht schlagen, damit er sich ein historisches Event merkte, während meine Mutter mich im Nebenzimmer heulen hörte und ihr Radio lauter machte. Sie war nie wie Dad zu mir, aber sie war trotzdem seine stille Komplizin.

»Gar keine Schnarchgeräusche mehr?« Quent warf mir einen Seitenblick zu und holte mich damit aus meinen Erinnerungen. Ohne auf meine Antwort zu warten, schlenderte er den historischen Flur des Whiskybrennens weiter voran.

»Auf keinen Fall! Das ist ja echt interessant.«

»Bei all diesen Inspirationen muss ich die ganze Zeit an meine Arbeit denken.« Quentin drehte sich zu mir. »Wärst du böse, wenn wir das Tasting doch auf einen anderen Tag verschieben?« Fuck, das war nicht der Plan! Bevor ich ihn unterbrechen konnte, fuhr er fort. »Die Tickets gelten doch, glaube ich, achtundvierzig Stunden oder so, wenn nicht, bezahle ich die, aber … ich glaube, ich muss das gerade echt priorisieren, Massimo. Wärst du dann sauer?«

Die Leute um uns gingen in den nächsten Raum, und nur noch zwei, drei waren hier. Ich sah mich um. Überall erkannte ich nur Geschichtsdinge, die mich an Dad erinnerten, und

Quentin, der mir entglitt. »Ich, ähm, nein, ich bin natürlich nicht sauer, aber brauchst du nicht auch mal eine Pause?« Der Anflug eines Lächelns, mehr schaffte ich nicht. Mir stieg es heiß auf. Ich durfte meinen Plan doch nicht jetzt schon vergeigen. Im Hinterkopf hörte ich das stechende, verächtliche Lachen meines Dads, als er meinte, ich brauchte nicht zu studieren, ich wäre dafür nicht intelligent genug, nein, mehr noch, ich würde ihn an der Uni blamieren. Aber ich würde es ihm schon zeigen. Nur weil er einfach gestorben war, hieß das nicht, dass ich mich nicht noch vor ihm beweisen würde. So leicht kam er mir nicht davon. Das hier, ihm seinen Willen nicht gönnen, diese Fehde, die er mit ins Grab genommen hatte, das würde ich gewinnen.

»Pause mache ich eigentlich mittlerweile sogar schon zu viel …«

Ich legte meine Hände an Quentins Schultern und drängte ihn seitlich neben die Glasvitrine. Die letzten beiden Besuchenden schritten in den nächsten Raum, bemerkten uns nicht. Ich sah zu Quentin und in seine verwirrten Augen. Sie fingen meinen Blick ein, und ich erkannte ein Fragezeichen in seinem Gesicht.

Langsam nickte ich zum Toilettenschild hinüber. »Dich hier zu sehen, wie … wie …« Ja, was denn, lass dir was einfallen, Massimo? »Wie du so viel Leidenschaft für all das hier zeigst, ist echt hot. Wie wär's mit einer schnellen Danielo-Josh-Runde, und dann lasse ich dich arbeiten gehen?«

»Ich … ich weiß nicht.«

»Wenn du nicht willst, ist das okay, aber ich meine nur, wenn's an der Arbeit liegt … ich kann schnell sein.« Ich zwinkerte Quent zu.

Er schluckte und musterte mich. Er musterte mich richtig. Als schätzte er meinen Wert ab? Als wollte er etwas herausfinden? Ich konnte es nicht genau sagen.

»Okay. Los, gehen wir«, sagte Quent, nahm meine Hand und zog mich in Richtung der Toiletten.

Drinnen angekommen, schob ich den schweren Metallmülleimer etwas vor die Tür und schubste Quentin gegen das Waschbecken.

Sobald meine Lippen auf Quentins trafen, verpufften all meine Gedanken. Als würden sie in einer anderen Sprache in mir ablaufen. Als würden alle Bilder zu einem unscharfen Film werden. Es gab nur noch uns, die strahlend weißen Fliesen und den Geruch von Zitronenputzmittel. Unsere Atmung wurde schwerer. Meine Augen öffneten sich wieder, und ich erkannte, dass Quentin mich ansah. Aber warum? Etwas beirrt davon, machte ich mich an seinem Gürtel zu schaffen und küsste seinen Hals. Die Wärme, die seine Haut auf meinen Lippen hinterließ, beflügelte all meine Sinne.

Ich schob ihm seine Stoffjacke von den Schultern, zog sie ihm aus und hob sein Shirt hoch. Er spannte die Bauchmuskeln an, als meine Finger darüberstrichen. Mit einem Ruck war sein Shirt über seinem Kopf. Gleich danach ging ich vor ihm auf die Knie und riss seine Hose runter.

»Du hast keine Witze gemacht. Du kannst echt schnell machen«, sagte Quentin außer Atem.

»Ich scherze nie, wenn's um Sex geht.«

Als ich ihm seine Unterwäsche runterzog, kam mir seine Erektion entgegen, und statt ihn zu necken, nahm ich seinen Schwanz sofort in den Mund. Er sollte nicht zu sehr merken, dass ich ihn hinhielt, denn ich hatte es auch noch auf etwas anderes abgesehen.

Quentin umfasste meinen Hinterkopf mit einer Hand. Seine Hüften kamen mir entgegen, und ich merkte, wie ich das etwas zu sehr genoss, aber, hey: Niemand sagte, dass ich bei meinem Plan nicht auch etwas Spaß haben durfte.

Und den hatte ich. Quentins Lust zu spüren, zu schmecken, anhand seines Stöhnens zu hören und …

»Sieh mich an«, wisperte Quentin.

… und jetzt auch zu sehen, machte das alles noch besser. In seinen Augen brannte ein Feuer. Flammen, die nicht nur nach mehr, nach Befriedigung lechzten, sondern auch nach etwas, das ich nicht ausmachen konnte.

»Warte, ich komme gleich«, raunte Quentin und wollte mich wegdrücken, doch ich nahm seine Hände und hielt sie mit meinen am Waschbecken fest.

Ich spürte, wie Quentin kurz davor war zu kommen, und als es so weit war, hörte ich auf, umfasste seine Mitte mit einer Hand, bis er auf mein Gesicht kam.

Ich ließ mich auf den Boden sinken und saß halb auf den Kacheln, halb auf meinen Schuhen. Wir sahen uns an, atmeten dabei schwer, bis Quentin über seine Lippen leckte.

»Was ist mit dir?«, sagte Quentin außer Atem.

»Du stehst in meiner Schuld.« Ich deutete zu den Kabinen. »Du kannst mir dafür etwas Klopapier holen«, schlug ich vor.

Quentin sah sich erst um, aber hier gab es keine Papierspender. Nur diese Handtrockner, und die verkeimten Dinger brachten mir hier gar nichts. Schließlich nickte er und ging zur Kabine. Ich stand schnell auf und griff zu Quentins Stoffjacke. Dort tastete ich nach seinem Handy und schmiss es in den Mülleimer. Natürlich war der Eimer fast leer, und es schepperte laut durch den Raum.

»Was war das?« Quentin huschte aus der Kabine.

»Äh …« Ich schob den Mülleimer wieder zurück an seine Stelle. »Ich schiebe unsere Barrikade an ihren Platz. Zum Glück ist keiner gekommen … Na ja, bis auf dich«, sagte ich, und im selben Moment tropfte sein Sperma von meiner Wange.

»Okay, sorry.« Quentin lachte auf und reichte mir das Klopapier.

Wieder sauber verließen wir die Toilette, und Quentin stellte sich vor mich. »Aber jetzt muss ich echt los und weiterarbeiten, es …« Er tastete an seiner Stoffjacke herum.

Schnell nahm ich seine Hände. »Ooooooder weißt du, was auch spannend wäre und nach dieser Anstrengung gut wäre?« Ich wies auf das Schild, das den Weg zum Whisky-Tasting zeigte.

»Dass die Auchinlecks von einem der Whisky-Barone Schottlands abstammen? Also eines weit entfernten Cousins, wie hier steht. Ob die da von irgendwelchen alten Familienrezepten etwas geklaut haben? Weißt du, das ganze Whisky-Imperium startete mit Stanley ...«

»Ich meinte eigentlich die letzte Station«, unterbrach ich ihn, um auf meine eigentliche Entdeckung hinzuweisen, denn mein Finger verweilte noch in der Richtung des Schilds zum Tasting.

»Oh, Whisky-Tasting, klar, okay, na ja, ich schulde dir ja etwas, also gut. Ich hab dich jetzt lange genug mit Historischem genervt.« Quent schlüpfte aus meinen Händen und ging vor. »Bin gespannt, ob du mich unter den Tisch trinken kannst.«

»Du hast mich nicht genervt«, murmelte ich, aber Quent hörte das gar nicht mehr. Natürlich hatte er das!

Unser Weg führte uns auf einer Eisenbrücke über die Whiskyproduktion. Kupferkessel und Maischebottiche reihten sich aneinander. An einigen waren Plexiglasfenster mit dicken goldenen Schrauben, durch die wir die Prozesse verfolgen konnten. In einem wurde etwas umgerührt, das wie Matsch aussah, und um mich nicht zu blamieren, fragte ich nicht nach, was da passierte. Daneben entdeckte ich silberne Waschtanks, und aus einem davon reichten breite Rohre in die Höhe. Sie verliehen den Kesseln das Aussehen einer alten Wunschlampe. Bevor ich mir vorstellen konnte, wie ich mir, angefeuert vom Toilettenerlebnis, damit die Klamotten von Quent wegwünschte, registrierte ich ein Vibrieren in meiner Hose und holte mein Handy hervor.

> Hey Massimo, danke noch mal für deinen Besuch letztens. Du hast ja gesagt, ich soll dir schreiben, also: Ich habe noch mal über deine Worte nachgedacht und ein paar Leute angerufen, die sonst auch spenden, aber die meisten haben leider kaum Möglichkeiten, mehr zu geben. Fühlt sich echt nicht gut an, darum zu bitten. Aber ich habe es versucht und gebe nicht auf. Ein, zwei haben zumindest angeboten, etwas Futter vorbeizuschicken. Ein Anfang.

Hitze stieg in mir auf. Cazzo! Das klang gar nicht gut. Aber ganz ruhig. Ich war auf einem guten Weg. Ich würde nicht zulassen, dass Abby ihre Tiervilla verlor. Denn dann waren nicht nur ihre Tiere auf sich gestellt, sondern auch sie, und das würde Abby umbringen. Das war wichtig, das zählte, und zwar mehr, als dass ein viel zu gut aussehender, viel zu perfekter Möchtegern-Sohn meines Dads sich auf dem Geld ausruhen konnte, um sich entspannt in seinen bedeutungslosen Jahreszahlen und historischen Anekdoten zu suhlen. Auch wenn Quents Erzählungen schon ganz spannend klangen und … Müll! Nein. Die Tiere zählten! Von den Einrichtungen in Thailand, Griechenland und Italien, die auf meine Hilfe zählten, ganz zu schweigen. Es hing so viel daran, dass ich mein Geld zurückbekam, gerade jetzt. Okay, und meinetwegen konnte ich damit dann auch mein schlechtes Gewissen bereinigen, das sich ankündigte, und Quent ein neues Handy besorgen.

Ich steckte das Handy in meine Hosentasche und beschloss, Abby später zu antworten. Für den Moment musste ich mich auf Quent konzentrieren. Keinen Moment nachlassen. Ich musste sichergehen, dass er die Frist verpasste. Und vielleicht erfuhr ich im Gespräch mit ihm ja auch Nützliches über Cormac.

Nach den Waschtanks von gerade eben waren noch einige Behälter zu sehen, die verglast waren und durch die wir den

Whisky laufen sahen. Auf der anderen Seite erhielten wir dank der Glasfront einen wunderschönen Blick über den Clyde.

»Echt aufwendig alles, nicht wahr? Also für so einen Schluck Whisky mit Eiswürfeln.«

»Eiswürfel?«, stieß jemand erstickt hinter mir aus.

»War nur ein Spaß«, rief ich nach hinten und weitete meine Augen, was Quent zum Lachen brachte.

»Ich sage lieber nicht, dass ich ihn eher mit Cola mische«, flüsterte er mir zu.

»Der würde durchdrehen und uns in einen Kessel stecken«, wisperte ich zurück.

»Nein, das würde doch den guten Whisky ruinieren.« Sein Einwurf brachte mich ehrlich zum Lachen. Aber gut, das war ja nicht schlecht, so dachte Quent hoffentlich, er wäre witzig, und würde mich dafür mögen, dass ich seinen Humor verstand.

Im letzten Raum der Tour fanden wir uns endlich in einem Barraum wieder. Zwar kein Club mit Cocktails, aber irgendwie charmant auf seine Weise. Wir setzten uns auf einen Hocker vor eine ringförmige Bar. In der Mitte standen drei Kellnerinnen, fein gekleidet, die Haare unter einer Mütze mit dem Logo der Destillerie – einem Anker und einem Fass.

Gerade schenkten sie uns einen Single Malt Scotch Whisky aus alten, ausrangierten Bourbonfässern aus den USA ein – warum auch immer es wert war zu wissen, dass das, was wir tranken, aus einem alten Fass kam.

»Warum habe ich bei einem alten Bourbonfass das Gefühl, aus einem verschimmelten Holzfass zu trinken?« Ich liebte es, dass Quent und ich dasselbe dachten.

»Zwei Whisky-Esel, ein Gedanke.« Ich zuckte mit den Schultern. »Lassen wir uns einfach darauf ein. Ich fände das schon spannend, das alles zu lernen und so einen Segreto-Whisky zu machen oder so.«

Die große Frau, die uns abschätzig musterte und uns ganz

bestimmt gehört hatte, stellte uns ein Glas hin. Auf einem Namensschild, das wie ein Eichenholzfass aussah, stand der Name Naoko.

Kein Wasserfleck, kein Fingerabdruck, kein Kratzer. Das Glas glänzte in dem orangefarbenen Licht der edlen Bar. Nachdem wir alle etwas zu trinken hatten und sie uns das Signal gaben, nahm ich einen Schluck. Es schmeckte erstaunlich mild, aber die Aromen wurden dann umso kräftiger, je mehr der Alkohol wirkte.

»Schmeckst du auch etwas Vanille und Honig, aber so dicken, cremigen Honig? Und ein wenig ... Kuchen?« Quent zog beim letzten Wort ein Gesicht, als vertraute er sich selbst nicht.

Naoko beugte sich zu uns. »Das ist der Biskuitbodengeschmack und die Holznote.«

Quent wedelte mit seinem Zeigefinger vor dem Glas auf und ab. »Hab ich doch gemeint.«

Um uns wechselte das Licht. Es passte sich der Whiskyfarbe an, die wir testeten. Rundum stapelten sich Fässer in Backsteinregalen, und aus ihnen beleuchteten Scheinwerfer die Bar. Von Orange zu eher gelblich.

»Ich muss es zugeben: Diese Ablenkung mit dem Whiskydate ist echt gut.«

Ich zuckte unwillkürlich zusammen. Hatte er das gerade wirklich gesagt? Hatte Quentin mich durchschaut? Mir rann es kalt den Rücken runter, als leckte eine eisige Geisterzunge meine Wirbelsäule hinab. »Was? Ich, ich wollte dich doch gar nicht ablenken, ich ...«

Quentin winkte ab. »Ich meine ja nur. Hab doch bald ein Interview mit der *Glasgow Gazette* und hoffe, ich blamiere mich nicht.«

Ein Felsen rumpelte von meiner Brust. »Ah ... ach so. Okay, ja, gern geschehen.«

»Ich wünschte, ich könnte deinen Dad fragen, worauf ich

achten soll. Der hat ja öfter Interviews zu so historischen Fragen gegeben, ohne sich zu blamieren.«

Toll. Statt des Steins auf der Brust hatte ich jetzt Säure im Magen. Ich konnte das einfach nicht mehr hören. Dieses In-den-Himmel-Heben meines Dads. Was für eine verdammte Achterbahnfahrt, und ich durfte mir nichts davon anmerken lassen.

»Darf ich dich etwas fragen?« Ich stieß mit meinem Glas gegen Quentins und trank es leer.

»Was gibt's?« Quentins Stimme klang etwas heiser, aber auch ich musste zugeben, dass der Tropfen es in sich hatte.

»Was mochtest du eigentlich so sehr an meinem Dad?« Hoffentlich schob er die Enge in meinen Worten auch auf den Whisky. Die Begeisterung in Quents Augen und wie er über meinen Dad sprach, waren echt harte Brocken. Es schien, als würde er über einen ganz anderen Menschen sprechen. Klar, es gab diese Momente in meiner Kindheit, in denen mein Dad auch zu mir nett und toll gewesen war, aber … der Dad, den ich hätte haben können, den Quentin offenbar bekommen hatte, den hatte ich ganz sicher nicht kennengelernt. Nie. Mit dem Alkohol in mir brodelte eine Mischung aus Eifersucht und einer Prise Wut und … etwas Bitteres. Trauriges.

Ungerecht. Es war einfach so verdammt ungerecht.

In diesem Moment fiel es mir fast leicht, Quentin wirklich zu hassen.

»Puh, na ja … Er war dein Dad. Du kanntest ihn doch sicher besser als ich?« Quentin guckte sich die neue, dunklere Flüssigkeit an. Dieses Mal aus einem Sherryfass oder so.

»Ja, genau deshalb ja.« Ich trank das Glas in einem Ruck leer, und es überraschte mich nicht nur mit dem brennenden Gefühl in meinem Rachen, sondern auch mit leichtem Prickeln auf meiner Zunge. Wie eine prickelnde Kirsch-Orangen-Rosinen-Schokolade.

Quentin musterte mich überrascht. »Was meinst du?«

Weil ich ihn gehasst habe. Seine Arroganz. Wie er mich abfällig gemustert hat. Weil ich nicht so intelligent bin wie er. Ich mir keine Jahreszahlen merke. Ich die Blamage der Familie gewesen bin, wenn sie ihre noblen Kunst-Leute eingeladen haben. Er mich geschla…

»Massimo?«, hakte Quent nach.

»Nichts, nur … Ach, egal.«

»Na ja, wie dem auch sei: Fürs Interview wären so Tipps von deinem Dad bestimmt Gold wert, oder?«

Dieses Klatschblatt? Das konnte er nicht ernst meinen, oder? »Bestimmt. Ich kann dir ja auch Tipps geben. Bei denen musst …« Mitten im Reden stoppte ich mich selbst. Warum sollte ich ihn vor ihnen warnen? Wenn er sich verplapperte und sie Müll über ihn schrieben, wie über mich so oft, lenkte ihn das von der Arbeit ab. Außerdem war ich nicht sein Babysitter. Quent war alt genug, um sich da alleine vorzubereiten. Und er war ja der ach so kluge Student, nicht ich. Er bekäme das schon allein hin. »Bei denen musste ich auch schon oft mein Gesicht sehen. Ich bin ja viel unterwegs und so. Sei einfach du selbst und sei ehrlich.«

»Stimmt ja. Party-Miliano.«

Ich knallte das Glas auf den Tisch. Die Blicke der anderen ignorierte ich. »Darum geht es nicht. Denkst du das auch? Wie alle anderen? Dass ich nur Party-Miliano bin? Weißt du, wie die Medien da aus Sachen Dinger drehen, die nicht stimmen? Gerade du? Mister Geschichts-Affe? Als gäbe es da nicht genügend Menschen, denen die Medien unrecht getan haben. Und wenn du auf das vom Club letztens anspielst … Ich habe nicht randaliert. Aber ich habe dort eine Reservierung gemacht, für die eine vierstellige Summe notwendig war, und dann sagen die, sie finden meinen Namen nicht? Natürlich gehe ich da nicht mit einem Grinsen im Gesicht raus. Und das aufgebauschte Randalieren war, dass ich ihm die Tür zugeschlagen habe. Keine Ahnung, warum ich das überhaupt erzähle.« Okay, jetzt störten mich die Blicke doch. Und als ich meinen Gossip-Namen mehrfach aus ihren Mündern hörte, verdrehte ich meine Augen.

»Egal. Ich gehe.«

Kapitel 11

Massimo

»Warte doch, Massimo.« Quentin lief mir auf dem Steg neben der Destillerie hinterher, und ich setzte mich vorne auf das Holzende. Meine Füße baumelten nach unten. Unter mir der vom letzten Regenschwall angestiegene Fluss.

»Was ist mit dir?« Er setzte sich neben mich.

»Das könnte ich dich auch fragen. Denkst du, dass das nichts mit mir macht? Dieser Name?«

»Ich habe gedacht, du stehst da drüber.«

Was sollte ich darauf antworten? Der Whisky in meinem Kopf, der eisige Wind um mich herum, die teils spitzen Steinchen unter mir auf dem morschen Holz und das laute Rauschen des Flusses vor mir trugen nicht dazu bei, meine Gedanken zu befreien. »Weißt du, mein Dad …« Jedes Mal, wenn es an dieses Thema ging, stockte mir der Atem. Verriet ich mich nicht selbst, wenn ich Quent davon erzählte?

Oder … Oder brachte es ihn näher zu mir? Konnte ich es ausnutzen, wenn ich ihn dazu brachte, Mitleid mit mir zu haben? Zumindest stellte ich fest, dass dieser Blickwinkel auf die Sache mir half, wenigstens etwas tiefer durchzuatmen. »Mein Dad war nicht so stolz auf diesen Party-Namen, und jetzt, nach seinem Tod, trifft mich das doch.«

Klatsch. Quent schlug sich mit der flachen Hand auf die Stirn. »Ich Arsch. Tut mir leid, das hätte ich mir doch denken können. Das wollte ich nicht. Ich werde dich nie wieder so nennen, okay? Kommt nicht wieder vor.«

Langsam drehte ich meinen Oberkörper zu Quent und strich

mit meinem Daumen über seine leicht gerötete Stirn. »Schon gut.« Von seiner Stirn rutschte mein Daumen seitlich seine Schläfe hinab, machte einen Hüpfer über seine Brille und streichelte dann weiter über seine glatte Wange mit den markanten Wangenknochen, und zu guter Letzt erfühlte ich ein paar Stoppeln entlang seines Unterkiefers.

Quent schluckte laut. Er merkte, dass ich es merkte. Unterbrach unseren intensiven Augenkontakt. Er bewegte seinen Kopf von meiner Hand weg. Noch nie lag meine Hand in einer so unerträglichen Leere. Noch nie verlangte mein Daumen so sehr nach einem Kinn. Meine Haut nach seiner. Noch nie pulsierte das Nichts so sehr zwischen meinen Fingern wie jetzt. Doch ich nahm es hin und legte meine Hand auf meinen Oberschenkel. »Sorry.«

»Kein Ding, wir haben beide einiges getrunken.«

»Ja, da haben wir ziemlich viel bekommen für die paar Kröten, die der Eintritt gekostet hat.« Warum sagte ich das jetzt? Normal ließ ich diesen Richboy bei Wlada und den anderen raushängen, um mich ihnen anzupassen. Aber hier war das völlig unangebracht. Quent sah mich genau so an, wie ich mich innerlich fühlte. Das musste sich wie eine Verars…

»Sag mal, ist das irgendwie witzig für dich?« Quent zog seine Beine an, als wäre er im Begriff aufzustehen.

»Nein, nein, sorry, ich …«

»Nur weil du es dir leisten kannst, herumzureisen, nichts zu tun und an Privatstränden mit offener Hose herumzuliegen, heißt das nicht, dass es allen Leuten so geht.« Bei diesen Worten komplettierte sich das Foto von Quentins Bild auf seinem Laptop von damals. Diese gelbe Hose, die ich da gesehen hatte, erinnerte mich an etwas, weil es … meine war. Aber das tat im Moment gar nichts mehr zur Sache, weil mich seine Worte viel zu sehr angriffen. Schlimmer als jeder Fausthieb in die Fresse.

»Sonst geht's dir noch gut, ja? Ich mache also nichts? Mein ganzes Leben ist ein Witz für dich oder wie?« Jetzt war ich derjenige, der aufstand.

Es ging nicht mehr. Mein Brustkorb hob und senkte sich so verdammt schnell. Ich hatte es gewusst. Ich hatte es verdammt noch mal gewusst, dass er genauso ein arroganter Arsch war wie mein Dad. Das schlechte Gewissen von vorhin verpuffte. Meine Arme breiteten sich aus. »Ich bin also in deinen Augen ein absoluter Volldepp, der nur faul ist und nichts erreicht hat, ja? Du bist genauso abgehoben ...« *Wie mein Dad.* »... wie ihr alle.«

»Wir alle?« Auch Quent war wieder auf seinen Beinen. Wieder vor mir. So nahe vor mir, aber doch so weit weg. So voller Distanz. »Wer sind denn *wir alle,* und warum bist du so viel besser? Was tust du denn?«

»Ich ... Ich muss mich nicht vor dir für mein Leben rechtfertigen. Cazzo!« Ohne auf seine Reaktion zu warten, wandte ich mich ab und stapfte über den Steg davon. Jap. Ich sollte definitiv ein Buch darüber schreiben, wie wir Menschen für uns gewinnen. Darin war ich ein echter Meister.

Die nächste Stunde verging wie im Flug. Hauptsächlich weil ich mich über Quentin aufregte und über mich. Ich war mit dem Auto – alleine – zum Cottage gefahren, hatte, ohne ein Wort mit Jasna zu sprechen, Salaì abgeholt und mich mit ihm in meinen Lieblingsladen gesetzt.

Den *Artsy Lab Tea Room.*

Wie oft hatte ich mit meiner Oma damals vor diesem Tea Room gestanden, hatte die hellblaugraue Vertäfelung bewundert und war mit ihr durch die winzige Tür hineingegangen. Alles hier erinnerte mich an sie. Wie zum Beispiel die leuchtend dunkeltürkise Farbe an den Wänden, die wirkte, als wäre sie mit einem Schwamm aufgetragen worden. Goldene Bilderrahmen mit Schmetterlingsbildern darin zogen meine

Aufmerksamkeit auf sich, als eine Kellnerin mit zwei Tabletts an ihnen vorbeilief. Vor allem aber spürte ich hier drinnen noch immer die liebevollen Blicke, die meine Oma nur für mich übrighatte. Gleichzeitig war sie vermutlich auch der Grund, warum mein Vater mir seine Liebe – sofern er sie mir überhaupt jemals entgegenbrachte – nicht zeigen konnte. Unter dem goldenen Kronleuchter mit den Fake-Diamanten stand die in die Jahre gekommene Lisbeth. Damals hatte sie hier schon gearbeitet, war aber noch jung gewesen, und meine Oma hatte sie behandelt wie Abschaum. Meine Oma hatte sich generell wie eine böse Kaiserin aufgeführt. Nur bei mir nicht. Bei mir lebte sie all die Liebe aus, die sie anderen nie hatte zeigen können, aus Angst, schwach zu wirken, bei all dem Vermögen, das sie verwaltet hatte. Allein, da mein Opa verstorben war, als mein Dad noch sehr klein gewesen war. Es war vermutlich eine andere Zeit gewesen, in der sie so sein musste, um als Frau ernst genommen zu werden, dennoch trug es weitreichende Konsequenzen. Im *Artsy Lab Tea Room*, in dem meine Familie seit Generationen Treffen ausgerichtet hatte, spürte ich wieder, was es ausmachen konnte, wenn der Trauma-Kreislauf, den Eltern oft auf Kinder übertragen, nicht unterbrochen wurde. War ich gerade besser? Keine Ahnung, aber diese Gedanken konnte ich mir gerade auch nicht leisten.

Salaì lag unter dem Tisch an meinen Füßen und döste vor sich hin. Manchmal hob er neugierig den Kopf, sobald jemand den Laden betrat. Ich nutzte die freie Zeit, um mich wieder an Yiannis zu wenden. Nach diesem Mist, den Quent mir um die Ohren geworfen hatte, waren meine Skrupel bis aufs Minimum geschrumpft. Perfekt, Yiannis war sogar gerade online, und da ich über Cormacs Ex bisher nichts herausgefunden hatte, passte das ja.

> Hey, Yiannis, alles klar? Du, vielleicht sehen wir uns ja wieder bei der nächsten Senderparty von G-TV? Ist die nicht bald? Oder ist die auf August verschoben worden? Jedenfalls … Sollten wir uns mal wieder treffen, gib doch ein paar der Aufgaben für die Senderparty an jemanden ab. Gibt es da nicht irgendwelche studentischen Aushilfen bei euch?

> Jup, setze dich mal auf die Liste. Bin dieses Mal dran mit der Organisation. Aber ich werde vielleicht etwas an diesen Cormac abgeben, der denkt eh immer, er wäre mit seinem Meteorologiestudium was Besseres. Und nach den Screenshots mit den Reposts hätte er es sowieso verdient.

Sehr gut. Zumindest das lief.

Die Leute um mich herum tratschten und kicherten hinter vorgehaltener Hand, und da fiel mir wieder auf, dass ich der Einzige war, der hier alleine saß. Nicht ganz, Salaì war ja da. Dennoch … Auch heute hatten mir wieder all meine Leute abgesagt. Niemand wollte den traurigen Massimo. Nur den Party-Miliano. Etwas huschte durch mein Blickfeld und riss mich aus meinen Gedanken. Eine Kellnerin stellte eine dreistufige Etagere vor mich hin, direkt neben den Porzellanflamingo. Danach hob sie nach und nach eine weiße Teekanne mit Goldverzierung und fein gemalten Blumen sowie die passende Tasse samt Unterteller von ihrem Servierwagen auf meinen Tisch.

»Einen wunderschönen Aufenthalt bei uns, Mister Segreto.« Als ich die Stimme hörte, bemerkte ich, dass es Hannah war. Fast hätt ich sie nicht erkannt. Sie musste, wie ihre Schwester Lisbeth damals, den Laden von der Pike auf kennenlernen, bevor sie in das Geschäft mit einsteigen musste.

»Danke.« Ich beugte mich ein wenig zu ihr vor. »Hannah.«

Sie schmunzelte und fuhr mit ihrem Servierwagen weiter.

Salaì drehte seinen Kopf schon ungesund weit zu mir hoch.

»Vergiss es, du bekommst nichts«, zischte ich, zupfte aber doch ein Stück von einem Sandwich ab und reichte es ihm.

Von der untersten Etage griff ich nach einem Sandwich mit veganem Speck, Salat, einer weißen Soße und Tomaten. Keine Ahnung, was leckerer war. Das Sandwich oder der Schwarztee? Ich liebte beides. Während ich die salzigen Leckereien aß, scrollte ich durch mein Handy.

Niemand meiner sogenannten Freundinnen und Freunde antwortete mir. Keiner wollte einfach abhängen und quatschen. Ich atmete tief ein und wieder aus. Okay, was hatte ich auch erwartet, nicht wahr? Abgesehen davon beschäftigte mich der Streit mit Quent. Natürlich nur, weil ich meinen Plan nicht umsetzen konnte, wenn wir uns zerstritten. Nicht seinetwegen. Oder wegen seines breiten Grinsens, sobald er Historisches erschnüffelte wie ein Trüffelschwein. Seufzend lehnte ich mich seitlich an das Zierkissen, das nicht nur farblich, sondern auch wegen des Schmetterlingsmusters zum Tea Room passte.

Da es draußen etwas dunkler, grauer und nebeliger wurde, schaltete Hannah nach und nach die goldenen Affenstehlampen mit den grünen Palmenlampenschirmen ein. Zu guter Letzt gingen die Laternen an der Wand und der Kronleuchter an. Salaì kam unter dem Tisch hervor, sah zur zweiten Etage mit den Scones, die ich noch nicht vollends aufgegessen hatte, und dann wieder zu mir.

»Nein, ich bin noch nicht satt.«

Schnaubend verkroch er sich wieder unter den Tisch und trank aus seinem Schmetterlingsnapf. Etwas Wasser kleckerte auf den dunkelbraunen Holzboden. Zum Glück hatten die hier diese Matten, die das Wasser auffangen konnten.

»Ich werde ihm schreiben, oder was meinst du?«

Salaì beachtete mich nicht, drehte sogar den Kopf weg.

»Schlange«, flüsterte ich und gab ihm etwas von dem Stück Brot ab, das ich nicht aufgegessen hatte.

Nachdem er es verspeist hatte, hechelte er mich an.

»Ist das ein Ja?«

Wieder hechelte er.

»Okay.«

Fuck, war ich einsam. Nein, so durfte ich nicht denken. Ich machte das alles nur für meinen Plan. Schließlich musste ich mich dafür wieder mit Quentin vertragen. Egal ob ich es ernst meinte oder nicht.

Mit einer Praline von der obersten Etage bewaffnet, griff ich nach meinem Handy und wechselte in Jasnas Chat.

> Du hast nicht zufällig mit Quent geredet, oder?

> Doch, vorhin, als er durchnässt mit einem Leihfahrrad von eurem Trip zurückgekommen ist – ohne Handy.

> Fuck. Fuckidi. Fuck. Fuck. Hat er es verloren?

> Ja, das kannst du laut sagen und sieht so aus.

Auch wenn mich Quents Aussage wütend machte, musste ich über meinen Schatten springen. Alles für den Plan.

> Kannst du ihm sagen, es tut mir leid?

> Quentin ist ein äußerst intelligenter, heißer Typ, der so nicht mit sich umgehen lässt l n nv989823 /%$§

> Er ist neben dir und hat dir das Handy weggenommen, oder?

> Ja.

Unrecht hatte er damit ja nicht. Zu diesem Text musste ich mir jetzt vorstellen, wie sie durch das Wohnzimmer liefen. Quent hinter Jasna her, um ihr das Handy wegzunehmen. Jasna fluchend und lachend gleichzeitig. Shit. Warum vermisste ich es denn jetzt, dabei zu sein?

> Okay, na dann: Quent, sorry, vielleicht können wir noch mal quatschen.

Keine Antwort mehr. Ich wechselte in meine Galerie und öffnete die Fotos, die ich von Quentins und Cormacs Akten gemacht hatte. Vor allem aber zoomte ich in die persönlichen Notizen meines Dads über Quentin. Ob er Dad auch noch so vergöttert hätte, wenn er wüsste, dass er die über ihn gemacht hatte? Ich fand es einfach nur grenzüberschreitend, worüber mein Dad mit ihm gesprochen hatte, aber ja, mein Dad hatte nie mit Grenzen umgehen können.

Ausnahmsweise gut für mich – ich konnte es jetzt gegen ihn verwenden. Denn so hatte ich erfahren, dass Quentin ziemlich unsicher war, und da kam mir direkt ein Gedanke, als Quentin mir von dem Zeitungsinterview mit der *Glasgow Gazette* berichtet hatte. Ich könnte ihnen einen anonymen Tipp aus Quentins Akte schicken. Ihnen stecken, dass er meinem Dad erzählt hatte, dass die Sache mit seinen leiblichen Eltern ihn noch oft beschäftigte. Dass sie sich vermutlich noch auf die Schultern klopfen würden, wüssten sie, was aus ihm geworden war. Mit dieser Info aus der Akte konnten sie sich sein Vertrauen erschleichen.

Ein Vibrieren zog sich durch meine Hand, als ich die Akten begutachtete, und ich hob ab.

»Was gibt's?« Ich winkte Hannah herbei, damit sie kurz auf Salaì achtete, während ich zur Toilette ging. Zum Glück spielte sie mit.

»Hey, Bram hier.«

»Was gibt's, Bram?« Auf die dunkel-, leicht blasstürkisen Wände um die Ecke waren wunderschöne Bäume mit prächtigen Blätterdächern gemalt, natürlich mit Schmetterlingen, die um sie kreisten. Und ich zwängte mich durch die vollen Plätze mit den bunten Stühlen zur Toilette hin.

»Du hast ja geschrieben, ob jemand Zeit hätte.« Oh, das hatte ich ihm auch geschickt?

»Oh, ja, ja ... Hat sich erledigt, wie geht's so? Läuft das mit den Nachrichten?« Der Spiegel vor mir zeigte mir, dass die von der Sonne ausgebleichten braunen Haarspitzen wieder etwas dunkler wurden. Ich strich über meinen Bart und beschloss, ihn mal wieder zu trimmen.

»Nicht so toll, das Geld fehlt an jeder Ecke. Ich habe meine erste Message schon geschickt. Könnte einen Vorschuss gebrauchen, ehrlich gesagt.« Ich musste wieder an sein wütend-enttäuschtes Gesicht denken, als er nicht als ein Teil der Cottage-Crew ausgewählt worden war. Quentin hatte dem Whiskydate zugestimmt, weil er auf seinem Handy eine Mail von Bram gelesen hatte. Vermutlich wollte er sich danach ablenken. Sehr gut.

»Du bekommst dein Geld, wenn Cormac und Quentin ihre Doktorarbeiten nicht rechtzeitig schaffen«, zischte ich leise.

»Ich ... Das ... Fuck. Okay. Ich hänge mich mehr rein. Aber du hältst dich daran, und ich bekomme das Geld, ja?«

»Jup.« Ich wollte nur noch auflegen.

»Danke.« Bram klang erleichtert. »Bis bald.«

»Ja, bye.« Ich legte auf, steckte das Handy weg und stellte mich an das Pissoir.

Kapitel 12

Quentin

»Kopfschmerzen«, jammerte ich und massierte meine Schläfen, während ich meine Umhängetasche über meine Schulter hängte. Das dumpfe Pochen in meinem Kopf machte jede Bewegung zur Herausforderung. Ich wünschte echt, ich hätte gestern Nacht nicht so über die Stränge geschlagen, aber daran war ich ja selbst schuld.

Cormac hatte mir eines seiner alten Handys geliehen, da ich meines verloren hatte, und zeigte mir etwas, was das, was Massimo gesagt hatte, bestätigte. Großartig, ich fühlte mich noch immer wie der letzte Arsch, weil ich es angezweifelt hatte. Natürlich hatte er recht, und oft wurden Leute in den Medien zerrissen. Unberechtigterweise. Da musste ich mich wieder an die eigene Nase fassen und sehen, wie gut solche Medien uns mit ihrem Storytelling beeinflussen konnten.

Party-Miliano Scandalo, der Sohn des verstorbenen, allseits geliebten Professors, Kunstsammlers und Historikers, hat wieder zugeschlagen und betrunken einen Studenten bei einem Whisky-Tasting angepöbelt.
Und der Student? Niemand Geringeres als einer jener, die sein Erbe einsacken könnten.
Zufall? Oder will er sich rächen?

Wow. Das war ja nicht mal ansatzweise die Wahrheit. Ich schluckte, als ich oben eine Benachrichtigung aufploppen sah.

> Ich würde mich nicht so in Sicherheit wiegen, Geschichtsfreak!!! Weißt du, was die Geschichte uns nämlich gelehrt hat? Dass das Böse sich nicht durchsetzt, und deshalb werden wir es euch nicht durchgehen lassen, dass ihr mit eurer Neigung euch ein Erbe unter den Nagel reißt, das andere mehr verdient hätten! Wir werden das alles aufdecken, bis die Leute endlich aufwachen!!

Gefühlt war mein Tag nach dieser Nachricht gelaufen. Wie konnten die Menschen nur so grausam sein? Ich fühlte jeden Buchstaben dieser Mail wie einen Tritt in meinen Magen. Jedes Ausrufezeichen war wie ein Schrei ins Gesicht. Ein Schrei, bei dem dein Gegenüber spuckte beim Reden.

Ich zuckte zusammen, als Cormac nach einem lauten Seufzen und einem riesigen Schluck Wasser sagte: »Wir sollten echt keine Cottagepartys mehr feiern, wenn wir am nächsten Tag losmüssen.« Cormac hielt sich einen Eiswürfel, eingewickelt in Küchenrolle, gegen die Stirn. »Die im Sender fragen mich bestimmt, was es denn zu feiern gegeben hätte. Vor allem dieses beschissene Arschloch Yiannis, das mir immer mehr Aufgaben aufhalst. Ich komme zu nichts, aber den Job brauche ich als Absicherung und für meinen Lebenslauf.«

Mir fiel es zunächst schwer, etwas zu antworten, aber ich fing mich wieder. Schließlich wollte ich ihn damit nicht belästigen. Wo waren wir? Ah. Yiannis. Natürlich. Cormac sprach ständig von diesem Typen. Ein ehemaliger, abgestürzter Kinderstar, der mit ein bisschen Hilfe von Social Media seine Reputation aufgebessert hatte und nun diesen Job als Moderator bei einem Regionalsender bekommen hatte. »Aber er hat heute dieses Bild von dieser K-Drama-Serie gepostet, die ich auch gucke! Unverschämt, aber …« Cormac lachte auf. »Stimmt schon, was er zu dem Typen sagt, der …«

»Ärgert der dich noch immer?«

Cormac schien nach meiner Unterbrechung zu merken, dass er über Yiannis' Witz lachte, und drückte ihn weg, bevor er seine Schultern kreiste. »Ja. Jedes Mal, wenn ich seine Teleprompter-texte schreibe, regt er sich auf, dass sie zu kompliziert seien. Nur bei mir. Der will mich rausekeln. Aber er macht nichts. Er meldet sich krank, taucht nicht auf, ist kaum bei den Redaktionssitzungen dabei. Dafür hat er letztens über meinen Witz gelacht, den niemand lustig gefunden hat, vor allem nicht Yael vom Schnitt.«

»Witz?«

»Meteorologie-Witz, ist nicht dein Ding, also wiederhole ich ihn jetzt nicht. Eigentlich hätte ich gewettet, Yiannis' Fall wäre sowas auch nicht, aber okay.« Cormac strich sich die rosa Haare zurück und setzte seine gelbe Cap auf. Manchmal fragte ich mich, ob er nur bescheiden war oder ob es einen Grund hatte, dass seine Liebe zur Meteorologie so gar nie zum Thema wurde. »Ich mach mir heute nicht die Haare.« Danach ging er zum Kühlschrank und holte zwei Dosen hervor.

»Na, Jungs? Hier, ich habe ...«, Jasna trat die Hintertür zu und hob ein paar Kräuter hoch, »das hier geholt. Mit ein wenig heißem Wasser geht es euren Katern gleich besser.«

Cormac und ich warfen uns einen skeptischen Blick zu. Einen Warum-ist-die-nie-verkatert-Blick.

»Nicht nötig, wir haben das.« Ich nahm die Dose von Cormac und hielt das orange-blaue Getränk mit der weißen Schrift hoch.

Jasna verdrehte die Augen. »Nicht wieder dieses klebrige, chemische Irn-Bru-Gesöff.« Sie eilte zur Spüle und legte die Kräuter in ein Sieb, um sie zu waschen.

Cormac und ich gaben beide Zischlaute von uns. Wie Vampire. Klischee-Vampire aus alten Filmen, die bei Sonnenlicht starben.

»Das schmeckt nach rosa Kaugummi.«

»Jasna!«, schimpfte Cormac. »Nicht unser Kater-Getränk

Nummer eins. Aber okay, in ein paar Jahren siehst du das anders. Na ja, du bleibst doch jetzt hier in Glasgow und ziehst nicht weiter, oder? Du hast ja gesagt, du bist schon viel rumgekommen und hast in Paris, Dublin und so gearbeitet, aber hier bleibst du doch, oder?«

»Ja, du bleibst doch, oder?«, warf ich ein.

»Ähm, Glasgow ist bestimmt ein schöner Wohnort, nicht wahr? Und ich hoffe, ihr habt gestern keine Fotos gemacht von unserer kleinen Cottageparty.« Über Jasnas Stimme legte sich ein flüchtiger Schatten.

»Ja, ist es, und nein, natürlich nicht, Jas.« Cormac schenkte mir einen flüchtigen Blick. Er merkte auch, dass sie ablenkte. »Deine Ablenkungsmanöver sind schlechter als meine Katerfrisur, und das, obwohl all meine pastellrosa Haare sich gegen mich verbündet haben.«

»All deine Haare? Welche Haare, außer die am Kopf, hast du denn noch pastellrosa gefärbt?« Jasna warf einen Blick über die Schulter und richtete sich ihr Bandana auf dem Kopf. Niemand konnte doch so schlecht sein im Ablenken, oder? Jasna scheinbar schon.

»Tja, das wüsstet ihr gerne.« Die Dose in Cormacs Hand zischte beim Öffnen, und er setzte sie an seine Lippen.

Ich tat es ihm gleich und nahm einen Schluck. »Sag ja niemandem in Glasgow, dass du den einzigartigen, unbeschreiblichen Geschmack für Kaugummi hältst.«

»Es heißt Candy-Soda im Internet«, las Jasna vor. Wasser tropfte von ihrem Daumen auf den Bildschirm.

»Diskutiere nicht mehr«, sagte ich, exte meine Dose und stellte sie neben die Whiskyflasche, die ich von der Destillerie mitgenommen hatte. »Wären wir vor zehn Uhr abends draufgekommen, dass wir feiern wollen, hätten wir noch Bier kaufen können, so hatten wir nur meinen Single Malt Scotch ... Dings, Whisky, aus einem Sherryfass.«

Wobei es mir nicht vorrangig ums Partymachen gegangen war. Ich wollte meinen Frust über das Treffen mit Massimo im Alkohol ertränken. Den und die, na ja, anderen Gedanken an Massimo. Massimo, der vor mir im Toilettenraum kniete. Argh! Gleichzeitig hatte es sich leider unbeschreiblich angefühlt. Was nichts Gutes war. Denn ich hörte meine Gedanken von der Toilette noch. Den Quentin, der mir sagte, was für ein krasser Hecht ich doch war, weil so ein reicher, gut aussehender Typ mit mir rummachte. Das war immer wieder das Problem. Es fiel mir schwer zu unterscheiden, ob ich Lust auf Sex hatte oder ob ich das wieder machte, um mein Selbstwertgefühl zu pushen. Denn Letzteres wollte ich ja nicht mehr. Als würde das Universum sich gegen mich stellen.

»Tu nicht so, als hättest du Ahnung von Whisky.« Cormac stellte die Dose ab, rülpste, und es roch nicht nach Kaugummi! Vielleicht ein bisschen … Er ging zur Tür und schnappte sich seine Jacke. »Du fährst sicher nicht mit?«

»Nee. Danke.«

»Okay, bye. Wartet nicht mit dem Essen, ich esse im Sender.«

»Mit Yiannis«, rief ich ihm nach.

»Ich stecke dich gleich in dein Sherry-Irgendwas-Fass«, sagte er und war weg.

»Und was ist mit meinem Kräutermixtee?« Jasna stellte das Wasser ab.

»Sorry, Jas. Muss auch los.«

»Danke für nichts!«, war das Letzte, was ich hörte, ehe die Tür ins Schloss fiel.

Bevor ich losfuhr, lief ich noch mal schnell hinein, überhörte Jasna und holte meinen Laptop von oben. Er lag auf meinem Bett, noch halb geöffnet. Halb geöffnet? Ach ja. Massimo hatte mich ja unterbrochen. Nicht nur bei der, äh, Selfcare, sondern auch bei der Doktorarbeit, und nach der Cottagepartynacht hatte ich bei Cormac am Boden geschlafen, weil ich zu betrunken gewesen war, um mein Zimmer zu finden. Ich klappte den Laptop ganz auf und wischte über das Touchpad. Der Akku war leer. Toll.

Mein Herz begann nervös zu wummern. Hoffentlich war meinen Dateien nichts passiert! Hastig steckte ich den Laptop an das Ladekabel und machte ihn an. Seit Studienbeginn war ich superpenibel damit, abzuspeichern, aber gerade gestern hatte ich es entgegen dem, was ich Massimo gesagt hatte, nicht getan.

Der Startbildschirm leuchtete auf. Alle Programme waren geschlossen, also war der Rechner wohl komplett leer gewesen und hatte sich nicht mal mehr in den Sperrmodus versetzt vor dem Abschalten. Was, wenn … Innerlich malte ich mir ständig so viele Horrorszenarien aus, warum …

»Was zum …«, flüsterte ich und unterbrach meinen Gedanken. »Wo ist …« Schon als ich das Dokument geöffnet hatte, war mir die Seitenzahl aufgefallen. Sie stimmte nicht. Panisch scrollte ich nach unten. Das letzte Kapitel. Es war komplett weg. Alles. Aber warum? Wie? Das Kapitel hatte ich doch nicht an einem Tag geschrieben, wie konnte die Sicherheitskopie dann von dem Zustand davor sein?

Nein. Nein nein neinneinnein!

Mein Herz raste, und ich musste mich einen Augenblick setzen. Das konnte nicht wahr sein! Wie auch immer das passiert war, es schmiss mich Tage zurück. Gerade in diesem Kapitel hatte ich so viele Briefe von queeren Paaren, Zeitungsartikel und Gemälde verglichen und analysiert.

Mein, beziehungsweise Cormacs, Handy klingelte. Ich fischte es aus der Tasche. Eine Erinnerung an meinen Interviewtermin, den mir Cormac eingespeichert hatte. »Ja, Mensch! Ich weiß doch auch nicht, wie ich das alles unter einen Hut bekommen soll!«, schrie ich Cormacs Handy an. Mir. Wurde. Das. Alles. Zu. Viel. Ich verlor mein Handy, und als ich in der Destillerie angerufen hatte, hatten sie es dort auch nicht in der Fundbox. Oh, und ich speicherte anscheinend nicht mehr, und mein Laptop dankte es mir, indem er ganze Kapitel löschte, die ich jetzt nicht mal in meinen Sicherungsdateien suchen konnte, weil ich mich auf den Weg in die Stadt machen musste. Ich musste zukünftig mehrere Kopien davon machen. Und dann ständig diese Kommentare und Nachrichten von den Leuten, die dachten, Cormac und ich hätten die Chance auf das Erbe nur bekommen, weil wir nicht hetero waren. Ich legte meinen Kopf in meine Hände und strich mir die Haare zurück, ehe ich mein Gesicht in das Bett drückte und laut in die Matratze schrie.

Okay, das half. Ein wenig. Oder? Egal. Ich musste los.

Auf dem Weg in die Uni – und somit mit dem perfekten Grund, das Citybike in die Stadt zurückzubringen, weil es bei uns im Cottage in der App den Standort nicht erfassen konnte – brauste mir der angenehme Wind durch die Haare. Es half mir, das Drama mit dem Laptop und die letzte Mail für kurze Zeit zu verdrängen. Ich liebte diese warmen Tage Glasgows und musste an die Fahrradausflüge von früher denken. Erst im Heim, später in der Jugendeinrichtung. Fahrradfahren hatte mir schon immer ein Gefühl von Heimat gegeben, und ich mochte es, draußen mit den Betreuerinnen gesehen zu werden. Es war, als ob ich der Welt vorgaukeln könnte, eine Mutter zu haben. Eine Familie, mit der ich unterwegs war. Als gehörte ich ganz normal zu ihnen. Was ich aber auch zum Teil erst im Nachhinein mehr zu schätzen gelernt hatte. Als ich mich mit Videos von anderen Waisen beschäftigt und gemerkt hatte, dass andere wie ich – die Ungewollten, die, die nie vermittelt wurden, die nicht zu den niedlichen Strahlekindern gehörten, die süß und brav genug waren, um gewollt zu werden – oft in viel schlechteren Einrichtungen aufgewachsen waren. In denen es viel mehr

Stress und Probleme gegeben hatte. Ich hätte so schnell abrutschen können, aber hatte echt tolle Leute um mich gehabt. Meistens. Nicht immer, aber meistens.

Die Straße verlief leicht abschüssig, und ich nutzte das Bergabfahren, um mehr Geschwindigkeit aufzunehmen. Ich richtete mich auf meinen Pedalen auf, das Lenkrad noch fest im Griff. Der Wind schlug mir entgegen, und es kostete mich einiges an Überwindung, die Augen nicht zu schließen. Aber es fegte meine Gedanken aus dem Kopf. Oh, wie lange war ich nicht mehr Fahrrad gefahren?

Das musste damals im Jugendheim gewesen sein, oder? Ich dachte nicht oft an diese Zeit. Nicht weil sie besonders schlimm gewesen wäre, eher weil sie von dem Gefühl begleitet wurde, dass keine einzige Familie mich jemals haben wollte. Deshalb war ich immer mehr in meinen Geschichtsbüchern versunken und hatte die Leben Tausender gelebt; von Kunstschaffenden, politischen Vorbildern oder Personen, die nicht mehr aus der Wissenschaft wegzudenken waren. *Sie* wurden zu meiner Familie, zu meinem engsten Kreis, zu meinen Vertrauten. Dabei wollte ich mich nie als *ich bin so anders und besser, künstlerischer und toller als die anderen* darstellen. Im Gegenteil. Die anderen Kinder machten das ja viel intelligenter, sich von ihrer besten Seite zu zeigen – lebhaft, fröhlich, zugänglich. Sie waren die in den Familien mit eigenem Zimmer und schöner Kindheit. Nicht ich.

Und jetzt, wo ich Glasgow entgegenradelte, dem Wind trotzend und meine Geschichte vor mir, die es noch zu schreiben galt, war ich mir das erste Mal seit Langem sicher, dass diese Chance mit dem Erbe, die Chance, die Segreto mir vermacht hatte, das war, worauf ich, ohne es zu wissen, immer hingearbeitet hatte.

Weiter drinnen in Glasgow fuhr ich an einem alten Gebäude vorbei, begutachtete die Ziergiebel über dem Fenster und nickte dem Wasserspeier einer Kapelle zu. Ich radelte durch ein viktorianisches Wohnviertel und hätte am liebsten überall gehalten, um mich nach der Geschichte der Gegend zu erkundigen. Aber ebenjene Geschichte zeigte auch, dass es in Glasgow schon einige Aufstände und Unruhen gegeben hatte, und das brachte mich gedanklich wieder zu den Nachrichten, die ich erhielt. Ich spürte eine schleichende Angst in mir, die zunahm. Viel zu oft sah ich mich mittlerweile um, ob mir auch niemand folgte, der zu den Hatern im Internet gehören könnte. Auch jetzt begutachtete ich nicht nur mein schönes Glasgow, sondern blickte öfter nach hinten. Sollte ich das ernst nehmen? Oder abwarten, bis die Erbsache gegessen war und vergessen? Ich schüttelte die Furcht weg.

Einige Shops hatten noch ihre Läden geschlossen und die Rollläden nicht hochgezogen. Die Straße war feucht und extradunkel vom Regen der Nacht, und die Busse rasten mir davon. Ich erkannte noch eine Gruppe Schülerinnen, die mir zuwinkten. An einer Kreuzung bogen sie ab, und ich fuhr bei dem botanischen Garten geradeaus weiter.

Das nächste Wohnviertel mit den extrem sauberen roten Sandsteinreihenhäusern erinnerte mich an das Treffen mit Massimo. Als ich ihm erklärt hatte, woher die Verschmutzung an manchen Häusern kam.

Mittlerweile tat es mir schon leid, dass ich ihn nicht wirklich hatte erklären lassen, warum ihn das alles so traf. Und ja, ich bemerkte selbst den überheblichen Beigeschmack, den meine Aussage hatte. Nur weil Massimo sein Leben lebte und seine Privilegien genoss, war er deshalb nicht jemand, der gar nichts aus seinem Leben machte. Wenn überhaupt hätte ich nachhaken müssen, was er eigentlich so tat. Stattdessen fiel ich selbst auf Party-Miliano-Nachrichten rein, und gerade als Geschichtsstudent sollte ich es doch besser wissen. Einerseits, wie wichtig Recherche und Quellen waren, und andererseits, wie viel Wert die Klatschpresse auf richtige Angaben lag.

Ich fuhr durch das Haupttor der Uni und stieg vom Fahrrad. Ein paar Leute grüßten mich im Vorbeigehen, und ich nickte freundlich zurück. Die strukturierten Fenster im uralten Hauptgebäude der Uni wurden heute gereinigt, weswegen ein Gerüst im Innenhof aufgebaut war. Wieder spürte ich das Vibrieren meines Handys in der Hose, aber ich wollte mich zuerst auf das Interview konzentrieren, bevor ich mich ablenken ließ. Ich stellte das Citybike ab, gab es in meine App ein und spazierte weiter. Im Gehen fielen mir nicht nur die Fenster, sondern die schmückenden Gestaltungselemente in Form von gefalteten Blättern entlang der Fialen, der schlanken Türmchen der Uni, auf. Es gab so viel zu entdecken, und ich war Segreto dankbar, dass er mich den Blick dafür gelehrt hatte.

Ein paar Minuten später erreichte ich mein Ziel: die Unibibliothek.

Hier wollte sich nämlich jemand von der *Glasgow Gazette* mit mir treffen, um über das Erbe von Segreto zu berichten.

Drinnen winkte ich Rob zu, dem ich zu Beginn meiner Uni-Zeit tausend Fragen über die Bibliothek gestellt hatte, und fand mich schließlich im Lernbereich wieder. Dort erkannte ich auch die Reporterin, die mich angeschrieben hatte. Brenda. Sie saß auf einem der orangefarbenen Ohrensessel, und ich ging schnurstracks auf sie zu.

»Quentin Wallace, richtig?« Sie erhob sich, schwang ihre rotbraunen Haare über die Schulter und bot mir den grünen Ohrensessel an.

»Ähm.« Ein wenig irritierten mich die professionelle Kamera und der Typ hinter ihr. »Ja. Eine Kamera?«

Brenda legte ihr Handy auf den kleinen runden Tisch und schlug ihre Beine übereinander. »Ach, wir haben gedacht, wir machen woanders noch ein kleines Video mit dir, bei dem wir ein, zwei Fragen auch noch so fernsehinterviewmäßig für Instagram und TikTok aufnehmen.«

Ich sah mich um. »Oh, okay.« Videoaufnahmen waren eigentlich nicht abgemacht worden, aber vermutlich gehörte das einfach dazu und ich hatte nicht daran gedacht.

»Matt, freut mich, und du siehst echt gut aus«, sagte der Kameratyp. Er formte seinen Daumen und Zeigefinger zu einem Kreis, als bewertete er ein Essen. Vermutlich hatte er die Zweifel in meinem Blick erkannt.

»Danke.« Okay, es schmeichelte mir. Natürlich tat es das. So wie jede Aufmerksamkeit von Männern, die ich aufsog, um mich dadurch besser zu fühlen. Und seitdem mein Leben sich so verändert hatte, ich aus der Komfortzone katapultiert wurde, verfiel ich dem wieder. Genau wie in meiner Jugend. Dabei hatte ich das alles längst aufgearbeitet und abgeschlossen gehabt. Na ja, anscheinend nicht ganz, wenn Segretos Tod das wieder aufgewühlt hatte.

Brenda holte derweil ihre Notizen vom Tisch, und ich nutzte die Chance, um durch meine Haare zu wuscheln. »Womit fangen wir an?«

»Ich habe mir gedacht, mit den Basics. Woher kommst du? Was sagen deine Eltern dazu? Woran liegt es, dass du so superintelligent und ein Ausnahmetalent als Student bist?« Das waren Brendas Basics?

»Woher ich genau komme, weiß ich nicht. Vermutlich aus Glasgow, hier haben meine Eltern gelebt oder nur meine Mutter oder nur mein Vater, vielleicht auch meine Großmutter, weil meine Mutter bei der Geburt gestorben ist oder …« *Okay, du musst nicht alle Möglichkeiten, die es auf der Welt gibt, aufzählen.* »… oder so. Jedenfalls bin ich dann in einigen Kinderheimen aufgewachsen, bevor ich später in ein Jugendheim gekommen bin, und von dort aus habe ich dank einiger Unterstützung vom Staat zuerst eine Wohngemeinschaft vermittelt und später dank mehrerer Nebenjobs meine eigene Wohnung bekommen.«

»Oh, wie traurig, Quentin.« Brenda legte eine besorgte Miene auf, und keine Sekunde später lag ihre Hand auf meiner. »Das tut mir leid.«

Hatte ich gesagt, dass es furchtbar gewesen war? Sollte ich das berichtigen? Keine Ahnung. Die Situation bescherte mir Herzrasen, und mein Mund fühlte sich an, als wäre er innerhalb einer Sekunde zur Sahara geworden. »Äh, danke? Na ja, jedenfalls bin ich in meinem Interesse für Geschichte von mehreren Angestellten in den Heimen gefördert worden und habe schnell gemerkt, dass das mein Ding ist. Ich glaube nicht, dass ich ein Ausnahmetalent bin, es ist eher so, dass es einfach schon immer mein Hobby gewesen ist und ich mich mein Leben lang sehr intensiv damit beschäftigt habe ...«

»Ja, du armer Kerl, weil du auch nichts anderes hattest, nicht wahr?« Es passte mir gar nicht, dass Brenda mir Worte in den Mund legte und sie mit der quietschbunten Schleife des Mitgefühls verpackte, sodass ich sicher als Arsch gelten würde, falls ich versuchte, sie abzuschmettern. »Denkst du, deine Eltern wären stolz auf dich?«

»Ich denke, äh ... meinen Eltern ist das wahrscheinlich egal? Sie wissen ja gar nicht, was aus mir geworden ist. Falls sie noch leben, haben sie jedenfalls nie Interesse daran gezeigt.«

Brenda musterte mich mitleidig. »Sie würden es wohl eher als Argument für sich selbst nutzen, das sie nachts besser schlafen lässt, weil sie sich sagen könnten, sie haben alles richtig gemacht. Nur sie hätten dir das ermöglicht. Sie würden sich selbst auf die Schultern klopfen. Habe ich recht?«

»Ja.« Auf meiner Zunge lag ein bitterer Geschmack. Ich hatte mir die letzten Jahre wirklich abgewöhnt, sauer auf meine Eltern zu sein, und damit wollte ich nicht wieder anfangen. Letztendlich hatten sie mir das alles ja tatsächlich irgendwie ermöglicht, indem sie mich weggegeben hatten. Aber diese Worte von Brenda zu hören ließ mein Magenziehen weniger werden. Ich fühlte mich von ihr verstanden, und das tat gut. Sie formulierte das, als hätte sie mir meine Gedanken aus dem Kopf gezogen. Vielleicht hatte sie etwas Ähnliches durchgemacht?

»Mhm, verstehe, verstehe, verstehe …« Dieses »verstehe« wiederholte Brenda noch fünfmal, bis sie den nächsten Punkt auf ihrem Birnenmusternotizbuch gefunden hatte. »Dabei sehen wir doch alle, dass du dir das hart erarbeitet hast. Du bist sicher umso stolzer auf dich selbst, nicht wahr? Dass du dir das verdient hast? Dass du kein Niemand mehr bist, sondern dass du jetzt dieses Vermögen wert bist, das du als Ziehsohn von Professor Segreto bekommen sollst. Das fühlt sich doch sicher großartig an?«

Diese Frage erwischte mich völlig kalt von der Seite. Und was sollte das mit dem Ziehsohn?! Es bescherte mir eine Gänsehaut, die sich bis in meine Eingeweide zog. Fühlte sich das großartig an? Ein Vermögen wert … war ich das wirklich? Konnte ich einen Wert haben, wenn nicht mal meine eigenen Eltern einen in mir erkannt hatten? Nie nach mir gesucht hatten? Wenn niemand aus meiner Zeit in den Heimen je nach mir fragte? Ich zu keinem einzigen Ehemaligentreffen je eingeladen worden war, weil ich immer der Einzelgänger gewesen war? Der mit den Büchern. Der, der nicht Spaß und Spiele bedeutete. Der, dessen Handy gehackt wurde, da wir alle dasselbe WLAN teilten, um meinen Browserverlauf allen zu zeigen. Der, der bei keiner Zimmerparty mitgemacht hatte. Der, der seinen Wert nun darüber definierte, dass er gute Noten bekam. Und über Sex manchmal.

»Nein, nein, eigentlich nicht«, stolperte es wie von selbst über meine Lippen.

Staub wirbelte auf, als ich mich zur Seite drehte und auf die Matratze fiel. Das Bett wippte nach, als wäre es ein Wasserbett, was nicht sein konnte, da die Federn unter uns heftig gequietscht hatten. Mit einem Schnalzen zog ich das Kondom von mir ab und warf es in den Mülleimer neben uns.

»Also so enden Interviews selten«, sagte Matt, der Kameramann, und streichelte seinen behaarten Bauch.

»Echt?« Ich atmete schwer. »Ich hätte gewettet, das passiert öfter.«

Je mehr meine Erregung abnahm und mein Verstand wieder von … na ja, meinem Verstand übernommen wurde, desto stärker fühlte ich auch die Scham und das schlechte Gewissen, wie ein tiefes Loch in meinem Bauch, das mich in sich hineinzog. Warum hatte ich es schon wieder getan? Wieso suchte ich mir wieder Bestätigung über Sex? Das Interview hatte mich so ausgelaugt, mich wieder so an mir zweifeln lassen, dass ich danach mit Matt … Und jetzt war ich hier. Großartig. Ich wusste es doch besser, und dennoch … Sobald mich jemand berührte, mehr von mir wollte, erfasste mich dieser Rausch, der mir giftige, falsche Gedanken in mein Gehirn flüsterte. Gedanken wie: Wenn er dich küssen will, dich berühren will, dich ficken will, dann bist du doch etwas wert. Es bedeutet, du bist besser als Leute, die er nicht haben will. Du bist gut genug dafür. Gut genug für etwas. Jemand will dich. Irgendjemand auf dieser beschissenen Welt will dich endlich. Und diese kurze Umarmung, bevor die Giftstachel sich in meine Haut bohrten, tat so verdammt, verdammt gut. Scheiße. Dabei hatte ich doch Hunderte Ratgeber gelesen, die mein inneres Kind heilen und mich meinen eigenen Wert erkennen lassen sollten, der verdammt noch mal nicht von anderen abhing. Und dennoch. Immer gab es dieses Dennoch. Die Abers und die Jedochs. Das *Du bist nur gut genug, wenn dich jemand mag*. Und das alles nur dank dieser Scheißinterviewfrage, die das alles getriggert hatte.

»Vielleicht würden mehr Interviews so enden, wenn ich bei einer größeren Zeitung wäre, oder heißer.« Matt strich sich seine kurzen roten Locken zurück und musterte mich. »Wie du.«

»Du bist doch nicht ...«

Matt lachte auf. »Du musst das nicht sagen. Ich bin der bärige Kameratyp, der in olivfarbenen Shorts und braunen Shirts herumläuft und im Hintergrund bleibt. Eigentlich wollte ich ja Brendas Job, aber sie haben mir damals ziemlich deutlich gemacht, dass ich dafür nicht fotogen genug wäre.« Wie scheißgemein diese Branche sein konnte.

»Alle Menschen haben einen anderen Typ, und du bist gut so, wie du bist.« Sagte ich, der dachte, für nichts und niemanden, ja nicht einmal für mich, gut genug zu sein.

»Und ich bin dein Typ?«

»Ich habe keinen richtigen Typ, ich kann irgendwie vielen Menschen etwas abgewinnen. Es kommt eher auf die Ausstrahlung an. Klar, ich bin nicht Mutter Teresa. Wäre schon nice, wenn jemand gepflegt und so ist, aber du hast einfach ein herzliches Charisma, dein Lächeln wirkt so frech und fordernd. Und du bist als Gesamtbild für mich hot, ja. Keine Ahnung, ich hätte niemals gedacht, dass ...«

»Dass ich denke, nicht in deiner Liga zu spielen? Tja, da hast du wohl ein ganz anderes Bild von dir, als ich es von dir habe, was?«

Matts Worte machten mich nachdenklich. Er war nett, und das milderte mein schlechtes Gefühl, mit ihm geschlafen zu haben, um mich nach Brendas Frage aufzumuntern. Dennoch wollte ich das gar nicht. Dieses Einfach-so-jemanden-Abschleppen. Sah ich ja, was mir das brachte – Stichwort Fick-iamo Sex-eto. Und jetzt lag ich mit einem beinahe völlig Fremden in seinem WG-Zimmer, überall stapelten sich Fotografien von ihm, und ich fand mich wieder in einer Lage, von der ich mir geschworen hatte Abstand zu nehmen.

»Scheint so.«

»Bereust du es? Na ja, das hier?«

Tat ich das? Ich wusste nicht einmal mehr, wie *das hier* überhaupt zustande gekommen war. Hatte ich ihn gefragt, ob ich mit zu ihm kommen könnte, oder er mich?

Ah, doch. Nach unseren Social-Media-Videos hatten wir übers Queersein gesprochen, da er die Postings gelesen hatte, die Cormac und mich angegriffen hatten. Das führte zu seiner Kamerasammlung und das dann wiederum zu meinem »Du kannst sie mir ja mal zeigen«-Satz.

»Ehrlich?«

Matt nickte. Und legte sich auf seine Seite. Ich tat es ihm gleich.

»Ja, aber nicht wegen dir«, sagte ich schnell. »Ich schlafe irgendwie viel zu oft mit irgendwelchen Typen, um mein Selbstwertgefühl zu steigern.« Keine Ahnung, warum ich ihm das erzählte? Weil er sich geöffnet hatte und ich den Drang verspürte, das auch zu tun?

»Hast du das gemeint? Beim Interview? Dass du es nicht wert bist?«

»So ähnlich, ja, ist kompliziert. Ich bereue es nur, weil ich mir geschworen hatte, das nicht mehr zu tun, und na ja, jetzt liege ich hier. Trotzdem hat es zu echt gutem Sex geführt, also ja. Ich schätze, damit kann ich leben.«

Matt lachte auf und warf mir dann das Kissen neben ihm aufs Gesicht. »Ach ja? Na, das freut mich aber.« Er lachte erneut.

Es tat gut. Dass dieser Fehler so geendet hatte.

Dennoch hatte es mir gezeigt, dass ich mein Verhalten ändern musste. Ich wollte mein Glück nicht ausreizen und irgendwann bei jemandem im Bett liegen, der mich zerstörte.

Kapitel 13

Quentin

Dieses Mal war es war kein Walk of Shame, den ich von Matts WG-Zimmer aus nach Hause machte – nach Hause, wie das klang. Doch erst an der nächsten Kreuzung wurde mir bewusst, wie fest meine Zähne aufeinandergepresst waren. Meine Schultern verharrten in angespannter Position, die Fäuste fest geballt. Auf diesem Level von unzufrieden war ich mit mir.

Denn mal ganz abgesehen davon, dass ich in alte Muster verfallen war, hatte ich mit der ganzen Aktion auch schön verdrängt, dass zu Hause nicht nur meine Doktorarbeit wartete – sondern auch das damit verbundene Abspeicher-Desaster. Ich hätte die Zeit besser genutzt, um das zu klären oder schlimmstenfalls die Arbeit neu zu machen. Und jetzt hatte ich mich scheinbar vor lauter Frustgrübelei auch noch verlaufen. Meine Beine hatten mich in ein Labyrinth in den Gassen des East End gebracht, mitten in alte Wohnsiedlungen aus der Zeit der Industrialisierung. Die Straßen verliefen näher aneinander, als schöben die Gebäude sich zusammen. Eine Sandsteinhäuserfalle, in der der Himmel immer weiter von mir wegzurücken schien.

In meinem Kopf herrschte Chaos. Wieder diese Gedanken: War ich es wert, diese Chance mit dem Erbe zu bekommen? War ich gut genug dafür? Gleich danach brach die Stimme in meinen Gedanken, wurde dunkler, böser. Sie tauschte die Fragen aus.

Warum hatte ich das mit Matt wieder gemacht?

Konnte ich meine Probleme denn nicht in den Griff bekommen?

Gab es überhaupt etwas, das ich konnte? Außer zu lernen? Bücher zu lesen? Vergangenes auswendig zu lernen?

Offenbar nicht, wenn ich es nicht mal hinbekam, meine Dokumente sicher abzuspeichern, ohne mich selbst zu sabotieren.

Mein Handy vibrierte, und da erst erinnerte ich mich wieder daran, dass es das heute schon häufiger getan hatte. Häufiger als sonst. Dabei war ich es gar nicht gewohnt. Angerufen zu werden. Dass Menschen an mich dachten.

Massimo. Stimmt, ich hatte Jasna erlaubt, ihm meine neue Nummer zu geben. Sein Name strahlte mir weiß entgegen. Das Vibrieren brachte meine Hand zum Zittern. Ich wartete ab, bis es aufhörte. Ich konnte das gerade nicht. Mit ihm diskutieren. Reden. Nicht ich sein. Tough sein. Es würde doch nur damit enden, dass ich schon wieder mit ihm in die Kiste sprang. Aufs Klo. Wohin auch immer. Nein, wenn ich keine Matt-und-Danielo-Fehler mehr begehen wollte, sollte ich Massimo definitiv nicht in einem schwachen Moment wie diesem in meine Nähe lassen.

Er war zu hot dafür, scheiße.

Die Nacht umgab mich einfach so. Sie kroch nicht wie sonst aus ihren Löchern, breitete sich wie Tinte in Wasser aus und verdrängte langsam alles Licht. Heute war sie einfach da. Als hätte jemand einen Schalter umgelegt, während ich durch Glasgow marschiert war. Sonnenschein aus, Nachtschatten an.

Warmes Licht drang aus Häusern, deren Vorhänge nicht oder nur halb zugezogen waren, zu mir auf die Straße. Familien, die zu Abend aßen, sich um die Fernbedienung stritten oder auf ihre Handys starrten. Hier draußen ich. Allein. Ich schlenderte von Lichtkegel zu Lichtkegel der Straßenlaternen, an denen der feine Nieselregen aussah wie kleine fliegende Tierchen.

Aber so alleine war ich doch gar nicht mehr, oder?

Eigentlich wollte ich mir das nicht gönnen. Diesen Gedanken, denn er schürte gleichzeitig die Angst, es bald wieder zu sein, aber für jetzt schüttelte ich ihn ab und schaute auf mein Handy. Ein Taxi konnte ich mir nicht leisten. Meine Rücklagen wurde langsam weniger, das Cottagetaschengeld wollte ich nicht für mich nutzen, also musste ich sparen. Also ... musste ich wohl jemandem zu viel werden. Auch wenn ich wusste, er würde mir widersprechen. Aber so fühlte ich mich. Zu viel für diese Welt. Zu viel für meine Gedanken. Aber mir blieb nichts anderes übrig.

Ich hielt das Handy so fest in meiner Hand, dass ich darunter schwitzte. Mit meinem Finger drückte ich darauf herum.

»Hallo?« Er hatte abgehoben.

Ich schluckte.

»Hallo?«

»C-Cormac? Bist du, bist du noch in der Stadt?«

»Wollte grade zurückfahren, bin hundemüde.«

»Oh, okay.«

»Was ist?«

»Nichts, du bist ja müde.«

»Jungeeeeeeeeeeeeee. Sag schon.«

Ich wischte mir den Regen von der Wange. Aber warum war der warm? Und warum salzig? Und warum ... Oh, das war kein Regen.

»Kannst du mich vielleicht abholen?« Ein-, zweimal hob sich mein Brustkorb unkontrollierbar, bis ich es nicht mehr zurückhalten konnte und aufschluchzte. »Mir geht's echt scheiße.«

»Du kannst doch immer anrufen, wenn etwas los ist, Quentin. War die neue Wertkarte für das Handy teuer?« Cormac reichte mir die Wasserflasche, und ich hob meinen Kopf zu wenig an, also lief es zu schnell in meinen Hals, und ich verschluckte mich. »Mach mal langsam.«

Na toll, jetzt musste ich auch noch lachen und husten zur

selben Zeit. Ich wischte meinen Mund mit meinem Shirt trocken, und als ich mich wieder zurücklegte, knackte das Autodach ein wenig. »Danke, Cormac. Und ja, ein wenig, aber egal.«

»Okay. Ja, kein Ding. Hast du schon Lust, darüber zu reden, warum es dir beschissen geht?«

Wir hatten uns etwas außerhalb der Wohnsiedlungen auf die Denmilne-Landstraße begeben. Das Rauschen der Autobahn bildete eine ferne Kulisse, ansonsten herrschte hier eine angenehme Ruhe, nicht zu aufdringlich. Entlang der Straße säumten Büsche den Weg, und schließlich hatten wir eine Lücke in der Buschmauer entdeckt. Wir waren hindurchgefahren, hatten im Gras unter dem klaren Sternenhimmel neben einem riesigen Strommast geparkt. Die Sterne strahlten so intensiv, dass ich mich förmlich in ihrer Pracht verlor.

»Ich glaube nicht, ist das okay?«

»Das ist sogar mehr als nur okay, Quentin Wallace. Wir können auch einfach nur hier sein und deine bösen Gedanken für heute verdrängen.« Er breitete seine Arme aus. »Komm schon her, du Geschichts-Nerd.«

Ich kuschelte mich zu Cormac, legte meinen Kopf auf seinen schmalen Unterarm und genoss den Duft seines fruchtigen Parfüms – Grapefruit und Litschi. Unter mir spürte ich eine Delle im Autodach. Während wir gemeinsam schwiegen, überlegte ich die ganze Zeit, was ich sagen sollte. Ein einfaches Dankeschön? Aber nach so langer Zeit schien das unangemessen, also schwiegen wir weiter. Wir genossen die Stille, tranken altes Wasser aus einer Plastikflasche und lauschten dem Rauschen der vorbeifahrenden Autos, Lastwagen und Busse.

Ich hoffte, dass sich diese Erinnerung tief in mir einbrennen und mir dabei helfen würde, mehr an meinen eigenen Wert zu glauben. Dass es genug war, einfach ich selbst zu sein, um gemocht zu werden. »Alles okay mit deinem Arm? Ist mein Kopf nicht zu schwer?«

»Sehe ich so schwach aus?« Über mir hörte ich Cormac seinen Kopf anheben, aber ich blieb in meiner Position und erwiderte seinen Blick nicht.

»Ja?« Schließlich konnte ich mir auch so vorstellen, wie Cormac skeptisch die eine Braue hochgezogen hatte und sich eine rosa Strähne aus dem Gesicht pustete.

»Wow. Das ist. Supertoxisch und … wahr.« Auf einmal wurde Cormacs Stimme hoch, beinah quietschend. »Kannst du bitte runtergehen von meinem Arm.«

Lachend setzte ich mich auf.

»Eigentlich bin ich richtig stark. Habe nur heute viel gehalten und meine Muskeln überstrapaziert und so.« Er massierte seinen Arm.

»Ich habe nichts mehr gesagt.«

»Ja, dein Nichts-Sagen war laut genug.« Cormac reichte mir die Flasche. »Da, jetzt bin ich zu schwach, sie zu öffnen«, sagte er gespielt weinerlich.

Ich schnaubte belustigt und reichte ihm die Wasserflasche.

»Wir sollten das öfter machen.«

»Auf Autodächern herumliegen?«, hakte ich nach.

Cormac kicherte in die Flasche hinein, setzte ab und schluckte. »Boah. Echt widerlich. Und nein, nein, ich meine das hier.« Er breitete seine Arme aus. »Etwas zusammen unternehmen, nicht nur vor unseren Laptops sitzen.«

»Aber dieses Vor-dem-Laptop-Sitzen könnte uns Geld einbringen. Geld, das uns die Zukunft erleichtert.«

Cormac stieß lange, sehr lange Luft aus, lehnte sich dann vor und schmiss die Flasche durch das offene Fenster in sein Auto. »Ich weiß. Erinnere mich nicht daran. Vermutlich bin ich vor meinem Laptop besser aufgehoben, als wenn ich Leute kennenlerne, die nicht unschuldig daran sind, dass ich Geld brauch…« Okay, da hakte ich lieber noch nicht nach.

»Außerdem bezweifle ich, dass normale Menschen, die nicht

vierundzwanzig sieben in ihr Studium stecken, das ...« Jetzt machte ich ihn nach und breitete meine Arme aus. »... als ›etwas unternehmen‹ bezeichnen würden.«

»Okay, okay, erwischt. Aber du weißt, was ich meine.«

»Ja. Ja, natürlich weiß ich das.« So vorsichtig es ging, rutschte ich zum Rand des Autodaches und ließ mich runtergleiten. »Warum brauchst du eigentlich das Geld so dringend?«

»Ist es jetzt okay, wenn ich darüber noch nicht sprechen will?« Äste knackten, als Cormac vom Auto sprang und am Boden aufkam. Sofort danach erfüllte der Harfenklang von seinem Handy die Nacht, der eine Nachricht ankündigte.

»Sehr sogar. Habe ich mir auch gedacht, aber ich wollte nicht, dass du denkst, du könntest mir nicht sagen, wenn dich was belastet.«

Cormac machte weder die Autotür auf, noch nahm ich Schritte oder eine Antwort von seiner Seite wahr. Hatte ich etwas Falsches gesagt? »Mac?«

»Q-Quentin? Reg dich jetzt nicht auf.«

Die Stille verflog sofort. Ich lief um das Auto zu Cormac. Wenn ich etwas aus Serien gelernt hatte, dann, dass auf diesen Satz niemals etwas Gutes folgte.

»Was ist los?« Als ich bei Cormac ankam, erkannte ich, dass er noch auf das Display starrte. Eine Antwort schuldete er mir nicht mehr. Es reichte, dass er mir mit mitleidiger Miene sein Handy reichte.

Der Artikel der *Glasgow Gazette* war online gegangen.

»D-das darf doch nicht wahr sein ...« Ich blendete alles um mich herum aus. Nur noch der zu helle Bildschirm in dieser Dunkelheit stellte sich vor meinen Augen scharf. Nicht nur scharf. Er brannte sich in meine Netzhaut und würde sich dort für immer festsetzen.

Kapitel 14

Massimo

Salaì bellte in seiner festgegurteten Box auf dem Rücksitz, als ich in die Kinnell-Place-Straße in der South Side einbog. Er wusste, wohin wir fuhren. Nur er und ich wussten es. Plus die Leute vom Glasgower Tierschutz *Paws & Purpose* Animal Haven SPCA. Ich fuhr um die Ecke und schüttelte den Kopf, während die Lokalradiosender immer noch über meinen Whisky-Tasting-Skandal berichteten. Glücklicherweise sprachen sie auch mit der Destillerie, und diese betonte, dass ich mich dort nicht so schlimm angestellt hätte, wie die *Gazette* behauptete. Ich beschwerte mich nie öffentlich über diese Berichte, denn es verschaffte mir auch Vorteile. Menschen mit Geld, die meine Skandale amüsant fanden, luden mich ein oder folgten mir auf Instagram, und so konnte ich sie wiederum nutzen, um Spenden für diejenigen zu sammeln, die ich nun besuchte.

Ich parkte vor dem alten grauen Lattenzaun vor dem White-Cart-Water-Fluss, der uns vom Lochar Park abgrenzte. Mir schwebte noch immer Abbys beunruhigende Nachricht im Kopf herum und das Gespräch, das ihr vorausgegangen war. Dass ich seitdem kaum etwas von ihr gehört hatte, machte es nicht besser. Daher musste ich zu einem guten alten Freund, dessen Tiere ich genauso liebte. Vielleicht konnte er mir einen Rat für Abby geben, wenn ich selbst nichts tun konnte.

Eine Wand aus Bäumen schwankte in einem Rhythmus mit dem Wind. Ich stieg aus und holte Salaì nach draußen. Direkt neben uns fand ich das *Paws & Purpose* in dem gemütlichen Backsteinhaus.

»Massimiliano.« Der einzige Mann, den ich nicht verbesserte, wenn er mich so nannte.

»Kamau, schön, dich zu sehen.« Bevor ich ihn in den Arm nehmen konnte, hatte Salaì sich vorgedrängt und sprang um ihn herum. Sein Schwanz wedelte hin und her. Er sah mich an.

»Sieh nicht mich an, du musst Kamau fragen, ob du an ihm hochspringen darfst.« Ein Schmunzeln legte sich auf meine Lippen, während ich auf Kamau zeigte.

Kamau hielt sich die Hände auf den Bauch und warf den Kopf zurück, während er laut lachte. »Na so was von, sonst wäre ich beleidigt. Komm her, Flauschball.« Salaì hüpfte hoch, legte seine Vorderpfoten an Kamaus Oberschenkel und ließ sich von ihm streicheln. Kamau wirkte dabei mindestens so zufrieden wie mein Hund, und auch ich fühlte mich sofort besser. Das kleine Tierheim am Rande der Stadt war seit Ewigkeiten im Besitz von Kamaus Familie, und er hatte mir mit einem einzigen Blick mehr Väterlichkeit vermittelt, als mir von meinem Dad je zuteilgeworden war. In ihm meinte ich einen Hauch desselben Gedankens zu erkennen, als wäre ich sein lange verlorenes Kind. Seit Monaten hatte ich ihn nicht mehr gesehen, doch er schien sich kaum verändert zu haben. Alle Verspannungen in meinem Magen lösten sich wie von selbst auf, als ich ihn wiedersah.

»Auch schön, dich zu sehen, mein Junge.«

Es war schön, als er mir auf den Rücken klopfte, als wäre er zufrieden mit mir. Einfach nur so, weil er mich sehen durfte. Ohne Abfragen von Jahreszahlen oder einem Nachhaken, was ich bisher erreicht hatte. Hier zu sein fühlte sich gut an. Warm. Richtig. Leicht. Wie … wie eine Brioche mit Lotus-Biscoff-Creme. Beinahe hätte ich dadurch vergessen, warum ich eigentlich hergekommen war.

»Wir haben uns schon so lange nicht mehr gesehen. Lass uns reingehen«, fügte Kamau hinzu, und ich merkte, wie er mich öfter noch von der Seite anguckte, ganz als ob er es nicht fassen könnte, dass ich wirklich hier war.

Während wir das Gebäude durchquerten, über alte Insider lachten, die wir jedes Mal aufs Neue ausgruben, erkannte ich die neuen Namen auf der Pinnwand. Neue Freiwillige und neue Top-Spender. Neue Bilder von Tieren, die sie hier aufgenommen hatten.

Danach passierten wir die automatische Tür nach draußen. Auf der weitläufigen Grünfläche liefen ein paar Hunde herum. Die Hecken schützten vor Blicken und verschleierten den Blick auf den hässlichen großen Zaun, der die Tiere am Abhauen hindern sollte. In der Ecke saß eine neue, blondhaarige Mitarbeiterin vor einer Kamera. Sie streichelte einen braunen Hund. Vermutlich machte sie ein neues Social-Media-Video, um auf ihn aufmerksam zu machen. Dieses Mal betrat ich den Bereich nicht barfuß. Ich hatte keine Lust darauf, dass Salaì sich weigerte, ins Auto zu steigen, weil er selbst nach unzähligen Fußwäschen noch den Geruch von Hundekot an mir wahrnehmen konnte. Und im Kofferraum hatte ich noch andere Schuhe. *Tja, Dad, sieh an, da lernt wohl doch jemand aus seinen Fehlern!*

Den ersten Tag, an dem Salaì und Kamau aufeinandergetroffen waren, würde ich niemals vergessen. Ursprünglich wollte ich Salaì hierherbringen, damit ich ihn weiter besuchen konnte. Kamau hatte mich in den Raum für die Besucher des Tierheims geführt. Salaì und er hatten sich auf Anhieb verstanden. Salaì war auf ihn zugerannt, hatte ihn beschnuppert und sich sofort von ihm anfassen lassen. Trotz allem, was er auf der Straße erlebt hatte, hatte sich Salaì ohne zu Zögern auf Kamaus Couch gekuschelt. Doch kaum hatte ich das Tierheim verlassen, hatte ich gespürt, wie ich Salaì vermisste, und bei meinem nächsten Besuch hatte Kamau erklärt, dass Salaì ähnlich gelitten hatte. Bisher hatte ich nicht gerne Verantwortung übernommen, aber Salaì nahm mir diese Entscheidung ab. Und was soll ich sagen?

Es war die beste, die ich jemals getroffen hatte. Salaì akzeptierte uns als Teil seiner Familie, und wir wuchsen zusammen.

Ich ging vor Salaì in die Hocke, umarmte und streichelte ihn. Was würde ich nur ohne ihn machen? Wie sehr würde mir seine Wärme an meiner Brust fehlen sowie das glückliche Wimmern meines Hundes? »Und jetzt spiel ein wenig mit deinen Leuten.« Mit einem Klaps auf den Hintern und der Absicherung von Kamau, dass es okay war, lief Salaì zu den frei laufenden Hunden und Hündinnen in dem Gehege derer, die schon länger hier lebten und Salaì bereits gewohnt waren.

Während ich ihn beobachtete, fühlte ich eine innere Ruhe und Zufriedenheit, die ich lange nicht mehr gespürt hatte. Alles legte eine Pause ein. Gemächlich, nicht mit den schnellen Schritten, mit denen ich sonst durch die Welt eilte, spazierte ich durch den Innenhof mit dem satten Grün.

Das Gezwitscher der Vögel und das beruhigende, anschwellende Wiehern der Pferde, ihr Scharren mit den Hufen und das leise Tapsen der Katzen erfüllten die Luft. Kamau folgte mir und leitete mich zu einem kleinen Pfad an die Seite des *Paws & Purpose,* wo eine gemütliche, schattige Ecke uns erwartete. Ich lehnte meinen Rücken gegen einen Baumstamm, in den Kinder der örtlichen Schulen ihre Namen geritzt hatten, und atmete tief ein. Meine Augen schlossen sich wie von selbst, und die Kühle des Schattens gab mir den letzten Schub, um mich zu entspannen.

»Was führt dich zu mir, Massimiliano? Hast du mal wieder eine neue Aufgabe für mich?« Was unser Code für »Ich bringe einen neuen Hund mit« war.

»Nicht direkt eine Aufgabe. Obwohl doch, aber dieses Mal ist die Aufgabe kein Hund, sondern ich.«

Plötzlich spürte ich eine Nässe auf meiner Wange, die mich aus dem Redefluss riss. Ich hob ein Augenlid an und schnaubte belustigt. Ein Hund mit grauem Fell und schwarzen Flecken saß neben mir auf der Parkbank, und seine feuchte Schnauze war direkt vor meinem Gesicht.

»Das ist unser Neuzugang, Cliff.« Kamau hatte wieder diesen Nimm-ihn-mit-Blick. Ich ging besser gar nicht darauf ein, ließ es mir aber nicht nehmen, Cliff seinen Kopf auf meinen Schoß legen zu lassen.

Wofür mich Salaì später zum Verräter degradieren würde.

»Wir haben ihn neben der Autobahnabfahrt gefunden.« Schrecklich. Konnten die Leute ihre Tiere nicht wenigstens richtig abgeben? Ohne sie irgendwo anzubinden?

»Furchtbar, tut mir echt leid für den Kleinen, aber Cliff schlägt sich ja tapfer, wenn er noch so zutraulich ist.« Wenn ich daran dachte, wie skeptisch ich den meisten Leuten gegenüber war, und mich hatte niemand neben der Autobahn festgebunden.

»Ja, er ist ein Optimist durch und durch. Lässt sich seine Lebensfreude nicht nehmen.« Eine echt schöne Eigenschaft, die Kamau da so beschrieb. »Ich hoffe, in dem neuen Heim bei meinem Bruder wird das auch so laufen, aber was ist mit deinem ...«

»Neues Heim? Bruder? Wo?« Hallo? Warum bekam ich gar nichts mehr mit? Oh, warte, vermutlich weil ich kaum zu Hause gewesen war.

»Ja, er lebt noch bei meinen Eltern in Nairobi, und wir machen dort ein Partner-Tierheim auf. Ich will es auch damit verbinden, öfter meine Familie zu besuchen.« Diese Entscheidung für ein zweites Tierheim erfüllte mein Herz. Kamau hatte die letzten Jahre kaum einen Tag freigemacht und öfter darüber gesprochen, dass er seine Familie vermisste. Es bedeutete vermutlich noch mehr Arbeit, aber ich gönnte ihm diese Mehrzeit mit seiner Familie.

»Verstehe. Das klingt nach einer hervorragenden Idee, pass aber trotzdem auf dich auf, ja? Überarbeite dich nicht. Die Tiere brauchen dich. Ach, und kennst du noch Abby? Ihrer Tiervilla geht es beschissen, und sie kann sie nur noch bis Oktober halten. Hast du einen Einfall, um ihr zu helfen?«

»Zuerst: selbstverständlich. Und ja, klar kenne ich Abby. Ihre Facebook-Posts in der Schottlandgruppe sind legendär. Wenn sie ausrastet und dann zurückrudert. Oder emotional über Tiere schreibt. Ich sage ihr immer wieder, sie muss auf ihre Finanzen achten, aber sie hört nicht. Dass es so schlimm steht, wusste ich nicht, ich rede mal mit ihr, ja?«

»Danke.«

Salaì lief zu uns und hopste im Kreis, als würde er sagen wollen: Sieh her, was ich hier Tolles erlebe. Hinter ihm sprangen zwei Hunde ebenfalls auf und ab, ehe sie sich wieder gegenseitig nachliefen. Doch irgendwann passierte das Unvermeidbare. Salaì sah den Hund auf meinem Schoß, fror auf der Stelle fest und setzte sein »Du bist für mich gestorben!«-Gesicht auf. Das sah ungefähr so aus wie sein »Wie kannst du mich nur zwingen, bei Regen rauszugehen?!«-Gesicht. Geschlossenes Maul, halb offene Augen, starrer Blick und hängender Schwanz. Theatralisch bewegte er sich zurück um die Ecke und verschwand.

Kopfschüttelnd sah ich wieder zu Kamau, der mich mit einer hochgezogenen Augenbraue musterte. »Also?«

»Was?«

»Dein Problem?«

»Hast du von …« Nein, so konnte ich nicht beginnen, das wäre zu offensichtlich. »Du findest doch auch, ich sollte für meine Standpunkte kämpfen? Wenn ich mir etwas in den Kopf gesetzt hab, es auch durchziehen? Wenn ich mich dabei im Recht sehe?« Ich beugte mich etwas zu hastig vor, sodass Cliff sich erhob und von der Parkbank runterhüpfte, um sich in die Sonne zu legen. »So wie ich es damals gefühlt habe, als ich das mit den Hunden begonnen habe, oder?«

Seine Reaktion zu beobachten und sein nachdenkliches Gesicht dabei ließ meine Angst anwachsen. In seinen Augen lag Sorge, und diese wurde größer, je mehr er über meine Frage, oder besser gesagt Fragen, nachdachte. Es tat mir leid, wichtige Infos zurückzuhalten. Zum Beispiel, dass es sich um den Letzten Willen meines Dads handelte. Aber ich brauchte gerade jemanden, der für mich da war.

»Ich habe das Gefühl, dir nicht folgen zu können. Weißt du, im Leben müssen wir nicht immer alles durchziehen.« Kamau grinste gebrochen und lehnte sich zurück.

Ich schluckte und hoffte, er hörte oder bemerkte es nicht. Oder beides. Mein Magen zog sich zusammen. Das war nicht die Antwort, die ich mir erhofft hatte. Egal. Ich würde so oder so nicht aufgeben. Mein Erbe war mir zu wichtig. Und wenn ich bei dieser Sache allein war – nichts würde mich unterkriegen können.

»Bist du in Schwierigkeiten?«

»Nein.«

»Sicher?«

»Ja?«

»Fragst du mich gerade, ob du dir sicher bist?«

»Nein?«

Kamau faltete seine Hände über seinem Bauch und war zur einen Hälfte im gleißenden Sonnenlicht, mit der anderen im Schatten. »Massimiliano.«

»Okay, ja, ich bin mir sicher. Ich wollte nur, keine Ahnung. Zuspruch?« Plötzlich fühlte sich der Schatten unter dem Baum nicht erfrischend, sondern kalt und unbequem an.

»Ich glaube an dich und gebe dir Zuspruch für die richtige Entscheidung, die du treffen wirst. Aber frage dich immer vorab, ob du alles bedacht hast, ob du dich wirklich hinsichtlich allem reflektiert hast? Alle Sichtweisen aller Parteien beachtet hast. Geh nicht mit dem Kopf durch die Wand, ehe du nicht weißt, ob es nicht auch eine offene Tür darin gibt.«

Die Weisheit, die aus Kamau sprudelte, nervte mich, weil sie stimmte, aber dennoch fand ich, ich war im Recht, also nickte ich lediglich.

»Sehr gut, und jetzt hole ich uns etwas selbst gemachte Limo.« Er stützte sich an seinem Oberschenkel ab und erhob sich. »Ich hafte nicht für etwaige Tierhaare in der Bowle.« Zwinkernd verabschiedete er sich in eine der Hintertüren.

Mit etwas leerem Blick sah ich ihm nach. Seine Worte rumorten unangenehm in meinem Kopf. Bevor ich anfangen konnte, zu viel darüber nachzudenken, holte ich mein Handy hervor und schrieb Abby.

> Hey, Abbs, ich habe gerade mit Kamau gesprochen, ihr kennt euch ja, er hat auch gesagt, er wird sich umhören und sich melden. Irgendwie bekommen wir das hin, ja? Die Tiervilla wird nicht schließen, versprochen!

Nachdem ich geschrieben hatte, wechselte ich zu Instagram. Der erste Post war der neue Artikel der *Glasgow Gazette*.

Sex allein bestimmt seinen Wert – teilnehmender Student im Erb-Wettstreit und Ziehsohn von Professor Segreto spricht über Selbstzweifel und seinen Anspruch auf das Vermögen.

Ich überflog diese Zeilen mehrmals. Konnte das wahr sein? Mehrfach presste ich meine Lider fest zusammen, nur um dann den Text noch mal zu überfliegen. Nein, es stand da. Definitiv.

Student Quentin Wallace spricht in unserem Artikel über seinen eigenen Wert, über das Segreto-Erbe, Sex und …

Quentin konnte dem doch nicht zugestimmt haben. Die *Glasgow Gazette* war dafür bekannt, nicht zwingend das professionellste Klatschblatt zu sein, das bekam ich oft am eigenen Leib zu spüren. Das war aber böser als gedacht. Wie gelähmt hörte ich in mich hinein. Schlug mein Herz noch? Im selben Atemzug hallten in meinem Kopf die Lobeshymnen von Quentin auf meinen Dad wider. Nein, ich durfte jetzt keinen Rückzieher machen. Es konnte doch nicht sein, dass Brenda sich durch meinen anonymen Tipp so sehr sein Vertrauen erschlichen hatte, dass er das ausgeplaudert hatte. Oder? Also sollte ich mal eine schlimme Krankheit bekommen, durfte ich mich nicht fragen, warum gerade ich. Karma würde mich treffen. Früher oder später.

Ob Quent auch nur mit mir geschlafen hatte, um sich wertvoller zu fühlen? Nein, er traf seine Entscheidung, indem er das erzählte, und das war sein Pech. Nur, warum machte das mein Magengrummeln nicht besser?

Ich las den Post noch ein wenig weiter. Quent sprach über queerfeindliche Nachrichten, die er bekam.

Ich stockte. Queerfeindliche Nachrichten?

Kamau kam mit zwei Gläsern wieder aus der Tür, gefolgt von kleinen Welpen. Zuckersüß, aber leider konnte ich mich auf sie nicht konzentrieren. »Sorry, Kamau, muss weg, kann ich Salaì ein wenig hierlassen? Er hasst mich ohnehin gerade.«

Kamau stellte die Gläser ab und fuchtelte mit der Hand eine wegwerfende Bewegung. »Geh schon, hau ab. Ich passe auf ihn auf, mein Lieber. Aber trink vorher deine Limo! Flüssigkeit ist wichtig bei dem Wetter!«

»Danke.« Ich stürzte das Glas in einem Zug hinunter. Dann lief ich nach draußen und sprang in mein Auto.

Die Sache mit dem Post ließ mir keine Ruhe.

Ich musste das klären.

Auf der Stelle.

Zum Glück hatte ich ihn ans Telefon bekommen. Wir hatten einen Treffpunkt ausgemacht. Meine Hände umklammerten das Lenkrad, als ich an der Ampel nach links abbog und sofort merkte, dass ich im West End angekommen war. Ich parkte und stieg aus. Den kosmopolitischen Stadtteil mit seinen Altbauten, seinen Gärten, in denen sich kleine Büsche über die Zäune wölbten, und seinen lebhaften Cafés hatte meine Mutter früher oft besucht. Meine Mutter war aber auch eine richtige West End Mom gewesen. Sie liebte Tratsch, war im Downhill-Tennis-Komitee gewesen und trank mit ihren Freundinnen morgens ein Glas Sekt bei einem Frühstück draußen an dem Tisch eines Straßencafés, um über Looks anderer zu lästern. Also eine kleine Bree Van de Kamp aus *Desperate Housewives*. Leider machte sie nicht die berühmte Charakterentwicklung einer Serienfigur durch. Sie blieb in ihrer Rolle stecken: der der erfolgreichen Innenarchitektin, die halt leider auch ein Kind bekommen hatte, das ihrer Karriere im Weg stand. Sie war nie wie Dad gewesen, aber ich hatte immer gespürt, dass ihr quasi alles wichtiger als ich gewesen war. Dementsprechend blendete sie Dads Verhalten aus. Wenn wir stritten, verließ sie den Raum. Wenn er mich schlug, drehte sie die Musik lauter. Manchmal, wenn sie getrunken hatte, war sie nett gewesen, da und im Familiencottage. Dort, wo sie sich selbst eine Auszeit von ihren Karrieren nahmen, wo nichts ihre beruflichen Ziele stören konnte, weil sie und Dad sich selbst diese Pause gönnten. Dort waren wir eine Familie gewesen, und ich hätte vor Trauer und Wut kotzen können, wenn ich daran dachte, dass Dad ausgerechnet das einfach so weggegeben hatte. An einen Geschichts-Nerd, der offenbar mehr väterliche Gefühle in ihm ausgelöst hatte als ich.

All diese Gedanken kreisten in meinem Kopf, bis ich beim Gym ankam. Dort erwartete Bram mich. Es war ein unpassend wirkendes, neumodernes Haus, umgeben von Altbauten, mit einer Glasfront im zweiten und dritten Stock, durch die ich Trainierende auf Laufbändern erkennen konnte.

»Bram.«

»Massimo.« Bram nickte mir zu. »Was gibt's?« Eine Sekunde später wäre sein Geflüster im Piepen des Müllwagens untergegangen. »Ich habe nicht viel Zeit.«

»Hast du …« Ich holte mein Handy heraus, Instagram noch geöffnet. »… damit zu tun? Quentin sagt hier, er bekommt queerfeindliche Nachrichten«, fuhr ich ihn an. »Ich habe dir gesagt, du sollst dich da über deine Lage beschweren, nicht dass du ihn beschimpfen oder auf seine Sexualität anspielen sollst. Du solltest Quentin ablenken, ihn nicht traumatisieren oder ernsthaft gefährden, was stimmt denn mit dir nicht? In diesem Fall ist unsere Abmachung vorbei, und ich gehe damit zur Polizei. So weit würde ich niemals für das Erbe gehen.«

Brams Augen weiteten sich. »Pff, nee, und wenn … Ich, ich … Das ist doch, was du wolltest, oder?« Er starrte zu Boden.

In mir drehte sich alles.

»Nein!« Ich wurde laut. »Nein, das wollte ich *nicht*. Es war abgemacht, dass du mit ein paar Fake-Accounts hinschreibst und dich darüber aufregst, dass er für das Erbe ausgewählt worden ist, weil andere das genauso verdienen, und böse Memes schickst, was weiß ich …« Ich linste auf den Post. Mittlerweile hatte dieser Post die üblichen zwei-, dreihundert Likes überstiegen und lag bei Tausenden. Darunter Hunderte von Kommentaren, die ich vermutlich nicht lesen wollte. Wenn es mir so ging, was dachte sich dann erst Quent? »Aber warum musstest du mit queerfeindlicher Scheiße anfangen?« In mir drehte sich alles. Bram war doppelt, dreifach vor mir. Eine seiner Vervielfachungen steckte im Gym hinter ihm fest, aber sie alle hatten denselben Gesichtsausdruck, und dieser sagte: *Du steckst da mit drin.*

»Beruhig dich, ich habe damit nichts zu tun, ja? Finde es nur witzig, wie du abgehst und ...«

Ich hob meine Arme und stoppte Bram mitten im Satz. »Das ist kein Scherz und kein Spaß. Steckst du da mit drin? Wenn ja, ist der Deal geplatzt.« Warum fühlte es sich dann gerade an, als steckte ein Schwert in meinem Bauch?

»Nee, Mann. Okay? Denkst du, ich will mir die Chance auf das Geld ruinieren?« Bram kratzte sich am Nacken und hob seine Sporttasche hoch.

Okay, das klang leider einleuchtend.

Bram starrte auf eine Regenpfütze am Boden. »Ich brauche Geld. Und egal, wie viele Leute noch ins Internet schreiben, Geld mache nicht glücklich, Geld sei nicht alles, die wissen aber nicht, dass Geld absichert, dass Geld die Therapie meines Dads bezahlt, dem alle paar Monate eine schwarze Zehe wegen Diabetes abgenommen wird, dass Geld es mir ermöglicht, meinen Doktortitel abzuschließen, damit meine Familie nicht umsonst zusammenlegt – seit Jahren.«

»Okay, gut, ich wollte nur sichergehen.«

»Kann ich?« Er deutete hinter sich ins Gym.

»Ja, ja, geh.« Mit einer Handbewegung bedeutete ich ihm, abzuhauen.

Zweimal ließ Bram sich das nicht sagen und verschwand hinter der Drehtür.

Nachdem er außer Sichtweite war, musste ich an Quentin denken. Auch wenn Bram nicht dahintersteckte, bekam er diese Hasskampagne ab, also beschloss ich, Jasna anzurufen. Vielleicht würde ich so Quentin erreichen, wenn er schon nicht an sein eigenes Handy ging. Ich würde ihm gut zureden, damit er diese Leute vergaß. Aber dann war meine Schuld beglichen.

Es klingelte. Das Piepen dröhnte lauter und lauter. Niemand hob ab. Nach jedem Nicht-Abheben bohrte sich das Geräusch tiefer in meinen Kopf.

Komm schon.

»Ja?« Jasna klang gereizt, gehetzt und verzweifelt, weshalb ich beschloss, keine Zeit zu verlieren.

»Wie geht es Quentin?«

Sie seufzte.

»Nun sag schon.«

Dem Rascheln zufolge glaubte ich, dass Jasna sich irgendwo anders hinbewegte. »Na, wie wohl? Er fühlt sich total bloßgestellt.«

»Aber warum hat er denn das …«

»Denkst du, er hat das im Interview einfach erzählt?«

»Haben sie das erfunden?« Während wir sprachen, setzte ich mich zurück in mein Auto und lehnte mich gegen den von der Sonne aufgeheizten Sitz.

»Ich … glaube nicht, dass ich davon sprechen sollte. Das ist seine ziemlich private Sache.«

»Darf ich mit ihm reden?« Mit meiner freien Hand fuhr ich meinen Oberschenkel auf und ab.

»Weiß nicht. Kann mir gut vorstellen, dass Quentin nicht möchte, dass du … Was?« Mit wem sprach sie da? »Sicher? Du musst nicht, wenn du allei… Okay. Ja. Mhm.«

»Jasna?«

»Quentin hat mich belauscht und … Jaja, okay, zufällig mitgehört und, du kannst kommen, aber morgen, und nimm etwas für ihn mit. Er will … Was soll das bedeuten? Eine Kurbel?« Im Hintergrund hörte ich Quentin murmeln, aber nicht genau, was. »Ah, okay. Etwas zu essen.«

»Und, wa…«

»Okay, ich lege jetzt auf, Cormac kommt gerade. Bis dann.« Ein paar Sekunden ließ ich das Handy noch an meinem Ohr, bis ich es weglegte. Eigentlich brauchte ich gar keine Antwort auf meine Frage, was ich mitbringen sollte. Denn – und keine Ahnung, warum ich mir das gemerkt hatte – ich wusste ganz genau, was er wollte.

Kapitel 15
Massimo

Nachdem ich halb Glasgow einen Tag lang abgesucht hatte, hatte ich schließlich in einem kleinen Markt entdeckt, was ich brauchte, und mich im Obsidian Hill Cottage eingefunden. Ich schloss die Tür hinter mir. Cormac, Jasna und Quent saßen auf der Couch. Jasna und Cormac hatten Quent in ihre Mitte genommen, wo er in einer selbst gestrickten bunten Flickendecke eingehüllt saß und ausdruckslos vor sich hin starrte.

»Hey.« Meine Stimme holte Quent, wo auch immer er gedanklich gerade gewesen war, zurück.

»Hey«, gaben Cormac und Jasna zurück.

Quentin schaffte es nicht, mir in die Augen zu sehen. War es ihm peinlich? Dass ich den Artikel kannte? Da ich das nicht wollte, zog ich meine Schuhe aus und setzte mich zu ihnen.

»Wir ... sollten, zum, äh ...« Cormac warf Jasna einen Blick mit geweiteten Augen zu.

»Oh, ja, wir sollten den Holunderblütensirup im Schuppen mal umrühren und gucken, ob der Zucker sich zersetzt hat«, sagte Jasna und sprang auf.

»Gute Idee, genau, jap, das machen wir.« Cormac schnappte sich Jasnas Hand, und sie verschwanden in die Küche, vermutlich zum Hinterausgang.

Der Duft von Kerzenwachs und Kaminfeuer vermischte sich mit dem frischen Blumenduft, der durch die offenen Fensterläden wehte. Die Einrichtung lud förmlich zum Verweilen und Wohlfühlen ein. Meine Mutter hätte es geliebt. Robuste Holzmöbel, frisch restauriert und geschmückt mit bunten Strickdecken und Kissen, dazu bunte Traumfänger an den Wänden und üppige Pflanzenranken, die sich um die Fensterrahmen schlängelten. Alles schrie nach mehr – mehr Zeit, die ich hier verbringen wollte, mehr von den Eindrücken, die ich sammeln wollte, und mehr Erinnerungen, in denen ich schwelgen konnte. Am liebsten hätte ich den ganzen Tag hier verbracht, umgeben von dieser warmen, heimeligen Atmosphäre. Wie früher. Mit meinen Eltern. In dem Haus, das eigentlich mir gehörte. So gemütlich es auch war, es ließ die Erinnerungen in meinem Kopf verschwimmen. Ersetzte sie durch neue. Und ich wusste nicht, ob ich bereit dafür war.

Das Feuer im Kamin knisterte und knackte, während ich für einen Moment die Augen schloss. Ich wusste, dass ich diesen Ort für immer in meinem Herzen tragen würde, also richtete ich meine Aufmerksamkeit nun auf Quentin.

»Na? Alles gut? So halbwegs?« Ich rutschte zu Quentin und legte meinen Arm auf die Lehne.

»Hast du den Artikel gestern gelesen?« Seine Finger kneteten die Decke durch, so fest, dass sich ein paar Fäden gelöst hatten und abstanden.

»Mhm.«

»Ja? Wie peinlich.« Quentin ließ seinen Kopf vorfallen und fing ihn mit seinen Händen auf.

»Ach, nein, komm schon.« Ich zog Quentin zu mir und richtete ihn auf. »Sieh mich an.«

»Neieeen.«

»Quent.« Ich umfasste sein Gesicht, wollte ihn aber auch nicht zwingen, mir in die Augen zu gucken.

»Ich kann nie wieder jemandem unter die Augen treten. Wenn das jetzt alle lesen und, oh, scheiße, ist das peinlich. Und das Lehrpersonal an der Uni erst. Ich muss meine Doktorarbeit aufgeben und …«

Moment. Was? Er würde seine Arbeit sausen lassen? Das

würde bedeuten, ich hätte einen Teil meines Erbes gerettet und müsste nur noch Cormac von alldem abbringen. »Dann kam wieder so eine Nachricht, nach dem Artikel, dass die Wahrheit schon langsam ans Licht käme, was wohl wieder den Bezug herstellen soll, dass ich was mit Segreto hatte und ich deshalb fürs Erbe ausgewählt wurde.«

»Quatsch! Und wenn du denkst, du brauchst diese Ausz…« Was war das? Ich rieb mit meinem Daumen an seiner Haut. Sie war ganz feucht. W-weinte Quentin etwa? »Quentin!« Okay, jetzt zwang ich ihn doch, mich anzusehen. »Tut mir leid, aber das geht nicht. Du arbeitest so hart an deinem Abschluss und willst dir das jetzt davon zerstören lassen?«

Jetzt sabotierte ich mich also schon selbst? Wow.

»Mich nimmt doch niemand mehr ernst.« Quentins Augen verschwammen vor mir. Der Tränenschleier versteckte sie wie hinter einem Portal. Etwas verzerrt und gerötet, verlor ich seinen Blick in einem Meer aus Trauer.

»Quentin. Erstens haben wir 2024, Sex ist etwas Normales. Okay?«

»Aber nicht so, das sind so private Dinge, das ist …« Es schüttelte ihn durch, sodass er aus meinen Händen flutschte. Quent wischte sich über die Wangen, lehnte sich gegen die Couch und zog die Beine an. »Mir ist das so unangenehm, dass ich Gänsehaut bekomme. Ich kann nicht mal mehr dich ansehen.«

»Quentin, du musst dich vor mir nicht schämen, ja?«

»Das sagst du so leicht. Überleg mal, was du jetzt von mir weißt und gelesen hast.« Die Stimme von Quent brach, und sein Kinn zitterte. »Was Leute in der Wissenschaftscommunity jetzt von mir denken … Ja, klar, wer interessiert sich für die *Glasgow Gazette,* aber dieses Erbthema wird in ganz Glasgow besprochen, im Internet sogar darüber hinaus. Und die Uni verfolgt jeden Artikel darüber, weil es sie auch interessiert, was die Presse über sie und uns schreibt. Das haben die mir selbst gesagt. Alle wollen wissen, was mit Segretos Erbe passiert, wer wir sind und wie die Uni dabei wegkommt. Und dann noch diese Nachrichten von den Leuten, die uns das Erbe nicht nur nicht gönnen, sondern denken, wir wären Teil irgendeiner queeren Toleranz-Verschwörung und hätten das nicht verdient. Mir wächst das über den Kopf.«

Warum fühlten sich Quents Worte gerade an, als würde jemand mein Herz zusammendrücken? Weil er so verzweifelt klang wie ich, wenn ich versucht hatte, es meinem Dad recht zu machen? Weil er jetzt zwar abgelenkt war, aber nicht so, wie ich wollte?

»D-das ... Aber ...« Was sollte ich darauf entgegnen? Ich sah mich um. Auf dem Truhentisch vor uns standen jede Menge Leckereien. Die Löffel im schmelzenden Eis würden bald zur Seite kippen. Der dritte lag daneben. Die Spur von Chipskrümeln führte nur zu den Plätzen, an denen Cormac und Jasna gesessen hatten. Der Drink vor Quent – unberührt.

»Trotzdem. Wir sind nicht mehr im Mittelalter. Lass die Leute doch denken, was sie wollen. Du hast Sex und ...«

»Massimo!« Quentin setzte sich auf seine Waden, schlang die Decke um sich und sah mich endlich an. »Stell dir vor, ich wüsste das über dich. Und alle anderen auch. Weißt du, wie viel es in der Wissenschaft um Glaubwürdigkeit geht, wie viele alte Leute hier noch das Sagen haben?«

Mein Mund öffnete sich mehrmals, aber ich wusste nichts, was ich darauf hätte sagen können. Bis mir eine Idee kam. Ich hob meinen Zeigefinger, bat ihn um eine Minute Zeit und holte mein Handy hervor. Warum tat ich das jetzt bloß?

»Was machst du? Suchst du jetzt irgendwelche toxisch positiven Sprüche bei Instagram?«

»Nein, nein.« Ich tippte wie wild in mein Handy. Mit Fehlern, unüberlegt, ungeplant. Als ich fertig war und den wirren, langen Text auf meinem Selfie überflog, den ich geschrieben hatte, reichte ich Quentin mein Handy. »Lies.«

Quentin nahm mein Handy mit zusammengezogenen Augenbrauen entgegen. »Hey, Leute, wie geht's euch? Nein, heute kein neues Bild an einem Strand auf Kreta oder Korfu. Oder aus einem teuren Restaurant, und nein, auch kein perfekt inszeniertes aus dem Büro meines Dads. Ich dachte mir, ich erzähle euch nur, dass ich mir heute Morgen einen …« Quentin stoppte sein Vorlesen und sah mich von der Seite an.

»Lies weiter.«

»Achtung, wer nicht too much information über mein Intimleben haben will, hier nicht weiterlesen … einen runtergeholt habe, wobei ich in mein Auge gekommen bin, und ich hoffe nicht, dass ich jetzt Augenbabys bekommen werde. Oh, und als ich letztens in New York Sex gehabt habe, wollte ich der einzige aktive Teil eines Dreiers sein und bin nach einer Minute gekommen, also, na ja, habe ich nicht nur mich oder eine weitere Person, sondern einen Typen und eine Frau enttäuscht. Mein erster Freund hat mir beim Sex mal die Vorhaut eingerissen, weil er mich untenrum frei gemacht hat und danach erst den Reißverschluss meiner Stoffjacke runtergezogen hat, wobei sich meine Haut darin verhakt hat. War echt peinlich. Und schmerzhaft. Und blutig. Ein wenig ähnlich hat auch mein erstes Vibratorerlebnis geendet, bei dem mich Personal meines Vaters erwischt hat, oder …«

Bei jedem Wort, das Quentin vorlas, verpasste es mir eine geistige Ohrfeige nach der anderen, und ich fragte mich, was ich mir dabei gedacht hatte.

»Ich glaube, ich muss nicht weiterlesen.«

»Dabei fand ich mein Doppeldildoerlebnis, bei dem der Typ am anderen Ende ihn …«

Quentin lachte auf und schubste mich. »Es reicht.«

»So und jetzt …« Ich beugte mich zu Quentin vor und tippte

mit meinem Finger auf das In-meine-Story-posten-Symbol in der Instagram-App. »… hat Party-Miliano eine neue Schlagzeile morgen, und du bist bald vergessen.«

»Massimo! Was … Was hast du getan.« Quentin inspizierte mein Handy – auch unlogischer- und unnötigerweise von unten – und klickte sich in meine Story. »Du hast das gepostet. Warte, ich lösch…«

»Ah! Ah! Ah! Nichts da.« Bevor Quentin das machen konnte, entriss ich ihm mein Smartphone und steckte es weg.

»Ist dir das nicht peinlich?«

Ich schob meinen Ärmel hoch und zeigte ihm meine abstehenden Härchen. »Saupeinlich. Aber es ist Sex, Quentin. Was denkst du, was Menschen alles für peinliches Zeug mit anderen im Bett oder mit sich alleine erleben?«

Quentin griff an meinen Unterarm und strich darüber, was meine Gänsehaut nur noch mehr verstärkte. Der Schauer überzog nun meinen gesamten Körper von der kleinen Zehe bis zur Haarspitze.

»Hast du das nur für mich gemacht?«

»Nein, für meine Nachbarin.«

»Ha. Ha. Witzig.«

»Natürlich für dich. Hat es denn geholfen?«

Quentins Hand auf meinem Arm brannte sich ein, setzte meine Adern in Flammen, bis ich innerlich glühte. »Ein wenig, ja. Trotzdem bin ich noch fassungslos.«

»Magst du mir erzählen, wie es dazu gekommen ist?« Nach meiner Frage rutschte Quents Hand von meinem Arm und hinterließ eine Kältespur dabei. Er nahm sein Handy vom Tisch, erstarrte aber darüber, als hätte er Angst, was ihn erwartete, sobald er den Lockscreen wegwischte. Trotzdem überwand er sich und suchte nach etwas. Er öffnete den Artikel und las vor.

»Artikel von Brenda Watkins und Matthias Perrish. Wenn

ich die Namen nur lese, keine Ahnung, warum ich dachte, diese Brenda versteht mich.«

Ich zuckte zusammen. »Den habe ich doch gelesen.«

Quentin tippte auf das Bild neben den Namen der Schreibenden. »Matt ist eigentlich Kameramann und Fotograf bei der *Glasgow Gazette,* und wir haben uns nach meinem Interview unterhalten. Er hat über die queerfeindlichen Tweets gesprochen, erzählt, dass er schwul ist und das kennt, vor allem, als er noch einen Freund hatte und sie Pärchenbilder gepostet haben, bla, bla.« Quentin verzog angewidert das Gesicht. »Na ja, und wie wir ja aus dem Artikel gelernt haben, brauche ich Sex als Bestätigung und ...«

»Du hast mit ihm ...?« Obwohl ich es nicht wollte, sackte ich etwas tiefer in die Couch ein. Sofort blinzelte ich mich wieder aus meinen Gedanken von Quent und dem Typen im Bett und richtete mich auf. Dann hatte er das diesem Matthias erzählt, nicht Brenda, und es lag nicht an meinem anonymen Tipp. Aber so oder so ... Das war mies von mir.

Er gab mir mit einem stillen Kopfnicken zu verstehen, dass ich es richtig erfasst hatte. Ein Stich der Enttäuschung folgte, als ich diese Zustimmung erhielt. Dass Quent mit jemand anderem etwas hatte, hätte mich nicht stören dürfen. Aber vielleicht war es ja auch nicht meine unangebrachte Eifersucht, sondern eher meine Angst, dass er mir entglitt und ... Genau! Genau! Das war's. Wenn er jemand anderen kennenlernte, könnte er den Kontakt zu mir auf das Minimum verringern und ich ihn nicht mehr von seiner Arbeit abhalten. Was ... ich ja auch so hätte haben können, aber selbst gerade zerstörte. Ach, fuck, verstand mich irgendjemand auf der Welt, wenn nocht nicht einmal ich es tat? Nach diesen Gefühlen drängte sich aber eine andere Empfindung in den Vordergrund. Ein Hass auf diesen Matt. Ich kannte Matt als Fotografen oder besser gesagt als Paparazzo, der skrupellos alles ablichtete, was Geld bringen konnte, aber dass er so weit ging ... Wir standen wohl alle unter Druck. Leistungsdruck. Erfolgsdruck. Gelddruck.

»Shit ... Quent. Brauchst du eine Umarmung oder so? Und das mit uns ... worüber wir nicht mehr reden, aber war das auch ...«

»Nein, keine Umarmung. Fühle noch immer den Körper von diesem Matt auf mir, und nachdem ich das gelesen habe, ist das kein schönes Gefühl mehr.« Wie Quentin sich in sich selbst verkroch und seine Beine umklammerte, tat mir echt leid. »Und das mit uns ... Es ist ähnlich gewesen. Aber ...« Quentin löste eine Hand von seinem Bein und nahm meine. »Wäre das okay?«

»Na klar.« Er drückte meine Hand so fest, dass sie wehtat, aber ich glaubte diesen Schmerz auch zu verdienen. »Oh, aber da fällt mir etwas ein, das helfen könnte.«

Ich beugte mich so weit es ging vor, bis Quents Hand mich wie eine Leine festhielt. Gerade so erwischte ich die Tüte, die ich mitgebracht hatte. Mit meinem Zeige- und Mittelfinger erreichte ich den Inhalt und holte ihn hervor wie eine Trophäe. »Na?«

Quents Gesicht erhellte sich. »Das sind meine Schoko-Salzbrezeln mit Meersalz und Karamell! Das hast du dir gemerkt?« Schneller, als ich antworten konnte, schnappte er sich die Packung. Er riss sie hektisch auf, sodass ein paar der Brezeln herausfielen. Einige davon direkt auf mich.

»Ähm, ja, aber sieht so aus, als müsstest du sie jetzt von mir essen.«

Quentin musterte mich, als überlegte er das tatsächlich, entschied sich dann aber dagegen.

»Danke, Massimo, ehrlich. Das gibt mir etwas Kraft und Mut, doch endlich an meiner Doktorarbeit weiterzuschreiben.« Er stopfte sich fünf der Brezeln direkt in den Mund.

»Nein! Also, toll, aber, äh ...« Cazzo! Wie riss ich das Ruder jetzt wieder rum? »Ah! Wie genau hast du denn bisher das Cottage unter die Lupe genommen?« Ich pflückte die Brezeln von mir und aß sie selbst, als wäre ich mein ganz persönliches Büfett. Nicht so übel.

Quentin stoppte mit der Brezel vor seinen Lippen und warf mir einen skeptischen Blick zu. »Nicht so genau. Wieso?«

Ich legte mein bestes Bösewichtgrinsen auf. »Wart es nur ab. Komm mit.«

»Kann ich die Brezeln mitnehmen?«

»Natürlich.«

Kapitel 16

Quentin

Massimo massierte mehrmals seine Hände, knackte mit den Fingern und anschließend mit dem Nacken, während er an einem lockeren Stein an der Küchensteinmauer herumfingerte. Er biss auf seiner Unterlippe herum, rümpfte mehrmals die Nase, als würde sie unaufhörlich jucken, und schließlich gelang es ihm, den lockeren Stein herauszuziehen. Es fühlte sich surreal an, hier zu wohnen, während Massimo über diesen nicht fest sitzenden Stein Bescheid wusste. Wieder überkam mich dieses Gefühl, ihm etwas weggenommen zu haben – wie ein Fremder, der etwas okkupierte, das ihm nicht gehörte. Obwohl Massimo nie etwas Derartiges angedeutet hatte, schien ihm das Cottage doch viel zu bedeuten. War er wirklich so glücklich mit dem Letzten Willen seines Dads?

»Wusstest du, dass die Römer damals auch schon die Kunst des Trockenmauerbaus beherrschten? Die wären jetzt nicht so happy, wenn sie sehen würden, wie du da den Stein herausziehst.« Okay, an Massimos hochgezogenen Augenbrauen merkte ich, dass mein Witz wohl nicht so ankam. »Sorry. Ich dachte, das lockert die Stimmung auf.« Massimo schmiss mir ein verwirrtes Lächeln zu und legte den Stein ab. »Aaaaber ... Wusstest du, dass das älteste bekannte Beispiel für Trockenmauern aus dem 8. Jahrtausend vor Christus stammt, was witzig ist, weil wir ja eher annehmen würden, dass sie mit Holz ... Okay, das ist wohl weniger unterhaltsam. Keine Ahnung, warum ich gerade so nervös bin.« Vielleicht wegen dieses Artikels? Weil Massimo mir etwas aus *seiner* Kindheit zeigte, in dem Haus, in dem ich jetzt lebte und das ihm irgendwie doch weggenommen wurde? Zumindest das mit dem Artikel und dessen Hintergrund schien er nicht merkwürdig zu finden.

»Ich werde nie verstehen, wie du dir all diese Fakten merken kannst.« Massimo griff in das Loch und holte mich aus meinen Gedanken.

»Ist meine Superpower oder so.« Ich verzog mein Gesicht zu einer Grimasse. Was sagte das über mich aus, dass ich das als meine Superkraft bezeichnete? »Und dein Dad hat immer spitzenklasse Tipps gegeben, damit wir uns die Jahre merken konnten. Da hätten sich alle Deppen der Welt diese Zahlen merken können.«

Massimo hielt in seiner Bewegung inne. Sein Blick starr nach vorne gerichtet. »Ja, bestimmt … Alle.« Hm, ob es zu früh war für Geschichten über seinen Dad hier im Cottage, in dem er so viel Zeit mit ihm verbracht hatte?

In mir baute sich ein Druck auf. Ich wusste nicht, ob ich berechtigt war, Massimos geheimes Etwas aus seinem Kindheitsversteck zu sehen. Aus dem Haus, das ihm nicht mehr gehörte. »Okay, okay, aber um meine Ehre zu retten, der Fakt jetzt ist echt witzig: Wusstest du, dass Julius Caesar und Marcus Antonius oft als sehr gute Freunde bezeichnet wurden? Also *richtig* gute.« Ich zwinkerte. Ich Z W I N K E R T E. Ja, was stimmte denn jetzt nicht mehr mit mir? Ich brauchte … Schoko-Salzbrezeln. Sofort stopfte ich mir fünf in den Mund. »Also das sind nur Vermutungen, und einige sagen auch, Marcus ist zwar ein wichtiger Typ für Julius gewesen, aber nicht soooo wichtig, aber er hat angeblich auch eine Rede geh… Egal, war jetzt doch auch nicht so der Bringer.«

Massimo lachte kurz auf. »Keine Ahnung, wer Marcus Antonius ist, aber das klingt nach einer Bromance, wie ich sie liebe.« Danach sah er mich direkt an. »Die im Bett endet.«

Ich widmete mich mit einem aufgeheizten Kopf meinen Brezeln und ignorierte den letzten Satz. Aber … Er hatte meinen Witz verstanden und fortgeführt. Einen Histo-Joke! Das war … echt hot.

»Da ist es.« Massimo pustete den Staub weg. Dieser wirbelte in der Luft umher, bis er in meiner Nase kitzelte. Den Rest wischte er mit seinem Arm weg.

Ich sah wieder zu ihm. Die winzige antike Spieluhr in seiner Hand war wunderschön.

»Komm.« Er rutschte mit mir zum alten Steinkamin, der auf der Hinterseite auch eine Öffnung hatte, um den Wohnbereich und die Küche zu beheizen.

Prasselndes Kaminfeuer wärmte uns. Die lodernden Flammen tauchten die Umgebung in einen warmen Orangeton, der das goldene Dekor der Spieluhr erstrahlen ließ, als wäre diese darauf aus, nach Jahren im Steinloch endlich wieder zum Leben zu erwachen. Der verträumte Blick in Massimos Augen schnürte meine Kehle vor Rührung zu. Es schien, als würde sein inneres Kind von einem Blitz getroffen, als er die Spieluhr wieder in den Händen hielt. Was mochte er gerade empfinden? Vorsichtig öffnete er sie, als fürchtete er, eines der Scharniere könnte brechen oder sie könnte unter seiner nun erwachsenen Hand zerfallen. Die Musik erklang wie eine federleichte Melodie, von einem unsichtbaren Wind getragen, und füllte den Raum mit einem klaren Klang. Die Spieluhr schien Massimo sirenengleich anzuziehen, als würde sie versuchen, verborgene Erinnerungen in ihm zu wecken. Erinnerungen an eine vergangene Zeit. Ob sie glücklich war, konnte ich nicht beurteilen. Wir genossen schweigend den Klang, und als sich unsere Blicke kurz trafen, schien Massimos Gefühlswelt auf mich überzuschwappen. Ich legte meinen Kopf auf seine Schulter.

Massimo schniefte so stark, dass ich die Bewegung auf seiner Schulter spürte. »Kannst du etwas Geschichtliches zu Spieluhren sagen? Irgendetwas?« Wollte er unbedingt abgelenkt werden?

»Das ist nicht unbedingt mein Spezialgebiet.«

»Wir wissen beide, du weißt etwas darüber.«

»Okay, okay. Na ja, angeblich hat es die erste in der Schweiz gegeben, im 18. Jahrhundert. Also so eine richtige Spieluhr. Wie die.« Es nervte mich, wenn ich keine exakten Zahlen kannte. »Es gab ja auch diese kleinen Dosen mit Musik drinnen, also ja, keine Ahnung, die gibt es bestimmt schon viel länger. So ins Detail bin ich noch nie gegangen.« Ich hielt inne und deutete mit meinem Finger auf sein Heiligtum. Tatsächlich übergab Massimo es mir. Nicht ohne ein kurzes Zögern, aber er gab es mir.

Die bunt bemalte Szenerie darin wirkte wie ein alter Rosengarten im Hinterhof eines Herrenhauses, mit einem Brunnen und Vögeln, die weiße Tücher in ihren Schnäbeln hatten. Ein Pärchen, der eine mit einem engen, schwarz… – Moment. Ich näherte mich den Figuren. Nein, das waren zwei Männer in eleganten Anzügen, die da miteinander tanzten. Jeder Schritt und jede Drehung im perfekten Rhythmus der Melodie. Ich drehte den Schlüssel noch mal, löste die Feder wieder aus. Gebannt beobachtete ich den Musikaufzug. Die harmonische Musik beförderte mich genau dorthin. In diesen friedlichen Garten, in dem diese zwei Männer für sich alleine sein konnten, in einer Zeit, in der sie es noch schwerer hatten als wir heutzutage. Das filigrane, detailverliebte Kunstwerk faszinierte mich mit jedem Blick, den ich darauf warf, mehr und mehr. »Das Innere ist mit total vielen Zahnrädern und Walzen ausgestattet. Meist durch eine Art Feder angetrieben. Die Musik löst sich durch eine Art Stift aus, die auf so 'ner Art rotierenden Walze oder einer Lochkarte platziert ist. Das muss irgendein Reicher für einen Liebhaber gemacht haben.«

»Das sind doch nicht zwei Männer.« Sofort neigte sich Massimo zu mir und beugte sich dann weiter über die Spieluhr.

Seine von der Sonne und dem Meersalz ausgeblichenen Haarspitzen kamen in dem Kaminschein zusammen mit seiner gebräunten Haut noch mehr zur Geltung. Ich blinzelte und richtete meinen Blick ebenfalls wieder auf die Spieluhr. »Doch, doch, da, guck. Das ist keine Hochsteckfrisur, sondern ein Zylinder, nicht ganz gerade und akkurat, aber doch. Das ist auch kein enges schwarzes Kleid mit Ausschnitt, sondern ein Anzug. Das Weiß ist ausgeblichen, aber hier siehst du noch eine Art Einkerbung für die Hemdknöpfe, und da …«, ich deutete zwischen die Beine, »siehst du eine Lücke. Das sind Hosenbeine, kein Kleid.«

»Wow. Darauf habe ich nie geachtet, aber … das ist einfach wunderschön.«

Sein Grinsen wurde breiter, bis ich seine Zähne sah, und in seinen warmen Augen erkannte ich nicht nur die sich spiegelnden Flammen, sondern auch die Freude darin. Bis ich registrierte, dass er nun mich und nicht mehr die Spieluhr ansah, vergingen ein paar Sekunden. Ein paar zu viele Sekunden.

»Danke, dass du mir das gezeigt hast. Könnte ich ein Bild davon in meine Arbeit einbauen? Und …«, lenkte ich ab, »warum hast du es mir gezeigt?«

»Klar.« Massimo räusperte sich und setzte sich dicht neben mich. »Um dich aufzuheitern. Bei mir hat es immer funktioniert, bei dir auch?«

»Ja, nur … Warum hast du sie versteckt?«

»Meine Eltern haben die Spieluhr einst ersteigert und waren so begeistert davon, dass ich sie genau deshalb zu meiner eigenen gemacht und versteckt habe. Sie sind sauwütend gewesen. Haben mich ständig gefragt, ob ich sie habe. Na ja, ich habe nur mit den Achseln gezuckt und gemeint, was ich mit so 'nem alten Zeug machen sollte. Aber, keine Ahnung, es hat dazu geführt, dass sie dann endlich mal mit mir Zeit verbracht haben. Ihre Wut bedeutete Aufmerksamkeit für mich.«

»Haben sie nicht so oft Zeit für dich gehabt?«

Massimo schüttelte traurig lächelnd den Kopf. »Äh ... Ist ja ... egal.«

»Hm, okay. Danke, dass du mir dein Geheimnis anvertraut hast. Aber ich sollte jetzt echt mal an meiner Arbeit weiterschreiben. Mit dem letzten Kapitel, das nicht gespeichert wurde, liege ich echt zurück und ...«

Sofort packte er die Spieluhr und stellte sie vor uns nahe dem Kamin ab. »Jetzt schon? Erzähl mir noch etwas über Spieluhren.« Er rutschte etwas vor mich und drehte mir den Rücken zu. »Darf ich mich zu dir legen?«

Er ... Was?

Ich nickte. Hatte ich genickt?

Massimo legte sich mit dem Hinterkopf auf meine Oberschenkel, und von dort aus breitete sich eine Hitze in meinen Körper, aber vor allem in meine Mitte aus, die ich schwer ignorieren konnte. Was sollte ich jetzt machen? Hatte ich nicht mal im Internet gelesen, es würde helfen, an seine Oma zu denken? Aber ich hatte doch gar keine Oma!

»Also? Spieluhren?«, hakte er nach.

Okay, dann dachte ich eben an alte Spieluhren. »Also es gab auch im 9. Jahrhundert so was wie Spieluhren. Oh! Oh! Und in Frankreich haben sie oft Spieluhren in Vogelkäfige eingebaut, um Vogelgezwitscher nachzuahmen.«

»Hast du nicht gemeint, die wurden erst irgendwann im 18. Jahrhundert erfunden?«

»Ja, nein, also es hat im antiken Griechenland und auch im Römischen Reich Vorläufer davon gegeben. Wasserorgeln, die mit Wasser betrieben wurden. Wie ich gesagt habe, die in den kleinen Dosen hat es vorher auch schon gegeben.«

»Eigentlich ist das schon echt spannend, das alles zu wissen und so. Bedeutet das jetzt, ich werde alt?« Massimo griff sich seitlich an seine Augen. »Prägen sich meine Lachfalten schon ein? Oder hier ...« Er tippte zwischen seine Augenbrauen.

»Meine Zornesfalte?«, sagte er mehr zu sich selbst, bis er den Kopf schüttelte. »Okay, alles gut, Massimo, das ist egal. Älterwerden ist okay.«

Ich lachte kurz auf. »Keine Angst, du bist so heiß wie immer.« Gleich nachdem ich das ausgesprochen hatte, erstarrte ich. Fror trotz der Hitze im Kamin und in meinem Schoß ein. Vielleicht wenn ich ganz ruhig war, wurde ich ja unsichtbar und …

»Hast du gerade gesagt, ich bin heiß?« Massimos belustigter Unterton fiel mir auch auf, ohne hinzusehen.

Ich schaute mich um. Konnte ich nach draußen flüchten? Stattdessen schaute ich nur in die Flammen und hoffte, sie würden jeden Moment herausfahren und mich auffressen. Mit Haut und Haar. Doch seinen glühenden Blick konnte selbst das Feuer nicht wegbrennen. Massimo rutschte von meinem Oberschenkel und setzte sich auf. Ich wagte es nicht, ihn anzusehen, fühlte jedoch, wie er sich näherte. Er legte seine Hand dorthin, wo gerade noch sein Kopf gelegen hatte, und plötzlich spürte ich seinen Atem in meinem Nacken.

»Weißt du, ich finde dich auch ziemlich heiß. Also nicht Josh, sondern dich, Quent.«

Aus allen Wolken gefallen, nein, aus allen Höllenfeuern emporgestiegen, starrte ich ihn ungläubig an. Ich erwartete einen verschmitzten Gesichtsausdruck, doch in seinen Augen erkannte ich dieselbe Unsicherheit, die auch ich ausstrahlen musste. Die Luft zwischen uns vibrierte förmlich. Als würden Energiefäden zwischen uns hin und her schießen, sich in den Wangen des anderen verhaken und uns unaufhaltsam zusammenziehen. Unaufhaltsam.

»Ich, ich, okay, ähm, danke?« Danke?! »Vielleicht sollten wir jetzt mal, also, bevor die anderen wiederkommen und meine Arbeit und …« Es war mir unmöglich, einen klaren Gedanken zu fassen. Konnte das echt wahr sein? Dass Massimo sich mir annäherte? Mir? Damals in der Destillerie hatte ich noch gedacht, unser Toilettenfun war nur so ein Josh-Danielo-Ding gewesen. Ein Teil von mir hatte es bestimmt auch nur wieder aufregend gefunden, etwas mit dem reichen Sohn meines Professors zu haben – hallo, Selbstwertgefühl, wo bist du noch mal? –, aber jetzt kannten wir uns und … Mochte er mich echt?

Massimos Augen weiteten sich. »Nein, äh, nein. Ich, was ich sagen wollte, ich würde dich jetzt echt gern küssen, so mit dem warmen Kaminfeuer und dem orangen Licht als Kulisse, aber …«

Aber? Aber?

»Also …«

»Das wäre wohl unpassend nach dem ganzen Zeug mit Matt, oder? Nach dem Artikel und da du ja eben nicht mehr mit jemandem einfach so …«

Nach dieser Frage passierten genau drei Dinge mit mir.

1. Die Szene mit Matt im Bett entfaltete sich vor meinem inneren Auge und danach der Augenblick, als ich ihm alles erzählt und später den Artikel dazu entdeckt hatte.
2. Scham brannte in meinen Wangen, weil Massimo jetzt dachte, er würde es ausnutzen, dass ich mich durch Sex wertvoller fühlte.
3. Zu der Scham gesellte sich Wut, denn nun kannte er diese Seite an mir und verband sie mit mir.

Okay, es gab auch noch ein Viertens: All meine Unsicherheiten, an denen ich in den letzten Jahren gearbeitet hatte, kehrten auf einen Schlag zurück. Doch ich würde sie nicht gewinnen lassen. Ich erkannte die Muster, die mir zeigten, dass ich mich gerade selbst fertigmachte. Muster, die gerade abwogen, ob ich Massimo entweder von mir stoßen oder wieder in die Ich-will-mich-wertvoll-fühlen-Falle tappen sollte. Gedanklich schickte ich ein Dankeschön an eine meiner letzten Jugendtherapeutinnen Ms Laggauer.

»Danke, dass du daran denkst. Ehrlich gesagt würde ich dich auch gerne küssen. Weil, weil na ja, weil du es bist. Massimo. Nicht Danielo. Und ich meine, es könnte eine Art Training sein, dass ich einfach nur was mit jemandem habe um des Spaßes willen. Und das kann es ja auch einfach sein. Wir haben nur Fun miteinander. Sonst nichts. Nicht mehr.« Was tatsächlich ein schwieriges Unterfangen war für mich. Ich musste mich durch den dichten Nebel in meinem Kopf zwingen und überlegen, ob ich das wollte, weil ich Lust hatte. Nicht weil mir mein Kopf sagte: »Hey, Massimo ist reich, hot, kommt aus gutem Hause und ist der Sohn des Mannes, den du am meisten bewundert hast – denk mal, wie wertvoll du dich dann fühlst, wenn er dich durchnimmt. Wie wichtig du dann sein musst. Ist das nicht toll? Oder? Ja? Komm schon, tu es für dein Wertvollseinkonto.«

Mir wurde schwindelig bei all den Gedanken. Bei Massimos verträumtem, halb offenem Blick. Doch wenn ich mir Mühe gab, all die Dämonen beiseiteschob, dann war da nur Massimo. Nur Massimo, den ich jetzt wirklich wollte.

Massimos Lippen waren dicht vor meinen. Ganz sanft berührten sie sich. Sein heißer Atem zog sich wie eine Rauchschwade über meinen leicht geöffneten Mund. Er bewegte sich so langsam, dass das Reiben unserer Lippen kitzelte. Wir sahen uns tief in die Augen, im Hintergrund der Klang seiner Spieluhr.

»Okay. Nur Fun. Ich mag Fun. Bist du dir auch sicher? Denn ich glaube nicht, dass es ein Zurück gibt.« Er schnaubte schwer aus seiner Nase, als brauchte er all seine Kraft, um sich zurückzuhalten. Wobei ich es auch liebte, das Vibrieren seiner Stimme auf meinen Lippen zu spüren.

»Was, wenn ich gar nicht möchte, dass es ein Zurück gibt?

Wenn ich mir wünsche, dass du dir jetzt nimmst, was du willst?«

»Oh, das will ich auch hoffen, dass du das so siehst.« Keinen Moment später umfasste Massimo meinen Nacken und presste seine Lippen auf meine. Ich war bereit für alles. Bereit für diese Nacht. Ich merkte, wie ich mich ihm langsam entgegenbeugte und er sich mir. Wir …

Die Hintertür öffnete sich. »So, ich hoffe, ihr …«

Massimo ließ sich zurück auf seinen Hintern fallen und sog erschrocken die Luft ein. Ich setzte mich weiter weg und versuchte, gelassen zu wirken. Mit meinen Händen über meinem Schritt. Und einer Schweißperle, die langsam und schwer über meine Stirn rollte.

»Jasna?«, fragte ich.

Jasna ging weiter, und Cormac folgte ihr. Beide wechselten zuerst einen Blick, bevor sie ihn zwischen uns hin und her schweifen ließen.

»Ja? Ich. Wir wohnen hier?« Jasnas Blick gefiel mir nicht. Es war dieser Ich-zähle-eins-und-eins-zusammen-Blick, und ich wusste nicht, ob ich das wollte.

»Und wir haben lange genug vor diesem Scheißholunderblütensirup in der Scheune gestanden, es ist saukalt.« Cormac rieb sich die Arme, mit denen er sich selbst umarmte. »Was macht ihr hier eigentlich mit dieser Spieluhr?« Er ging zur Baumstammholzsäule und nahm sich eine Tasse vom Haken. »Deine?« Er deutete mit der Tasse zu mir.

»N-nein.« Die Worte fanden wieder zurück zu mir.

»Meine Spieluhr.« Massimos offensichtlich auch.

»Nett.« Cormac drehte sich zum Wasserhahn und füllte den Wasserkocher auf.

»Wollt ihr auch Tee?«, fragte Jasna und stellte sich neben Cormac. »Hey, du nimmst den Wasserkocher, was ist mit de…«

»Mir ist das zu mühsam, Jasna. Benutz deinen Mittelalterteekessel alleine.« Cormac stellte den roten Wasserkocher auf seine Heizplatte und machte ihn an.

»Also ... Ich bleibe hier noch ein wenig sitzen, bevor ich aufstehe.« Massimo beugte sich vor, und die Musik der Spieluhr endete abrupt, als er sie zuklappte. Danach stellte er das kleine Kästchen auf seine Mitte und räusperte sich.

Ich schmunzelte.

»Wir können den Tee auch vor dem Kamin trinken, wäre eigentlich ganz gemütlich. Ich hole uns noch ein paar Decken und Kekse und ...«

»Ehrlich gesagt wollten wir gerade rummachen«, platzte es aus Massimo heraus, und er unterbrach Jasna damit.

Meine Augen weiteten sich, und ich drehte meinen Kopf zu ihm. Warf ihm meinen härtesten, vorwurfsvollsten WTF-Blick zu und linste zurück zu Jasna.

»... Löwenzahnhonig«, beendete sie ihren Satz. »Oh.«

Cormac, der sich nach seinem rebellischen Wasserkochermove wieder zu uns gewandt hatte, legte seine Hand über seinen Mund. »Oookay.«

»Massimo«, zischte ich.

»Also ...« Massimo grinste mich an wie ein kleiner Junge, dem man bereits zwanzig Mal *Nein, mach das nicht* zugerufen hatte, und der diabolisch lächelnd drauf und dran war, es trotzdem zu tun. »Viel Spaß mit eurem Tee.«

»Ich, was ...« Ich wusste nicht, was ich sagen sollte, und ließ meinen Blick über alle im Raum schweifen.

Aber noch bevor ich einen klaren Gedanken fassen konnte, packte Massimo meine Hand und sprang auf. Die Flammen warfen Schatten von uns auf den Boden und malten die Szene nach. Er riss mich mit, und wir liefen aus der Küche. Bevor ich aus dem Raum verschwand, warf mir Cormac einen neckischen Augenbrauentanz zu, und ich zeigte ihm und Jasna ein Keine-Ahnung-was-hier-abgeht-Gesicht.

»Das kannst du doch nicht machen, Massimo.«

Mitten in der Bewegung hielt er, drehte sich zu mir und drückte mich gegen die Wendeltreppe. »Und wie ich das kann.« Sein Gesicht näherte sich mit Lichtgeschwindigkeit. Er presste seine Lippen auf meine. Dieses Mal hatten wir mehr Zeit. Es blieb nicht nur bei einem Kuss, sondern wir verschmolzen miteinander. Doch als ich meinen Mund weiter öffnete, seine Zunge spüren wollte, zog er sich zurück.

»W-was?«

»Nichts, will dich nur ärgern.« Massimo rieb seine Lippen aneinander und nahm wieder meine Hand.

Gemeinsam liefen wir die Wendeltreppe hoch. Sie wackelte, so rasch eilten wir nach oben. Die Pflanzen, die darum wuchsen, und die Lichterkette schwankten hin und her.

Drinnen angekommen trat ich die Tür hinter mir zu, wollte noch zusperren, aber Massimo zog mich ungeduldig weiter. Ich stolperte überrascht vor und fiel mit ihm ins Bett hinein. Quietschend empfing es uns.

»Dieses Mal kann ich dich ja nicht dabei erwischen, wie du es dir zu Bildern von mir machst. Und die da unten wollen hier jetzt bestimmt nicht rein.« Massimos Grinsen und seine Härte, die sich gegen meine drückte, ließen es gerade nicht zu, dass ich mich wieder schämte, aber ich konnte ihn noch immer beschimpfen.

»Du bist ein Arsch, Massimo.«

»Ich weiß. Würde es dich denn auch nicht stören …«, Massimos Finger tippten meine Wirbelsäule entlang, zupften mein Shirt hoch und wanderten in meine Hose, »wenn ich doch mehr mit dir machen wollte, als dich nur zu küssen?«

»Sprich weiter.« Ich legte mich neben Massimo auf den Rücken.

Er legte sich seitlich auf mich, strich meine Haare zur Seite und küsste meinen Nacken. Sein Gewicht so halb auf mir zu spüren, seine Finger, die meine Schläfe entlangstrichen, und die leisen Worte, die er mir zuflüsterte, brachten eine Geborgenheit über mich, die ich schon lange nicht, nein, die ich ... noch nie gespürt hatte?

»Ich könnte dich zum Beispiel noch hier küssen.« Massimo berührte mit seinem Mund sanft wie ein Federstreich die Stelle hinter meinem Ohr. Gleich danach bekam ich noch einen Kuss, den er fester auf meine Haut presste. Leicht nass spürte ich die verblassende Empfindung seiner Lippen auf meinem Nacken, ehe er meinen Kragen runterzog und mein Schlüsselbein küsste.

Mehr und mehr spürte ich, wie mich ein angenehm warmes Gefühl erdrückte. Aber nicht schlecht erdrückte. Sondern mich bestimmt, aber wohlwollend in eine schwere Decke rollte und mich zwang, meine Glieder zu entspannen, bis es nur noch ihn, mich, seine Lippen und ein Flüstern gab, das leise »Quentin« wisperte.

Kapitel 17

Massimo

Als ich erwachte, zuckte ich kurz zusammen. Noch lichtempfindlich ließ ich meine Augen umherschweifen. Über mir flackerte eine Lichterkette, als würde ihr bald der Saft ausgehen. Mein Kopf drehte sich zum Fenster, wo Lianen in der Morgenbrise schwankten. Als ich meinen Kopf näher zum Fenster hob, erschrak ich. Eine Pflanzenranke berührte meinen Kopf, und ich schlug sie erschrocken weg. Mein Blick wanderte zur dazugehörigen Pflanze. Die Ranke blieb auf einem hervorstehenden Buch hängen und verharrte dort, ohne zurück in mein Gesicht zu schaukeln. Wo zum Henker war ich?

Auf meiner halb abgestorbenen Schulter regte sich etwas, und als mir bewusst wurde, in welchem Bett ich lag, erinnerte ich mich an die gestrige Nacht. Quent war irgendwann eingeschlafen. Noch konnte ich nicht entscheiden, ob das hieß, dass er sich wohlfühlte oder dass ich zu langweilig war. Oder er hatte einen Kreislaufstillstand und war gestorben. Oh, nein, das war doch keine Option, oder? Doch als ich Quentins Atem hörte und sah, wie er zufrieden auf mir schlief, merkte ich, dass meine Sorgen mal wieder unbegründet waren. Ich musste das in den Griff bekommen.

Er schien sich wohlzufühlen bei mir. Bei mir. Der wandelnden Enttäuschung auf zwei Beinen. Sein friedliches Schlummern befriedigte etwas in mir. Es war, als ob ich endlich etwas richtig gemacht hätte und das meine Belohnung dafür wäre. Sein Dösen war mein Gut-Gemacht. Ich konnte nicht anders und strich ihm eine Strähne aus seinem Gesicht.

Zugegeben, ich genoss diesen Moment mehr, als ich sollte. Die Lichterkette hatte wohl auch geholfen, dass ich keine Angst im Dunkeln hatte. Mann, war ich peinlich. Aber die Finsternis erinnerte mich immer an die Nächte, in denen mein Vater mich ins Zimmer geschickt hatte, wenn ich mir seine Geschichtsfakten nicht gemerkt hatte. Dann hatte er mir die Worte hinterhergerufen: »Wenn du sie morgen auch nicht weißt, wenn ich dich abprüfe, holen dich die Geister der Vergangenheit im Schlaf, sobald es dunkel wird.« Und das hing bei mir irgendwie noch immer fest, egal wie alt ich war. Manchmal hatte er sogar mitten in der Nacht gegen meine Tür geschlagen, um mir einen Schrecken einzujagen. Oder mir eine Ohrfeige verpasst, wenn ich deshalb Angst gehabt hatte und bei ihnen schlafen wollte. Wenn ich mich jetzt umsah und Quents Geschichtsbücher im Regal entdeckte, wurde mir ganz mulmig. Sie erinnerten mich sofort an ihn. Sie erinnerten mich an seine beschissene Bibliothek bei uns zu Hause, in der ich mich vor ihm versteckt hatte. Zwischen all diesen alten Geschichtsbüchern hatte er irgendwann aufgegeben, mich zu suchen und abzuprüfen. Ein Stuhl hatte über das Parkett gekratzt, er hatte sich gesetzt, und daraufhin hallte durch den Saal: »Ich wollte einen Sohn, der in meine Fußstapfen tritt, und jetzt schlage ich mich mit so einem Nichtsnutz herum.«

Eine Weile lag ich regungslos im Bett und versuchte, diesen Satz zu verdrängen, doch es gelang mir nicht. Je länger ich neben Quent lag, desto mehr fühlte ich nicht mehr ihn, sondern meinen Dad neben mir. Verdammt, ich musste mich zusammenreißen. Meine freie Hand griff zum Handy, und ich scrollte lautlos durch TikTok, bis ein Beitrag von Quentin aufpoppte. Ich las die Untertitel mit. Er erzählte von gruseligen Todesarten von früher, und als ich mir noch ein Video ansah, entdeckte ich in seinem Profil ein Video mit nur wenigen Aufrufen. In diesem sprach er ein wenig über sich. Bei einem Fakt blieb ich hängen.

Ich würde gern mal mehr außerhalb von Glasgow sehen. Irgendwie bin ich noch nie draußen gewesen. So richtig. Oder im Urlaub. Ich meine, ein paar Stunden von hier ist der See Loch Ness, und ich kenne ihn gar nicht. Ich! Mr History.

Erst jetzt bemerkte ich auch eine Nachricht von Abby.

> Stell dir vor, gestern hatte ich ein Telefonat mit der Bank, die schon davon sprachen, Sachen zu pfänden! Dass so viele der teuren Anschaffungen mit Spenden finanziert wurden und es nun so wirkt, als hätten die Leute das umsonst gespendet, macht das noch schlimmer ... Kamau kommt heute vorbei. Ich hoffe, wir finden eine Lösung. Hast du Neuigkeiten von dem Spender? Melde mich.

Cazzo! Und ich lag hier nur so rum! Ich legte das Handy wieder weg, als Quentins Smartphone einen Vibrationston von sich gab. Vorsichtig griff ich rüber und nahm es. Eine Notiz tauchte unter der Uhrzeit auf.

Eine Mail von der Uni?

Ich tippte darauf, aber dann erschien das Sperrmuster auf seinem Handy. In meinem Kopf ging ich alle Momente durch, in denen Quentin sein Handy in der Hand gehalten hatte. Was war das noch gleich für eine Bewegung gewesen?

Jasna hatte zu ihm gesagt ... Was war das noch gleich? Ah! »Du hast dasselbe Entsperrmuster wie ich.«

»Ist einfach eine Bewegung mit dem Daumen.« Und dann machte er es noch mal. Jetzt wusste ich es wieder. Aber ob er das Entsperrmuster bei Cormacs Handy auch geändert hatte? Toll, jetzt schaufelte ich mir selbst ein Grab, weil ich sein altes weggeschmissen hatte – was mir leidtat.

Um sicherzugehen, hielt ich das Handy ins Licht und erkannte den Abdruck, den sein Daumen als Pfad auf dem Handy hinterlassen hatte. Yes! Er hatte es auch hier geändert und wieder dasselbe Muster eingestellt. Ich wischte über die Punkte, und das Handy entsperrte sich. Perfekt.

Ich öffnete die Mail der Uni.

Verehrter Quentin Wallace!

Wir möchten Sie daran erinnern, dass Sie sich bei Annahme Ihres Aufenthaltsstipendiums im Obsidian Hill Cottage bereit erklärt haben, uns zur Überprüfung Ihrer Fortschritte bis zum unten stehenden Datum eine Auflistung der bislang erstellten Kapitel Ihrer Arbeit zu übersenden. Begleitend bitten wir Sie um einen kurzen Videocall, alternativ um ein Gespräch bei uns im Büro.

Denken Sie bitte außerdem daran, dass Ihre Abgabe und Ihre Verteidigung entsprechend der für das Erbe gesetzten verkürzten Frist früher anzumelden sind. Anbei finden Sie die aktualisierte Frist.

Wir freuen uns, von Ihnen zu hören, und wünschen weiterhin viel Erfolg.

Mit herzlichen Grüßen
Professor Demir

Ich zuckte zusammen, als Quentin sich bewegte, und drückte vor lauter Schreck auf den Löschen-Button in der Mail-App. Cazzo! Nein! Obwohl ... Eigentlich war das doch gut, oder? Oder? Nur ... Ich sah zu Quentin.

Er schlief immer noch. Auf meinem Arm. Der Arm, der mehr und mehr unter der Last seines Kopfes schmerzte. Okay, ruhig bleiben. Ich durfte nicht weich werden, also legte ich das Handy behutsam zurück. Ich atmete tief ein und langsam wieder aus. Quent bewegte sich, und meine Lippen pressten sich aufeinander, aus Furcht, dass meine Gedanken meinen Mund verlassen könnten.

»Massimo?« Quents Stimme klang etwas belegt und rau. Oh, ich liebte eine gute, raue Morgenstimme. Vor allem half seine Stimme, den Kopf meines Dads in meinem Kopf wie einen Luftballon zum Platzen zu bringen.

»Hey.« Ich nutzte die Chance, als Quentin sich aufrichtete, um meinen Arm unter seinem Kopf wegzuziehen und mich etwas aufzurichten.

Etwas verwirrt musterte Quentin das Bett, dann sich, dann mich, und blieb mit seinem Blick an mir hängen. Schrecken huschte über sein Gesicht. Er warf hektisch die Decke zurück.

»Ich bin nicht nackt.« Gleich nachdem er das festgestellt hatte, zog er sie mir weg. »Du auch nicht.«

Etwas schadenfroh verfolgte ich die Szene und alles, was sich in seinem Gesicht abspielte, während er wohl die gestrige Nacht abspulte.

»Haben wir …?«

Meine Augenbrauen sausten nach oben. »Dein Ernst? Als hätte ich dich im Schlaf einfach überfallen. Außerdem haben wir doch gar nichts getrunken. Du bist einfach eingepennt, und als ich gehen wollte, lagst du schon auf meinem Arm, und ich habe gedacht, okay, ich warte, bis du tief und fest schläfst, um dich nicht aufzuwecken, aber dann bin ich auch eingeschlafen.« Ich sagte das leichtfertig, als wäre es keine große Sache. Aber das war es. Eine verdammt große sogar. Eine gigantische. Eine Mount-Everest-riesige Sache.

»Wow. Okay. Sorry.« Quentin stand auf.

»Sorry?« Ich rutschte zum Bettrand und ließ meine Füße auf den Boden schwingen.

»Na ja, du hast dir das bestimmt anders vorgestellt.«

Verwundert kratzte ich mich am Hinterkopf. Was meinte er

denn? Ich stand auf, streckte mich, bis mein Rücken knackte, und nahm seine Hände. »Quent. Es ist doch völlig okay, wenn du einschläfst. Du schuldest mir doch keinen Sex.«

Er nickte, blinzelte mehrmals, bevor er mich anlächelte. »Natürlich nicht, klar.« Überzeugte er sich selbst, dass er das nicht musste? Wieder dachte ich an diesen Artikel.

»Komm, gehen wir uns etwas frisch machen, ja?« Ich wollte ihn aus diesem nachdenklichen Modus bringen und stupste ihn mit dem Zeigefinger gegen die Stirn. Ich zog mich bis auf die Unterwäsche aus. »Und hast du was zum Anziehen? Ich fühl mich, als klebten meine Sachen an mir.«

Quentin schluckte, und ich merkte, wie sein Blick sofort hoch zu meinen Augen sauste, als ich mich umdrehte. »Das wird dir aber nicht passen, Mister großer Muskelmann.«

»So viel kleiner bist du doch nicht. Gib mir schon was.«

Quentin warf mir ein paar Sachen aus seinem dunkelbraunen Vintageschrank zu. Ich fing davon zuerst ein weißes Langarmshirt auf, mit einer blauen Zehn darauf und einem blauen und roten Ring auf jeweils einem Ärmel. Erst als ich es angezogen hatte, bemerkte ich, dass es an mir eher wie ein Crop-Top saß und kurz über dem Bauchnabel endete.

»Das war eigentlich nur ein Spaß ...« Quentin drehte sich weg. »Äh, weil es mir auch zu klein ist.«

Als Quentin das sagte, zog ich mir gerade meine Unterwäsche aus, seine Boxershorts über und danach seine hellblaue oversized Jogginghose an, die bei mir normal saß. »Ach? Echt? Egal, ich mag's.«

»Okay, du weißt ja wo das Badezimmer ist. Ich komme gleich nach.«

»Ich kann auch warten.« Grinsend verschränkte ich meine Arme und lehnte mich gegen die Tür.

Quentin unterdrückte ein Schmunzeln, und ich erkannte an seinem herumirrenden Blick, dass er mit sich haderte.

»Äh, o-okay.« Er drehte sich zum Schrank und mir den Rücken zu.

Sein Shirt fiel neben ihm auf den Boden. So gut ich konnte, prägte ich mir jeden Fleck seines Rückens ein. Und als er seine Hose auszog, flog mein Blick über seine behaarten Waden, hoch zu seinen Oberschenkeln, die langsam von den roten Boxershorts verdeckt wurden, als er sie sich runterzog und mir dafür seinen Hintern präsentierte.

»Ich kann auch wegsehen.«

»Musst du nicht«, sagte Quent trotzig.

Er zog sich neue Shorts an, danach ein übergroßes Hemd und eine Jeans. »Also bitte, nach dir«, sagte er und öffnete die Tür.

Wir hatten nicht weit zur nächsten Tür. Das natürliche Ambiente des Badezimmers warf mich sofort zurück in meine Kindheit. Die Holzdielen wirkten frischer, aber hatten den rustikalen, warmen Charme behalten. Ich stellte mich vor das alte Holzfenster und genoss das Tageslicht. Die umliegende Natur wirkte wie damals, wenn Dad mich hochgehoben hatte, damit ich über das alte Waschbecken mit den Drehventilen hinweg aus dem Fenster linsen konnte.

»In dem Körbchen auf dem Fenstervorsprung sind Ersatzzahnbürsten«, sagte Quentin.

Ich nahm mir eine raus, öffnete die Verpackung und stand nun gemeinsam mit ihm vor dem Fenster. Still putzten wir uns nebeneinander Zähne. Wie schön es war, mit ihm hier diese Ruhe vor der idyllischen Kulisse zu genießen.

Ich drehte mich nach links und strich über die rau lackierte Holzschiebetür, die die Dusche von dem kleinen Bad abtrennte. Jede horizontale Holzlatte war einzeln mit Scharnieren verbunden, um eine Tür zu bilden. Die hatte ich damals mit meiner Mutter gemeinsam gebastelt. Davor hatten wir eine gläserne gehabt, aber die passte nicht zum Ambiente. Jetzt hatte es eine einzigartige Ästhetik, und ich verstand mehr und mehr, warum Leute aus der ganzen Welt meine Mom angeheuert hatten, um ihre Häuser einzurichten. Sie war bekannt für ihren Einsatz gewesen und dafür, dass sie auch mal selbst etwas bastelte.

Quentin spuckte die Zahnpasta aus. »Jasna hat es erneuert und aufgepeppt, aber es müsste noch so sein, wie du es kennst, hat sie gemeint, oder?«

Ich tat es ihm gleich und spülte. »Jup, habe ihr auch dabei geholfen damals.« Bis Quentin sich gewaschen hatte, setzte ich mich zurück auf den Rand der frei stehenden Badewanne.

»Was du alles kannst.« Quentin trocknete sich ab und überließ mir das Waschbecken.

»Ich durfte dir ja noch nicht alles zeigen, was ich so kann.« Gleich danach wusch ich mein Gesicht mit dem eiskalten Wasser und merkte, wie lebendig ich mich nach dieser Nacht fühlte.

Als ich nach einem Handtuch griff, öffnete sich die Tür. »Oh, sorry, ihr macht doch nichts ...« Sie schlug sich die Hände vors Gesicht.

»Nein, Jasna, und das haben wir auch nicht«, grätschte Quent dazwischen. »Komm rein.«

Skeptisch lugte sie zwischen ihre Finger hindurch. »Okay, okay. Ich bin auch schon fertig, hole nur meine Feile, bevor ich los zu ...«, Jasna zeigte auf das Handtuch in meinen Händen, »deinem Haus fahre. Und das ist übrigens mein Handtuch, also keine Ärsche damit abwischen.«

»Mache ich nicht«, sagte ich.

Jasna schnappte sich die Feile, die neben dem Kerzenständer auf der Badewanne lag. »Bis später, ihr seid jetzt allein«, betonte Jasna und zwinkerte uns zu, bevor sie die Tür schloss.

»Ähmmmm.« Quentin lehnte sich gegen die Wand. »So verführerisch Jasnas Vorlage auch ist, muss ich dich auch bitten zu gehen ... die Doktorarbeit. Ich muss echt weitermachen. Ein gelöschtes Kapitel und was alles so vor sich geht, das ist nicht gut für meine Arbeit.«

»Weißt du …«, sagte ich an Quentin gewandt. Puh, mir fiel gar kein Einwand ein. »Sehe ich auch so. Du musst dich echt ranhalten, aber … Ich könnte dir noch ein Geheimnis vom Obsidian Hill Cottage zeigen. Ist zwar nicht direkt im Haus, aber auch ein Ort, der bisher nur mir gehört hat, und wir könnten es mit einem schnellen Frühstück verbinden, damit du gestärkt an die Arbeit gehen kannst.«

Quentin grinste mich an und schüttelte den Kopf. »Ich gebe mich geschlagen, wie sollte ich da Nein sagen können?«

Kapitel 18

Massimo

Wir betraten das Possil Marsh, nicht weit vom Cottage entfernt. Frisch geduscht und bepackt mit einigen Sachen schlenderten wir durch das hohe Gras. Dieses Naturschutzgebiet hatte zwar seine Einschränkungen, aber ehrlich gesagt hatten mich Regeln noch nie sonderlich interessiert. Die Ruhe des Ortes überwältigte mich sofort. Die verschiedenen Vogelarten hoben ihre Köpfe, beachteten uns aber sonst nicht allzu sehr. Einige Piepmatze schwirrten um uns herum und sangen, darunter entdeckte ich auch den Schilfrohrsänger. Nachdem wir uns durch hohes Gras geschlagen und den Possil Loch erreicht hatten, spiegelte der See die umliegende Landschaft wider. Quent und ich wanderten gemeinsam entlang der Pfade, die durch das leicht hügelige Gelände führten. Wir genossen den Ausblick und fanden einen abgelegenen Ort in der Nähe des Wassers.

»Wow, wie schön es hier ist. Hätte nicht gedacht, dass du mich hierherlotst.« Quentins Verwunderung über meinen Vorschlag, das Marschland zu besuchen, entlockte mir ein Lächeln. »Hat dir das dein Dad gezeigt? Bestimmt, oder? Er hatte sicher megaspannende Storys über den Platz hier zu erzählen!«

Ich war dabei, einen der Körbe, die wir gepackt hatten, abzustellen. Doch nach dieser Frage ließ ich ihn fallen, und der Inhalt schepperte gegeneinander. Für einen Moment schloss ich meine Augen und atmete leise aus. Wieder diese Scheiße mit meinem Dad. »Nein, das habe ich alleine gefunden, sorry.« Gefunden! Ich war hierhergekommen, um für mich zu sein.

Weg von meinem Dad. Moment ... War hier im Cottage doch nicht alles perfekt gewesen, so wie ich es mir immer eingeredet hatte? Aber das Cottage und die Zeit hier waren mir doch so wichtig.

»Oh, okay, echt tolle Entdeckung. Wie das Schilf hier im Wind weht, ist so heilsam irgendwie. Echt schön hier, Massimo.« Quent hatte recht. Dazu noch die Wolken am Himmel, der noch diese Morgenröte hatte, die mehr und mehr verschwamm. Es wirkte wie ein Gemälde.

»Gerne, danke, dass du mitgekommen bist und nicht gedacht hast, ich bin ein Mörder, der dich hier zerstückelt und im Marschland vergräbt.« Was witzigerweise zu dem Podcast passte, den wir auf dem Weg hierher gehört hatten. Von Brodie Merrick, der darüber gesprochen hatte, welche Sternzeichen die meisten Morde begingen und wer wie tötete.

»Du weißt, wie du Stimmung aufbauen kannst«, sagte Quent, und wir lachten beide auf.

Die Decke, die eigentlich nur ein weißes Leintuch war, schlug Falten über dem hohen Gras. Aber es pikte nicht durch. Es machte den Anschein, als wären wir auf einer gemütlichen Wolke. An meinem Handy machte ich *Daylight* von Harry Styles an, und in mir kam wieder ein schlechtes Gewissen hoch, weil ich Quentin um sein Handy gebracht hatte. Irgendwann würde ich ihm ein neues schenken. Quent stellte einen Wasserkrug mit Zitronen darin auf, steckte zwei Glasstrohhalme hinein, und ich nahm eines der Gläser, pflückte ein paar der Wildblumen um uns und stellte sie in das Glas. Gemeinsam packten wir die Blaubeeren, Feigen, Weintrauben, Wassermelonenstücke, Ananasringe und die Erdbeeren in Zartbitterschokolade aus. Die Blaubeeren aus dem Garten erinnerten mich an früher. Bis heute mein Lieblingsessen. Einfach nur Blaubeeren.

»Es ist schön, wie friedlich es mit dir ist, Massimo.« Quentin nahm sich einen Ananasring und schob ihn sich komplett in den Mund.

»Ich liebe es hier auch«, sagte ich und bestaunte die Umgebung, die ich selbst zu lange nicht mehr besucht hatte. So lange, bis mir eine der Beeren zu schnell in den Hals schoss und ich mich verschluckte. Ich hustete laut los.

»Alles okay?« Quentin schob ein paar der Köstlichkeiten zur Seite und rutschte zu mir. Ich merkte, wie er einen Blick auf mein Handy riskierte, das neben uns lag und die Musik abspielte. Guckte er nach der Uhrzeit? Irgendwie musste ich ihm den Gedanken an die Doktorarbeit wieder austreiben.

Ich schnappte mir Quentins Hemd, zog ihn zu mir und küsste ihn auf die Nasenspitze. »Ja, ich habe mich nur verschluckt, weil du so gut aussiehst.« Innerlich zog sich mein Magen etwas zusammen. Unangenehm, so was zu sagen, aber ich musste ihn hierbehalten, und so konnte ich an Quentins Schwäche appellieren.

»Na klar.« Er glaubte mir nicht! Quent sah sich um, und tat so als hätte ich das nicht gerade gesagt. »Was wohl genau hier vor hundert Jahren passiert ist?« So viel zum Thema, ihn von der Arbeit abzulenken. Dann musste ich härtere Geschütze auffahren ...

Ich küsste seine äußeren Augenwinkel. »Ich liebe es, wie du die Welt siehst.« Bevor er etwas erwidern konnte, festigte ich meinen Griff um seinen Kragen und drückte ihn auf die Decke.

»Ich dachte, ich bin langweilig?« Dieses Mal war es Quentin, der seine Finger meinen Rücken entlangwandern ließ und unter den Bund der Hose griff, um meinen Hintern zu umfassen.

»Ach, ist das so?« Ich küsste ihn wieder am Schlüsselbein, dort, wo ich gestern aufgehört hatte. »Musst mich wohl noch mehr vom Gegenteil überzeugen.«

Quentin lachte auf und zog mich zu sich hoch. »Du bist ein richtiger Esel, Massimo.«

»Schlimm, was ein Esel so alles mit dir machen dürfte.«

»War das denn schon alles?«

Meine gelockten Strähnen fielen auf Quentins Gesicht. Kitzelten über seine Wangen. »Hm.« Ich rutschte an seine Seite, knöpfte die drei, vier noch geschlossenen Knöpfe seines Hemds auf und fuhr seinen Bauch hinab zur Jeans. Sobald die offen war, tastete ich mich runter zu seinen engen Shorts. »Ich glaub, mir fällt da noch etwas ein. Falls das für dich okay ist.«

»Mehr als das.« Quentins Augen zogen mich in ihren Bann. Auch, als meine Finger seine Härte berührten. »Ich will ...« Er atmete hörbar ein, als ich meine Hand um seinen Schwanz schloss.

»Ja?«

»Ich will, dass du alles mit mir machst, was du willst.« Die Art, wie er mich ansah, so gar nicht mehr belustigt oder fragend, sondern finster, ernst, nein, fordernd, ließ mich schlucken.

»Vergiss das auch nicht«, sagte ich und bewegte meine Hand langsam auf und ab.

»Also, wenn du's richtig machst, sollte ich doch alles um mich vergessen, oder?« Oh, wie mich dieser Mann aus dem Konzept brachte. Trotzdem musste ich mein Ziel im Auge behalten.

Quentin hob seinen Kopf an und zog mich mit seiner Hand zu sich, um mich zu küssen. Mein gesamter Körper reagierte auf seine Lippen. Lippen, die ich nicht verdiente, aber gerade auch nicht gehen lassen wollte. Lippen, zwischen denen unsere Zungen sich ineinander verschlangen.

Er legte seinen Kopf wieder auf die Decke, und ich folgte seinen Lippen, um sie nicht zu lange zu verlieren. Während wir uns weiter küssten, spürte ich, wie er sich die Hose auszog. Ich ließ von ihm ab, um meine auch runterzuziehen, da erfasste mich Quentin wie eine Welle, rollte mich auf den Rücken, und er landete auf mir. Sein Hemd hing von einer Schulter runter, und über ihm malten verschlungene Wolken Muster in den Sommerhimmel. Wie gut konnte ein Mensch aussehen?

Ehe ich michs versah, entledigte er mich meines Shirts und meiner Hose und bahnte sich seinen Weg küssend über meine Brust nach unten. Ich atmete tief ein und schloss meine Augen, doch ich spürte nicht, was ich erwartet hatte. Quent bewegte sich, strich die Decke entlang, kurz wurde es etwas dunkler, und als ich meine Lider aufmachte, erkannte ich Quentin neben mir liegend. Mit seiner Mitte neben mir.

Oh, okay. 69? Alles klar.

Nun erwischte es mich doch unvorbereitet, Quents Mund da unten zu spüren. Seine Zunge, die über sehr erogene Zonen wanderte. Ich sog die Luft laut ein und unterdrückte ein Stöhnen, indem ich mir auf die Unterlippe biss. Mein Kopf flog leicht zurück in meinen Nacken. Grashalme drückten sich dabei in meinen Hinterkopf, und nachdem ich mich einigermaßen mit den Bewegungen da unten arrangiert hatte, war ich an der Reihe, mit meiner Zungenspitze über Quentins Schwanz zu lecken, bevor ich ihn in den Mund nahm.

Ich griff um seinen Oberschenkel, zog ihn näher zu mir. Wollte Quentin überall auf meinem Körper spüren. Wollte mehr und mehr von diesem Mann spüren, ohne jemals wieder nicht mit seiner Haut in Berührung zu sein.

Seine Härchen kitzelten auf meinen Fingern, als ich sein Bein hoch streichelte und meine Hand um seinen Hintern schloss.

Mehr und mehr schaltete sich mein Verstand aus, und meine Instinkte übernahmen die Kontrolle. Instinkte, die nach Quentin verlangten. Nach diesem Mann, dessen Haut, Lippen, Zunge mich wie betrunken machten. Ganz ehrlich, seit wann konnte einen das Gefühl von Haut, der Geruch von Haut so benebeln? Zu spüren, wie Quent gefiel, was ich machte, legte einen Schleier um meinen Verstand. Zu erkennen, wie sehr wir funktionierten, beflügelte mich, machte mich scharf, aber ich musste aufpassen. Ich wollte nicht, dass das alles zu schnell endete.

Ich verharrte in meiner Bewegung, als Quentin meine Beine entlangkratzte, sie in eine andere Position schob und meine gesamte Mitte mit seinem Mund erkundete. Die Zeit verging, ich spürte Quentin überall, bis er irgendwann wieder mit dem Gesicht bei mir lag. Ich drückte seine Wangen zusammen, zog seinen Mund zu mir und küsste ihn. Er befreite sich aus meinem Griff und schlang seine Arme um mich. Er war wieder überall. Und ich auch. Seine Füße strichen über meine Waden, als begehrte, nein, verlangte sein Körper so sehr nach meinem wie meiner nach seinem. Dieses Verlangen heizte alles in mir auf. Quentin vor mir liegend, auf mir sitzend, alles, was wir taten, ergab mehr und mehr Sinn.

Doch irgendwann war mir das alles nicht mehr genug. Ich musste ihm näher sein. Mehr von Quentin spüren. Ich griff in den Picknickkorb und ertastete die Kondome, die ich dort ganz zufällig hatte hineinfallen lassen, wofür ich nun ein verschmitztes Grinsen von Quentin erhielt. Ein letztes Mal schlang ich meine Arme um seinen schwitzigen Körper, küsste ihn und rutschte dann unter ihm hervor. Er blieb auf dem Bauch liegen, während ich mich seinen Rücken entlangküsste. Jeder einzelne Wirbel seiner Wirbelsäule, seine Schulterblätter, sein Hintern, alles machte mich so an, dass ich gar nicht bemerkte, wie ich die Kondom- und die dazugehörende Gleitgelverpackung aufriss und in ihn eindrang.

Quentin und ich stöhnten im Gleichtakt auf. Diese Erleichterung, Quentin noch näher zu kommen, musste raus. Musste die ganze Welt hören. Ich legte mich mit meinem gesamten Gewicht auf ihn und bewegte mich anfangs noch langsam, ver-

harrte ein paar Augenblicke, bis ich spürte, dass er bereit war für mehr. Für mich. Für alles.

Meine Hüfte bewegte sich schneller. Haut klatschte an Haut. Sein Körper passte wie ein perfektes Puzzle unter meinen.

Alle Krüge und Schüsseln, die bisher nicht umgefallen waren, kippten nun um. Zuletzt die Beerenschale, als Quentin seinen Arm ausstreckte, um mit seinen Fingern das Leintuch zu umfassen.

Plötzlich hörte ich irgendwo in der Nähe ein Knacken. Ich schlang meinen Arm unter Quentins Hals und presste ihm meine Hand auf den Mund. Lehnte meine Lippen an sein Ohr und küsste es. »Schscht. Da.« Ich deutete nach links.

Das Knacken näherte sich.

Quentin lehnte sich gegen die Decke, nur um sich gleich danach mit seinem Hintern aufzubäumen, sich gegen mich zu drücken. Dieser Wichser! Das machte er doch absichtlich. Ich atmete schwer, biss mir so fest auf die Lippe, dass es schmerzte. Doch dieser Schmerz machte alles nur noch intensiver. Noch besser. Noch echter. Er schnaubte durch die Nase.

Als sich wer auch immer nach einer gefühlten Ewigkeit wieder entfernte und hinter den hohen Büschen an uns vorbeigegangen war, erhob ich mich von Quentin, packte ihn am Oberarm und zog ihn mit Leichtigkeit hoch. Seinen nackten, erregten Körper vor mir zu sehen machte mich völlig schwindelig.

»Das bekommst du zurück«, raunte ich und schubste ihn vor die Hänge-Hainbuche.

Dort lehnte er sich gegen den Stamm. Sobald ich wieder in Quent war, legte er seinen Kopf zurück, und wir küssten uns. Auch wenn ich mir wünschte, dass dieser Moment niemals endete, hielt ich nicht mehr lange durch, weshalb ich zurück zur Picknickdecke ging, ein neues Kondom hervorholte und es Quent zuwarf. »Deine Runde.«

Quentin legte eine Beere in meinen Bauchnabel. »Und wie oft hast du hier schon jemanden mitgebracht? Oder ist das jetzt dieser Moment, in dem du mir sagst, du hast bisher nur mich hierhergebracht, weil ich etwas Besonderes bin?«

»Sorry, ist eigentlich einer meiner beliebtesten Abschleppplätze«, sagte ich leichtfertig und hob meinen Kopf von der Decke an.

Quent schlug mir gespielt empört auf den Bauch und zerdrückte die Blaubeere. »Du Arsch«, sagte er noch, bevor er auflachte. »Nein, find ich gut.«

»Gut?« Ich setzte mich auf und verfolgte die matschige Beere, wie sie in meinen Schritt rollte, doch kurz vorher an der Leiste fing Quentin sie mit seiner Zunge auf, und ich entschied mich, die ohnehin schon völlig verschmutzte Decke ein wenig über meine Hüften zu legen.

»Ich weiß, bestimmt richtig toxisch, aber ich bin nicht so der Fan von Anweisungen beim Sex, und du weißt einfach genau, was du machen sollst. Weißt, wohin du dich drehen und wenden sollst, nur wenn ich etwas Druck mit meiner Hand oder meinem Bein ausübe. Ist schon hot. Also danke an alle, die mit dir hier geübt haben.« Quentin breitete beim letzten Satz seine Arme über uns aus.

»Quatschkopf.« Ich nahm mir eine Zartbitterschokoladenerdbeere und biss ab. »Vielleicht bin ich nur ein Naturtalent.«

»Na klar.« Zu dem Satz noch ein zu gut gefakter abfälliger Blick.

»Der war persönlich.« Ich verschlang den Rest der Erdbeere. »Und sonst redest du auch nicht gern über Sex?«

»Doch, nur nicht währenddessen.«

Ich räusperte mich. »Und was ist mit: Ja, Massimo, fic…«

Quent schlug mir gegen den Oberarm. »Das ist was anderes.«

»Also ich gebe gern Anweisungen jeglicher Art.« Die nächste Erdbeere flog in meinen Mund. »Aber vielleicht passen wir auch einfach gut zusammen. Also beim Sex. Jemand anders müsste mir vielleicht dann doch sagen, was er will, damit ich es verstehe und es passt.«

»Ja, stimmt schon. Ist ja auch besser, wenn Leute sagen, was sie wollen oder nicht. Liegt ja eher an mir, dass ich mich das irgendwie nicht traue. Vermutlich weil ich immer nur wollte, dass andere zufrieden sind mit mir. Egal … Ich werde das schon noch lernen, und bis dahin bin ich froh, dass es zwischen uns passt. Also beim Sex.« Quentin schüttelte den Kopf. »Egal.«

»Ich zeig dir schon noch, wie du Anweisungen gibst.«

»Das hast du bestimmt von deinem Dad. Der hat auch gerne herumkommandiert«, witzelte er.

Bei der Erwähnung meines Dads legte sich ein Schatten über meine gute Laune.

»Was mochtest du denn jetzt so an meinem Dad?«

»Wieder die Frage, wegen der wir letztens gestritten haben? Sorry noch mal für den Party-Miliano.«

»Es ging nicht um den Begriff. Es ist nur … mein ganzes Leben denken Leute, ich bin nur der Junge, der vom Geld seiner Eltern lebt. Dass ich nichts kann, und wenn ich von etwas erzählt habe, das mich begeistert hat, dann wurde ich ausgelacht, weil es nicht akademisch genug war und …« Mein Handy, das etwas aus der Jogginghose neben mir hing, leuchtete auf. »Moment.«

Bram Toohey?

Ich drückte ihn weg. »Egal. Was ist mit meinem Dad?«

»Wolltest du nicht gerade etwas über dich erzählen?«

»Nein.« Mein Unterton schien Quentin davon zu überzeugen, nicht nachzuhaken.

»Also, ja, dein Dad ist immer für mich da gewesen.«

Sprachen wir echt über dieselbe Person?

»Er hat sich Zeit für meine Arbeiten genommen, mit mir nach dem Unterricht noch über Geschichte gesprochen. Zum Beispiel konnte ich ihm ewig zuhören, wie er über die Geschichte von italienischem Kaffee erzählt hat. Hast du gewusst, dass Kaffee in Italien im 16. Jahrhundert verboten war, aber schnell populär wurde, als der Humanismus die Gesellschaft verändert hat? Das ist aber nicht alles. Segreto hat auch gemeint, dass die italienische Art, Espresso zu machen, eine Kunstform sei, denn …«

»Da wird das Wasser unter hohem Druck durch den Kaffee gepresst, um den Geschmack zu erzielen«, beendete ich den Satz.

»Genau! Hat er mit dir auch darüber philosophiert?«

Ich schmunzelte traurig. Und erinnerte mich daran, wie Dad mir das erzählt hatte. In unserer Küche. Als ich ihm als Überraschung Kaffee nur für ihn von meinem Spaziergang mit Freunden mitgenommen hatte. Den ganzen Weg nach Hause hatte ich den heißen Pappbecher für ihn gehalten. Zu Hause war der Dank dafür eine Ohrfeige und eine Lehrstunde über die Kunst des Espressomachens gewesen. »Ja … ja, philosophiert mit Händen und Füßen oder so.«

Quentin grinste und sah in die Ferne. »Segreto hat gern mit Händen und Füßen gesprochen.«

Ich krallte meine Hände um die Decke, aber nicht voller Lust wie Quent vorhin, sondern vor Wut. Meine Kiefer drückte ich so fest aufeinander, dass ich schon fürchtete, ich spaltete meine Zähne bald entzwei. »Ja.«

»Und na ja, auch so. Er hat die besten Geschichtswitze gemacht, hat mir geholfen, mir Jahreszahlen einzuprägen. Mit der Mnemotechnik. Da zerlegst du Jahreszahlen in kleine Teile und ordnest ihnen Bedeutungen zu. Ich habe das erst für Blödsinn gehalten, aber es hilft wirklich! Und er hatte auch immer gute

Eselsbrücken und, ja, hat immer diese Teigteile mit Pistazienfüllung als Belohnung mitgebracht. Sooo gut.« Quentin tippte gegen meinen Oberschenkel. »Einmal ist er mit ein paar von uns in den Glasgow-Green-Park gegangen, also das ist einer der ersten Parks Schottlands mit vielen Volksfesten, Kundgebungen, dem Nelson-Monument od…«

»Ich kenne den Glasgow Green und seine Bedeutung, ich bin nicht völlig ungebildet«, zischte ich.

Ernsthaft, Dad? Glasgow Green? Dort, wo ich mit dir immer hinwollte?

»Ehrlich gesagt …«, Quentin warf mir einen Blick zu, den ich nicht deuten konnte, »hat dein Dad sich oft nach der Uni noch Zeit für mich genommen. Manchmal glaube ich, ich habe ihm leidgetan. So ohne Familie und alles. Er hat mich auch ermutigt, den TikTok-Account zu starten und so. Ich weiß, es klingt schräg, aber manchmal ist Segreto echt wie ein Vater gewesen, nicht auf diese sexuelle Daddy-Art, aber … Ja, du weißt das bestimmt am besten.«

Mein Dad hatte jemanden zu etwas ermutigt? Und sich Zeit genommen? Und war eine Vaterfigur? Also eine von der guten Sorte?

»Mhm.«

»Alles gut? Hat dich das mit deinem Dad traurig gestimmt? Er fehlt dir bestimmt, oder?« Quentin nahm meine Hand, und ich entzog sie ihm sofort.

»Äh, ja, genau. Ja, so ist es.« Nein, Quentin hatte dieses Erbe so was von nicht verdient. Er hatte dafür die Zeit mit meinem Dad gehabt. Dieses Erbe war meine Entschädigung für all die Sprüche, bösen Blicke, Erniedrigungen, Beschimpfungen und Ohrfeigen. Und ich würde es für das nutzen, was *mir* wichtig war. Nicht damit dieser perfekte Ersatzsohn auch noch das Letzte bekam, was ich von meinem Dad hätte erwarten können. Ich stand auf und zog mich an. »Ich hab vergessen, dass ich Salaì noch bei einem Freund gelassen habe, muss ihn holen. Bis dann.«

»Massimo?!«

Wütend schlug und kickte ich das hohe Schilf und die Gräser vor mir weg. Nein, Schluss mit Spaß, Schluss mit Schuldgefühlen. Nichts würde mich von meinem Plan abbringen.

Kapitel 19

Quentin

Glasgow zeigte sich heute von seiner lauten Seite. Oder nahm ich das nur so wahr? Der Wind rauschte um meine Ohren. Die Autos hupten ständig. Die Leute redeten mit erhobener Stimme. Die Kinder schrien beim Spielen. Aus den Handys drang lautstark Musik. Das half mir alles, das mit Massimo ein wenig zu vergessen. Als ich mein Ziel vor Augen hatte, überquerte ich die Straße, und gerade als ich einer Gruppe von Menschen ausweichen wollte, stellte sie sich mir in den Weg.

»Quentin Wallace?«

Ich hielt und musste blinzeln, damit sich die Person vor mir scharf stellte. »Ja?«

»Oh, du kennst mich natürlich nicht, ich ...«

»Doch, ähm ... Suzie, oder? Du machst auch deinen Doktor in Geschichte.« Da fiel mir erst auf, dass die neben ihr auch alle Geschichte studierten. »Was macht ihr hier?«

»Professor Segreto hatte uns den Secondhandladen mal empfohlen.« Suzie schob sich ihre blaue Mütze zurück, aus der ein paar blonde Strähnen lugten, und zeigte hinter sich.

»Oh, schön.« Ein wenig nagte das an meinem Ego. Segreto hatte mal erwähnt, dass er mir den Laden empfohlen habe, weil er meine Sicht auf die Dinge schätze, und dass das unser Geheimtipp sei. War das nur gelogen?

Suzie rollte mit den Augen. »Wie dem auch sei: Wir sind dir zwar nicht gut genug, um mit uns abzuhängen, aber ich wollte dir sagen, dass du das Erbe noch nicht hast, und es wäre nicht schön, wenn du nach der Uni keine Kontakte in der Geschichtsszene Glasgows hättest.«

Das ging mir zu schnell. War mir zu hoch. »Woah, woah, woah.« Ich hob meine Hände. »Was?«

»Professor Demir? Er hat gesagt, du kommst in unsere Doktoratsgruppe für Geschichte?« Suzie sprach mit mir, als wäre ich ein wandelndes Rätsel. Die drei hinter ihr grinsten hinter vorgehaltenen Händen. »Er wollte dich in unsere Gruppe holen, damit du gut vorbereitet bist und das mit deinem Erbe klappt. Er wollte dich sogar in den Sommerferien treffen, um deinen Fortschritt zu überprüfen, mit dir über die Verteidigung deiner Arbeit zu sprechen, aber du hast ja auf keinen unserer Anrufe reagiert. Bist dir wohl zu gut dafür.«

Ich ließ meine Schultern hängen. »Ich … Mein Handy. Ich hab's verloren. Wieso habt ihr keine Mail geschrieben?«

»Ja, klar. Erst arrogant sein, und dann, wenn dir die Leute gegenüberstehen, kein Wort rausbekommen und herumdrucksen. Nicht zu vergessen den Villain-Move: uns die Schuld geben, weil wir keine Mail schreiben. Los Leute, gehen wir.« Suzie und die anderen verschwanden, und ich blieb einfach nur stehen.

Shit. Am liebsten wäre ich ihnen nachgelaufen, aber ich konnte nicht. Das Handy, mein Kapitel, Massimo, die Arbeit, das Erbe, jetzt auch noch das. Meine Arbeit als Historiker hatte noch nicht mal begonnen, falls es überhaupt was wurde, und ich hatte jetzt schon Leute, die mich nicht leiden konnten. Juhu. Nicht dass ich mit denen befreundet sein wollte, wenn die so null empfänglich für meine Sicht der Dinge waren. Aber es war so wichtig, Kontakte zu haben, die mich empfahlen, zitierten oder vorstellten. Shit.

Ich schüttelte den Kopf und betrat den Laden.

»Hey, na? Alles gut, Quentin?« Filomena, der der Laden gehörte, winkte mir zu.

»Ich brauche kurz ein paar Minuten, ja?«
»Na klar. Lass dir Zeit.« Zum Glück kannten wir uns gut.

Wie auf Autopilot durchquerte ich den Laden. Die vergangene Nacht hatte ich kaum geschlafen, stattdessen meine Arbeit vorangetrieben, besonders nachdem ich um drei Uhr morgens aufgegeben hatte, in die Traumwelt zu gleiten. Immer wieder spielte ich Massimos Verschwinden in meinem Kopf ab. Dazu gesellte sich jetzt der Vorfall mit den Geschichtsleuten. Das Universum meinte es gerade echt nicht gut mit mir.

Meine Finger strichen über das Hemd mit dem Retro-Muster der Neunziger an der Stange vor mir. Ein wenig wirbelte Staub auf, als ich es rüberschob und das nächste inspizierte.

Warum hatte ich so viel Pech in letzter Zeit? Wie konnte ich das mit Massimo reparieren? Wie fand ich endlich den Kopf für meine Doktorarbeit? Ich warf einen Blick auf mein Handy, das ich halb aus meiner Hosentasche zog. Kein Anruf, keine Nachricht, die ich verpasst hatte. Alle Was-wäre-wenn-Szenarien führten in eine Sackgasse, ohne dass ich verstand, was Massimo genau gestört hatte. Ich sollte besser gehen, anstatt im alten Secondhandladen zu bummeln – ganz ohne Geld, das ich besser für Wichtigeres sparen sollte. Doch die Regale mit Büchern, Kleidung, Antiquitäten und altem Geschirr zogen mich wieder in ihren Bann. Ihre geschichtsträchtige Aura nahm mir etwas von meinem seelischen Ballast ab, und ich konnte ein wenig zu mir kommen.

Vielleicht fand ich hier etwas, das mir half, meinen Kopf freizubekommen? Vielleicht die alten Märchenbücher, oder sollte ich mich doch im Anblick der Geschichtsbücher in den Regalen verlieren? Ich konnte nicht widerstehen und blätterte durch ein Buch über den faszinierenden Alltag im Römischen Reich. Als ich weiterging, entdeckte ich eine Wand voller alter Fotografien: Porträts, Landschaften, abstrakte Kunstwerke, alle in alten Goldrahmen. Zwischen ihnen standen alte Lampen mit

Schirmen oder Mosaikgläsern auf einzelnen Regalbrettern, als würden sie schweben.

Bei der Möbelabteilung mit Truhen, Sesseln, Kommoden und urigen, mächtigen Schreibtischen fiel mir auf einem der Tische ein Dekobuch über Cockerspaniels auf. Das wäre eigentlich perfekt für Massimo gewesen. Ich steckte es unter meinen Stapel alter Dokumente für meine Uni-Arbeit. Es handelte sich dabei um Briefe vom Militär an Frauen, deren Männer im Krieg gefallen waren, Heiratsurkunden, Briefe von Soldaten aus ihren Stationen und noch einige, die ich nicht durchgesehen hatte. Vielleicht fand ich etwas, das den Anschein erweckte, dass zwei Männer verschlüsselte Liebesbriefe austauschten.

»Na, geht's dir besser, und bist du fündig geworden?« Filomena arrangierte ihren Schichtenlook, der wie eine Farbpalette von Brauntönen aussah. Angefangen mit einem Ocker im Inneren, wurde ihre Kleidung nach außen hin immer dunkler, bis mein Blick an einem löchrigen alten Sakko hängen blieb. Sie schob ihre dicke Brille mit den roten Gläsern auf ihre Haare und lächelte mich an, wodurch sich die Falten in ihrem Gesicht vertieften.

»Hey, Filo. Ja, danke. Ein bisschen was habe ich schon.«

Sie legte ihren Kopf schief. »Ein Hundebuch? Also wenn ich dir fünfzig Stücke aus dem Laden hätte bringen können, die zu dir passen, das wäre nicht dabei gewesen.« Filo wirkte enttäuscht, es war nämlich so was wie ihre Superkraft, für alle Menschen das Passende zu finden.

»Du täuschst dich nicht. Ist für ... einen Freund.« Ich hob das Cockerspaniel-Buch hoch.

»Oh, sorry, Quentin, aber genau das ist reserviert. Ich besorge dir bis nächste Woche ein neues, ja? Uuuuund, was hören meine alten Ohren da? Ein Freund?«

»Oh, okay.« Ich übergab Filo das Buch. »Ja, ich weiß, dass ich etwas über befreundete Leute erzähle, ist seltener als einige deiner antiquarischen Stücke, aber ja.« Das erste Mal, dass ich froh war, dass jemand keine Nachrichten las, kein Social Media nutzte und das über mich nicht mitbekommen hatte.

»Hat das etwas mit dem zu tun, was über dich in der *Glasgow Gazette* steht?«

Shit.

»Ich habe gedacht, du liest keine Zeitung.«

»Wir lügen eben beide gerne.« Filo setzte sich auf den Ohrensessel vor der alten Kasse.

Ertappt rollte ich mit den Augen und stieß ein Seufzen aus. »Okay, erinnere mich bitte, dass ich hier nie wieder lerne, damit es aussieht, als hättest du Kundschaft.« Ich ging vorbei an dem runden Tisch vor dem verstaubten Chaos-Schaufenster, das so einladend wirkte wie ein Sprung in einen Vulkan. Bücher, Fotoalben und Schallplatten stapelten sich, sodass beinahe kein Licht durchdrang.

»Mach ich *und* ich erinnere dich *daran*.« Filo zog eine ellenlange Liste unter dem tausendmal zusammengeflickten Schreibtisch hervor. »All die Bücher, die du nie bezahlt hast.«

»Die bezahle ich noch.« Mit einem lauten Rums stellte ich die Sachen, die ich heute kaufen wollte, aber nicht bezahlen konnte, auf den Schreibtisch. Er gab etwas nach und krächzte laut. »Und diese hier auch.«

»Mit dem Erbe?«

»Du hast das ja echt gelesen.«

Filo sah mich mit hochgezogenen Augenbrauen an.

Ich blickte mit einem unschuldigen Dackelblick zurück.

Kopfschüttelnd nahm sie meine Bücher und hielt sie unter den Scanner. Es piepte.

»Ich hoffe für dich, du bekommst das mit der Arbeit hin. Für dich und für mich.« Über ihr hing das Schild ihres Secondhandladens: *Pretty basic but: second life*. Und ja, er hieß genau so. Ziemlich basic, aber *nicht* secondhand war mein Respekt, den ich für Filo hatte. Denn sie hatte mir schon so oft aus der Patsche geholfen, mir Bücher geschenkt oder verbilligt gegeben, mich hier Videos drehen und lernen lassen. Deshalb hatte ich, wie ich ihr versprochen hatte, auch noch nie nach ihrem Laden gegoogelt. Denn unter dem Schild hatte Filo einen Namen weggestrichen. Ihren Deadname. Genauso wie sie ihn draußen einfach mit Holzbrettern zugenagelt hatte. Doch online wäre er noch zu finden, meinte sie.

Während Filo meine anderen Sachen scannte, sah ich mich im *Pretty basic but: second life* um. Okay, meistens nannte ich es nur *Pretty's*.

»Kann ich vielleicht noch ein Video für TikTok aufnehmen? Der Vibe hier matcht einfach immer so gut mit meinem Geschichtscontent.«

»Und wenn Kundschaft reinkommt?« Filo legte das letzte Buch zu meinen Sachen.

Sie sah mich an. Ich sah sie an. Ein paar Sekunden hielten wir noch unsere ernsten Mienen, dann erkannte ich, dass sie einen Mundwinkel hochzog. Gleich danach prusteten wir beide los. Wenn nicht gerade eine Schar von Segretos Lieblingen kam, war hier echt nichts los.

»Mach schon.« Sie machte eine wegwerfende Geste. »Ich lerne immer gerne dazu.«

»Sehr gut, mach es dir gemütlich und genieße die Show.« Ich verbeugte mich leicht vor ihr.

Filo lehnte sich zurück und rüttelte an einem Hebel, der Beinstützen ausfuhr. Das alles geschah unter fürchterlichem Gequietsche.

»Du nimmst das sehr ernst, was?«

»Du hast gesagt, ich soll es mir bequem machen.« Ihre langen Fingernägel kratzten über ihren Hals und verfingen sich einige Male an den vielen Ketten.

»Was würde ich nur ohne dich machen?« Ich nahm auf einem der Stühle Platz, dessen alter Bezug ein geschwungenes Muster zeigte. Vor mir stand ein Vintageschrank mit weit geöffneten Läden und Türen, die eine Vielzahl von Gegenständen enthüllten: Bücher, Pergament, Lupen, Lampen, Kleidung, Schreibfedern und vieles mehr. Ich pustete den Staub vom schmalen Regal vor mir und platzierte das Handy von Cormac darin. Es war schon besser als mein altes Ding. Also so sehr vermisste ich das nicht. »Hast du vielleicht noch eine … Oh, da ist eine. Funktioniert die noch?« Ich schob eine Stehlampe neben das Regal, drehte den zweiten beweglichen Hals zu mir und schaltete das Licht ein. Es blendete ziemlich, aber was tat ich nicht alles für eine gute Beleuchtung?

»Trans, bisexuell, lesbisch? Was war eigentlich die Königin Christina von Schweden? Schon vor vielen Jahrhunderten haben Menschen versucht, sich gegenseitig in Schubladen zu stecken. Schwierig wurde es dann, wenn Leute das partout nicht mit sich machen lassen wollten. Christina von Schweden hat vor allem als Königin nicht den damaligen Gendernormen entsprochen und ist auch laut der Geschichtsschreibung viel zu männlich gewesen.« Das »zu männlich« setzte ich in Anführungszeichen. »Ihr wurden richtig viele Affären mit Leuten verschiedenen Geschlechts nachgesagt, und auch über ihr Geschlecht kursieren Gerüchte. Diese damalige, nennen wir es, Unfähigkeit, queere Identität zu akzeptieren, verzerrt auch hier mal wieder die Geschichtsschreibung. Manchmal wird dieser Teil der später abdankenden Königin auch weggelassen, was wiederum queere Menschen der Geschichte unsichtbar macht. Aber …«, ich lehnte mich näher zur Kamera, »vielleicht findet ihr ja davon ein paar, sobald ich meine Doktorarbeit über genau dieses Thema fertig geschrieben und veröffentlicht habe.« Danach beendete ich die Aufnahme und lud sie mit Untertitel hoch. »Wow, ein Onetake.«

Filo applaudierte. »Schien, als hätte sich diese Königin ja null

Komma null um die Meinung anderer geschert, was? Sympathisch.«

Filo schob mir eine Tüte mit meinen gekauften Sachen zu, und ich steckte wieder mein Handy ein.

»Danke. Für alles, und ja, sie hat sich, na ja, ihren Willen genommen, aber ich möchte sie jetzt auch nicht verherrlichen, ich habe mich nur mit ihrem Queersein beschäftigt, nicht damit, was sie sonst so in ihrer Regierungszeit gemacht hat und ... Was ist das?« Ich hob eine Zeitung aus meiner Tüte.

»Oh, das habe ich für dich bei einer Hausräumung ergattert. Wäre das nichts für dich?« Filos Mund kräuselte sich zu einem gewinnenden Grinsen. Sie wusste, wie sehr das was für mich war.

»Das ist eine alte queere Zeitschrift aus den Zwanzigern ... Ist die echt?« Vorsichtig drehte ich die vergilbte, dünne, zerfledderte Zeitung um ihre eigene Achse. »Hier ist auch eine echt freizügige Frau abgebildet, was sogar noch richtig prüde aussieht, so mit den Federn. Du würdest nicht glauben, wie hot die sich damals da präsentiert haben oder ihre Kontaktanzeigen geschrieben haben.« Ich fuhr über den Namen der deutschen Zeitung, den ich nicht verstand. *Frauenliebe*. Langsam blätterte ich sie auf. »Hier sind Geschichten von lesbischem Leben, Club-Tipps, Gedichte über lesbische Personen der Geschichte, Storys von trans Personen – weißt du, was das für ein wichtiges Sprachrohr für die Community damals gewesen ist? Das ist echt toll, danke, Filo.« Ich lief um den Schreibtisch und umarmte sie. »Das kann ich so was von gebrauchen.«

»Och, mein lieber Quentin. Gerne doch.« Filos faltige Wange an meiner erinnerte mich erst wieder daran, wie alt sie war. Denn sobald ich mit ihr sprach, dachte ich immer, mit einer richtig jungen Seele zu quatschen.

»Aber wie kannst du dir das alles leisten? Den Laden? Meine …« Ich ließ sie los und hustete. »… *noch* nicht bezahlten Sachen?«

»Lass das …« Die Glocke des Ladens klingelte, aber sie fuhr unbeirrt fort. »Lass das meine Sorge sein.«

»Hey, Filomena.« Wie ein Wirbelwind drehte ich mich zu dieser Stimme. »Quentin?«

»Massimo?«

»Ihr kennt euch?« Filo erhob sich von ihrem Stuhl und schlüpfte zwischen uns.

»Ähm, ja«, sagte ich und dachte an unsere Zeit am See vor ein paar Tagen, nach der sich Massimo nicht mehr gemeldet hatte. »Was machst du denn hier?«

»Ich hole ein Gemälde und ein paar andere Dinge von Filomena ab, und du?«

»Ich habe hier auch etwas gekauft. Und warum kaufst *du* hier etwas? Oder hat dir das auch dein Dad empfohlen?« Bald wäre das ja echt kein geheimer Ort mehr.

»Ähm …« Filo hob den Zeigefinger, auf dem mehrere Ringe steckten, und nahm das Hundebuch mit zu Massimo. »Seine Familie kauft schon seit Ewigkeiten bei mir ein. Seine Mutter ist eine Innenausstatterin gewesen, und sein Vater hat sich bei mir oft alte Bücher besorgt.«

Sollte das heißen, Filo lebte hauptsächlich von diesen extrem teuren Einkäufen der Familie Segreto? Dann sollte ich wohl besser nicht jetzt einen Aufstand machen, weil er sich nicht gemeldet hatte?

»Hier, dein reserviertes Buch, habe es noch gerettet für dich. Quentin wollte es gerade kaufen«, sagte Filomena, und ich wäre am liebsten im Erdboden versunken.

»Ach, wolltest du das?« Massimo unterdrückte ein Grinsen.

»Äh.«

»Ja, für einen Freund«, fiel mir Filo ins Wort.

Danke für nichts.

»Ja, genau, aber egal ... Ich gehe.« Ich warf Filo ein Lächeln zu und eilte los.

Niemand sagte mehr etwas, die Anspannung stieg, und erst als ich das erlösende Klingeln des *Pretty's* hörte, konnte ich meine Glieder wieder locker lassen. Der sanfte Nieselregen kühlte mich ab. Mithilfe des Verkehrs verdrängte ich die Stimme von Massimo aus meinem Kopf. Ich rettete mich um die nächste Ecke, lehnte mich gegen die Backsteinwand und holte mein Handy hervor. Ablenkung, das brauchte ich jetzt. Ich öffnete mein letztes TikTok und ... Was zum ...

»Warum hat das Video schon zehntausend Aufrufe?«, flüsterte ich. Manchmal hatte ich wohl gute Aufhänger für meine Videos, sodass sie gut liefen, aber nicht so schnell. Doch als ich die Kommentare öffnete, wurde mir klar, dass es nicht nur um das Video ging, sondern auch um mich.

CaraMitsouAutorin: Queen!

CelticFCBoyiiii: Hoff mal das Fräulein wurd gek*pft wie du es verdient hättst HQHQHQ

GlasgowRangerNo1isyourDaddy11: ich hätte da auch was in meiner Hose mit dem du schlafen kannst um dich wertvoller zu fühlen es ist silbern, spitz und nennt sich Messer.

QuenryOwlixBrodin: Was für Kommentare, hör nicht auf die! Das Video ist superinteressant. Danke, dass du auf so was aufmerksam machst.

GoatBoatRoadtripXXXxxxX: Wie ist das so wenn man sich ein Erbe erschleicht und das nur bekommt weil man schwul ist und die Uni einen für Toleranzscheiß ausnutzt HAHAH peinlich

Und natürlich hatte ich auch noch von heute Morgen eine Mail im Posteingang:

Ich würde keine Pläne mit dem Geld machen. Wir werden mehr und wir werden laut. Pass lieber auf, dass ihr nicht nur das Erbe verliert.

Ich konnte noch gar nicht fassen, was das mit mir machte. Mein Blick huschte über den Handyrand, und ich rief mir in Erinnerung, dass das hier das reale Leben war. Glasgow. Diese Autos. Die Ampeln. Nicht diese Leute in meinen Kommentaren. Trotzdem. Trotzdem konnte ich das mulmige Gefühl in meinem Bauch nicht verdrängen.

Ich löschte die Kommentare. Also die bösen, und ich deaktivierte sie für weitere Leute. Gleich danach steckte ich mein Handy wieder ein und wollte weitergehen.

»Quent?« Massimo war gerade um die Ecke gekommen. Er sah zu meinem Handy, dann zu mir. »A-alles okay?«

Der Nieselregen verwandelte sich binnen einer Sekunde in einen heftigen Platzregen. Ich blieb einfach stehen. Fühlte die Tropfen gar nicht. Massimos Locken lagen wie glatte Würmchen um sein Gesicht.

»Komm.« Er packte meine Hand und wollte mich mitziehen, da riss ich mich von ihm los.

»Nein, sorry, muss los.«

Kapitel 20

Quentin

Keine Ahnung, wie lange ich zur Bibliothek gelaufen war. Aber mir fiel nichts Besseres ein, als mich hier in einen der Computer einzuloggen, mir meine Arbeit, die ich mir täglich sicherheitshalber per Mail schickte, runterzuladen und an dieser verdammten Doktorarbeit zu schreiben. Ich wollte ihnen allen beweisen, dass ich das verdient hatte. Dass es nicht um am Queersein lag. Dass Cormac und ich uns diese Scheiße hart erarbeitet hatten.

Ich saß vor der Glasfront der Bibliothek, der Regen hielt an, schlug gegen die Scheibe, als wären die Tropfen kleine Dämonen, die sich durch das Glas kämpfen wollten. Nur um mich anzugreifen. Sich gegen mich zu stellen. Kopfschüttelnd rüttelte ich mich aus den Gedanken und fokussierte mich wieder auf mein Dokument.

Laut der Zeitung Frauenliebe gibt es vermehrt Gedichte über queere Persönlichkeiten der Geschichte, die in den Zwanzigern öfter als Vorbilder für Storys genommen wurden. Sie finden sich aber auch in den Zeitungen wieder. Zwar gibt es keine hundertprozentige Sicherheit, dass die erwähnten Personen tatsächlich queer gewesen sind, jedoch gibt es auch im Briefverkehr ...

Das Tastengeklimper stoppte, und ich drehte meine Handgelenke. Ein ziehender Schmerz zog sich entlang des Unterarms bis zu meinem Ellbogen.

»Na, alles gut?«

Ich fror in der Bewegung ein und erkannte im Bildschirm vor mir eine Gestalt. Mit meinem Fuß stieß ich mich ab und drehte mich mit dem Stuhl um. »Bram?« Was machte der denn hier?

»Was? Gehört die Bibliothek nur dir?« Bram setzte sich neben mich und legte seine Mappe ab.

»Nein, natürlich nicht.« Ein Stich ging durch meinen Unterarm, und ich massierte ihn. »Bin wohl eher mehr überrascht, dass du mit mir sprichst. Ich habe im Moment das Gefühl, alle an der Uni sind sauer auf Cormac und mich. Also wegen des Erbes.«

»Ach, das. Lass die Leute reden. Hast du Schmerzen vom Tippen? Zeig mal her.« Bram packte mein Handgelenk und schaffte es mit seinen muskulösen Armen, mich zu sich zu ziehen.

Ich schluckte.

»Oha, du solltest dir vielleicht eine Schiene zum Schreiben holen. Es hilft auch eine Armunterlage, damit es besser wird. Ich kann dir …« Er drückte meinen Unterarm durch und massierte meinen Oberarm. Ich spürte sein Knie an meinem. War das Absicht? Nein, oder? Bram war doch hetero? »… auch ein paar Übungen zeigen. Oder wir gehen noch schnell ins Gym?«

Von der Stelle, an der sich unsere Knie berührten, breitete sich eine Hitze bis in meinen Schritt aus. Und wieder diese Gedanken:

Wenn ich mit einem Typen wie Bram etwas hätte, wie toll müsste ich dann sein? Danach müsste ich doch genug Selbstwert haben, um das nie wieder zu tun. Oder? Oder? Nur noch einmal?

Nein. Halt. Dieses Denken war falsch. Falsch. Falsch.

Mein Wert steigert sich nicht durch Sex mit jemandem. Ich bin nicht besser, werde nicht mehr geliebt und bin nicht weniger alleine, wenn ich mit einem Typen schlafe. Ich kenne meinen Wert, ich brauche dafür niemand anderen. Sex nur, wenn ich Lust darauf habe. Immer wieder spulte ich dieses Mantra ab.

»Okay, danke für die Tipps. Ich werde mir ein paar Übungen online suchen.«

Ich hatte mir geschworen, das nicht mehr zu machen. So nicht mehr zu denken. Nicht mehr dieser Quentin zu sein. Deshalb schlüpfte ich auch aus seiner Massage, als er sich an der Nase kratzte, und sah mich um. Kaum noch jemand da. Die Nacht brach an, die Lichter flackerten in den Neonröhren, und in der Glaswand erkannte ich kaum noch Glasgow, sondern mein Spiegelbild. Mein Spiegelbild, das mich verachtend anstarrte.

»Alles gut?« Seine Frage holte mich aus meiner Selbstverurteilung durch mein Spiegelbild heraus.

»Ja, danke. Ich werde noch ein wenig weitermachen. Damit, na ja, das alles klappt mit dem Erbe. Wie sieht es bei dir aus? Wie läuft deine Arbeit?« Gerade als ich mich mit meinem Stuhl von ihm wegdrehen wollte, schob er sein Knie tiefer zwischen meine Beine, was wie ein Keil wirkte, der meine Drehung stoppte.

»Lass doch die Arbeit mal Arbeit sein.« Bram beugte sich zu mir vor. Sein buntes Hemd stand weit offen, und ohne es zu wollen, linste ich auf seine Muskeln. »Hast du nicht Lust, etwas zu unternehmen?«

»Ich, ich weiß nicht, Bram. Wieso auf einmal?«

Brams gebrochenes Grinsen machte mich schwach. »Ist doch egal, oder? Einfach bisschen feiern zusammen.«

Ich schluckte.

»Komm. Was kann so 'n bisschen Party schon ausmachen? Bei mir zu Hause? In meiner Wohnung?« Diese verführerische Stimme schnürte mir den Atem ab. »Oder ist da nur Platz für Party-Miliano? Mit dem verbringst du ja oft Zeit. Da könnte jemand, der ein wenig gehässig ist, denken, du wirst bevorzugt fürs Erbe.«

Party klang nach keiner guten Idee. Vor allem, um solche Gerüchte erst gar nicht aufkommen zu lassen. Und was sollte mit Massimo sein? Zwischen uns lief ja nichts Festes, und er war abgehauen. Wenn ich mit Bram ging, würden die Gerüchte vielleicht weniger, oder?

»Ist es wegen des Zeitungsartikels? Denkst du, nur weil ich ... das alles gesagt habe, schlafe ich gleich mit jedem und du kannst ...«

»Hey.« Bram legte seine Hand auf die Innenseite meines Oberschenkels und sah sich um. »Ich hab dein Interview gelesen, ich fand das so mutig und hab mich so verstanden gefühlt ... Ich traue mich noch nicht, zu mir zu stehen oder mich dafür einzusetzen, ich selbst zu sein. Ich hab so lange gedacht, ich hätte Leute, die mich mögen, wie ich bin, dass ich ihnen alles nachgeplappert habe ... Ich wäre gerne so stark wie du.«

»Verstehe. Ja, es ist nicht leicht, für sich einzustehen, wenn viele gegen einen sind.«

Bram senkte seinen Kopf und lächelte. »So ähnlich, ja. Du bist wie ein Vorbild für mich.«

Ich war jemandes Vorbild? Jemand wäre gerne so stark wie ich? Wow ... Ich ... Wow!

Als er mich wieder ansah, kratzte er sich am Nacken und stand auf. »Sorry, vielleicht ist mein Auftreten hier nicht so gut gewesen. Ich weiß oft nicht, wer ich wirklich bin, und benehme mich daneben. ... Also, hi, ich bin Bram, wir kennen uns ja, ich finde dich vorbildlich. Was sagst du, kommst du mit?« Er lächelte und reichte mir seine Hand.

Glasgow bei Nacht hatte für mich ein ganz eigenes Flair. Als liefe ich durch eine glasklare Wahrhaftigkeit, die es so nur in meiner Stadt gab. Die angenehme Kühle klärte meinen Kopf von der stickigen Luft in der Bibliothek, die oft so wirkte, als hinge der klebrige Dampf von Tausenden rauchenden Köpfen

Studierender in der Luft. Meine Augen, die schon vom Bildschirm gebrannt, und meine Arme, die vom Schreiben gezwickt hatten, erholten sich.

»Und warum denkst du, du kannst von diesen Leuten nicht mehr weg?« Ich musste das Thema noch mal aufgreifen, da ich das Gefühl hatte, diese Menschen waren nicht gut für Bram.

Neben uns hörte ich das Anfahren von Autos. Musik aus kleinen offenen Schlitzen der Fenster. Ein paar betrunkene Studierende auf dem Gehweg torkelten lachend an uns vorbei. So normal alles auch war, ich konnte es nicht lassen, mich zu fragen, warum Bram mich unbedingt zu seiner Party mitnehmen wollte. Oder war das wie eine Art Pflichtgefühl, weil wir uns über den Weg gelaufen waren? Ich ließ meinen Blick über ihn schweifen. Im Vergleich zu ihm kam ich mir so was von superpeinlich vor. Aber irgendwie hatte ich das Gefühl, eine Verbindung zu ihm aufzubauen, und ich fühlte mein Herz rasen. Auf eine Wow-jemand-wie-er-unternimmt-was-mit-mir-Art.

»Weißt du. Ich glaube, ich traue mich nicht oder so, boah, keine Ahnung, so Gefühlsduselei ist nicht meine eigentlich.« Bram lachte auf. Obwohl es nichts zu lachen gab. »In meiner Familie ist es ziemlich schwer. Finanziell gesehen. Dann läuft es gesundheitstechnisch auch nicht so blendend für alle. Wir müssen ständig alle zusammenlegen. Ist halt scheiße, 'ne.« Bram kratzte sich am Hals, bis er dort rote Striemen hatte.

»Das tut mir leid. Du hättest das Erbe sicher auch gut gebrauchen können. Falls das klappt, kann ich euch ja ein wenig unterstützen?« Was redete ich denn da? Wenn ich mich nicht endlich zusammenriss, würde nicht mal ich was von dem Geld sehen, da durfte ich ihm keine Hoffnungen machen.

»Das würdest du machen?« Bram sah mich an. Nicht dankbar oder erstaunt, eher als wäre er ängstlich oder geschockt, als hätte ich etwas gesagt, was seine Weltansicht erschütterte.

Hatte ich ihn in seinem Stolz gekränkt mit dem Vorschlag?
»Sorry, ich wollte nichts Falsches sagen.«
»H-hast du nicht. Aber dafür ist es zu spät.«
»Was meinst du?«
»Nichts. Egal.«
Wir schwiegen wieder. Als wir durch die Glasgower Straßen schlenderten, konnte ich den Ruf der Stadt hören. Menschen von überallher füllten die Gassen. Alle, die an uns vorbeigingen, trugen ihre eigenen Unsicherheiten mit sich. Wie wir beide gerade. Ich konnte gar nicht anders, als mich mal wieder in meine Heimat zu verlieben. Ich konnte spüren, wie Glasgow lebte und atmete – genau wie ich. Es war, als wären wir Menschen alle lebenswichtige Organe dieser Stadt. Und in diesem Moment wurde mir auch wieder einmal mehr bewusst, was für ein wichtiger Teil meine Heimat ebenso von mir war.
Bram bog weiter in den Park ein, bis wir an dem Kelvingrove Bandstand ankamen.
»Wollten wir nicht zu einer Party?«
»Ja, dafür müssen wir hier durch. Ist der kürzeste Weg.«
Brams Kieferknochen spannten sich an.
Eine Freilichtbühne tauchte vor uns auf. Wenn ich an diese Bühne dachte, dann an die Ausflüge mit dem Heim hierher. An Musikveranstaltungen, und ich erinnerte mich dunkel an eine Spendenaufführung, die wir hier gemacht hatten. Wir waren Tannenbäume gewesen und mussten Weihnachtsgedichte aufsagen oder so ähnlich. Woran ich mich aber noch genau erinnerte, war, wie ich die Bühne zum ersten Mal betreten und wie ich mich dabei gefühlt hatte. Tief bewegt von der Intimität und der Schönheit des Ortes.
»Ich bin hier früher oft gewesen. Ich habe mir das allerdings nur leisten können, weil ich mich da oben zwischen den Büschen verstecken konnte, wenn ich mal genug vom Heim gehabt habe. Komm!« Wir gingen zur Bühne, vorbei an dem grü-

nen Rohr zur Dachrinne, und hievten uns bei den weißen Kacheln vor der Bühne hoch.

Wenn ich nach vorne guckte zu den Holzbänken ohne Lehnen, die treppenartig nach oben hin aufgebaut waren, als wären wir in einem winzigen Amphitheater, spürte ich die Präsenz des Publikums von damals. Ich zeigte zu den Büschen. »Da habe ich mich versteckt.«

»Oh, echt? Wow. Ähm …«

»Du musst hier echt mal herkommen …« Ich fiel Bram ins Wort und wandte mich zu ihm.

Brams Gesicht verfiel, wechselte von Furcht und einem offenen Mund zu einer Art Rührung. Als hätte er das noch nie gehört. Er wollte etwas sagen, schüttelte dann aber den Kopf. »Lass uns gehen.«

»Was? So eilig? Ja, sorry, ich weiß, ich bin echt lahm. Da ist die Party bestimmt interessanter und …«

»Wir müssen weg von hier. Scheiße, Quentin. Schnell«, sagte Bram mit Nachdruck und packte meine Hand. Er riss mich mit sich, und ich stolperte hinterher. Doch bevor wir von der Bühne springen konnten, kamen von den drei Zwischentreppen zwischen den Bänken Leute. Ich guckte nach links und rechts, aber auch von da kamen jeweils zwei Leute.

»Ähm, Bram, was …«

»Schön, dass du unserer Einladung gefolgt bist«, sagte jemand von den Treppen.

Als ich zu Bram blickte, sah er weg, und ich wusste, er würde mich heute nie wieder ansehen.

»Was soll das hier werden?« Ich versuchte, alle im Blick zu behalten.

Oben kamen noch zwei Leute nach, die jemanden im Schlepptau hatten. Der Mond leuchtete die Freilichtbühne aus, und ich erkannte ihn sofort.

»Cormac?«, rief ich hoch, und meine Stimme überschlug sich.

Das Mondlicht durchdrang die Dunkelheit und enthüllte das ängstliche Gesicht von Cormac, als wäre es von einem Scheinwerfer angestrahlt. Die blassrosa Strähne fiel in seine Stirn, und ich ertrug es nur schwer, zu sehen, wie er sich in dem Griff der zwei Typen wand. »Jemand hat mich hinter meinem Institut abgefangen.«

Ich wollte gerade mein Handy hervorholen, als Bram es sich schnappte, ohne mich anzusehen, und von der Bühne sprang. »Ich gehe zu den anderen und passe auf, dass niemand kommt.«

Von allen Seiten kamen sie auf mich zu. Vor Furcht und Schwindel verschwamm meine Sicht. Furcht vor dem Ungewissen. Furcht, weil mein Unterbewusstsein ahnte, was vor sich ging, mein Verstand sich aber dagegen wehrte, es zu begreifen. Ich zwang mich, sie anzusehen. Mich groß zu machen, um zu vermitteln, dass ich ihnen gewachsen war. Aber je mehr ich versuchte, Ruhe zu bewahren, desto größer wurden die Schmerzen in meinem Magen. In mir baute sich ein Tumult auf, der meine Nerven überreizte. Plötzlich zwickte und kitzelte alles an mir.

Alles ging so furchtbar schnell. Ich war wie festgewurzelt. Wollte weglaufen. Gab es aber auf. Es hätte nichts gebracht. Irgendwann waren sie bei mir auf der Bühne. Zwei hielten Cormac. Zwei packten mich. Zwei weitere waren jeweils vor uns. Ein paar saßen wie Publikum auf den Plätzen, und mir wurde sofort klar: Nie wieder, nie, nie, nie wieder würde ich auf diese Bühne als einen Ort zurückblicken, der mir Freude beschert hatte. Sie hatten mir diesen Kindheitsmoment zerstört. Diesen einen seltenen Moment, in dem ich mich als Kind nicht so gefühlt hatte, als würde ich anders als alle anderen Kinder aufwachsen.

Sie trugen Masken. Keine schwarzen Hauben mit Löchern um Augen und Mund. Also zwei schon, aber die meisten trugen verschiedene Formen. Manche venezianische Masken. Andere Tiermasken. Ein paar auch nur Mundschutzmasken.

Die zwei mit den venezianischen Masken hielten meine Arme so fest, dass es zu brennen begann. Ich spürte, wie sie meine Muskeln überdehnten. Doch ich wollte ihnen nicht die Genugtuung meines Schmerzes geben. Kurz überlegte ich, nach Hilfe zu rufen, aber das würde doch alles nur verschlimmern, oder? Ich hoffte darauf, dass jemand hier vorbeispazierte, aber es war spät und der Park riesig. Viele glühten vor oder waren bereits betrunken.

»Was wollt ihr von uns?«, sagte Cormac.

Jemand mit einer Bärenmaske rauschte vor. »Gerechtigkeit«, zischte die tiefe Stimme, die so viel Wut ausdrückte, als brodelte sie schon lange in ihm.

»Was haben wir denn getan?« Für meine Frage erhielt ich erst ein Lachen, dann stapfte er zu mir und packte mein Gesicht mit seinen Handschuhen. Sie stanken nach echtem Leder und sein Atem nach Alkohol.

»Dass du dich das zu fragen traust. Willst du uns verarschen?«

»Lasst ihn.« Cormac wand sich wieder unter ihren Griffen und bäumte sich in meine Richtung auf.

»Halt den Mund.« Jemand neben ihm zog ihn fester zu sich.

»Ist es wegen dem Cottage? Dem Erbe? Seid ihr die von dem Brief? Von den Kommentaren? Was wollt ihr von uns? Wir haben noch kein Geld. Geschweige denn bekommen wir es überhaupt, wenn wir nicht unsere Arbeiten fertig bekommen.« Keine Ahnung, woher ich die Ruhe nahm, so zu antworten.

Er schnaubte belustigt. »Wir wissen genau, dass ihr von der Uni und der Politik ausgewählt worden seid, um irgendeinen Toleranz-LGBT-Müll zu repräsentieren. Was soll das für eine Methode sein? Was für eine Propaganda? So macht ihr euch keine Freunde, wenn ihr Vorteile bekommt, die euch nicht zustehen.« Mein Mund stand weit offen. Was sagte ich auf so einen Scheiß? War ich hier Opfer einer absurden Verschwörungstheorie?

Ich blinzelte mehrmals, da ich nicht fassen konnte, dass er das echt ernst meinte.

»Wir haben auch Geldsorgen. Wir kommen auch kaum über die Runden, und nur weil wir keine Schwänze lutschen oder, na ja, die Frauen unter uns andere Frauen fingern oder so, haben wir kein Anrecht auf Unterstützung? Wir sind hier nicht alle Studierende, aber wir sind Menschen, die ebenfalls Hilfe oder Geldleistungen brauchen könnten. Aber auf uns scheißt die Politik. Nur weil wir keine Regenbogeneinhörner sind oder wie? Wir müssen euch ertragen, dürfen nichts mehr sagen, alles ist böse und gemein, und dann bekommt ihr noch Geld in eure Rachen gestopft. Was macht euch besser als uns?« Der Bärenmaskentyp war so in seinem Film, dass es mir Angst machte. »Aber falls es dich beruhigt, einige von uns hier haben genug Geld und machen nur mit, weil sie Leute wie euch satthaben.«

Mein Instinkt und mein Geschichtswissen sagten mir, dass ich bei ihm mit Argumenten wenig erreichen konnte. Im Grunde genommen war er selbst in einem System der Armut gefangen, zusammen mit den anderen, die vermutlich in einem Umfeld mit weniger Bildungszugang steckten. Mit Familien, die ihnen solche Überzeugungen einimpften. Das konnte ich ihnen heute Nacht nicht ausreden. Sie brauchten ihre Wut als Antrieb. Nur ... was sollte ich tun? Mich irgendwie herauswinden und weglaufen? Hinter mir war nur ein Fluss, und in den Kelvin zu springen wäre nachts vermutlich keine gute Idee. Falls ich überhaupt so weit käme.

»Was schiebst du für Filme? Keine Ahnung, was für Verschwörungstheorien du zum Frühstück gefressen hast, aber wir haben das für unsere Leistungen bekommen. Vielleicht ja sogar, weil wir uns wegen solcher Menschen wie euch in das stürzen, was wir lieben. Um für einen Moment zu vergessen, dass es

Leute gibt, die uns einfach so grundlos hassen. Um uns von einer Welt abzuschotten, in der Leute wie …« Cormac konnte seinen Satz nicht beenden, da erhielt er eine schallende Ohrfeige von einer Person mit Hasenmaske und einem hohen Zopf.

»Und wir sind nicht gut genug? Unsere Leistungen zu schlecht? Wir rackern uns in unseren Jobs auch den Arsch ab.« Die weibliche Stimme überschlug sich.

Da überkam mich eine Aggression, die ich so schon lange nicht mehr in mir gefühlt hatte. »Lasst Mac!« IIch ließ mich mit voller Wucht zurückfallen. Die hinter mir taumelten überrascht von meiner Last zur Seite. Ich schaffte es noch, mich loszureißen und mich vor Cormac zu stellen. »Denkt ihr, dieses Theater bringt euch irgendetwas?«

Statt einer Antwort überfielen mich die anderen drei erneut, und ehe ich michs versah, waren wir wieder in der Ausgangsposition von gerade eben.

»Hast du gedacht, jemand wie du überwältigt uns?« Alles begann sich zu drehen, und ich konnte nicht mehr ausmachen, wer das gesagt hatte.

Mein Kopf hing leicht nach unten, und ich schüttelte ihn ungläubig. Wieder kamen diese leisen, flüsternden Gedanken: Du bist nichts wert. Aber vielleicht, wenn du später mit einem von ihnen Sex hättest, wärst du es wieder. Das würde dann doch bedeuten, dass er dich nicht ganz so übel fand, oder? Ich schüttelte die Gedanken weg. Nein, diese Wichser würden mich nicht so weit in meinem Kampf gegen meine Zweifel zurückschleudern. Diesen Sieg überließ ich ihnen nicht.

Der Holzboden lag zu meinen Füßen, vom Mondschein mit Schatten überzogen. Ich fragte mich, wie es dazu kommen konnte, dass diese Leute so angepisst waren, nur wegen meiner Sexualität. Allein die Vorstellung, mich mit einem anderen Typen im Bett zu sehen, reichte aus, um sie gegen mich aufzuhetzen. Ich verstand das alles einfach nicht. Diese unfassbare Ratlosigkeit, warum Liebe Menschen so in Rage versetzen konnte, überkam mich und blieb.

Als ich meinen Kopf leicht seitlich hob, traf mein Blick auf den Cormacs. Alles spiegelte sich in seinen Augen wider – die Furcht, die Verzweiflung, die Scham, einfach alles.

Die Umklammerung meiner Arme, dieses ganze Festhalten – Gefangenhalten werden machte etwas mit mir. Dieses Sich-Hinwegsetzen über meine Grenzen, diese Egal-Haltung, mit der sie meiner Angst begegneten, das alles riss ein Loch in meine Seele. Dazu noch ihr Lachen um mich herum, das in meinen Ohren klingelte. Ein gehässiges Gelächter, das etwas in mir brechen ließ.

Mit einem Ruck an meiner Schulter zwangen sie mich, aufzuschauen. Der Blick auf ihre Masken machte die Situation noch schlimmer, noch entwürdigender. Es zeigte einfach, wie viel Macht sie über mich hatten. »Oh, weinen wir jetzt?« Jemand trat vor mich und umfasste meine Wangen. Erst jetzt registrierte ich meine eigenen Tränen. Und dann verschwamm die Welt.

Nicht wegen meiner Tränen, oder doch, das auch, aber hauptsächlich, weil mir jemand meine Brille abnahm. Ich blinzelte mehrmals, doch die Welt stellte sich nicht wieder scharf. Ich hörte den Aufschlag auf dem Boden. Das Knacken, als jemand draufstieg. Und dann wieder dieses Lachen.

Cormac sagte nichts mehr, aber ich nahm ihm das nicht übel. Ich fühlte mich mittlerweile ebenso paralysiert wie er. Vermutlich. Eigentlich wusste ich aber gar nicht mehr so richtig, was in mir vorging. Wir ahnten beide, dass wir in einer Lage steckten, in der wir nur ausharren konnten. Es an über uns ergehen lassen mussten. Es nicht schlimmer machen sollten.

Meine Achseln brannten, so stark schwitzte ich, und mittlerweile schmeckte ich auch das Salz meiner Tränen an meinen Mundwinkeln. Trotz aller Bemühungen konnte ich meine Atmung einfach nicht regulieren. Das Lachen der Gruppe durchdrang die Luft, während sie sich kichernd in die Seiten boxten. Ein herablassender Witz schien besonders gut anzukommen, und das laute Piepen in meinen Ohren vermischte sich mit ihrem Gelächter. In mir stieg Hass auf, Wut darüber, dass sie meine Tränen gewonnen hatten, dass sie mich in diesem zitternden Zustand sahen. Ich nicht stark genug gewesen war, über dem zu stehen.

Die Hitze, die wie eine Welle über mich schwappte, wechselte sich mit einer eisigen Kälte ab. Mein Körper zitterte, und da ich um jeden Preis ein Aufschluchzen unterdrücken wollte, hob und senkte sich meine Brust unkontrolliert. Doch es klappte nicht. Es kam zu überraschend. Ich hatte noch das Hochziehen gehört. Das donnernde Geräusch, tief aus irgendjemandes Kehle. Den »Passt mal auf, Leute«-Ruf. Die Blicke, die auf mir brannten. Und dann bekam ich nur noch das Spuckgeräusch mit, ehe mich etwas Warmes, Schleimiges mitten ins Gesicht traf. Sich mit meinen Tränen vermischte und an mir herunterfloss.

Da schluchzte ich auf. Da begann mein Kinn zu beben. Da spürte ich auf einmal den Schmerz an meiner Schulter mit voller Wucht und die Blamage, die sich wie ein Fußtritt in meinem Bauch anfühlte.

Ich erstarrte in der Hoffnung, dass das alles gerade nicht real war. Dass ich nicht gerade angespuckt wurde. Dass das Lachen nicht mir galt. Es klappte nicht. Natürlich tat es das nicht. Sie demonstrierten ihre Macht über mich. Sie hielten mich wie in einer Schraubzwinge gefangen. Eine, die sie weiter und weiter zusammenzogen, bis sie selbst mein Herz fesselten. Das Wissen, für wie wertlos sie mich hielten, bohrte sich stacheldrahtgleich in meine Seele.

So viele Fragen blitzten durch mein Gehirn wie neonfarbene Leuchtreklametafeln. Warum ich? Weshalb passierte mir das?

Wieso war alles nur so grausam? Unter sie mischten sich aber auch Fragen, die ich mir seit meiner Kindheit nicht mehr gestellt hatte. Fragen, von denen ich nicht mehr wusste, dass sie in mir existierten. Die ich stolz geglaubt hatte überwunden zu haben. Dinge wie: Warum musste ausgerechnet ich schwul sein? Weshalb konnte ich nicht einfach normal sein? Wieso passierte ausgerechnet mir es, dass ich nicht wie alle anderen sein konnte?

Ich fühlte die Scham meines jüngeren Ichs, nachdem ich mich selbst befriedigt und dabei an einen Typen gedacht hatte. Die Reue, weil die Maske, die ich mir als Jugendlicher aufgesetzt hatte, um in die Gesellschaft zu passen, nicht gut genug gewesen war.

Eine nach Zigaretten stinkende Hand fuhr über mein Gesicht. Verteilte die Spucke auf meiner Haut.

»Weißt du, wo ich diese Hand vorher gehabt habe? Rate mal. Das wird dir bestimmt gefallen.«

Ich presste meine Lippen so fest ich konnte aneinander. Verschwommen erkannte ich, dass sie auch um Cormac standen. Dass sie ihn auslachten. Dass auch er nichts mehr sagte. Und das einzig Tröstliche in diesem Moment war diese schwache, imaginäre Hand, die er mir reichte. Wie ein feiner, kaum wahrnehmbarer unsichtbarer Energiefaden, der sich aus ihm stahl und sich mit mir verband. In stiller Übereinkunft füreinander da.

Ich schloss meine Lider. Das Lachen hallte um mich herum. Manchmal brüllte jemand etwas in mein Ohr. So laut, dass es wehtat.

Und jetzt zum ersten Mal wurde die Vergangenheit für mich so richtig zur Realität, zur Gegenwart. All das, was ich für meine Doktorarbeit recherchierte. Alles, was queeren Menschen weltweit in den vergangenen Jahrhunderten angetan worden war, all das war nun für mich keine Recherche mehr. Kein Thema aus längst vergangener Zeit. Es wurde zum Jetzt. Ich fühlte mit meinen Leuten von damals mit, ihre Zeitlinie vermischte sich mit meiner. Das war es, wofür ich diese Arbeit in Kauf nahm, wofür ich meine Videos machte. Und wenn es nur einen Menschen davon abhielt, das hier mit anderen zu machen, dann … Erneuter Schwindel überkam mich. Mein Herzrasen, mein schneller, flacher Atem, die Panik, all das überforderte mein Denken.

Etwas in mir klinkte sich aus dieser Situation aus, verließ meinen Körper und hüllte mich ein, sodass alles, was um mich herum und mit mir geschah, nur noch wie durch einen dumpfen Wattebausch an mich herankam. Meine zu Fäusten geballten Hände öffneten sich. Die Finger waren verkrampft, der Schweiß schmerzte auf meinen Handflächen. Wahrscheinlich hatte ich meine Nägel so fest hineingebohrt, dass die Wunden nun brannten.

Jede Beleidigung, die sie mir an den Kopf warfen, versuchte ich zu überhören. Als gälte sie nicht mir. Ich träumte mich weg. Ins Cottage. Nahm Cormac mit. Machte mit Jasna Tee. Tat alles, um die Scham, die als Brandmal mein Herz versengte, zu verdrängen und um mein kleines, buntes Herz weiterschlagen zu lassen. Mir mein Queersein nicht nehmen zu lassen. Nicht vermiesen zu lassen. Sosehr sie es auch versuchen würden.

Sie waren das Problem.

Nicht ich.

Kapitel 21

Massimo

Ein Klingeln riss mich aus dem Schlaf, und ich zuckte zusammen, sah mich hektisch um. Ich setzte mich auf und griff nach meinem Smartphone, um zu sehen, wer um diese fucking Uhrzeit anrief. Während ich auf das Display blickte und den Namen kaum durch meine verschlafenen Augen entziffern konnte, wurde ich noch nervöser, und mein Puls erhöhte sich. Die Stille des Raumes wurde durch das Rascheln meines Bettlakens und meinen flatternden Atem unterbrochen. Wenigstens verdrängte das Handylicht die Dunkelheit, die mich immer, wenn ich nachts aufwachte, nervös machte. Aber da ich seit einiger Zeit versuchte, die Nacht auch so zu überstehen, musste ich da durch. Nur nächtliche Anrufe machten mich mit oder ohne Licht nervös. Nachts hatte ich bisher die Nachrichten über den Tod meiner Mutter, meiner Oma und meines Dads erhalten.

»Ja?« Ich wischte mir Spucke vom Mundwinkel und rieb mir dann meine Augen. »Wer ist da?«

»Massimo?« Die Stimme klang verzweifelt.

Ich blinzelte noch ein paarmal, bis ich die Uhrzeit auf meinem Wecker neben mir erkannte. Ich blickte durch die weiße Einrichtung auf die antiken Ornamentteppiche, auf die der Mond einen mystischen Schimmer warf. Ich fühlte mich noch schlaftrunken und verwirrt, da mich das Klingeln meines Telefons zu abrupt aus meinem Schlummer gerissen hatte.

»Ja?« Meine noch warme, kuschelige Bettdecke rief mich, und ich guckte nach draußen, hin zum Mond, der unseren Garten beleuchtete. Was für eine schöne Nacht.

»Hier ist Bram.«

»Okay?«

»Du musst in den Kelvingrove-Park kommen. Zur Freilichtbühne.«

»Ja, klar. Weißt du, wie spät es ist? Ruf dir ein Taxi, wenn du dicht bist.« Ich wollte gerade auflegen, da hörte ich noch etwas, das ich nicht verstand, bis er lauter wurde.

»Quentin.«

Ich hob das Handy wieder an mein Ohr. »Was?« Schweiß bildete sich unter meinen Achseln, und mein Herz raste. Wie er seinen Namen gesagt hatte, beunruhigte mich.

»Scheiße, ich wollte das nicht, die übertreiben alle voll. Das wird immer ernster, und wenn ich da jetzt dabei bin, drängen sie einen, ja nicht wegzugehen oder sie zu verraten … Sonst …«

»Bram, was laberst du, bist du auf irgendwas?«

»Du hast gesagt, ich bekomme mein Geld nur, wenn du dein Erbe zurückbekommst, und scheiße, ich brauche dieses Geld … also hab ich mich reingehängt, okay? Ich habe online mit diesen Alphas geschrieben, die sich über Quentins und Cormacs Erbe aufregen, weil das garantiert so Schwulenpropaganda ist und sie das nur bekommen, weil sie halt schwul sind, und es klang so logisch, warum sollten sie sonst ausgewählt worden sein? Dann hab ich mich mit denen getroffen, und es war echt ganz nett erst, und jetzt bin ich da drin. Die sind so gut darin, einen mit ihren Sprüchen zu überzeugen und dich gleich danach nicht mehr aus ihren Fängen zu lassen und, und, und … Scheiße, ich hätte das besser wissen müssen. Und Quentin war so nett und … Fuck, keine Ahnung. So, wie die drauf sind, hätten die das wahrscheinlich so oder so abgezogen. Auch ohne unser Zutun, aber, was weiß ich. Flippe hier aus.« Bram sprang von einem Gedanken zum nächsten, und um mich drehte sich alles, dass ich kaum mitkam. »Aber ich … Das ist deine Schuld!

Wenn du mich verpfeifst, erzähle ich denen von dir.« Es fühlte sich an, als wiche jegliche Energie aus meinem Körper.

»Bram, was ist passiert?« Meine Stimme überschlug sich.

»Was heißt, ich habe dich angestiftet? Ich habe nachgefragt, ob du nicht zu weit gehst. Ich habe gesagt, bei so einer queerfeindlichen Scheiße ist der Deal vorbei und ich bin bei der Polizei. Warum hast du da mitgemacht?«

Mein ungutes Gefühl quoll in meinem Hals zu Wut an, und da Bram nichts sagte, musste es noch mal raus. »Was für einen Müll ziehst du hier ab? Nichts davon hab ich je gesagt, dass du tun sollst! Was passiert da bei dir?!«, brüllte ich ins Handy.

»Die ... die haben sich Cormac und Quentin geschnappt und ...« Es raschelte, dann hörte ich noch ein »Nichts, sehe mich nur um, ob jemand kommt und ...«. Dann hatte er aufgelegt.

Ich blieb ein paar Sekunden sitzen, bis ich realisierte, dass das kein Traum war und das gerade wirklich stattgefunden hatte. Spätestens als ich Quentins Gesicht vor Augen hatte, sprang ich auf und zog mich an. Kein Anruf ging bei ihm durch, und niemand hob ab.

Wie in einem Fiebertraum hatte ich Salaì geweckt, war mit ihm ins Auto gesprungen und zum Park gerast. Da ich noch völlig verwirrt im Kopf war, suchte ich in der Navi-App auf dem Handy nach der Freilichtbühne und lief hin.

»Komm, Salaì.«

Ich wählte eine Nummer am Handy. »Ja? Hier ist Massimo Segreto.«

»Polizei Glasgow, hier ist Yokote. Was kann ich für Sie tun?«

»Kommen Sie zum Kelvingrove-Park zum Freilichtbühnending, ich bin angerufen worden, dass zwei Freunden von mir von irgendwelchen Leuten dort, keine Ahnung, aufgelauert worden ist oder so«, sagte ich und linste wieder auf die App, damit ich den Weg nicht verlor.

»Wir schicken einen Wagen hin. Wo sind Sie?«

»Auf dem Weg.«

»Begeben Sie sich bitte nicht selbst in Gefahr. Warten Sie außerhalb und …«

»Sorry, das mache ich so was von nicht.« Ich legte auf und lief weiter.

Hätte ich meine Fehde mit meinem Dad und das Erbe nicht über alles gestellt … hätte ich Bram gar nicht erst angerufen … hätte ich … hätte ich … hätte ich das alles doch einfach hingenommen. Hätte ich doch einfach früher eingesehen, dass … dass ich Quentin mochte und er für all das nichts konnte. Mein Hass ging gegen meinen Dad und nicht gegen Quentin oder Cormac. Aber Abby … Und all die anderen Tierheime. Das Familiencottage. Argh!

Die Blätter und das Gras unter mir raschelten. Ich lief über eine Straße und erkannte einen Zaun. An den Öffnungen standen Leute, und ich lief an die Seite. Dort waren zwei Container, und ich schlich mich zu den Büschen. Ich linste runter zur Bühne und erkannte Cormac und Quentin. Ausgeliefert. Jemand hatte Quentin im Griff und spuckte ihm direkt ins Gesicht. Ein anderer Typ mit einer Tigermaske verschmierte die Spucke in seinem Gesicht, während sie Cormac etwas mit einem dicken schwarzen Stift auf die Stirn malten.

Nein, verdammt, da konnte ich nicht einfach zuschauen und abwarten.

»Hey!« Ich drückte meine Beine durch und erhob mich. Salaì unterstrich meinen Ruf mit einem tiefen, dunklen Bellen, das ich so noch nie von ihm gehört hatte.

»Wer ist da?«, grölte jemand hoch, wobei ich im selben Moment auch ein »Scheiße, weg hier« hörte und drei von ihnen bereits laufen sah.

Jetzt konnte ich Cormacs Gesicht im Mondlicht erkennen. Es war rosa gefärbt. Rote Augen. Rote Nase. Und auf seiner

Stirn stand dick in Schwarz ein Wort, das ich nicht einmal denken wollte. Links neben dem F hatten sie einen Penis gezeichnet, der bis über seine Augenbraue reichte und auf seinem Augenlid endete.

Das mitanzusehen schnürte meine Kehle zu, sodass zunächst nur ein Krächzen rauskam. Ich räusperte mich. »Lasst sie sofort los, oder ich hetze meinen Hund …«

Blaulicht blinkte über den Park. Ohne Geräusche, aber es reichte, um die Wichser vor mir aufzuschrecken.

»Scheiße, die Polizei, Leute, weg hier. Und wenn sie jemanden erwischen, sagt ja nichts.« Sie rannten. Dieses Mal alle von ihnen.

Cormac und Quent sahen sich an und nahmen sich an den Händen, bevor sie sich umarmten. Sie gingen gemeinsam in die Knie, bevor sie ineinander verschlungen auf ihren Unterschenkeln sitzend auf den Bühnenboden sanken.

»Quent! Mac!« Sobald ich mich versichert hatte, dass hier niemand mehr war, sprang ich über den Busch und eilte die Steintreppen hinunter zu ihnen.

Salaì überholte mich. Sprang auf die Bühne und an Quent hoch. Er bellte. Wieder heller, freudiger. Aber er wedelte nicht mit dem Schwanz, als merkte er, dass etwas vor sich ging. Langsam steckte er den Kopf zwischen die beiden und legte sich hin.

Sobald ich auf die Bühne gehüpft war, setzte ich mich zu Quentin. Sein Körper zitterte. Ich zog mein Hemd aus und wischte ihm die Spucke aus dem Gesicht, ehe ich es ihm umlegte. »Was … Wer …? Es tut mir so leid, was euch passiert ist.« Ich wusste gar nicht, was ich sagen sollte. Diese ganze Situation wirkte so surreal.

»Massimo?« Quentin blieb mit seiner Stirn an Cormacs Kopf gelehnt. Er weinte nicht. War völlig still.

»Ja, ja, ich bin's.« Ich hatte so viele Fragen im Kopf. »Wer hat dir das angetan? Soll ich ihnen nachlaufen und sie alle fertigmachen?«

Er hob jetzt doch den Kopf und sah mich an. Aber nicht erleichtert oder erfreut. Eher ... geschockt. Er guckte an sich hinab, auf seine Hände und dann wieder zu mir. Als schämte er sich, dass ich ihn so gefunden hatte.

»Niemand darf so mit dir umspringen, Quentin, ja? Niemand.« In mir spürte ich eine ungeahnte Wut, wie wenn ich einen der Straßenhunde in anderen Ländern rettete. Wenn ich sah, wie Menschen mit anderen Lebewesen umgingen.

Quentin nickte.

»Es ist alles gut, okay? Ihr könnt für das alles nichts. Wir werden diese Arschlöcher schon drankriegen, ja?« Ich rutschte hinter die beiden, damit ich mehr Platz hatte und Salaì nicht verdrängte. Dann nahm ich sie beide in meine Arme und drückte sie an mein Shirt. Ich spürte, wie schnell die beiden atmeten, wie sie zitterten. Das ging alles zu weit. Alles. Einfach alles.

Und als die Polizei die Treppen runterkam, erkannte ich hinter ihnen zwei Leute, die sie erwischt hatten. Taschenlampenlichter strahlten uns an, und ich kniff die Augen zusammen. Plötzlich stürmten einige Erkenntnisse meinen Kopf, drangen in mein Gehirn ein.

Sie würden Quent und Cormac Hunderte von Fragen stellen. Das war meine Schuld. So konnte ich nicht mehr weitermachen. Nicht mit dieser Schuld, die ich mir bereits aufgebürdet hatte. Ich brauchte einen neuen Plan, um die Spenden aufzutreiben.

Die nächsten Tage vergingen wie im Flug. Und mit jedem, der verstrich, wurde aus dem Ziehen in meinem Magen ein Stechen und aus dem Pochen in meinen Schläfen wurden Kopfschmerzen, die mich quälten. Doch statt Tabletten zu nehmen, genoss ich die Schmerzen. Ich verdiente sie. Ich saß in der Bibliothek meines Dads und ließ die Geschehnisse Revue passieren. Die Polizei hatte Quentins, Cormacs und meine Aussagen aufgenommen, genauso wie die von Bram und einer Frau namens Tanja, die zwar Studentin war, aber an einer anderen Uni und gar nichts mit dem Erbe hätte zu tun haben können. Generell schien die Gruppe nur aus zwei, drei Leuten von der UofG bestanden zu haben. Der Rest hatte sich einfach gegen sie im Internet zusammengeschlossen, weil sie queerfeindlich waren und dieses Erb-Ding als Aufhänger genutzt hatten. Gemeinsam mit Professor Kiprotich und dem Unileiter Professor Sir Alessandro Cappitani hatte ich eine Social-Media-Erklärung geschrieben, die auch an die Presse ging. Sie beinhaltete hauptsächlich, wie schrecklich sie den Vorfall fanden, betonte nochmals, dass Cormac und Quentin aufgrund ihrer Leistungen ausgewählt worden waren und es keine Toleranz-Marketingkampagne, ein politisches Statement oder sonst etwas gewesen sei. Professor Kiprotich und Professor Sir Alessandro Cappitani beschlossen aber auch, das zum Anlass zu nehmen, um härter und strenger gegen Queerfeindlichkeit vorzugehen. Suspendierten jene, die tatsächlich mit der UofG zu tun hatten. Die Leute mussten sich bei Cormac und Quentin entschuldigen, der weitere Prozess würde erst im Herbst stattfinden.

Das hatte zwar nicht alles Gemurmel von jenen, die sich daran störten, im Keim erstickt, fiese Kommentare von Fake-Accounts eingeschlossen, aber so bald würde sich niemand mehr trauen, den beiden zu drohen. Quentin und Cormac hatten die letzte Zeit auch in psychotherapeutischer Betreuung verbracht, die sie zur Verfügung gestellt bekommen hatten. Das brauchten sie auch, um ihre seelischen Wunden zu heilen. Ich war nur happy, dass das alles aufgelöst wurde, bevor sie sie verprügelt oder Schlimmeres getan hätten. Hätte ich von Anfang an aufgegeben, hätte ich Bram nie angerufen, und wir hätten nie geredet …

Ich drückte mich mit meinen Beinen ab, sodass der Stuhl nur noch auf zwei Beinen stand, und dachte an die beiden.

Als ich zurückkippte, fing ich mich mit meiner Hand und einem lauten »Wahh« gerade noch so vor dem Sturz – wettete dabei, dass das bestimmt mein Geister-Dad gemacht hatte.

Brams Name erschien auf dem Display vor mir. Er hatte endlich auf meine Nachricht geantwortet, die ich ihm letztens noch geschrieben hatte. Über alles, was geschehen war …

> Hör zu, du bist schuld, genauso wie ich. Fuck, denkst du, ich bin stolz darauf? Aber wie gesagt … ich glaube, dass die Leute ohnehin zu allem bereit gewesen wären. Ich hätte mich da nie hineinziehen lassen dürfen. Bin nur so scheißwütend gewesen, weil ich das Geld so dringend gebraucht habe. Ich fühle mich schrecklich.

> Fick dich, Bram … Ich habe gesagt, so eine queerfeindliche Scheiße soll es nicht geben, sonst gehe ich zur Polizei! Das war der Deal! Ich habe das klar kommuniziert und dich vor dem Gym noch mal gefragt. Das Geld kannst du vergessen, du Wichser.

> Nicht dein Ernst. Also ich weiß nicht, ob Quentin oder Cormac das so toll fänden, wenn sie von unserem Kontakt wüssten. Also überleg dir das mit dem Geld besser noch mal.

> Vielleicht sag ich es ihnen ja einfach selbst? Was dann?

Natürlich … Geld. Kopfschüttelnd erhob ich mich und spazierte durch die Reihen voller Bücher. Geld änderte wohl immer alles. Oder? Ohne Geld hätte Dad das mit dem Erbe alles nie in Gang treten können. Ich verstand Bram ja auch. Er sorgte sich um seine Absicherung. Aber das war alles zu viel. So weit wäre nicht mal ich für mein Erbe gegangen. Aber eine Idee, wie ich ohne Erbe Abby und allen anderen helfen konnte, hatte ich nicht.

Ich blickte mich um. Alte, neue, bunte, beige, kaputte und ausgeblichene Bücher verliehen dem dunklen Raum einen magischen Charme. Als Kind hätte ich schwören können, hier irgendwo die Schöne und das Biest herumtanzen zu finden. Was ich mittlerweile aber auch hier fand: die Präsenz meines Vaters. Seine Energie spürte ich auf jeder einzelnen vergilbten Seite, und da mir Brams Drohung auch nicht aus dem Kopf ging, eilte ich nach draußen zu Jasna.

Sie hatte ihre Haare zu zwei seitlich abstehenden Zöpfen gebunden und strich behutsam über den Pavillon. Pinselstrich um Pinselstrich hauchte sie den Holzlatten unten ein sattes Weiß ein. Ein paar Farbspritzer zierten ihre Wange, die sie mit dem Handrücken wegwischte, während eine dunkle Wolke über uns die Sonne erneut verdeckte. Ein Déjà-vu von vorhin, als ich ihr Eistee gebracht hatte.

»Hey.« Ich machte das Radio, aus dem Alexz Johnson mit *Running With the Devil* tönte, ein wenig leiser.

»Hey.« Von der Seite erkannte ich ihre Augenringe. Ich merkte, wie sehr Jasna die letzten Tage ebenfalls belastet hatten. Sie war rund um die Uhr für Quentin und Cormac da gewesen, nicht so wie ich …

»Alles klar, brauchst du Hilfe?«

»Hierbei oder allgemein im Leben?« Jasnas belustigtes Schnauben war ziemlich halbherzig.

»Kann dir bei beidem helfen.«

»Hilf lieber Mac und Quent.« Das würde ich ja gerne …

»Wie geht es ihnen?«

»Sie tun so, als wäre nichts. Gehen aber wenigstens noch zu der Psychotherapeutin, die sie zur Seite gestellt bekommen haben. Ich denke, sie haben es mittlerweile einigermaßen verkraftet, vor allem, weil sie beide ständig betonen, dass sie sich davon nicht aus dem Leben reißen lassen wollen. Ihnen nicht diese Kontrolle über sie geben wollen. Ich denke auch, sie hatten Glück, dass das rasch aufgelöst wurde, die Täter gefasst wurden und ihnen keine zu krasse körperliche Gewalt angetan wurde. Und dass sie beide davor ganz gut mental dastanden. Leute, die solche Mobbingattacken in einem schlechten Umfeld länger durchmachen und dann da reingeraten, würden das schwerer verkraften. Aber ich merke auch noch, wie schnell ihr Lächeln verschwindet, sobald ich meinen Kopf wegdrehe. Sie bleiben lange in ihren Zimmern, gehen nicht zur Uni, und ich glaube, an ihren Arbeiten machen sie auch nicht weiter.« Jasnas Hand verkrampfte sich um den Pinsel, und ihr Gesicht verzog sich vor Wut. Die Brauen tief zur Nase hin. Die Lippen angespannt. Viel zu fest drückte sie den Pinsel gegen das Holz und strich immer wieder über dieselbe Stelle.

Sollte das nicht der Part sein, bei dem ich mich darüber freute, dass sie nicht weiterarbeiteten? Ich spürte nichts dergleichen.

»Ich kann doch nicht zulassen, dass sie diese Chance mit dem Erbe verlieren, nur wegen diesen Wichsern, oder? Oder? Mass?« Sie schmiss den Pinsel gegen die Holzwand des Pavillons und hinterließ dabei nicht nur einen in meinen Ohren nachhallenden Bum-Laut, sondern auch einen weitflächig gesprenkelten weißen Fleck. »Und sie sind auch so stur. Die Uni hat eine Fristverlängerung aufgrund der Umstände angeboten, aber das wollen sie nicht. Sie wollen den Willen deines Dads mit der Frist nicht übergehen. Außerdem denken sie, dass es nur wieder gefundenes Fressen für diese Leute wäre, wenn sie einen Aufschub bekämen. Die nächste Verschwörungstheorie: Sie sollten das Erbe immer bekommen, die Uni dreht es, wie sie es will. Keine Ahnung. Fuck.«

Jasna legte ihr Gesicht in ihre Hände und seufzte verzweifelt.

»Und wenn ich ihnen sage, ich gebe ihnen das Geld so oder

so? Oder wir teilen?« Das sprudelte einfach so aus mir heraus. Was sagte ich denn da für einen Mist?

Noch bevor ich das irgendwie relativieren konnte, sah mich Jasna an. »Echt? Das würdest du machen? Das ist echt süß, Massi.«

»Ähm ...«

Sie schüttelte den Kopf. »Aber das würden sie nicht annehmen. Sie sind zu stolz. Wahrscheinlich würden sie noch sauer, wenn du das vorschlägst, so wie sie gerade drauf sind. Sie wollen das durch ihre Leistung schaffen, so, wie es vorgesehen ist. Du kennst sie doch. Und für diese Arschlöcher wäre es auch nur wieder eine Bestätigung.« Sollte ich jetzt erleichtert sein? »Es ist alles so kompliziert.« Jasna seufzte laut und ließ den Kopf hängen.

Noch bevor ich ihr tröstend auf den Rücken hätte klopfen können, schluchzte sie auf, erhob sich und wischte sich die Tränen aus dem Gesicht. »Nein, wir lassen sie nicht im Stich. Ich habe einen Plan.« Jasna nahm eine Siegerpose ein, als hätte sie eine Goldmedaille gewonnen. Eine Medaille in ... keine Ahnung ..., Pavillonstreichen. Oder im Ideenfinden.

»Wie kannst du so schnell wieder so gut drauf sein?«

»Dank der drei V. Verdrängen, Verleugnen und Sailor Venus.« Sie nahm meine Hand und lief mit mir zurück zum Haus.

»Das ergibt keinen Sinn.« Beinahe wäre ich über eine Wurzel des uralten, mächtigen Baums im Garten gestolpert, aber fing mich gerade noch so.

»Exakt.«

»Häää? Jasna, geht es dir gut?«

»Bald schon, ja.«

»Und wie sieht dein Plan aus?«

»Na, wie schon? Ich kümmere mich um Cormac und du dich um Quentin.«

»Wie kümmern?«

»Aufheitern.«

»Und wie?«

»Na mit was? Mit Sex!«

»Was? Quentin hat es dir erzählt?«

Auf der Terrasse, die in die Küche führte, hielt Jasna, und ich lief in sie hinein. Fast wären wir vornübergekippt, da drehte sie sich um und packte meine Schultern. »Das ist ein Spaß gewesen …« Jasnas Mund blieb offen stehen. »Ihr habt es getan? Also … Was?!« Ehrlicherweise schien sie weniger erschrocken als eher überrascht-glücklich.

»Sag das bitte nicht weiter, ich weiß nicht, ob er das will, und ich habe echt gedacht, du weißt das und …«

»Keine Angst.« Jasna legte ihre Hand auf meine Schulter. »Aber ich finde ja, ihr passt gut zusammen.«

Zusammenpassen? Ich lachte kurz auf und hob dann abwehrend meine Hände. Bewegte mich zwei Schritte rückwärts und spürte, wie meine Augen sich ganz von allein weiteten. »Warte, warte. Das ist nur Sex gewesen. Wir haben Spaß gehabt. Nicht mehr. Da ist nichts.« Da war auch nichts, und jetzt durfte da auch nichts mehr sein. Wenn Quentin herausfand, was ich getan hatte … »Und überhaupt, warum sollten wir gut zusammenpassen?«

»Hm.« Jasna drehte sich um und ging voraus in die Küche, wo sie uns beiden etwas von ihrem selbst gemachten Eistee einschenkte. »Ihr ergänzt euch gut.« Sie schob mir das Glas zu, das über den unebenen Holztisch kratzte. »Sobald ihr in einem Raum seid, ist es, als würden sich eure Auren verbinden.«

»Das … Also, das ist doch …« Ich nahm das Glas und trank es leer. Ganz langsam. Jasna ließ mich dabei nicht aus den Augen. Grinsend lehnte sie sich gegen den Tisch, als hätte sie den ganzen Tag Zeit.

Mit einem zufriedenen »Ahhh« stellte ich das Glas ab. »Das ist nicht wahr. Er ist so intelligent und hat so viel vor in seinem

Leben. Er hat selbst gesagt, er hofft, mal jemanden an der Uni zu finden, mit dem er den ganzen Tag über ihre Arbeiten quatschen kann, und ich? Ich, keine Ahnung, kann ja nichts.«

Eigentlich wollte ich den letzten Satz nicht sagen, aber er stolperte einfach so aus meinem Mund. Ein kurzer Anflug von Bedauern huschte über Jasnas Gesicht, und sie sprang auf die33Kücheninsel. »Massimo. Ganz ehrlich? Ich habe das schon so oft jetzt aus deinem Mund gehört. Warum denkst du, du kannst nichts? Du hast mir beim Cottage und hier geholfen und ...« Perfektes Timing: Salaì bellte draußen im Garten und lief schneller als der Blitz im Kreis. Vermutlich seine fünf Minuten mal wieder. »Das mit Salaì bekommst du toll hin. Auch wie du das alles mit dem Haus regelst, die Behördengänge. Woher kommt das denn?«

In meiner sonnendurchfluteten Küche spürte ich plötzlich die Anwesenheit meines Vaters. Wie er mich beim Apfelschneiden beiseiteschob, weil ich mir wieder irgendeine Jahreszahl nicht merken konnte, und dabei behauptete, ich könne sowieso nichts. Mit dieser Erinnerung im Kopf versuchte ich, den Blickkontakt mit Jasna zu vermeiden. Als ich jedoch auf die hölzerne Kochinsel schaute, bemerkte ich, dass Jasna mich besorgt ansah. Die Kochinsel, auf der ich noch die Olivenölflecken erkannte, derentwegen er mich auch angeschrien hatte. Diese Erinnerung rief wiederum die Worte meines Vaters in seiner antiken Bibliothek hervor, dass ich im Leben nichts erreichen würde. Obwohl Jahre vergangen waren, konnte ich nicht verhindern, dass die Demütigung in meinen Gedanken präsent war. Plötzlich spürte ich eine innere Unruhe, die sich in einem flauen Gefühl im Magen und einer erschwerten Atmung manifestierte. Ich wandte meinen Blick von meiner Freundin ab und nahm meine Umgebung wahr: die modernen Küchengeräte, das klare Licht und die offenen Fenster. Das war real, das war das Jetzt. Mein Dad und seine Aktionen nicht. Sie waren Erinnerungen, Vergangenheit. Dennoch konnte ich mich nicht von dem Schmerz ablenken, den ich empfand.

»Massi?«

»Keine Ahnung. Da gibt's nichts.«

»Sicher?«

»Warum willst du nie was über deine Heimat erzählen oder warum du keine Fotos magst?«, blaffte ich Jasna an, und es tat mir im selben Moment leid, in dem ich das letzte Wort ausgesprochen hatte. Ich zuckte und presste meine Augenlider zusammen. »Sorry. Das habe ich nicht …«

»Weißt du was … Egal. Lass es.« Jasna schüttelte den Kopf und trank ihr Glas leer. Danach sprang sie von der Kücheninsel und ging zur Tür. »Sieh nur wenigstens nach Quent.« Weg war sie.

Es dauerte einige Minuten, bis ich mich wieder gefasst hatte. Ich holte mein Handy hervor und tippte mich bis zu Quents TikTok-Account durch, den ich mir bis jetzt noch nie wirklich angeguckt hatte.

Ich scrollte mich durch Geschichtsvideos über Schamhaarperücken und ihre Gründe, Ertrinkende in einer Bierflut, aber auch wichtige Themen wie queere Menschen und deren Darstellung im antiken China oder spannende Infos wie Arsenbäder. Nach einigen Videos hatte ich nicht nur ein Schmunzeln auf den Lippen, sondern vergaß darüber auch völlig die Zeit. Ich hätte nie gedacht, wie spannend Geschichte sein konnte, wenn ich dabei das Charisma von Quent vor mir hatte. Wie er begeistert von Entdeckungen berichtete, selbst ein Lachen unterdrücken musste, wenn er über Datingtipps von Leuten aus dem viktorianischen Zeitalter sprach, oder glasige Augen hatte, wenn er über queere Menschen sprach.

Doch dann fand ich zwei unschönere Dinge. Erstens. Die neuen Kommentare seiner kürzlich hochgeladenen Videos. Sie beschimpften ihn. Manche schrieben, dass der Vorfall im Freilichttheater noch zu harmlos für ihn gewesen wäre und so weiter. Ich mochte mir gar nicht vorstellen, wie er sich dabei fühlen musste. Zweitens ein Video mit nur wenigen Aufrufen. Er sprach über das Adam O'Connel Museum of History, das Hilfe brauchte, weil es keine finanzielle Unterstützung mehr bekam. Darüber hatte Quentin doch schon mal gesprochen, nicht wahr? Da fiel mir etwas ein, womit ich ihn aufheitern konnte. Und irgendwie schuldete ich ihm das. Ich hatte zwar nichts mit dem Angriff auf Cormac und ihn zu tun, aber ich hätte ... Ich hätte aufmerksamer sein können. Dieser Angriff auf Quentin und Cormac hatte etwas in mir wachgerüttelt. Mein Innerstes merkte das. Deshalb hatte ich Jasna gesagt, ich könnte ihnen das Erbe auch so geben. Die beiden so zu sehen hatte mir gezeigt, dass ich an das Geld für meine Spenden anders kommen musste. Vielmehr sollte ich Quent und Cormac gerade jetzt unterstützen.

Kapitel 22

Massimo

Am nächsten Tag sah sich das historische Museum bereits von Weitem majestätisch in die Höhe ragen, beinahe als kitzelte es die dichte, dunkle Wolkendecke darüber. Davor fühlte ich mich klein und eingeschüchtert.

»Und? Gute Idee, hierherzukommen, oder?«, fragte ich und sah Quentin an.

»Jaa. Ich liebe es. Bin ewig nicht mehr hier gewesen. Habe irgendwie nie Zeit. Es ist jetzt mit den ganzen Bäumen, Büschen und Blumen noch schöner.« Ich war froh, dass unser Streit vom Picknick vergessen war.

Ich fixierte mit meinem Blick die Wände des imposanten Gebäudes und versuchte, die Größe und Schönheit des Ortes zu fassen. Quents aufgeregtes Einatmen bei jedem Detail freute mich, aber ich fühlte mich auch etwas unzulänglich, wenn ich daran dachte, wie er hier gerade Verknüpfungen bildete, während ich kaum Ahnung von Geschichte hatte.

Als wir uns dem Eingang des Museums näherten, betrachtete ich die Säulen und Bäume davor und musste zugeben, dass ich von alleine nie hergekommen wäre. Doch nicht nur Staunen, sondern auch Angst überkam mich. Je näher ich den Geschichten hinter dieser Tür kam, desto lauter hörte ich die Stimme von Dad in meinem Kopf. Sie schrie mir entgegen, dass ich mich da drinnen blamieren würde. Sein Geisterkopf tauchte vor der Tür auf und raste auf mich zu. In einem Moment der Unsicherheit griff ich nach Quents Hand und fühlte mich sofort beruhigt. Zumindest so lange, bis ich checkte, was ich da getan hatte.

»P-pass auf.« Ich zog ihn zu mir und ließ ihn los. »Da ist eine Biene gewesen, und du rennst hier mit offenem Mund herum.« Quent schloss seine Lippen und drehte sich um. »Oh? Echt? Okay. Danke. Ist nur alles so überwältigend hier.«

Wir schritten gemeinsam durch den Eingang und waren überwältigt von der Fülle an historischen Gegenständen, die auf uns wartete. Ich konnte Statuen erkennen, die Männer ineinander verschlungen zeigten, und welche von homosexuellen Aktivisten aus der jüngeren Geschichte. Ich trat näher an eine der Statuen heran und konnte nicht anders, als ihre Anmut zu bewundern. Es war laut Text eine Darstellung von Antinoos, einem jungen Mann aus der römischen Antike, der für seine Schönheit und Homosexualität bekannt war. Ich schwelgte in der Faszination der Schätze der Vergangenheit und konnte nicht anders, als mich dafür zu begeistern.

Das Adam O'Connel Museum of History war so prachtvoll, dass es mir fast den Atem raubte. Der glänzende Marmorfußboden und die aufwendigen Stuckdecken waren der perfekte Rahmen für die Kunstwerke und unglaublichen historischen Artefakte, die in jeder Ecke ausgestellt waren. Wunderschöne antike Skulpturen und Vasen von griechischen Göttern und Göttinnen fanden genauso Platz wie eine Galerie von Fotografien in Graustufen, aufgenommen während der Stonewall-Aufstände. Quentin breitete neben mir die Arme aus und drehte sich einmal. Ich zuckte dabei kurz zusammen, als ich seine Hand an mir vorbeihuschen sah. Es erinnerte mich an Dad, aber ich verdrängte sein Gesicht und prägte mir Quents ein. Prägte mir das Schöne im Leben ein. Und wie toll Hände sein konnten. Vor allem seine auf meinem Körper. Hände auf Körper. Das konnte gut sein.

Die Wände waren mit Gemälden geschmückt, die berühmte queere Persönlichkeiten zeigten. In einer Ecke war eine Ausstellung von Zeitungen und Zeitschriften, die die frühe queere Presse darstellten.

Bei den Berichten über queerfeindliche Angriffe merkte ich, wie ein Schatten über Quentins Gesicht huschte. Er dachte bestimmt wieder an diesen Vorfall. Er sprach kaum davon, aber ich sah es ihm an.

In der Ecke neben ihm waren schimmernde Teekessel und Pfeifen – eine Hommage an die Raucher und die Teehäuser der viktorianischen Zeit –, die in queeren Etablissements verwendet worden waren. Ich liebte es, immer tiefer in die Ausstellung hineinzugehen und all die Dinge zu betrachten, die unsere queeren Leute darstellten und würdigten. Das Museum war nicht nur ein Ort des Lernens, sondern auch ein Ort des Feierns queerer Persönlichkeiten, und ich merkte wieder, wie wenig ich darüber wusste. Wie wenig ich darüber nachdachte, wie die Menschen vor uns dafür gekämpft hatten, dass wir wenigstens etwas freier leben konnten. Zwar noch mit Problemen, und nicht alle Länder zogen gleich mit, aber es tat sich etwas. Zu jedem Stück hatte Quent eine Geschichte, der ich lauschte. Lauschte und kein abfälliges, fieses Schnarchgeräusch mehr machte. Quentin zeigte mir, dass Geschichte wichtig war und etwas lehren konnte, aber auf eine inspirierende Art. Ganz anders als mein Dad früher. Mit Quentin durch das Museum zu gehen und Geschichte zu erleben störte mich nicht mehr. Ich verband es mehr und mehr mit Quent, nicht mehr mit Dad.

»Und deshalb hat es auch zum Beispiel in der chinesischen Antike …«

»… zum Beispiel in der Han-Dynastie oder der Song-Dynastie über mehrere Jahrtausende hinweg Beschreibungen von männlicher Queerness gegeben. Dann gab es ein Auf und Ab mit der Akzeptanz dort, bis der Kolonialismus irgendwie alles ja so richtig zerstört hat«, beendete ich Quents Satz, der mich schon ab der Mitte angesehen hatte, als wäre ich nun das erstaunlichste Artefakt in diesem Museum.

»Woher … Was …« Quentin sah sich um. In die Ecken der Decke. »Wo sind die Kameras?«

Ich griff mir an die Stelle über meinem Herz. »Aua. Ich fühle mich attackiert.«

»Sagt Mister Schnarchgeräusche, sobald ich etwas erwähne, das vor 2020 passiert ist.« Hm, hatte ihn das doch mehr getroffen als gedacht?

»Erwischt. Sorry dafür. Ich habe vielleicht – und würde es niemals zugeben – deinen TikTok-Account ein bisschen unter die Lupe genommen.« Ich kratzte mich am Hinterkopf und drehte mich etwas weg von Quent hin zu einem Gemälde.

»Ach, echt? Das ist ja … Wow. Hätte ich nicht gedacht. Freut mich, dass du dir das gemerkt hast, welches Video hat dir – Massimo?« Quentin schien zu merken, dass mich das Gemälde ablenkte, und stellte sich neben mich.

»Warum ist denn eine Kopie der Mona Lisa da?«

Ich hörte ein Lachen von Quentin. »Ich wollte dir das schon so oft erzählen.«

»Warum wolltest du mir von diesem Gemälde erzählen?«

»Na, wegen deinem Hund.« Quent zeigte auf das Bild und nahm seine Brille ab. »Salaì.«

»Mein Hund hat das gemalt?« Ich … An diesem Punkt der Unterhaltung stieg ich völlig verwirrt aus.

»Ah, der Name ist von deinem Dad, oder?«

Dieses Detail an Salaì mochte ich am wenigsten, dennoch gab ich es zähneknirschend zu. »Ja.«

»Es gibt eine vage Theorie, die eigentlich als ziemlich gesichert gilt, aber wir wissen es ja nie so ganz genau. Also die Theorie besagt, dass die Mona Lisa eigentlich keine Frau ist, sondern Leonardo da Vinci seinen Lieblingsassistenten Gian Giacomo Caprotti da Oreno – besser bekannt unter dem Namen

Salaì – gemalt hat. Sie sind natürlich nur die allerbesten Freunde und enge Arbeitskollegen gewesen.«

»Natürlich. Alles voll bro-mäßig.«

»Viele glauben eben, dass Salaì ein Liebhaber von Leonardo gewesen ist. Er hat den Überlieferungen nach auch echte Ähnlichkeit mit der Mona Lisa. Vor allem da es auch Werke gibt, in denen Leonardo Salaì gemalt hat, und die sehen ähnlich aus. Salvator Mundi beispielsweise.« Quent ging weiter und deutete mit einem Brillenbügel auf eine Glasvitrine. »Da zum Beispiel. Es soll Briefe geben, die von Leonardo geschrieben wurden. Da hat er liebevolle Begriffe für Salaì verwendet und seine Schriften sogar mit Zeichnungen von Penissen und so versehen. Ist alles sehr interpretativ und so, aber ich mag die Theorie.«

Ich zuckte mit den Schultern. »Ich bin jetzt auch ein Fan von der Theorie. Bei Sex bin ich immer dabei.«

»Du wieder«, sagte Quent, und wir gingen weiter in einen Raum, wo viel mehr Gewusel herrschte. Leute versammelten sich vor einem Podest.

»Oh, wow. Da ist der, der das Museum betreut. Rémi Dupont macht das alles mit vollster Leidenschaft. Er hält gerade eine Führung.« Wie Quentin ihn anhimmelte. Was hatte der Typ bitte? Okay … ein Museum, aber sonst? Er hielt das Mikro gegen seine feinen Gesichtszüge, und irgendwie hatten seine Augen etwas, na ja, Kluges? So dunkelblau und vornehm irgendwie. Er strich über seine schicke Frisur und sein markantes Kinn. Danach steckte er seine Moderationskarten in seinen stilvollen klassischen Anzug, und die eloquente Art, wie er überspielte, dass er eine Karte vergessen hatte, zog alle in den Bann. Na gut, ein wenig konnte ich Quents Begeisterung für ihn vielleicht doch nachvollziehen.

»Du weißt nicht, wie oft ich mir früher nachts vorm Einschlafen vorgestellt habe, dass er mich anspricht, mir einen Job anbietet, und bei der Arbeit verlieben wir uns. Wir interpretieren Gemälde und suchen online nach ...« Quentin verlor sich in Rémis Anblick und schmachtete ihn an. »... nach seinem perfekten Hintern.«

»Ach, danach sucht ihr beide gemeinsam online, während er auf seinem perfekten Hintern neben dir sitzt? Klingt ja nach einer langweiligen Ehe«, witzelte ich.

Quentin stieß mir sanft und spielerisch seinen Ellbogen in die Seite und funkelte mich böse an. »Ich habe mich versprochen.« Er schnaubte belustigt.

Das bestätigte mir nur wieder, dass ich niemals Quentins Fall wäre und dass zwischen uns nur Sex war. Ich wäre dafür ohnehin nicht gut genug.

»Na ja, was wäre, wenn ich zufällig die Kontakte meines Dads hätte spielen lassen und wir heute Abend zu einer Party von ihm eingeladen wären, auf der er um Spenden für das Museum bittet?«, flüsterte ich Quentin ins Ohr.

Sein Mund klappte auf, und er wandte sich langsam zu mir. Als hätte er Angst, sobald er mich ansah, würde ich ihm sagen, es wäre nur ein Scherz gewesen. »Ist das dein Ernst?«

»Hm ...« Ich setzte ein überlegendes Gesicht auf. »Nee, nur Spaß.«

Quent untersuchte jeden Winkel meiner Augen, meiner Lippen und meiner Augenbrauen, um einen Hinweis auf den Wahrheitsgehalt meiner Aussage zu finden.

»Natürlich nicht.«

Erleichtert atmete Quentin auf. »Boah, Massimo. Aber ... Wie bist du darauf gekommen?«

»Keine Ahnung, ich habe mir gedacht, ich heitere dich ein wenig auf.« Jemand neben mir rempelte mich an, um weiter vor zu Rémi zu kommen, und ich stolperte näher an Quentin heran. Bevor ich der Person nachrufen konnte, erkannte ich Quents gesenkten Kopf. »Was ist los?«

»Muss nur wieder an das, was im Park passiert ist, denken

und dass ich nicht will, dass du dich für mich verantwortlich fühlst oder so.« Er schob sich seine Brille mit dem Zeigefinger hoch, eine neue, da die alte bei dem Angriff kaputtgegangen war, und schüttelte den Kopf. »Ich komm schon klar. Es wird mich noch verfolgen, aber ich erinnere mich gerne an die Geschichte, an die Vorfälle, die queere Menschen wirklich aus dem Leben gerissen und es ihnen zerstört hat. Diese Macht will ich ihnen nicht geben. Ich weiß, unsere Welt ist nicht nur böse, sondern es gibt Menschen, die für das hier kämpfen. Das stimmt mich positiv, und daran will ich festhalten und denken.«

»Queeeeeentin.« Ohne nachzudenken, umschloss ich sein Gesicht mit meinen Händen und beugte mich zu ihm nach unten, bis ich seinen Blick auffing. »Hey? Ich bin's, Massimo. Du musst dir nicht merkwürdig vorkommen, okay? Lass uns Spaß auf der Party haben, ja? Es gehört doch auch zu einer Freundschaft, dass wir uns in solchen Momenten ablenken, oder? Ich fühle mich nicht verantwortlich.« Zumindest hatte ich das so in Serien gesehen, keine Ahnung, meine Leute meldeten sich ja nicht mehr, seitdem sie Angst hatten, ich wäre nach dem Tod meines Dads weniger spaßig oder so.

Quentin nickte. »Wann ist die Party? Sollte ich vielleicht noch etwas vorarbeiten?«

Nein! Er durfte nicht gehen. Genau das sollte er doch nicht. Ein Ziehen in meiner Brust wurde stärker und stärker. Ich wollte nicht, dass er ging.

»Aber wir brauchen doch noch sexy Anzüge für heute Abend, oder nicht?«

»Ja, ich lass mir mal einen von Jasna basteln.« Fuck, schon wieder ein Fettnäpfchen.

»Ich bezahle.«

»Warum sollte ich das wollen?«

»Sieh es als Entschädigung.« Für so vieles. »Für …« Ich blieb an der letzten Silbe hängen, als wäre ich ein Song, der feststeckte.

»Für?«

Für so vieles, was du nicht ahnst. »Mein Reinplatzen in dein Zimmer.«

»Oh, bitte.« Quentin hielt sich die Hand vors Gesicht. »Erinnere mich nicht daran.«

»Aha! Siehst du …« Mit meinem Finger schob ich seine Hand weg. »Dafür brauchst du eine Entschädigung.«

»Okay, okay, stimmt ja eigentlich auch. Können wir nicht Jasna und Mac auch reinschmuggeln?«

Bestimmt, sie hatten ja gefragt, ob wir nur zu zweit kämen oder mehrere wären. »Bestimmt!«

Geschafft. Doch die Freude darüber, dass er bei mir blieb, und das schlechte Gewissen, weil ich ihn doch wieder von seiner Doktorarbeit abhielt, wogen sich gegenseitig auf und bereiteten mir gleichermaßen ein mulmiges Gefühl. Und obwohl ich mir einredete, dass aus Quent und mir ohnehin nichts werden konnte, merkte ich mehr und mehr, wie zusammen mit meinem schlechten Gewissen auch meine Gefühle für Quentin immer größer wurden. Aber gab es noch ein Zurück?

Kapitel 23

Quentin

Ich wartete vor dem Backsteingebäude auf der Straße unter einer Laterne auf meine Leute, die noch mal zu dem Kiosk gelaufen waren. Ich scrollte durch mein Handy, da ich merkte, wie mich hier alleine nachts die dunklen Gedanken vom Park einholten. Also musste Ablenkung her.

Plötzlich klingelte mein Handy.

Was wollte der denn?

Brams Name tauchte auf dem Display auf. Wollte der mich verarschen?

»Bram?« Hatte ich echt abgehoben?

»Hey, bevor du auflegst, bitte lass mich reden, ich brauche das.« Ich hörte Musik und laute Gespräche im Hintergrund.

»Und ich brauche, dass du das ungeschehen machst, weil dann würdest du das hier auch nicht brauchen.«

»Okay, das ist richtig ... Bitte. Hör mir nur kurz zu. Vielleicht sehen wir uns ja auf der Party heute, und es soll nicht strange sein oder so.«

Ich reckte mein Kinn vor und rollte mit den Augen. »Okay.« Dass er da aufkreuzte? War das sein Ernst?

»Danke, also, es tut mir leid. Ich wollte das nie. Ja, okay, dass sie euch schreiben oder Kommentare ... aber das, was dort passiert ist, niemals! Wirklich. Das macht es nicht besser. Die Kommentare allein waren schon schlimm, wir wissen ja alle, was Cybermobbing anrichten kann. Fuck, das ist echt ... Keine Ahnung. Aber ich habe so sehr auf das Geld gesetzt, ich habe einen Nebenjob, und meine Familie spart für mich, damit ich studieren kann und … ich habe dir das ja alles schon erzählt.« Er lachte. Ich nicht. »Jedenfalls tut es mir leid. Ihr habt das echt verdient. Ich habe mir eure beiden Arbeiten, die online sind, durchgelesen, das ist … Wow. Ich meine, das ist, als wärt ihr schon Pioniere in euren Gebieten. Und wie ihr schreibt, euer Stil … Da kann echt keiner von uns mithalten. Es tut mir so leid. Ich schätze, Geldnot treibt uns zu den merkwürdigsten Dingen. Gut, da sind auch viele Leute dabei, die keine Geldprobleme haben, aber ich … Na ja … Vielleicht hilft es dir ja, dass wir auch alle online Hate abbekommen und Strafen und …«

»Das ist mir egal.« Das meinte ich auch so. Ich war kein Fan davon, Hass mit Hass zu bekämpfen, aber wenn sie als Konsequenz bekamen, dass andere sie online beleidigten, war ich darüber auch nicht traurig. »Weißt du, ich arbeite auch hart. Ich brauche das Geld auch. Ich habe keine Familie, die für mich spart, und ich habe mehrere Nebenjobs gehabt, nicht nur einen. Das soll auch kein Wettbewerb sein, wer der traurigere Wurm von uns ist. Es ist abgefuckt, dass Bildung so eine große Hürde hat, nämlich Geld, aber statt das Spiel zu verurteilen, bekriegen wir Spieler uns gegenseitig? Ja genau, das wird helfen.«

Meine Leute kamen zurück. Ich hörte ihr Lachen. Ihre Schritte.

»Okay, egal. Werde glücklich. Ich wünsche dir, dass du zu dir findest und dir nie so was passiert. Du musst ja mit dir leben, nicht ich.« Ich legte auf und ging mit den anderen hinein. Mit Massimo fuhr ich als Erstes im Zweipersonenaufzug rauf.

Der Aufzug öffnete sich auf der Dachterrasse, und ich atmete tief ein. Eine laue Glasgower Sommernacht breitete sich vor mir aus und die Skyline der Stadt leuchtete in der Dunkelheit, mit den Lichterketten am Dachrand um die Wette. Zusammen machten sie dem Sternenhimmel ernsthaft Konkurrenz. Als ich nach draußen trat, fuhr der Zweipersonenaufzug nach unten.

Heute wollte ich nicht mehr an das denken, was im Park geschehen war. Ich ließ nicht zu, dass es mein Leben bestimmte. Nicht mehr.

In der Mitte entdeckte ich eine gigantische Feuerschale, um die eine Gruppe Menschen in schicken Gewändern stand. Sie ratschten vertraut miteinander, bis mir auffiel, warum und woher ich sie kannte.

»Massimo«, zischte ich und zog ihn an seiner schwarzen Krawatte zu mir.

»Das sind allesamt Historikerinnen und Historiker, deren Bücher ich jahrelang studiert habe und die an der Uni lehren oder gelehrt haben. Ich kann nicht mehr.« Die Bewunderung für diese Menschen entfachte ein Feuer in mir, Flammen, die jede Nervenbahn in mir lodernd eroberten. Sie ließen meinen brennenden Wunsch, Historiker zu werden und zu ihnen zu gehören, zu neuem Leben erwachen. Diese Menschen zu bewundern war so überwältigend, dass ich mir in keinem Paralleluniversum hätte vorstellen können, tatsächlich hier zu sein.

»Quent, reiß dich zusammen, sonst kommst du noch«, flüsterte er mir ins Ohr, und mir wurde noch heißer. »So ein feuchter Fleck vor deinem Ding an deinem senfgelben Anzug wäre bestimmt wenig eindrucksvoll.«

Ich hätte ihm nicht verraten sollen, dass ich diesen engen Anzug nur tragen konnte, weil ich keine Boxershorts angezogen hatte.

»Jaja, schon gut.« Die Luft um mich war schier greifbar, aber ich lächelte und atmete erneut tief ein – bereit, mich in das historische Haifischbecken zu wagen.

Hinter uns klingelte der Aufzug erneut.

»Wow, ist das scheißgenial.« Cormac trat neben mich und legte seinen Arm auf meine Schulter. Er lehnte sich gegen mich und sah sich nickend um. »Boah, mega. So ... Wo bekomme ich jetzt meinen Glitter Lavendertini?«

»Kindskopf«, sagte Jasna lachend, die in ihrem weiten, zartgrünen Gänseblümchenkleid neben Massimo auftauchte. »Den gibt es nur bei mir, aber ich würde einen Whisky Sour nehmen.«

»Na gut, dann ich einen Sex on the Beach«, sagte Cormac und unterdrückte wenig erfolgreich halb grunzend ein Lachen, wobei ich deutlich mitbekam, wie Jasna sich vorbeugte und Cormac einen bösen Blick zuwarf.

Eine schlimme Befürchtung übermannte mich, als würde mich Miley Cyrus mit ihrem *Wrecking Ball* erwischen. »Ihr wisst es.«

»Maaannn, Mac.« Jasna schnappte sich Cormac und zog ihn mit sich. »Wir gehen an die Bar, viel Spaß!«

Im Gehen hörte ich noch Macs empörtes: »Was? Was? Sag schon? Was habe ich gemacht? Ich habe nicht verraten, dass wir von Massimos und Quentins … Aua. Pass auf, mein Anzug.« Zugegeben, sein oversized blasstürkiser Anzug passte perfekt zu ihm, das machte seinen Joke nicht weniger peinlich.

»Sorry«, sagte ich und mischte mich mit Massimo unter die Menge. »Aber woher wissen die beiden von unserem … Picknick?«

»Ich muss eher sorry sagen, hab gedacht, Jasna weiß es, weil sie da was angedeutet hat, und dann ist es mir rausgerutscht.« Massimo lehnte sich an die schwarz glänzende Bar mit goldenen Verzierungen und warf mir einen übertrieben reumütigen Blick zu. Seine buschigen Brauen zogen sich nach oben, die Unterlippe war weit vorgestreckt, die Mundwinkel nach unten gezogen, und dazu trug er ein weit offenes weißes Hemd, das seinen trainierten Oberkörper betonte.

»Schon gut, wir sind ja echt nicht sonderlich vorsichtig gewesen.« Ich stellte mich auf die goldene Fußstütze unten und beugte mich zur Kellnerin vor. »Vieux Carré, bitte«, sagte ich gespielt vornehm.

»Was soll das sein?«, säuselte Massimo belustigt in mein Ohr, ehe er sich der Kellnerin zuwandte. »Einen Single Malt Whisky von hier, bitte.«

»Oh, du hast ja was mitgenommen aus unserem Whisky-Tasting, was? Da bekomme ich direkt Auchinleck & Lennox Distillery Vibes. Das würde dir echt gut stehen, so ein Job da. Zu meinem Cocktail: Der ist mit Cognac, Rye Whisky, Wermut, Bénédictine und Bitters. Bedeutet ›altes Viertel‹, was zu seiner Herkunft passt, den Dreißigern in New Orleans' French Quarter. Das ist doch der Lieblingscocktail deines Dads, das musst du doch wissen, oder?«, sagte ich verwundert, während mir die Kellnerin meinen Cocktail hinstellte. Die braune Flüssigkeit schwappte mit vielen Eiswürfeln und einer Zitronenschale in einem kleinen Kristallglas umher.

Für einen Moment glaubte ich, Massimos Kiefermuskeln spannten sich an. Aber vermutlich waren es nur die Schatten gewesen, die die blinkende Lichterkette über uns auf ihn warf. Auf seine verwuschelten Locken und den Dreitagebart, der angenehm über meinen Hintern gekratzt hatte, als er mein ... Okay, wow, stopp. Massimo hatte recht, nicht an so was denken, wenn ich hier ohne Unterwäsche in einem engen Anzug stand.

»Oh, ja ... Ja, voll.« Massimos Stimme klang dunkler, und er kaute auf seiner Unterlippe herum.

In einem bauchigen Nosing-Glas stellte die Kellnerin seinen Whisky vor Massimo ab. »Lass den Whisky einige Minuten im Glas atmen, ja?«, erklärte sie gehetzt und eilte zu der nächsten Kundin neben Massimo.

»Habe ich etwas Falsches gesagt?« Ich nahm einen Schluck und was zum ... Wie konnte jemand etwas so Bitteres trinken? Ich hatte das Gefühl, sämtliche Bitterkeit aller Zitronen der Welt zog meine Zunge zusammen. Aber keine erfrischende Bitterkeit, eher eine trockene.

»Nein, schon gut. Wieso siehst du aus, als würde dein Gesicht jeden Moment implodieren?« Er schnaubte mehrmals belustigt und schwenkte sein Glas.

»Ist sehr aromatisch«, hauchte ich, als hätte der starke Alkohol meine Stimme weggebrannt. Ich wollte Segretos Drink schon immer probieren, hätte aber nicht gedacht, dass der so schrecklich schmeckte.

»Wenn das nicht Segreto junior ist«, sagte eine Stimme hinter uns, und Massimo erstarrte mitten in seinem schadenfreudigen Lachen. »Und Sie sind?«, hörte ich an mich gewandt und drehte mich um.

»Oh, mein ...«, wisperte ich. Das war Rémi Dupont, und neben ihm standen die Historikerin Alexzandra Tremblay, die Geschichtsprofessorin Eiko Nakamura und die ehemalige Professorin für Medizinanthropologie Adwoa Mensah sowie die erste trans Geschichtsprofessorin an der Uni Natalia Ivanovna Sokolova, die sich mit der Spezialisierung auf trans Themen in der Geschichte einen Namen gemacht hatte. »Ich bin ... Ich weiß es nicht.«

»Ts«, hörte ich Massimo neben mir, und er stupste mich mit seinem Fuß an. »Er hat einen speziellen Humor.«

Okay, ich durfte mich nicht blamieren, das waren die Menschen, mit denen ich Kontakte knüpfen musste, um voranzukommen. In diesem wissenschaftlichen Bereich brauchte ich Kontakte. »Ja, war nur ein Scherz, genau.«

Alexzandra hielt sich ihre Hand mit dem dunkelblauen Samthandschuh vor den Mund und lachte auf. »Keine Angst, ich bin genauso nervös gewesen bei meiner ersten Bekanntmachung mit anderen Leuten.«

»Bei mir dasselbe«, meinte Natalia.

»Hier auch.« Eiko strich sich ihre schwarzen Haare zurück.

Wow. Diese Ehrlichkeit war echt erfrischend.

»Ich werde mal ...«, begann Massimo in mein Ohr zu flüstern, als er unterbrochen wurde.

»Oh, genau, Segreto junior, wie geht es Ihnen? Wir alle bedauern den Verlust Ihres Vaters«, sagte Natalia und zog sich ihren leichten Mantel enger.

»Oh, ja, mein Beileid«, sagte Rémi.

Sofort schien die Atmosphäre um uns herum schwer zu werden, und ich konnte spüren, wie Massimo steif wurde. Als er schließlich antwortete, sah ich eine düstere Wut in seinen Augen, die ich zuvor noch nie gesehen hatte.

»Ja, schrecklich, aber mir geht es den Umständen entsprechend gut. Was haben Sie heute ...«

»Erzählen Sie doch ein wenig von ihm, ich möchte wetten, Sie reden gerne über so einen beeindruckenden Mann, oder?« Eiko nahm einen Schluck von ihrem Champagner.

Ich fühlte, wie sich meine Nackenhaare aufstellten, als ich Massimo anschaute. Ich konnte den Unmut sehen, der sich in seinen Augen und in seinem Körper ausbreitete, obwohl er selbst es mit einem zittrigen Grinsen zu verbergen versuchte. Während wir alle in einer stillen Erwartung verharrten, dass er von seinem Vater erzählte, den wir alle bewunderten, fing sein Mund an zu zucken, und seine Hände krampften sich um das Glas in seiner Hand.

»Mein Vater ... Er hat auch zu Hause viel mit der Nase zwischen seinen Büchern gesteckt. Dabei hat er Vieux Carré getrunken und Geschichtswitze gemacht, über die Kunst des Espressomachens gesprochen, mir mit der Mnemotechnik Jahreszahlen beigebracht und Cannoli mit Pistaziencreme mitgebracht.« Je mehr Massimo sprach, bemerkte ich nicht nur seine glasigen Augen, sondern auch, dass er nur Dinge erzählte, die ich ihm über seinen Dad erzählt hatte, aber ... warum?

»Ach ja, der gute Segreto mit seinen Espressogeschichten.« Alexzandra lachte auf und hob so schnell ihre Hand, um sie sich vor den Mund zu halten, dass Massimo zusammenzuckte.

»Ja, wir kennen sie alle, nicht wahr?« Massimo drehte sich

kurz weg und wischte sich über irgendetwas, das ich nicht erkannte.

»Aber er hat auch viel von Ihnen geredet«, warf Adwoa sein, die ansonsten eher ruhig hinter den anderen stand.

»Hm?« Als ich Massimos Gesicht wieder sah, gingen seine Augenbrauen wie Wellen über seine Stirn, und er zeigte irritiert auf sich.

»Ja, o ja, stimmt.« Natalia schlug mit ihrer Hand leicht gegen Adwoas Seite. »Er hat ständig von Ihnen gesprochen. Wir haben doch vorhin erst darüber geredet, nicht wahr, Rémi?«

Er nickte. »Segreto hat ständig gemeint, wie viel Sie reisen und die Welt entdecken. Lebendige Geschichte erleben!«

»E-er hat was?« Massimo rückte etwas nach rechts, wo ein unbenützter Barhocker stand.

»Ja, und er hat immer davon geschwärmt, dass er Sie für Ihr freies Leben bewundert. Wie Sie einfach herumreisen, nach dem richtigen Ding für sich suchen, so offen auf die Menschen zugehen, überall, wo Sie hinreisen. Er hat oft Bilder geschickt, wie Sie nach einem Tag in einem neuen Land mit dreizehn Leuten zusammen zu Abend essen, die Sie gerade erst kennengelernt haben.« Eiko klatschte in die Hände, als sie auflachte. »Oh, dieses eine Bild, wo Sie in dieser kleinen Küche sitzen mit zehn Leuten und das Baby auf dem Schoß haben, das Sie überall vollgekleckert hat.«

Alle stimmten mit einem »Oh, ja!« ein, und ich erkannte, wie Massimo mit seinen Augen überall war, nur nicht bei ihnen. Als suchte er in der Sternennacht über uns und danach auf dem Boden unter uns nach einem Hinweis dafür, dass das nicht stimmte.

»Er hat auch erzählt, dass Sie eine beachtliche Summe für ein Tierheim in Serbien gesammelt haben oder bei diesem Kindercamp beim Aufbau geholfen haben, als die Mitarbeiterinnen in Deutschland eine Lebensmittelvergiftung hatten.« Auch diese Story von Rémi bestätigten alle.

Massimo erhob sich wieder. »Das ist unmöglich. Davon hat mein Vater ... Niemand hat davon gewusst.« Das war mir aber auch neu. Massimo und Tierheime? Spendensammeln?

»Oh, doch, er hat uns den Artikel in der deutschen Tageszeitung gezeigt. Onlineartikel«, bekräftigte Natalia.

»Er hat das im Internet gegoogelt? Nach mir?« Massimo schluckte.

»Na, wundert Sie das? Ihr Vater hat wie ein Honigkuchenpferd gestrahlt und mit stolzgeschwellter Brust gesprochen, sobald das Thema auf Sie fiel.« Etwas verwundert über Massimos Reaktion suchte Adwoa nach den Blicken der anderen, um Bestätigung zu erhalten.

Massimos Blick fiel auf mich. Als suchte er bei mir Halt. Ich warf ihm einen fragenden Blick zu. »Was ist? Dein Vater ist einfach stolz auf dich gewesen.«

Sobald er das aus meinem Mund gehört hatte, schien es ihm zu viel zu werden. Massimo griff sich an die Schläfe und blinzelte mehrfach. »Ich muss ... Danke Ihnen, ich muss weg. Entschuldigen Sie mich.«

»Massimo, ich ...«

»Und Sie? Wie heißen Sie denn nun?«, hakte Rémi nach, und ich beschloss, dieses Gespräch für mich zu nutzen, vor allem schien Massimo ohnehin so, als wäre er lieber alleine.

»Quentin Wallace, freut mich, Sie kennenzulernen.« Ein Teil von mir wollte wissen, was mit Massimo los war, und über diese ganzen Spenden- und Tierheimsachen reden. Aber ein anderer Teil in mir wollte auch die Chance, die sich mir hier gerade bot, keinesfalls verstreichen lassen. Der letztere Teil gewann.

»Ach, Sie sind Quentin Wallace? Über Sie hat Segreto aber auch oft gesprochen. Sie waren sein Lieblingsstudent. Wie ein Ziehsohn für ihn. Umso schöner, dass Sie in seinem Programm mitmachen dürfen.« Adwoas Worte trafen einen wunden Punkt in mir. Einen Punkt, der Segretos Ableben noch nicht verarbeitet hatte. Ich schluckte die Rührung wie ein unzerkautes Stück Brot. Es tat weh, es dauerte, aber schließlich würgte ich es irgendwie runter.

»Danke schön. Aber sind Sie gar nicht ...«

»Der Artikel?« Eiko setzte ein freundliches Gesicht auf, als wäre ich ein Kleinkind, das sie trösten müsste. »Nehmen Sie das nicht zu ernst. Glauben Sie mir, die wissenschaftliche Community ist weitaus strenger bei Veröffentlichungen. Außerdem ...« Sie blickte zu Natalia. »Wir haben alle unsere Probleme.«

Das zu hören tat gut. »Danke. Aber sagen Sie ...« Ich wandte mich zu Rémi. »Wie läuft der Spendenmarathon für das Museum? Ich liebe es so sehr, es darf nicht geschlossen werden. Leider habe ich selbst keine Möglichkeiten, zu unterstützen.« Das Erbe kam mir in den Sinn. *Noch nicht.* »Ich schreibe meine Doktorarbeit über dieses Thema und ...«

»Das habe ich gehört«, unterbrach er mich. »Und mir fällt gerade ein ... Wir brauchten jemanden, der uns bei der Archivierung hilft, aber leider fehlt uns auch dazu das Geld. Wenn ich Sie anstellte, könnte ich Ihre Doktorarbeit als Grund für eine Förderung nehmen, und Sie könnten auf alles für Ihre Arbeit zugreifen. Wann Sie mögen.«

Diese Möglichkeit ließ mich ohne Worte, mit leicht offenem Mund und hochgezogenen Augenbrauen zurück. Letzteres und Vorletzteres versuchte ich rasch zu unterbinden, damit mir das niemand anmerkte. Meine Worte fand ich dennoch nicht.

»Was für eine Chance, mein Lieber.« Adwoa stupste mich seitlich an, und als ich sie anguckte, zwinkerte sie mir zu. Ganz so, als verstünde sie mich. »Da nehmen Sie doch bestimmt an, oder?«

Ich räusperte mich und stahl mir Adwoas Worte, gab sie als meine aus, bis ich meinen Wortschatz wieder öffnen konnte. »Ja. Was für eine Chance. Die nehme ich gerne an.« Oh, da fiel mir doch noch etwas ein. »Danke schön!«

Um mich herum war die Party in vollem Gange, und ich hörte das Klatschen von Händen, die rhythmischen Schläge der Musik, das Klappern von High Heels auf den Steinplatten des Daches, und langsam lösten sich dadurch die Verkrampfungen in meinem Körper. Das hier. Das passierte. »Danke«, setzte ich noch einmal nach.

Rémi lächelte mich zustimmend an und hob seinen Drink. Auch die anderen nickten sich zu und neigten ihre Drinks in meine Richtung. Als wäre ich irgendwie plötzlich Teil ihres Kreises. Also nicht nur physisch, sondern auch auf ihrer wissenschaftlichen Metaebene. Alles um mich herum war wie elektrisiert, alle waren glamourös gekleidet, und ich spürte das Vibrieren der Live-Band in meinem Körper. Ich sah zu, wie ein Pärchen eng umschlungen tanzte, das ich von der Uni kannte. Hier waren also auch andere Studierende eingeladen?

»Auf die Zukunft der Geschichtsforschung!«, sagte Eiko, und ich schüttelte mich rasch aus meinen Gedanken, um mit ihm und den anderen anzustoßen.

»Und darauf, dass die Hoffnung niemals stirbt, dass wir Menschen irgendwann aus ihr lernen«, schob ich hinterher.

»Oh, bei Gott, auf dass Ihre Worte Gehör finden«, sagte Natalia und formte ihre roten Lippen zu etwas, das ich nicht verstand. Ein geflüstertes Stoßgebet?

»Aber wir wollen Sie jetzt nicht länger stören, damit Sie nicht mit uns alten Leutchen Ihre Zeit verschwenden, nicht wahr?«, sagte Alexzandra und hakte sich bei Rémi ein.

Zu gern hätte ich gesagt, dass ich am liebsten mit ihnen bis an mein Lebensende auf diesem Dach geblieben wäre, um über Geschichte zu sprechen, aber das ließ ich dann doch bleiben und lächelte ihnen nur höflich entgegen. »Schönen Abend Ihnen allen noch.«

Etwas verloren nippte ich an meinem Drink, bis ich mich wieder in der Schönheit dieser Nacht verlor. Ich war wahrhaftig in dieser Gesellschaft von Historikern und Historikerinnen angekommen, wow. An mir eilte eine Kellnerin vorbei, deren Hände von Geschirr beladen waren. Ihre Wangen glänzten rot vom Hin- und Herlaufen, während die hinter mir an der Bar Cocktails mixte, sodass ich das Klackern des Bechers hörte, mit dem sie alles durchschüttelte.

Ich schlenderte durch die Menge.

»Quent, Junge.« Cormac kam neben mich, und Jasna drehte sich wie eine Ballerina auf die andere Seite zu mir.

»Wir haben dich gesucht.« Jasna saugte an ihrem Glasstrohhalm im Mojito, der nur noch Minze, Eiswürfel und Limette war, anders konnte ich mir das laute Schlürfgeräusch nicht erklären.

»Habe euch beide auch schon vermisst.«

»Na dann, lass uns tanzeeeen.« Mac zog das E lang, und ich bemerkte zu spät, wie sich die beiden mit je einem Arm unter meine Achseln stahlen, um mich zur Tanzfläche zu schieben.

»Jetzt wird es Zeit für ein paar schöne Erinnerungen.« Jubelnd streckte Jasna ihre freie Hand hoch und unterstrich das mit einem lauten *Woohoo*.

Wieder dachte ich daran, dass hier vielleicht Leute waren, die mir ein De-luxe-Trauma beschert hatten. Aber fuck it, wenn sie hier waren, dann sollten sie sehen, dass ich aufrichtige Leute um mich hatte und dass ich hier tanzen konnte, Spaß haben konnte, egal, was sie mir antaten. Egal, was irgendjemand ihrer Sorte Leuten aus der queeren Community antat, wir würden weitermachen. Immer weitermachen.

Ich fühlte das pulsierende Glasgow hinter mir im Rücken, während ich mit Jasna und Mac tanzte. Zum ersten Mal seit Ewigkeiten hatte ich das Gefühl, dass das hier halten könnte. Dass sich das hier nicht aus den Augen verlieren würde. Im Rhythmus von Loic Nottets *Mis à mort* bewegten wir uns und sangen mit. Das Lied war mir von Jasna bekannt, die es entdeckt hatte, als sie als Au-pair in Paris gearbeitet hatte.

Die Tanzfläche unter uns war wie ein Schachbrett. Jedes Feld leuchtete in einer anderen knalligen Farbe auf, sobald jemand darauftrat. Die Farben färbten Jasna, Cormac und mich hellblau, rosa, weiß und dann wieder orange, lila. Ich strengte mich an, mich auf das Hier und Jetzt zu fokussieren, ohne zu sehr darüber nachzudenken, was die Zukunft für mich bereithielt. Und heute lohnte es sich doch wirklich, im Augenblick zu leben. Mit meinen Liebsten zu tanzen in dem Gefühl, Teil einer Gemeinschaft zu sein – wenn auch nur für diesen Abend, ganz Cinderella-like –, gepaart mit meinem neuen Jobangebot. Was konnte besser sein?

Und während die Rooftop-Party mit der Glasgower Nacht verschmolz und wir in unserem ganz eigenen Universum abtauchten, erkannte ich Massimo, der sich mir näherte. Auf einmal wurde der Abend noch besser.

»Hey, Massimo kommt«, grölte Jasna mir in die Ohren.

»Uhhhh«, fügte Cormac hinzu. »Ach, weißt du, woher er eigentlich Bram kennt? Die haben sich vorhin unterhalten.«

»Bram?« Warum trafen denn die beiden sich?

Kapitel 24

Massimo

Quent und ich standen am Rand der Party vor dem Dachgeländer, und ich beglückwünschte ihn zu seinem Jobangebot. »Das ist echt der Hammer.« Ich hoffte, ich brachte das auch so rüber, nachdem ich noch das Gespräch mit Bram im Kopf hatte, in dem er mir erneut gedroht hatte, er würde Quentin und Cormac alles stecken, wenn ich ihm nicht Geld überwies. Aber ich konnte ihm kein Geld für das geben, was er getan hatte. Ich musste es ihnen selbst sagen, aber ... Wenn sie mich dann hassten?

»Danke, aber zuerst muss ich mich bei dir bedanken.« Quentin räusperte sich. »Danke, dass du mich da im Park rausgeholt hast, dass du da gerade mit Salaì vorbeigegangen bist, ist echt ein Wink des Schicksals gewesen.« Er ließ seine Hand über meinen Arm auf meine Hand gleiten.

Näherte sich Quentin mir an? Wollte er mehr? Ausgerechnet jetzt? Das konnte ich nicht. Nicht, wenn so viele Lügen zwischen uns standen. Nur, wenn ich ihm sagte, dass ich von Bram Bescheid wusste, würde Quentin denken, ich hätte etwas damit zu tun. Ich zog meine Hand unter seiner hervor.

»Nach unserem letzten Streit ist es vermutlich besser, wenn wir das bleiben lassen.«

Quentin lehnte sich seitlich hin und sah mich an. »Muss ich jetzt betteln?«

Wie er mich ansah, mit diesem Feuer in den Augen. Wie sollte ich dem widerstehen? Meine Frage wurde mir prompt beantwortet. Denn Quentin streichelte über meinen Zeigefinger, und mein Körper ging in Flammen auf.

»Ich wäre dir nicht mehr böse, du?«

Ein kühler Luftzug umspielte meinen Kopf. Ich ließ ihn in mich hineinen, atmete ihn ein und wieder aus. Wenn ich Quentin so neben mir sah, wie wir uns unterhielten und ich ihn in seinem Outfit sah, wollte ich ihm einfach nur noch alles beichten. Je näher der September rückte, desto mehr wurde mir bewusst, dass irgendwann der Moment kam, in dem Quentin aus meinem Leben verschwinden würde. Und das wollte ich nicht. Aber irgendwann würde er ohnehin alles erfahren … Mein Mund öffnete sich. »Ich …« Ich konnte es nicht. Ich konnte ihm nicht die Wahrheit sagen. Im gleichen Atemzug war da noch das Problem mit Abby und seine Worte von vorhin, als er über Dad geschwärmt hatte … Meine Schläfen pochten, und ich hielt dieses Spiel nicht mehr lange durch. »Pf, natürlich nicht, aber ich brauche Ablenkung, also … Lass uns etwas anderes unternehmen, ja?« Zum Glück fragte Quentin nicht viel nach, nahm meine Hand und folgte mir nach unten, wo ich uns ein Taxi schnappte, das gerade frei wurde. Wir stiegen ein, und ich flüsterte dem Taxifahrer eine Straße zu.

»Wo geht es hin?«

»Siehst du gleich.«

Ich holte mein Handy hervor, um das Taxi gleich vorab damit zu bezahlen. Nachdem ich das getan hatte, klickte ich mich noch in eine Nachricht.

Eine Nachricht von der Zeitungs-App, die ich abonniert hatte. Ich sollte echt die Benachrichtigungen dafür ausstellen.

Heute: Spendenfeier für das queere Museum. Proteste gegen den Erhalt vs. Geld fürs Weitermachen. Wer gewinnt? Natürlich darf auch auf so einer Feier Party-Miliano Scandalo nicht fehlen. Wir haben ihn wütend und einen Drink exend vorbeilaufen sehen – peinlich in so einer Gesellschaft, sagen wir, und ihr?

Sofort musste ich an Quentins Job denken, aber ich wischte die Nachricht weg und steckte das Handy ein. Das würde schon irgendwie klappen, wenn Rémi Quent heute den Job angeboten hatte. Und die Meldung über mich ignorierte ich ohnehin.

»Ähhh. Oh! So, da sind wir.« Das Taxi hielt, und wir stiegen aus.

»Danke«, rief ich hinein und schmiss die Türe zu.

Mit Quentin ging ich vor den Laden. »So, da wären wir.«

»Ernsthaft?« Quentin lachte auf. »Was machen wir hier?«

Ich schloss die Tür zum *Pretty basic but: second life* auf und öffnete sie. »Eintreten.«

»Und willst du mir nicht sagen, woher du einen Schlüssel zu Filos Laden hast?«

Drinnen angekommen, musste ich den Schauer, den die Dunkelheit über meinen Rücken laufen ließ, verdrängen. Ich drückte auf den Schalter neben mir, der die Läden komplett dicht machte, und schaltete dann das Licht an. Es flackerte einige Male. Es sah aus, als würde irgendwo in der Ecke ein unheimlicher Typ stehen, bis der sich als Kleiderständer mit Tausenden von Jacken herausstellte. Aber erst, als das Licht den Raum völlig erhellt hatte, fühlte ich mich wohler.

Ich kannte den Secondhandladen schon so gut wie meinen Kleiderschrank, so oft hatte ich ihn mit meiner Mutter damals betreten. Deshalb hatte ich von Filo auch die Erlaubnis herzukommen, wann ich wollte. Deshalb und weil die Einkäufe meiner Eltern hier ihren Laden wahrscheinlich fast komplett allein finanzierten. Noch so was, das ich nicht aufrechterhalten konnte, wenn ich mein Erbe nicht zurückbekam. Quentin würde das ja vielleicht sogar verstehen, wenn ich es ihm erzählte ... oder?

Im Moment machte er sich allerdings über die alten Zeitungen her, die auf dem Schreibtisch lagen. Auf gar keinen Fall würde ich ihn davon ablenken. Es roch ein wenig muffig, und Staub wirbelte bei so gut wie jedem Schritt auf, aber das störte mich nicht. Nein, ich liebte es sogar. Denn mein Herz erfüllte das mit Nostalgie. Nostalgie und Melancholie. Beinahe glaubte ich, meine Mutter hinter irgendeiner Ecke hervorhüpfen zu sehen. In der Hand ein neues Gemälde und unter dem Arm einen restaurierungsbedürftigen Kerzenständer.

Quentin musste meine Schritte auf dem Holzboden wahrgenommen haben, da er sich sofort umdrehte, als ich mich näherte. »Ich könnte hier den ganzen Tag herumsitzen.«

»Verstehe ich gut.« Neben ihm machte ich den Platz am Schreibtisch frei und setzte mich darauf. »Ich liebe deinen Anzug übrigens.«

»Sagst du.«

»Du siehst einfach superhot aus, okay?«

»Das wollte ich hören«, sagte Quent und warf mir ein verschmitztes Lächeln zu, ehe er sich wieder den Zeitungen widmete.

Umgeben von all den alten Dingen, ihren Geschichten, die sie mit sich trugen, hätte ich beinahe vergessen, dass Quentin nach Bram gefragt hatte. Irgendwie musste ich diese ganze Scharade noch über den Sommer aufrechterhalten. Nur wie? Wenn mein Blick jetzt über seine leuchtenden Augen beim Anblick alter Zeitungen oder über seinen Hintern im engen Anzug schweifte, wollte ich einfach alles beichten.

»Sag mal, Massimo. Warum sind wir jetzt eigentlich hier?«

»Mir ist die Party etwas zu viel gewesen, und ich weiß, wie gern du hier bist. Außerdem …«, ich sprang runter und stellte mich so nahe es ging neben Quentin, »… wollte ich mich entschuldigen. Dafür, dass ich damals abgehauen bin. Ich …«

»Schon okay, wir haben ja gesagt, es ist nur Fun. Ich fühle mich auch nicht irgendwie ausgenutzt oder so, ja? Reduziere mich nicht auf den Artikel. Ich arbeite daran, zu differenzieren ob ich mit jemandem schlafe, weil ich das gerade als eine Art

Kompensation mache, oder weil ich Lust habe, ja?« Quentin musterte mich skeptisch. »Nur weil ich mich intensiv meinem Studium widme, bin ich kein Sheldon Cooper aus *The Big Bang Theory*.«

Es tat mir leid, dass er dachte, ich nähme ihn noch immer nur als diesen wandelnden Zeitungsartikel wahr. Dabei kannte ich es doch selbst, wenn die Zeitungen Müll über einen verbreiteten. Ihm aber sagen, dass ich wegen seines Geschwärmes über meinen Dad weggestürmt war, konnte ich auch nicht, also: »Okay, sorry. Das Ding ist nur, ich spreche einfach nicht gern über meinen Dad. Noch nicht.«

Ein Schatten huschte über Quentins Augen. Es schien ihn zu treffen, dass er recht hatte – zumindest ließ ich ihn das glauben. Und das traf wiederum mich.

»Kommt nicht wieder vor, ja? Ich will nur nicht, dass du dich ausgenutzt fühlst.«

Quentins Gesicht erhellte sich. »Schon gut, es ist ja auch … schön, dass du nicht willst, dass ich nur zum Selbstwertaufbau mit dir schlafe. Und das mit deinem Dad verstehe ich auch. Es ist ja noch nicht so lange her, dass er gestorben ist.«

Ich nahm Quentins Hand und zog ihn zu mir. »Wie sieht es denn mit deinem Betteln aus? Ich wäre dafür noch offen.« Mit einem selbstgefälligen Grinsen zuckte ich mit einer Schulter. »Falls du darauf noch Lust hast.«

Quentins einnehmendes Lächeln überfiel mich, als er sich mir näherte, um mich zu küssen. Doch noch bevor ich schwach geworden wäre, zog ich meinen Kopf weg. »Na, na, na, ich habe das ernst gemeint. Bettle darum. Bettle …« Ich nahm seine Hand, legte sie auf meinen Oberschenkel und führte sie Richtung Mitte. Kurz davor hielt ich, was mich selbst einiges an Überwindung kostete. »Hierfür.«

»Massimo …«, raunte Quentin mir ins Ohr und küsste meinen Nacken. Er roch nach Parfüm und Whisky.

Obwohl es mir schwerfiel, rutschte ich seitlich weg. »So leicht geht das nicht.«

Über sein Gesicht huschte ein Schatten. Ein dunkler Schatten, der die Weichheit aus Quentins Mimik vertrieb. Er leckte sich fahrig über die Lippen und ließ seinen Blick über mich schweifen. Schritt für Schritt näherte er sich mir, verringerte den Abstand, bis er vor mir stand. »Bitte, ich will dich, Massimo.«

»Was willst du?«

»Dich«, platzte es gequält aus ihm heraus.

»Ach, echt? Mhm. Ist nicht so überzeugend.«

Quentins Lächeln schaltete meinen Kopf auf Autopilot. Als würde er von nun an nur noch den Rest meines Körpers steuern, unmöglich, noch großartig nachzudenken. Als könnte ich nur noch handeln.

»Ich weiß nicht.« Quentin drehte den Spieß um, drehte sich aus meinem Griff, nahm meine Hand und legte sie zwischen seine Beine. »Was meinst du?« Er näherte sich meinem Mund, küsste mich erst auf den einen, danach auf den anderen Mundwinkel.

Unter meiner Hand spürte ich, wie sein Verlangen mehr und mehr wurde. Wie es zu viel wurde. So viel, dass es kaum noch Platz unter der Anzughose hatte.

Seine Lust entfachte einen Mut in mir, der alle Bedenken verschwimmen ließ. Ich näherte mich Quent, schmiegte mich an ihn und berührte vorsichtig seine Mundwinkel mit meinen Lippen. Sie klebten sanft an ihm fest, als wollten sie ihn nicht loslassen, wodurch sich erneut ein Lächeln auf sein Gesicht stahl, und mich ansteckte.

Meinen nächsten Kuss platzierte ich auf seiner Stirn. Währenddessen machte sich Quent an meinem Gürtel zu schaffen. Zum Glück. Denn auch ich wollte ihn. So sehr, dass es schon schmerzte. Als er meine Hose öffnete, schluckte ich ein Seufzen hinunter. Es wäre ein verdammt verzweifeltes Seufzen gewesen. Ein Seufzen, das nach seiner Berührung an meinem Schwanz einem Winseln geglichen hätte. So sehr wie ihn hatte ich noch nie jemanden gewollt.

»Wie teuer war das Hemd?«, fragte Quentin.

»Ich, wieso …« Noch bevor ich geantwortet hatte, riss er es auf und zog es mir samt Sakko runter.

»Scheiß drauf.« Quentin küsste meinen Nacken, meinen Oberkörper, meine Brustwarzen, und als ich seine Lippen an meinem Bauchnabel vorbeiziehen spürte, hatte ich schon das Gefühl, zu kommen, so sehr machte mich nur der Gedanke an ihn da unten an.

Er küsste meine Mitte, die nur noch durch meine engen Shorts verhüllt wurde, und massierte sie mit seiner Hand weiter. Indessen leckte er mit der Zungenspitze meinen Oberschenkel hoch, biss sanft hinein, und ich legte meinen Kopf in den Nacken. Ich hielt es nicht mehr aus, wie Quentin mich mit seiner absichtlich langsamen Vorgehensweise quälte.

»Bitte, nimm ihn endlich in den Mund, Quent.«

Doch anstatt mich zu erlösen, stand er wieder auf, hob die Zeitungen von dem Schreibtisch und setzte sich drauf. »Jetzt erst recht nicht. Bettle darum, oder du musst zuerst.«

Das Verlangen in Quents Augen brachte mich dazu, dass ich schneller vor ihm kniete, als ich denken konnte. »Ich werde niemals betteln«, entgegnete ich mit rauer Stimme.

Ich wollte das jetzt, sofort, auf der Stelle. Ich strich meine Haare zurück, und bereits als ich mit meiner Zunge an ihm hinableckte, fühlte es sich elektrisierend und so intensiv an, dass mein Herz immer schneller schlug. Dann nahm ich ihn in den Mund und sah Quentin dabei an. Ich genoss die Nähe. Die Wärme. Die Härte. Quentin. Das wollte ich. Immer und immer wieder. Das Verlangen verband uns. Aber als ich um ihn herum fasste und ihn näher zu mir schob, spürte ich so viel mehr. Dass meine Seele nur noch nach seinem Körper verlangte, gar keinen Blick mehr für andere hatte.

Quentins Finger krallten sich in meine Haare, und er stöhnte leise auf. Aber warum nur so leise? Ich wollte mehr. Wollte lauter von ihm hören, wie sehr er das wollte. Wie sehr er *mich* wollte.

Ich stand auf und küsste ihn. Währenddessen zog ich meine Unterwäsche aus. Unmittelbar wanderte seine Hand nach unten, fand mein Glied und bewegte sich daran auf und ab. Seufzend umfasste ich sein Gesicht. Küsste ihn wieder. Konnte gar nicht genug davon bekommen, seine Lippen auf meinen zu spüren. Seine Zunge an meiner. Seine Hände auf mir. Nichts war genug. Meine Fresse, reichte das alles nicht?! Ich stand so sehr in Flammen, dass nichts sie löschen konnte. Dieses scheinbar unstillbare Verlangen, das er in mir auslöste, ließ mich nahezu verzweifeln. Verzweifeln an der Erkenntnis, dass ich mich selbst dann, wenn nicht die Lust meine Schutzschilder niederlegte, nach ihm verzehrte. Dass ich, auch losgelöst von all dem hier, Quentin in meinem Leben wollte.

Er griff hinter sich, zog eine Schublade heraus und holte Kondome hervor.

»Woher …«, hauchte ich.

»Filo hat mir mal anvertraut, dass sie eine Affäre mit irgendeinem Geschäftsmann hat, der immer wieder spontan vorbeischaut, wenn er gerade in Glasgow ist. Und damit sie immer vorbereitet …«

»Okay, okay«, unterbrach ich ihn. »So viel will ich gar nicht wissen.« Ich nahm ihm die Kondome ab. »Hoffentlich sind die weder secondhand noch uralt«, murmelte ich halb scherzhaft, kontrollierte dabei aber trotzdem unauffällig das Ablaufdatum.

Gleich danach schubste ich Quentin auf einen alten Ohrensessel und öffnete das Kondom. »Bereit, Geschichts-Nerd?«

»Gott, ja!« Quentin rutschte etwas tiefer in den Stuhl und hob seine Beine an.

»Nein, nein.« Sanft, aber bestimmt drückte ich seine Beine runter, packte ihn unter seinen Achseln und hob ihn wieder hoch. »Meine Runde.« Ich ging vor ihm in die Hocke und zog ihm das Kondom über.

Nackt breitete ich vor ihm meine Arme aus. »Wo willst du mich?«

»Ohhhhaaa, du bist gerade so was von in der Hotness-Skala gestiegen.« Quentin erhob sich wieder, stellte sich hinter mich und küsste meinen Nacken. Seine Mitte an meinem Hintern zu spüren jagte mir einen Schauer über den Rücken. Wie aus Reflex stützte ich meinen Fuß auf der Lehne des Ohrensessels ab. Wir drängten uns beide dichter und dichter aneinander.

»Nur so aus Neugierde, wo wäre ich denn jetzt auf dieser Skala?«

»Betriebsgeheimnis«, säuselte mir Quentin ins Ohr, bevor er mich den Rücken hinab küsste.

Während ich Quentin mit mir machen ließ, vernebelte die Lust meine Gedanken. Ich biss mir in den Oberarm, um mich irgendwie zu zügeln. Aber woher kam das? Ich hatte das noch nie. Dass ich mich so extrem danach sehnte, jemanden zu spüren, ihm nahe zu sein, und zwar nur noch ihm.

Jedes Mal, wenn ich einen Stoß spürte, merkte ich, wie er tief in mir etwas befriedigte. Dieses Verlangen, Quentin das zu geben, was ich insgeheim schon so lange wollte. Worin ich gut war ...

»Härter, Quent.«

Ohne etwas darauf zu antworten, kam er meiner Aufforderung nach. Seine verschwitzten Finger auf meiner Hüfte und meine feuchten Haarsträhnen an meiner Stirn zeigten mir, wie sehr wir das beide wollten.

So hätte es ruhig weitergehen können.

Wäre da nicht meine Lüge, die immer dabei war. Die mich wie eine dritte Person so richtig fickte.

Dieses Mal lief ich nicht davon. Dieses Mal blieb ich mit Quentin auf einem weißen Leintuch auf dem alten gemusterten Teppich liegen. Die ganze restliche Nacht verlief wie ein Fiebertraum. Mal sprachen wir über alte Serien, Filme oder Süßigkeiten. Mal lachten wir über Schlagzeilen von mir. Dann konnte ich ihn wieder auf mir sitzend beobachten, wie er es genoss, sich mir hinzugeben. Und als der Morgen anbrach, lag er dösend auf meinem Bauch, während die ersten Sonnenstrahlen sich durch die Jalousien strahlen und orange Muster auf seinen nackten Oberkörper malten.

Quentins Kopf bewegte sich, er öffnete ein Lid, und sein nun sanftes Lächeln galt nur mir. Hatte mich schon jemals jemand so angesehen?

Ich blickte von ihm auf und entdeckte an der Wand ein Poster mit den verschiedensten Tierarten. Augenblicklich musste ich wieder an Abby denken. Offenbar merkte mir mein Abschweifen auch Quentin an.

»Was ist los?«, fragte er.

»Äh, nichts, nichts. Ich habe nur an eine Freundin gedacht. Abby, sie hat ein paar Probleme, aber alles gut.« Ich wandte meinen Blick von dem Poster ab, machte aber sogleich eine neue Entdeckung.

»Sieh mal«, sagte ich. Ich zog uns noch immer auf dem Leintuch liegend in Richtung des Schreibtisches, den Filomena als Verkaufstresen nutzte. »Da.« Ich deutete unter die Öffnung für die Beine des Schreibtisches, direkt auf die Unterseite einer Lade.

»Hm ... Was ist das?« Quentin hievte seinen Oberkörper hoch und löste etwas, das wie ein zweiter Boden aussah, und mehrere Briefe flogen herunter.

Doch noch bevor wir unseren Fund genauer inspizieren konnten, wurde der Vorhang neben uns zur Seite gerissen, und Filomena trat in den Verkaufsraum.

»Oh, mein ... Fuck!« Erschrocken zuckte sie zusammen, und ihr gesamter Schmuck an Ohren, Armen und um den Hals klimperte mit. »Ihr seid ja noch immer hier!«

Gleichzeitig schraken Quentin und ich hoch, hektisch nach unseren Klamotten tastend. »Sorry, Filo. Scheiße. Ich … Moment. Noch immer?«

»Ja, Massimo hat geschrieben, ob ihr hierherkommen dürft, hätte nur gedacht, ihr seid längst weg.« Filo legte ihre Hand mit dem unordentlichen Nagellack und den Tausenden von Ringen auf ihre Brust. »Wollt ihr Kaffee?«

»Ähm …« Quentin sah erst mich an, dann zurück zu Filomena. »Bist du nicht sauer, dass wir hier sind?«

»Sauer? Massimo kauft mir oft für ein paar Tausender Gemälde ab, von mir aus treibt es in meiner Küche«, sagte sie und klatschte gegen die alte Kaffeemaschine. »Geh schon an.«

»Okay …« Quentin zuckte mit den Schultern und stand auf. »Ja, ich nehme einen.« Er zog sich an, und ich tat es ihm nach. Anschließend wickelte ich unsere Kondome in Küchenrolle ein und steckte sie in meine Hosentasche. »Für mich auch. Schwarz.«

Während Filomena den Laden aufschloss, hatten wir nicht nur die Unordnung wieder rückgängig gemacht, sondern Kaffee vorbereitet. Wir tranken ihn zu dritt an einem kleinen gusseisernen Gartentisch vor dem Schaufenster drinnen.

»Und ich hoffe, ihr hattet Spaß.« Filomena verbarg ihr Grinsen hinter der Kaffeetasse, aus der sie auch direkt einen Schluck nahm.

Quentin räusperte sich. »Ähm ja, aber …« Er schien, als wüsste er selbst nicht, womit er das Thema wechseln sollte. »Du hast gesagt, Massimo kauft dir Gemälde ab?«

Ich deutete Filomena an, nichts zu sagen.

»Jap.«

Umsonst. Sie ignorierte mich.

Quentin warf mir einen interessierten Blick zu. »Ach?«

»Ja, seine Mutter hat mir früher viele Dinge abgekauft. Oder mich damit beauftragt, dass ich für sie Dinge auffinde. Ich glaube, ich habe ihr leidgetan. Sie ist mal zufällig in meinen Laden gestolpert, weil sie in der Auslage ein bestimmtes Teeservice gesehen hat, das eine ihrer Kundinnen wollte. Wir haben uns unterhalten, und sie hat mitbekommen, dass ich mich kaum noch über Wasser halten konnte. Daraufhin ist sie immer wieder gekommen. Nach dem Tod von …«, Filomenas Tasse klimperte gegen den Unterteller, und sie warf mir einen traurigen Blick zu, »… Massimos Mutter ist er dann an ihrer Stelle gekommen.«

»Ich bin ja früher oft mit meiner Mom zusammen hier gewesen, und es war immer schön bei dir.« Ich wollte meine Hand auf ihre legen, doch sie zog sie weg.

»Nein, ich will nicht wissen, wo die Hand überall war.« Filomena lachte auf. »Ich weiß zwar, dass du meine Sachen gar nicht brauchst, aber ich schätze es sehr, dass du dich um mich sorgst.«

Oh. Fuck. Ich hatte gar nicht daran gedacht, dass Filomena womöglich checkte, dass ich nur zu ihr kam, weil ich ihr helfen wollte, den Laden zu behalten. Egal. Ich hatte so gute Erinnerungen an das *Pretty's,* es durfte nicht schließen.

Quentin nahm sich einen Keks aus einer Porzellanschüssel. »Ist das nicht seltsam für dich? Wenn er dir Sachen abkauft, die er nicht braucht?«

Filomena legte ihre Stirn in Falten, die ohnehin ständig gerunzelt aussah. »Na, hallo? Wenn er die Dinge kauft? Sehe ich aus, als fände ich, Geld stinkt?« Sie musterte Quentin abfällig, bevor sie loslachte und mir gegen die Schulter klopfte. »Glaub mir, ich nehme jede Hilfe an, das Leben ist schwer genug.«

Genau für diese Ehrlichkeit und Aufrichtigkeit, die mir sonst in meinem Leben fehlten, liebte ich Filo. Sie hatte genauso auch mit meiner Mutter geredet, mit der niemand so sprach, und in dem Gesicht von ihr hatte ich damals auch immer gesehen, dass sie das zwar ein wenig irritiert, aber sie es auch geschätzt hatte. Manchmal glaubte ich sogar, dass Filomena ihre beste Freundin gewesen war, auch wenn sie sie niemals zu einer Feier eingeladen oder über sie vor anderen gesprochen hatte.

»Und wie lange seid ihr beide schon zusammen?« Mit dieser Frage von Filomena hielt die gesamte Welt die Luft an. Ich bewegte mich nicht mehr. Hoffte, dass ich das auch nie wieder würde.

»Wir, wir sind nicht, nicht, also gar nicht zusammen.« Quentin stockte mehrfach, bis er den Satz rausgebracht hatte.

»Nicht?« Filomena nahm sich mit hochgezogenen Augenbrauen einen Keks. »Dafür habt ihr aber viel Fun hier drinnen gehabt und …« Sie deutete mit dem Keks auf meine Oberschenkel, auf denen Quentin seine Beine abgelegt hatte, woraufhin er sie sofort runternahm. »… ihr wirkt sehr vertraut.«

»Wir haben in letzter Zeit einfach viel durchgemacht, aber das mit uns würde gar nicht klappen.« Wie Quentin das sagte. So selbstverständlich. Das verletzte mich. Ja, ich wusste, dass ich keine Berechtigung dazu hatte. Und spätestens wenn Quentin die ganze Wahrheit erfuhr, wäre eine Beziehung zwischen uns auch gänzlich unmöglich. Aber dennoch …

»Ja, genau, das wäre nichts«, brachte ich trotzdem hervor.

Filomena nickte und schmunzelte, als sie in den Keks biss. »Müsst ja ihr wissen.«

Quentin sah mich an, und ich glaubte, etwas Unmut in seinem Blick zu erkennen, und die Art, wie er sein Kinn vorreckte, ließ mich glauben, dass ihn etwas störte. Vielleicht Filomenas Frage?

Kapitel 25
Quentin

Heißes Wasser prasselte auf mich herab, während ich die Wärme auf meiner Haut in der kleinen Dusche des Badezimmers genoss. Ich lehnte mich gegen die Holzlattentrennwand. Doch was war eigentlich los mit Massimo? Mir vorstellen, dass er sich auf jemanden einließ, der nicht in seinen Kreisen verkehrte, konnte ich nicht. Das würde er doch nie wollen, also verabschiedete ich mich direkt von dem Gedanken. Dennoch konnte ich nicht aufhören, an seine Hände zu denken, die meinen Körper berührten, seine Zunge, die sich kreisend um meine ... Stopp! Aufhören. Ich sah an mir runter.

»Wir hören jetzt auf, daran zu denken.«

Er sah mich immer noch an.

»Nein, wir machen nichts in dieser Dusche, in der Jasna auch duscht.«

An was konnte ich sonst denken? Oh, ja, meine Doktorarbeit, die ich viel zu sehr vernachlässigte. Das Erbe, das ich verlieren würde. Das erste Mal, dass ich so was wie Sicherheit hätte, zerstörte ich mir selbst.

Sieh an. Da war er wieder unten.

Ich stellte die Dusche ab, trocknete mich mit meinem Handtuch und ging in meinen roten Boxershorts, mit Brille auf der Nase und mit dem Handy, auf dem ich die ganze Zeit schon Musik abspielte, nach draußen. In meinem Zimmer zog ich mir noch eine Hose und ein Shirt über und tanzte wieder raus.

Rina Sawayama erklang aus meinem Handy mit *This Hell*. Ich bewegte mich tanzend Richtung Wendeltreppe, als ich

merkwürdige Geräusche hörte. Ich stellte die Musik ab. Noch ein Knall. Mein Handy fest im Griff, sauste ich um die Ecke der Galerie und klopfte an Cormacs Tür.
»Mac? Mac?«
Nichts.
»Wehe, du holst dir einen runter«, schrie ich und öffnete die Tür.
Als ich die Tür öffnete, hätte ich Mac doch lieber dabei erwischt, wie er es sich selbst besorgte, als das zu sehen. Mac stand in der Mitte seines Zimmer auf dem rot-orangefarbenen Musterteppich, kickte gegen seinen dunkelblauen Sitzsack aus Strick und sang zu dem Song mit, der in seinen Kopfhörern hallte. Soweit ich das erkannte, hörte er wieder Yu Takahashi.
Bumm. Wieder schleuderte er eines seiner Meteorologiebücher gegen die hellblaue Wand. Gleich danach riss er die kuschelige Tagesdecke und die Kissen in warmen Dunkelrot-Dunkelorange-Braun-Tönen von seinem Bett und kickte sie durch den Raum. Ein Kissen flog gefährlich nahe am Wandbrett oben an der Decke vorbei, auf dem einige Pflanzen standen. Während er lauthals mitsang und weinte, flog wieder eines seiner Bücher hinter ihn und traf zuerst einen Plüsch-Blitz, der von der Decke hing, und dann mich. Eigentlich hätte die Atmosphäre durch das große Fenster mit dem gemütlichen Lichteinfall, dazu sein kleiner Schreibtisch mit dem gestrickten Regenbogen, der an den Seiten ausfranste, echt schön sein können.
Mein »Hey!« blieb ungehört, aber es dauerte nicht lange, bis Cormac sich umdrehte. Sein Gesicht war verheult, die Wangen rot, und er war gerade dabei, ein Buch zu werfen, als er mitten in der Bewegung innehielt und mich ansah. Seine schniefende Nase und die zitternden Hände schienen wie auf Pause, und er legte das Buch weg. Er nahm die Kopfhörer raus. Die Musik wummerte laut daraus weiter.

»Quent?« Er wischte sich mit den Ärmeln seines dunkelroten Hoodies über das Gesicht. Feuchte und schleimige Spuren blieben auf dem Stoff zurück. »Oh, Mann. Das ist ja peinlich.«

»Ist alles gut? Ich meine, offensichtlich nicht«, ich deutete auf das Chaos, »aber keine Ahnung, was ich gerade sagen soll.«

Cormac strich sich die nachgefärbten pastellrosa Haare zurück. »Ja, offensichtlich nicht.« Er setzte sich auf die Plüschgewitterwolke auf dem Boden und legte sein Gesicht in seine Hände.

Ich bewegte mich langsam zu ihm, als wäre er ein wildes Tier, das ich nicht verscheuchen wollte. »Was ist los?«

»Nichts.«

»Mac.« Ich ging vor ihm in die Hocke und legte meine Hand auf seine Schulter.

»Macht dich das nicht auch wütend?«

»Was meinst du? Dass die Leute nichts aus der Geschichte lernen? Dass wir Menschen das größte Problem für unseren Planeten sind? Dass Cara Mitsous neues Buch um ein halbes Jahr verschoben worden ist? Dass Süßes ungesund ist? Dass wir uns nicht selbst mit einem Fingerschnipp klonen können, um mit uns selbst Sex zu haben, wenn gerade niemand da ist?«

Beim letzten Satz schaute Cormac hoch und sah mich an, als hätte ich ihm gerade gesagt, Aliens seien auf der Erde gelandet. »Was?«

»Was?«

»Nein.« Er schnaubte belustigt. »Ich meine, ja, aber ...« Er zog die Nase hoch. »Das, was die Typen mit uns gemacht haben. Dass so was passiert. Immer noch. Dass das uns passiert ist. Dass so was immer wieder passieren wird. Nur weil wir ...« Cormac deutete mehrfach auf uns beide. »... wir sind. Weißt du, ich habe eine riesige Familie, und mich da durchzusetzen, gerade bei meinen Brüdern ist das echt schwierig. Zu wissen, dass das alles aber nie aufhört, ist so unfair. Ich sehe jede Nacht ihre Masken. Ihre Augen. Höre, wie sie dich anspucken. Anspucken, Quent! Voller Hass, als hättest du ihre Eltern getötet, ihre Häuser abgefackelt und sie ausgeraubt.« Cormac stand wieder auf und trat die graue Plüschwolke weg. »Meine Fresse, Quentin, wie können sich Leute wie solche beschissenen Wichser aufführen? Ich kann das alles nicht mehr.«

Als Cormac gerade dabei war, seinen Laptop zuzuknallen, nahm ich ihn in den Arm. »Schsch. Lass sie nicht auch noch dafür verantwortlich sein, dass du deinen Laptop kaputt machst und die Doktorarbeit verlierst.«

»Die habe ich doch tausendmal gesichert und schicke sie mir täglich per Mail. Wäre ja sonst echt unklug.« Ja, genau, wer machte das denn nicht. Ah. Ja. Ich und ... Oh, täglich? Er arbeitete täglich daran? Egal. Darum ging es jetzt nicht.

»Es tut mir leid, was du gerade durchmachst. Und du kannst das auch ruhig alles fühlen, lass dich nur nicht zu sehr von denen runterziehen. Solche Leute werden es nie verstehen. Wir müssen einfach als Community zusammenhalten, laut sein und uns eine gesunde Bubble schaffen, ja? Und was deine Träume anbelangt ... Ich höre sie auch. Das Lachen, ihren schmutzigen, rotzigen Unterton, aber, keine Ahnung. Vermutlich habe ich einfach einiges mitgemacht, sodass ich da weniger darüber nachdenke. Das heißt nicht, dass du das auch musst. Und, nur wenn du magst, kannst du ja heute bei Jasna schlafen.«

Cormac prustete los. »Dass du nicht mal vorschlägst, dass ich bei dir pennen kann.«

Ich drückte ihn fest an mich. »Soll das ein Witz sein? Ich brauche keine Cormac-Gewitterfürze unter meiner Decke.«

Jetzt lachten wir beide, und es war schön. Es war schön, dass wir uns hatten. Dass wir uns nicht voreinander verstecken mussten. »Komm, nerven wir Jasna.«

»Jasna ist auch zu Hause?« Die Frage kam quietschend aus seinem Mund.

Stimmte eigentlich, warum hatte ich sie vorher telefonieren gehört, müsste sie nicht bei Massimo im Haus sein?

»Sie oder eine Zwillingsschwester aus Kroatien, die ihren Platz eingenommen hat.«

»Nein, für so ein …« Er stand mit mir auf, und wir gingen zu Jasnas Zimmer. »…Telenovela-Drama habe ich jetzt keine Kraft mehr.«

Ich hakte mich bei Mac ein. Vor Jasnas Tür wühlte ich mich durch den Blumenkranz und klopfte gegen das Holz.

»Ja-ha?«

Wir gingen hinein. Jasna lag auf ihrer selbst gestrickten Decke mit verschiedenen bunten Kästchen, die alle von weißen Streifen in Blumenmuster abgetrennt waren. Neben ihr saß eine weiße Katze mit schwarzem Fleck auf der Nase und leckte Jasnas Hand.

»Ich habe schon immer gewusst, du bist irgendein Fantasywesen«, sagte ich.

Jasna zog ihre Hand weg. »Witzig. Das ist Endymion, und ich habe ihn aus dem Fluss gerettet. Er hat mich vorhin anmiaut, und ich glaube, es sollte danke heißen. Oder: Lass mich los, ich laufe weg.«

»Ich habe schon immer gewusst, du bist irgendein Fantasywesen«, wiederholte ich und lachte auf, als sie mir ein rundes Kissen entgegenwarf.

»Hat sich Mac wieder beruhigt?«

»Mac ist mit im Raum«, sagte er.

»Also ja?« Jasna stand auf und holte sich eine Gießkanne. Mindestens fünfzehn Pflanzen mit langen Ranken hingen in den verschiedensten Töpfen, Einmachgläsern, goldenen Gießkannen und Kokosnüssen von der Decke. Dazwischen große, bauchige Glühbirnen, und gerade hüpfte irgendein Käfer an den Töpfen, die vor ihrem weißen Vorhang hingen, hoch. »Was war los?«

»Hast du nicht nach ihm gesehen?«

»Ihm ist im Raum!« Mac ging zwischen uns und hüpfte den Hampelmann machend auf und ab.

»Ich habe gedacht, ich lasse ihn sich etwas abreagieren, und außerdem habe ich telefoniert.« Jasna schien ein wenig abwesend zu sein, anders konnte ich mir nicht erklären, warum sie nicht sofort zu Mac gelaufen war und ihn mit Feenliebe überschüttet hatte.

Cormac und ich sahen uns an. Er bemerkte es auch. Das erkannte ich in seinen Augen. Mit einem Kopfnicken zu Jasnas Bett bedeutete ich ihm, dass wir uns erst um sie kümmerten. Er stimmte zu.

»Drei«, flüsterte ich.

»Was habt ihr vor?«, fragte Jasna und sah uns irritiert an.

»Zwei«, wisperte er.

»Hey!« Jasna ging einen Schritt zurück.

»Sollen wir aufhören, und du wirst unseren Plan nie erfahren?«, hielt ich dagegen.

»Nein, nein, macht ruhig«, sagte sie und ergab sich.

Mit meinem Daumen deutete ich eine Eins und zeigte dann auf Jasna. Wir liefen beide los, schnappten uns Jasna, stellten die Gießkanne ab und schmissen uns mit ihr aufs Bett.

»Hey!« Jasna lachte auf. »Hilfe!«

»Du bist nicht Jasna«, sagte ich und untersuchte ihre Ohren. »Du hast Menschenohren, keine Feenohren.«

»Deine Stimme ist tiefer, und deine Augen sind nur halb offen.« Cormac kitzelte sie an der Seite. »Dein Lachen ist irgendwie gedimmter.«

»Ahhh!« Jasna bewegte sich lachend zwischen uns hin und her.

»Was hast du mit Jasna gemacht?« Mit meinen Zeigefingern pikte ich in die kitzligsten Stellen von Jasnas Seite.

»Okay, okay, ich sag es euch.« Wir ließen von ihr ab, und sie setzte sich auf. »Ich habe sie in meinen Schrank gesperrt.«

Sofort sprang ich auf, zog die Schiebetür des weißen Schranks auf. Ich sah mich um und packte ein Palmon-Digimon-Plüschtier. »Jasna? Alles okay?«

»Depp«, rief Jasna hinter mir und warf mir ein Kissen in den Rücken.

»Wir hören erst auf, wenn du sagst, was los ist.« Cormac verschränkte seine Arme hinter seinem Kopf und spielte mit seinen Füßen Welchen-Hängeblumentopf-kann-ich-berühren. »Oder wenn ich Hunger habe.«

»Oder Gewitter ist«, sagte ich und setzte mich auf den breiten, gepolsterten Fenstersims mit Blumenmuster hinter dem weißen Vorhang. »Oder du halt echt sagst, du magst das nicht mehr.«

»Was soll los sein?« Jasna strich sich ihre rosa Jeanslatzhose glatt und widmete sich wieder ihrer Gießkanne.

»Fängst du an, Cormac?« Ich stieß sanft mit meinem Fuß gegen Cormac.

Er schaffte es, sich eine Pflanzenranke um den Fuß zu wickeln, hörte dann aber auf, als er Jasnas bösen Blick deshalb bemerkte. »Also …« Er setzte sich in den Schneidersitz und legte sich ein Kissen mit der Kroatienflagge auf die Beine. »Du bist in letzter Zeit öfter still. Du drehst durch, wenn jemand Fotos von dir machen will.« Cormac warf mir das Kissen zu.

Ich fing es.

»Ernsthaft, wollt ihr hier einen auf schwule Conan Edogawas die Detektive machen?«

»Ich bin demi… – egal jetzt«, sagte Cormac.

»Du erzählst dauernd von deinen Jobs überall auf der Welt. Du weichst aus, wenn wir wissen wollen, ob du jetzt wenigstens in Glasgow bleibst.« Ich strich über die Glitzerfensterbilder, die wir vor ein paar Tagen mal gemeinsam gemacht hatten – meines war das Logo von Brodie Merricks Podcast. »Bei uns bleibst.«

Ein Seufzer ließ mich zu Jasna gucken, die sich auf die Ecke ihres Bettes setzte. »Leute, kommt schon, ihr sucht Dinge, obwohl ...«

»Du erzählst nichts von deiner Vergangenheit, außer irgendwelche Fun Facts.« Cormac rutschte zu ihr.

»Du singst kaum noch«, fügte ich hinzu, rutschte von der Fensterbank und kniete mich vor Jasna. »Jas. Was ist los?«

»Okay, okay.« Jasna öffnete ihre Zöpfe und wuschelte sich durch die Haare, bis sie um sie fielen wie ein Vorhang, der sie vor uns abschirmen sollte.

Cormac legte seinen langen, schlaksigen Arm um ihre Schultern. »Du bist immer für alle da, und jetzt sind wir mal für dich da, ja? Du bist hier zu Hause, wir sind deine Freunde und wir halten zusammen.«

»Du bist hier in Sicherheit.« Mein Satz ließ Jasnas Augen sich weiten, und gleich danach kamen die Tränen so schnell, so unerwartet, dass meine Nase auch direkt heiß wurde und kitzelte.

»Ja, ich weiß, aber es gibt eben Dinge, die ihr nicht wisst.« Jasnas Stimme klang hoch.

»Och, Jas.« Okay, anscheinend übernahmen wir jetzt alle den Spitznamen. »Komm her.« Cormac drückte Jasna an sich und legte seine Stirn seitlich an ihren Kopf.

»Reden hilft.« Auch wenn ich Angst hatte zu hören, was eine Frohnatur wie Jasna fertigmachen konnte.

»Es ist ... Mein Ex-Freund. Er ...«

»Wir bringen ihn um.«

»Cormac«, zischte ich. »Unterbrich sie nicht.«

»Sorry, mein Kopf hat mich gerade gezwungen, das laut auszusprechen.«

»Er war super manipulativ.« Mehrmals musste Jasna sich räuspern. Immer wieder brach ihre Stimme. »Einerseits ist er immer eifersüchtig gewesen, andererseits hat er oft mit so kleinen Bemerkungen mein Ego angekratzt. Dafür wäre ich zu dick, hierfür wären meine Brüste zu klein und so weiter. Aber er liebe mich ja so, ich solle mich nur nicht in der Öffentlichkeit blamieren …« Jasna schüttelte Gedanken ab, als dächte sie sich selbst, was sie da für einen Müll überlegte. »Aber irgendwann wurde es dann zu: Ich liebe dich, weil ich dich kenne, aber deine Pickel … dein Gesicht. Er hat mir Bilder von mir gezeigt und mir eingeredet, was alles nicht stimmt. Er wollte, dass ich mich klein fühle. Natürlich nur, damit er sich besser fühlt, weil er die Macht über mich hat, aber irgendwann …«

Cormac griff sich an seine Haare. »Du hast eben irgendwann die Pastellrosabrille abgelegt.«

»Jup. Ich habe irgendwann genug davon gehabt, mich so eingesperrt zu fühlen, habe Schluss gemacht und wollte frei sein. Deshalb habe ich angefangen zu reisen, mir Jobs überall anders zu suchen. Aber …« Jasna sah aus dem Fenster. »Ich glaube, so ganz habe ich das noch immer nicht verarbeitet, und mein ständiges Umziehen … ist irgendwie oft genau an den Punkt gekommen, an dem ich mich zu sehr zu Hause gefühlt, Leute kennengelernt habe und na ja, zur Ruhe gekommen bin und mich wieder mehr mit mir auseinandergesetzt habe. Und irgendwann kamen dann wieder seine Sprüche, und ich bin weitergezogen, um zu beschäftigt zu sein, um darüber nachzudenken.«

Ich musste schlucken.

»Ich habe das, glaube ich, nie ganz verarbeitet. Deswegen hasse ich Bilder von mir so sehr. Es kam mir aber auch immer merkwürdig vor, als würde ich mich nur anstellen, weil mich das so runterzieht, aber ich glaube echt, ich muss daran arbeiten. Ich mag mich ja, ich weiß, er hat unrecht, ich weiß das alles, und trotzdem, sobald ich Fotos von mir sehe, beginnt die innere Kritikerin zu denken, alle anderen sehen, was er damals gesagt hat.«

»Ach, Jasna, es ist so beschissen, was Worte in uns anrichten können.« Cormac war zu Jasna gegangen.

Das Lächeln in Jasnas Gesicht war von Traurigkeit überschattet. Sie wischte sich eine Träne aus dem Auge, richtete sich auf und versuchte ihre Fassung wiederzuerlangen. Ich spürte ihre Körperspannung, während sie angestrengt ihre Gefühle zu kontrollieren versuchte. Sie atmete tief ein und den nächsten emotionalen Zusammenbruch beiseite. »Ich weiß, und als ich vorhin wieder darüber nachgedacht habe … dass ich Bilder von mir hasse und warum, war der erste Impuls, wieder abzuhauen, aber euch zu verlassen, das …« Ihre Stimme ging in ein Krächzen über, und sie legte sich ihren Zeigefinger an die Lippen.

»Hey.« Ich umarmte sie, und auch Cormac kam wieder zu uns und tat es mir nach. »Das lassen wir nicht zu, ja? Du bleibst bei uns.«

»Ja, ob du willst oder nicht. Nein, Spaß, aber solange du bei uns sein willst, machen wir alles, damit du dich wohlfühlst.« Cormac wollte sie nicht verlieren und ich auch nicht.

»Er hat recht.«

»Danke. Es fühlt sich manchmal so komisch an, dass ich mich wegen seiner Sprüche noch heute so fertigmache, aber ja … Es gibt keine Messlatte dafür, ab wann es okay ist, dass Worte einen traumatisieren dürfen.« Jasna zog wieder die Nase hoch. »Deshalb fällt es mir auch so schwer, aufzutreten, mehr zu singen, weil ich da so oft an ihn denken muss. Außerdem hat er mir auch öfter gesagt, ich könne nicht singen, und wenn mir seine Stimme, die das sagt, während eines Auftritts durch den Kopf geht, höre ich mich plötzlich selbst nur noch total schief singend.«

»Wir unterstützen dich, ja? Wir können ja gucken, ob es so günstigere Videotherapieplätze gibt oder so.« Cormac küsste Jasna auf die Schläfe und stand wieder auf.

»Danke. Ich danke euch so sehr. Das klingt gut.« Jetzt war es Jasna, die uns in den Arm nahm. »Aber … Was ist mit dir, Mac? Und tut mir leid, dass ich nicht nach dir gesehen habe. Ich war in einer Art ... keine Ahnung ... Loch.« Jasna atmete tief ein und lange aus.

»Schon gut«, sagte ich.

»Genau, und ich kann mich auch um mich selbst kümmern.«

»Ich schlage vor, wir holen uns Chips, machen uns Milkshakes und klettern über das Dachfenster aufs Dach und sprechen uns alle aus, ja?« Mein Vorschlag erntete freudige Gesichter und erhielt vollste Zustimmung.

»Ja, bitte, und dann auch über dieses verfickte, beschissene Arschloch von Yiannis und seinen guten Geschmack für Mode. Äh, schlechten!« Ich liebte es, wie sehr Cormac seinen Kollegen hasste, wenngleich es mir auch Angst machte, nächsten Monat bei dem Sender, in dem er arbeitete, ein Interview zu der Erbsache zu geben. Denn da müsste ich den Kerl auch kennenlernen.

»Dann auf in die Küche. Machen wir uns ein paar Hafermilchshakes. Wir haben noch ...« Jasna sprang auf und lief aus dem Zimmer. »... Erdbeeren«, rief sie zu uns zurück, bevor wir ihr folgten.

»Ich will Erdbeere. Ich meine, ich habe mit meinen Haaren ein Anrecht auf Erdbeermilkshakes, finde ich.« Cormac drängte mich mit seinem Ellbogen zur Seite und lief die Wendeltreppe nach unten.

»Hey!«

»Keine Panik. Wir haben noch Minze – okay, da ich sie mache, ist der Minzmilkshake meiner ...« Jasna lief in die Küche, und ich fragte mich nur, wer Minzmilkshakes mochte. »Aber wir haben noch Blaubeeren.«

»Blaubeermilkshake klingt himmlisch«, sagte ich und erreichte nach Cormac die Küche. Bei Blaubeeren musste ich wieder an Massimo denken.

Cormac und Jasna machten sich über den Kühlschrank her, als mein Handy vibrierte.

> Hey, was machst du? Lust, was zu unternehmen?

Massimo und etwas unternehmen klang genial, aber war da nicht noch etwas? Oh, stimmt, meine Arbeit … Die würde ich direkt nach dem Milkshake wieder aufgreifen.

> Hört sich mega an, muss aber an der Arbeit …

Ich löschte meinen Anfang wieder. Eigentlich brauchte ich gerade ein wenig Ablenkung, um den Kopf freizubekommen. Heute war ohnehin einer dieser Tage, an denen ich nur schreiben würde, um zu schreiben, aber danach könnte ich alles löschen.

> Klingt toll.

Ich unterdrückte meinen Drang, alle Einzelheiten aus ihm herauszuquetschen, und ließ mich einfach mal darauf ein.

Kapitel 26

Quentin

Meine Augen taten schon weh, weil ich während meiner Arbeit im Museum an jedem noch so kleinen Schmuckstück hängen blieb. Ich konnte gar nicht genug bekommen von all den voller Vergangenheit steckenden Dingen. Es war, als würden die Objekte vor meinen Augen wie ein Gefäß übergehen und die Geschichte aus ihnen schwappen. Wie abgemacht überprüfte ich die Räumlichkeiten, damit auch alle Ausstellungsstücke am richtigen Platz waren, und verglich sie mit dem Plan auf dem Tablet. Sie hatten nämlich eine neue Sonderausstellung geplant, die ich nicht versauen wollte. Außerdem schob ich ein paar Stücke hin und her, damit sie richtig präsentiert wurden, was sich sündhaft falsch anfühlte. Sonst hieß es in Museen ja: Nichts anfassen!

Meine Lieblingsaufgabe heute? Ich durfte zusehen, wie der Preis für ein Kunstwerk ausgerechnet wurde. Dafür zog Rémi die Größe des Bildes und den Künstlerinnenfaktor der Malerin heran. Da Rémi auch eine Galerie leitete, konnte er diesen Faktor anhand der Bekanntheit der Künstlerin, Kooperationen mit Unternehmen oder Galerien, Social-Media-Reichweite, weltweiten Ausstellungen und der Anzahl der verkauften Bilder sowie ihrer Techniken errechnen. Und noch viel mehr, es war kompliziert, aber superspannend. Unter den unendlichen Möglichkeiten, die sich mir bei der Museumsarbeit boten, fand Kunst an diesem Tag ihren Platz auf meiner Liste, obwohl sie nicht mein Spezialgebiet war. Ich war bereit, mich in dieses neue Terrain einzuarbeiten. Die einzigartige Atmosphäre des

Museums zog mich in ihren Bann, und während ich eine Liste potenzieller Ausstellungsstücke erstellte, spürte ich die Freude, die sie mir bereiteten. Dank der Exponate fühlte ich mich wie im Paradies bei der Arbeit. Wenngleich auch einige Bilder und Schriften echte Gräueltaten an queeren Menschen festgehalten hatten, die einem die Tränen in die Augen trieben.

Rémi kam vorbei. Er lächelte mich an und winkte mich zu sich.

»Hey, Rémi, danke noch mal für alles. Ich habe die letzten Tage so viel an meiner Arbeit geschrieben, und die Stücke von hier ergänzen das noch mal perfekt. Darf ich vielleicht auch ein paar Exponate in meine Arbeit einbauen?«

Rémi strich seinen Samtanzug glatt. »Aber natürlich, mein Lieber. Wer weiß, vielleicht übernimmst du ja eines Tages einen festen Job hier, die Leidenschaft für dieses Thema hast du allemal. Zumindest, wenn das Museum dann noch geöffnet ist. Es läuft ja gerade nicht so gut.«

Die Vorstellung löste so viel gleichzeitig in mir aus. Beinahe wäre ich in einen Tagtraum abgedriftet, in dem ich hier als Museumsdirektor herumstolzierte. Nach außen ließ ich mir nichts anmerken, aber innerlich kribbelte alles voller Freude. Doch sein letzter Satz verpasste dem einen Dämpfer. Wenn es schloss, würde das so oder so nichts werden.

»Danke und ja, ich hoffe, es bleibt offen. Ich würde dann morgen noch mal einen Rundgang machen, aber es sollte eigentlich alles passen. Ich habe mir nur gedacht ... Ach, egal. Sorry.« Ich hob abwehrend die Arme. »Bin wieder zu tief in meine historischen Gedanken eingetaucht.«

Rémi warf mir einen Dein-Ernst-Blick zu und machte eine Geste mit der Hand. »Komm, komm, sag.«

»Na ja, du hast dort hinten ...« Ich verbog mich ein wenig, um mit meinem Finger um die Ecke zu deuten. »... Bilder von Codes, die queere Menschen in Briefen benutzt haben, sollten diese abgefangen und gelesen werden. Ich fände es irgendwie passender, wenn wir diese auch zu ebenjenen Briefen legten, damit das besser verknüpft wird.«

Rémi zupfte an seinem Goatee-Bart. »Das ärgert mich jetzt.«

»Tut mir leid, das ist total unangebracht, dass ich deine Arbeit kritisiere. Du tust so viel für …«

»Bitte.« Rémi massierte die Stelle zwischen seinen Augenbrauen, als beschere ich ihm Kopfweh. »Es ärgert mich, dass mir das in dem ganzen Chaos nicht aufgefallen ist. So machen wir es, aber jetzt mach erst mal Feierabend. Du musst nicht an deinem ersten Tag überziehen.«

Voller Freude über sein Lob legte ich meine Hand über mein rasendes Herz. Eine Stimme in mir trübte diese Freude, denn sie redete mir wieder Abscheuliches ein. Sie sagte mir, wie toll ich doch sein müsste, schliefe er jetzt auch noch mit mir. Dann müsste ich doch wirklich super sein. Dieses Mal hielt dieses Flüstern meiner Vergangenheit allerdings nicht lange an. Es verpuffte rasch, und ich wusste, dass ich auch so wertvoll und genug war. Selbst wenn er mich nicht gelobt und meinen Vorschlag abgelehnt hätte, müsste ich für mich selbst den Wert meines Wissens kennen, ohne Bestätigung von außen. Und langsam, ganz schildkrötenartig langsam wurde das was. Während ich mir das einredete, klingelte etwas bei Rémis letztem Satz in meinem Kopf nach.

»Warte mal. Überziehen?«

»Du bist eine Stunde drüber.«

»Eine …? Shit. Sorry, muss los. Bye und danke, danke, danke noch mal.« Bereits beim letzten Danke war ich losgelaufen.

»Kein Problem, schönes Wochenende, und wir seh…« Ich lief so schnell los, dass ich den Schluss gar nicht mehr richtig wahrnahm.

Im Sprint linste ich auf mein Handy.

Zwölf verpasste Anrufe.

Shit.

Draußen angekommen erkannte ich Massimo vor seinem Auto. Er spielte mit Salaì, fuchtelte wie wild mit seinen Händen vor Salaìs Kopf, und dieser versuchte, sie zu schnappen.

»Hey, sorry, ich habe die Zeit ganz vergessen.«

»Oh, hey. Ach, eigentlich wollte ich lässig am Auto lehnen, wenn du kommst.« Etwas enttäuscht pustete er sich eine Locke aus dem Gesicht, ließ sich von Salaì an der Hand erwischen und stellte sich dann auf.

Sein Auto hatte er unter einem uralten Baum geparkt. Die Baumkrone spendete fleckigen Schatten an diesem sonnigen Tag. Mit meinen Daumen deutete ich hinter mich. »Ich kann noch mal kommen und so tun, als hätte ich dich nicht gesehen.«

Gespielt beleidigt gab er ein Schulterzucken von sich, bevor er grinste. »Okay, ja, bitte.«

Ich lief zum Eingang des Museums zurück, ging einmal um die Säule bei der Treppe und schlenderte wieder auf ihn zu.

Salaì saß neben seinem Bein, und Massimo lehnte an seinem in der Sonne glänzenden Auto. Der Wind wehte leicht durch seine Haare, und er hatte die Arme verschränkt, einen Fuß leicht über den anderen gelegt. Hatte er sein Hemd jetzt extra weiter aufgeknöpft? Als er mich ansah, legte er die Stirn in Falten, musterte mich von oben bis unten und nickte mir zu. »Hey, Kleiner.«

Schmunzelnd schüttelte ich den Kopf. Was für ein Esel. »Oh, wow, wie lässig und gefährlich du Bad Boy wirkst. Ich schmelze, wie kann ich dir nur widerstehen«, ratterte ich gespielt gelangweilt meinen Text runter, bevor Massimo mich sanft schubste.

»Ich hab mir echt Mühe gegeben.« Er legte seinen Arm um meine Schulter und zog mich zu sich. »Ein bisschen Respekt dafür«, sagte er und wuschelte mir durch die Haare.

Okay, das war … Das war jetzt dann doch hot, so zwischen seinem muskulösen Arm zu stecken. Hui … Wer brauchte schon Luft, wenn er Muskeln hatte, richtig? Oder? Na ja … Vermutlich alle Menschen, aber gerade reichten mir Muskeln.

Spätestens als ich merkte, wie sehr seine Muskeln mich anmachten, schlüpfte ich aus der Umarmung. »Also, wo geht's hin?«

»Sag ich dir gleich.« Massimo ging um das Auto und öffnete die Tür. »Wenn wir unterwegs sind.«

Gedanklich saß eine kleine Anime-Version von mir auf meiner Schulter und schrie mir ins Ohr: »Er hält dir die Tür auf!«

Ich ging zu Massimo, als Salaì mich überholte, in das Auto hüpfte und von dort auf den Hintersitz kletterte. Gleich danach schlug Massimo die Autotür zu. »Du wirst Augen machen«, sagte er und öffnete die Tür auf seiner Fahrerseite.

Die Anime-Figur lag lachend auf dem Rücken und rollte sich über meine Schulter. »Du dachtest, er hält dir die Tür auf!«

Ich ließ ihn, also mich … Anime-Quentin in Höllenflammen aufgehen, und nachdem er unter qualvollen Schreien verpuffte, stieg ich alleine ins Auto ein. »Das werde ich bestimmt.«

»Dass du mich extra abholst, echt nett, danke.« Ich gurtete mich an.

Massimo sah mich ernst an. »Das ist mir spontan gekommen, weil du gesagt hast, dein Kopf ist dicht, und ich habe, äh.«

»Hey, schon gut, ich freue mich ja.«

Massimo erwiderte nichts mehr. Wir machten Salaì fahrsicher und fuhren los. Währenddessen erzählte ich Massimo von meinem ersten Tag im Museum, griff nach hinten, um Salaì durch die Box zu streicheln, und schnappte mir ein paar Schoko-Meersalzbrezeln mit Karamell aus der offenen Packung, die zwischen uns lag. Ich kommentierte nicht, dass er sie mitgebracht hatte, obwohl sich mein Magen vor Zucker zusammenzog. Also dem Zucker seiner niedlichen Aktion, nicht dem der Brezeln. Die waren nämlich supergesund – für meine Mental Health. Für sonst nichts, aber dafür, dafür ja.

Massimo schlug gegen das Lenkrad. »Fahr doch endlich weiter, oder soll ich dich um die Kurve tragen? Das gibt's doch nicht.« Bis jetzt hatte ich es immer unerträglich gefunden, wenn Leute sich beim Autofahren aufregten – vermutlich vorrangig, weil ich nicht Auto fuhr und leicht sagen konnte, regt euch nicht auf –, aber wie erwähnt: bis jetzt. Seit heute fand ich es ziemlich hot, wenn Massimo wütend klang und sich seine Muskeln anspannten, wenn er das Lenkrad umschlang oder er es schlug. Und ich wollte nicht wissen, was es über mich aussagte, dass ich gern das Lenkrad gewesen wäre.

Wir fuhren am Kelvingrove-Park vorbei, und mein Magen zog sich zusammen, als ich an die Freilichtbühne dort dachte, die mir bisher sonst nur schöne Kindheitserinnerungen beschert hatte. »Wusstest du, dass eine *Outlander*-Szene im Kelvingrove-Park gedreht worden ist?«, fragte ich, um die finsteren Gedanken zu verdrängen.

»Echt? Habe ich ja noch nie gehört, wie spannend.«

»Ja, Glasgow ist echt superinteressant. Wir hatten ja mal ein eigenes Castle im 13. Jahrhundert, und unsere Kathedrale hat ja auch eine megaspannende Geschichte rund um die Stuart-Aufstände und alles. Da war sie ein Waffenarsenal oder dann wieder ein Bunker. Es ist schade, wie wenig da heute noch drauf geachtet wird. Oder hier …« Ich deutete aus dem Fenster, und Massimo warf einen schnellen Blick zur Glasgow School of Arts. »Hier haben sich die beiden Roberts kennengelernt.«

»Die Roberts?«

»*Die* Roberts.« Ich schlug die Hände zusammen. »*Die!*«

»Übertreib nicht.« Massimo lachte auf. »Also?«

»Robert Colquhoun und Robert MacBryde sind angeblich – wir wissen ja, wie Geschichtsleute über queere Menschen geschrieben haben, die ewig besten Freunde und so – zwei schwule Künstler gewesen, die in Glasgow gelebt haben, sich hier auch kennengelernt haben und somit auch wichtig waren für die queere Community. Generell waren hier wichtige Schauplätze der LGBTQIAP+-Revolutionen in den Neunzigern.«

»Wow. Waren die hot?«

»Die Aufstände?«

»Die Roberts.«

Wir prusteten beide los.

»Nein«, sagte ich und wischte mir eine Träne aus dem Auge. »Also, keine Ahnung, sie sollen ein ziemlich aufregendes Partyleben geführt haben. Schätze mal schon, aber generell ist ihre Geschichte ziemlich tragisch. Einer soll angeblich am Alkoholkonsum gestorben sein, regelrecht in den Armen des anderen, und dieser vier Jahre später bei einem Autounfall. Aber na ja, Geschichte ist zwar oft hart, aber spannend. Selbst George R. R. Martin hat sich ja an den Rosenkriegen in England für *Game of Thrones* bedient.«

»Boah, liebe die Serie.«

»Tja, dann lies dir mal die Rosenkriege durch, da wirst du erst staunen. Da erkennst du dann richtig viele Szenen der Serie wieder.«

Massimo warf mir einen Blick zu, den ich nicht deuten konnte, ehe er sich wieder der Straße widmete. »Geschichte kann ja echt ganz spannend sein.«

»Der Titel meiner Biografie nach meinem Tod als bekannter Historiker.«

»Echt? Meiner wäre dann ... Party-Miliano on Tour.«

Ich hob meine Hand und biss mir in den Handrücken, um nicht zu lachen. Das klappte so lange, bis Massimo mir einen kurzen Blick zuwarf und selbst belustigt schnaubte. »Du darfst lachen, wenn ich dazu einen Spaß mache.«

Als ich lachte, schlug er mir sanft auf den Oberschenkel. »Da lacht er echt.«

Spätestens als Massimos Hand auf meinem Oberschenkel liegen blieb, erstickte das mein Lachen im Hals.

»Oder: Hab große Muskeln, aber ein noch größeres Herz.«

Ich bemerkte, wie Massimo seine Mundwinkel extra ein wenig nach unten drückte, damit ich ja keinen Anflug eines Grinsens erkannte. »Ach? Meine Muskeln sind nicht groß genug?« Er umfasste meinen Oberschenkel und spannte seinen Arm an. Ich spürte, wie seine Muskeln hart wurden – oh, und ich tat alles dafür, dass dasselbe nicht mit meiner Mitte passierte –, dicke Adern sich aufpumpten und seine Haut sich anspannte. Was würde ich dafür geben, das mit einem Finger nachzufahren! Gleichzeitig schüttelte ich das Bild eines anderen Körperteils Massimos aus dem Kopf, das auch so ein paar Adern hatte.

»Doch. Doch.«

Ich drehte *RIP, Love* von Faouzia lauter. So, dass es noch okay für Salaì war, und ich beschloss, Reden war im Moment überbewertet. Danach spielte *Killing Me* von Conan Gray.

Als mein Handy vibrierte, holte ich es hervor. Eine Benachrichtigung. Ich wurde bei einem Video markiert.

Es war von der Rooftop-Party. Ich erkannte Massimo und mich, am Rande des Dachs stehend. Unsere Hände lagen nebeneinander. Darüber die Schrift:

Wen wollt ihr verarschen? Die beiden treiben es. Deshalb bekommt er die Chance auf das Erbe!

Scheiße. Ich linste zu Massimo. Er hatte nichts mitbekommen. Ich schloss die App. Das Video hatte nur dreißig Aufrufe gehabt. Ich hoffte einfach, es würde untergehen. Nicht viel Aufsehen erregen. Ich hatte tatsächlich nie darüber nachgedacht, dass es seltsam wirken könnte, mit Massimo befreundet – okay, befreundet mit gewissen Extras – zu sein. Sofort steckte ich das Handy weg und wünschte mir, das Leben wäre mal auf meiner Seite.

Kapitel 27

Massimo

Wir fuhren die Landstraße entlang. Ich musste mich zusammenreißen, Quentin nicht die ganze Fahrt über zu beobachten. Das hatte genau drei Gründe.

Erstens: Er war echt hot.

Zweitens: Er begutachtete die Umgebung und war dabei echt hot.

Drittens: Er nahm immer wieder megakluge Sprachnotizen auf, die sein Handy verschriftlichte und die wohl für seine Doktorarbeit dienten (ja, auch dabei sah er hot aus, auch wenn es mir mehr Sorgen bereitete).

Punkt drei ging aber noch weiter. Drei Punkt eins sozusagen. Er hatte mir erzählt, dass er die letzten Tage schon so viele Internettricks ausprobiert hatte, damit er sich mehr seiner Arbeit widmen konnte. Früher schlafen gehen. Er hatte sich eine App runtergeladen, die Naturgeräusche abspielte. Er legte sein Handy weg. Er machte regelmäßig Pausen. Er joggte. Und noch irgendwelche Lerntechniken. Doch nichts half. Was mich nicht wunderte, da ich der Grund war, der ihn ständig ablenkte. Abgelenkt hatte. Von nun an würde ich sie beide unterstützen. Was aber auch bedeutete, ihnen die Wahrheit zu sagen. Bald ...

Ich gehörte echt auf den Scheiterhaufen. Wie schwer konnte es eigentlich sein, die Wahrheit zu sagen?!

Na ja, und es gab noch einen Punkt vier. Ja, ich war nicht so gut darin, Dinge einzuschätzen. (Konnte ich eigentlich irgendetwas?) Einen geheimen Punkt vier. Ich hatte eine Mail bekommen von der Uni. Leute hatten uns ziemlich vertraut auf der

Party gesehen, darunter viele Profs. Und jetzt wurden Stimmen laut, dass es Beschwerden geben könnte, dass Quent bevorzugt wurde, weil wir ja vielleicht schon vorher etwas miteinander gehabt hatten und ich meinen Vater beeinflusst hätte … Warum sollte ich mir selbst das Erbe wegnehmen wollen? Leute suchten echt überall eine Verschwörung.

Vor mir tat sich eine atemberaubende Landschaft auf, die ich ewig nicht mehr bewusst abgefahren hatte. Die weiten Ebenen, die sanften Hügel, die in der Gegend auftauchten, zogen mit ausgetrockneten Gräsern an uns vorbei. Immer wieder gab es etwas Neues zu sehen, wie winzige kleine Flussrinnsale, die sich neben der Straße herzogen, Sonnenstrahlen, die sich zwischen zwei Hügel stahlen, oder herumschwirrende Käfer im Wind. Je weiter wir in die Highlands fuhren, desto intensiver wurde die atemberaubende Wunderschönheit der Landschaft. Die Berge wurden majestätischer, türmten sich am Straßenrand auf, bis ich glaubte, sie verschwänden in der Wolkenfront. Ich merkte, wie Quent sich weit vorbeugte, um die unglaubliche Aussicht zu begutachten. Je länger die Fahrt dauerte, desto mehr kribbelte es in meinem Magen, wenn ich daran dachte, wie Quent wohl unser Ziel gefallen würde.

»Wow.«

»Bist du noch nie hier draußen gewesen?«

»Ähm.« Quent spielte an seiner Jeans und zupfte an einem Loch herum. »Ich habe mal ein, zwei Ausflüge gemacht, mit dem Jugendheim, aber ansonsten nicht, nein. Und alleine … Keine Ahnung. Ich bin noch nicht so oft hier unterwegs gewesen oder im Urlaub.«

Ungläubig riss ich meine Augen auf und musste mich zusammenreißen, nicht laut »Du bist also echt noch nie im Urlaub gewesen?« zu rufen.

Wir fuhren einen kurzen Weg entlang, der direkt zwischen einen Berg führte. Die hohe Steinwand dicht neben den Straßenrändern wirkte, als hätte jemand den Berg mit einem Schwert entzweigeschnitten. Nach oben hin waren Netze gespannt, die Steine aufhalten sollten, damit sie nicht auf Autos fielen.

»Oh. Na ja …« Ich legte meine Hand auf seine. »Dann wird es umso genialer werden.«

Es verging etwas Zeit, bis Quentin plötzlich sein Handy auf seinen Oberschenkel legte und die Luft einsog. »Shit.«

»Was ist los?«

»Ich habe eine Mail bekommen, dass ich irgendeine Frist verpasst hätte, um meine Doktorarbeit und die Verteidigung anzumelden für September, weil ich die ja jetzt früher abgeben wollte. Und jetzt … jetzt geht das nicht mehr. Das heißt …« Mit jedem Wort wurde Quentin leiser. Kurz guckte ich zu ihm und erkannte seinen leeren Blick, dann sah ich zurück auf die Straße.

Er konnte die Doktorarbeit nicht rechtzeitig im September abgeben. In mir ploppte die Erinnerung auf, dass ich die Mail dazu gelöscht hatte. Warum hatte mein Dad selbst nach seinem Tod so eine Kontrolle über mich, dass ich zu solchen Mitteln gegriffen hatte? Bei allem, was passiert war, hatte ich diese Mail schon ganz vergessen. Fuck. Das war nur meine Schuld. Ich wollte Quentin helfen, für ihn da sein, das Geld anders reinbekommen, aber jetzt holten mich alle Taten ein.

»Scheiße!« Quentin schlug gegen die Mittelkonsole des Autos. »Was … was mache ich denn jetzt?« Seine Stimme überschlug sich.

»Das … das ist echt scheiße.« Die Verzweiflung aus Quentin zu hören tat mir so leid. »Sollen wir umdrehen? Vielleicht kannst du hingehen, wenn wir wieder zurückfahren, und das klären? Eventuell gibt es eine Ausnahme bei all der Scheiße, die euch passiert ist?«

»Denkst du, das geht?«

»Ich weiß nicht, aber …«

»Du könntest mitkommen!«

»Ich?!« Ich umklammerte das Lenkrad immer fester.

»Ja, du bist Segretos Sohn. Ich will nicht nur auf diese Sache im Park pochen. Es ist ja meine Schuld, dass ich diese Mail wohl irgendwie übersehen habe oder so.« Shit, nein, war es nicht! Es war meine …

»Vielleicht kannst du irgendwas sagen, dass es ja der Wille deines Dads war und so, und ich sage, ich habe das nicht bekommen und dass es ja um dein Erbe geht und wie sähe das aus, wenn das in der Presse so endet?« Das war ich ihm schuldig, auch wenn etwas in meinem Körper sich noch immer dagegen sträubte, Quentin zu helfen, den Willen meines Dads zu erfüllen. »Eigentlich will ich das nicht auf diese Weise, aber ich habe die Mail ja echt nicht bekommen und …«

»Ja, ja, okay, machen wir. Soll ich umdrehen?«

»Ja, bitte, sorry wegen des Ausflugs. Ich gucke mal …« Quentin tippte wie wild auf seinem Handy herum. »Mist. Die sind schon alle weg heute. Alles geschlossen.« Er machte den Lautsprecher an, und es klingelte, vermutlich rief er an.

Nichts. Nur die Nachricht, wann die Öffnungszeiten waren.

Cazzo!

»Verdammt.« Quentin fuhr sich nervös durch die Haare, zupfte mit seinen Fingern an der Haut seiner Wange und atmete schnell. »Was soll ich machen?«

Ich nahm seine Hand. »Wir bekommen das hin, ja?« Auf einer langen Gerade ohne Autos sah ich kurz zu ihm. »Okay?« Dann wieder auf die Straße. »Schreib eine Mail. Dass du nichts bekommen hast. Dass dein Handy geklaut wurde und vielleicht jemand die Mail gelöscht hat oder so …« Ich räusperte mich. »Irgendwas, keine Ahnung. Und sobald wieder offen ist, gehen wir gemeinsam hin, okay?«

»Okay. Danke.« Quentin zog seine Hand aus meiner und tippte die Mail.

Wir schwiegen eine ganze Weile und fuhren an kleinen alten Häusern oder winzigen Dörfern vorbei, die die Straße säumten. Diese Sache wühlte mich auf, doch die Umgebung half, etwas runterzukommen. Ja, irgendwie würde ich das wieder hinbekommen und Quentin helfen, selbst wenn er mich irgendwann hasste. Das schuldete ich ihm. Je weiter wir fuhren, desto mehr Orte meiner Kindheit erkannte ich wieder. Ich hatte so viele Erinnerungen an meine Eltern im Kopf. Na ja, nicht nur. Es waren auch Gespräche mit meinem Dad, die durch meine Gedanken blitzten. Ich, der einen Zauberwürfel drehte, und mein Dad, der meinte, ich sei doch gar nicht klug genug dafür. Oder als er wegen mir halten musste und mich mehrfach geohrfeigt hatte, weil er wegen mir einen Unitermin versäumt hatte (ich musste auf die Toilette). Und ... Nein. Nicht heute. Heute sollte mein Dad nicht mitmischen. Ich verdrängte ihn aus meinen Gedanken.

Am Three-Sisters-Aussichtspunkt fuhr ich etwas langsamer vorbei. »Sieht doch fabelhaft aus hier, oder?«, sagte ich.

Quentin schien mir gar nicht zuzuhören. Vermutlich kreisten seine Gedanken noch um die Mail.

»Oder?«, hakte ich nach.

Quentin blinzelte sich zurück ins Hier und Jetzt. Er beugte sich zu mir und blickte über die weite, grüne Ebene.

»Wow! Ja! Hier hat es bestimmt richtig spannende Schlachten früher gegeben.« Er klang mir ein wenig zu freudig, wenn er davon schwärmte, dass sich hier Leute bekämpft hatten, aber okay, Geschichte half ihm, runterzukommen.

Die grünen Hügel, die saftigen Felder, so weit das Auge reichte. Am liebsten wäre ich stehen geblieben, aber nicht heute. Ich hatte andere Pläne. Deshalb fuhren wir auch am Loch Achtriochtan einfach vorbei, einem kleinen See, der sich mit seinem olivgrünen Wasser an die Umgebung anpasste.

»Oh, ich weiß, wo wir hinfahren«, sagte Quentin, als holte ihn die Umgebung aus seinem Gedankenstrudel.

»Ja?«

»Glencoe. Wusstest du …«

»Wenn du jetzt fragst, ob ich das Glencoe-Massaker kenne, schreie ich. Natürlich kenne ich das, aber können wir jetzt bitte die Natur genießen?« Salaì bellte hinter uns zustimmend nach vorne, und Quentin gab sich geschlagen.

»Gut, gut, gut. Keine Massakerstorys über Clanmitglieder.«

Wir fuhren durch enge Straßen bei der Ansiedlung im Tal von Glencoe und bogen in die Straße Gleann Comhann ein. Mal hier, mal da standen einige Häuser, doch hier sollten wir nur parken. Ich hielt an einem Platz für Reisende und holte Salaì von hinten vor. Gemeinsam mit ihm spazierten wir weiter Richtung Norden, und nach zweieinhalb Stunden Autofahrt tat es gut, sich die Beine zu vertreten.

Das Wetter spielte mit, und es hing keine graue Wolkendecke über uns, sondern die Sonne bestrahlte das Tal. Die Ruhe zog sich durch die Weite, und ich liebte es, Salaì herumlaufen zu sehen, als wir weiter weg von den Leuten, Autos und den Gebäuden waren. Flüsse zogen sich hier und da durch die Graslandschaften, und ich genoss die frische und reine Luft, die meinen Geist neu belebte. Obwohl Quentin sich umsah und alles bestaunte, merkte ich noch, wie er öfter mal einen starren Blick bekam und traurig guckte.

»Hey, das mit der Uni wird wieder, ja? Mit der Arbeit auch, und wenn ich einziehe und dich anfeuere. Wir schaffen das, ich bin für dich da, ja? Oder wenn du Ruhe brauchst, gehen wir zu mir in mein Haus und …« Mein Haus … Das verhasste Haus. Verdammt, das war's doch. Warum war ich nicht früher darauf gekommen? Das war die Lösung für Abby und …

»Und?« Quentin riss mich aus meinen Gedanken.

»Und, äh, dann wird das wieder. Ich schwöre es dir, abgemacht?« Ein neuer, guter Plan formte sich in meinem Kopf und verdrängte den alten, verblendeten, vom Konflikt mit meinem

Vater traumatisierten, toxischen Plan. Nach diesem Ausflug musste ich ein paar Telefonate machen.

»Danke. Wirklich, Massimo, danke.« Quentins angespannte Schultern lockerten sich, und er lächelte wieder.

Salaì stürmte aufgeregt von links nach rechts, im Kreis um uns herum und dann wieder im Zickzack nach vorne. Er schien es hier auch sehr zu lieben. Ich bewegte mich mit Quentin weiter weg von den anderen Leuten. »Danke, dass du mitgekommen bist. Irgendwie habe ich einfach mal wieder raus aus der Stadt müssen. Es tut gut, von dem Vorfall im Park wegzukommen. Also wirklich weiten Abstand zu haben.«

»Ja. Verstehe ich gut. Es ist echt schön hier, um den Kopf freizubekommen.« Quentin verließ den Trampelpfad und bewegte sich mit mir das Gras hinab zu einer kleinen Flussabzweigung. »Ich hoffe nur echt, dass wir die Uni überreden können, eine Ausnahme zu machen.«

»Bestimmt.« Das hochgewachsene Gras streifte um seine Hose, und als ein Windzug um uns wehte, breitete Quentin seine Arme aus. Sein Hemd flatterte im Luftzug mit. Er drehte sich zu mir um. Seine Brille hob sich beim Grinsen. Haarsträhne um Haarsträhne peitschte von einer zur anderen Seite, und in mir baute sich ein Gefühl auf, das ich sofort wieder verdrängte. Ein warmes Gefühl. So auf dem Level zwischen Kuscheldecke und Sonnenstrahl.

»Ich fühle mich gerade wie ein kleines Kind im Urlaub.« Quentins Arme klatschten an seine Seite. »Okay, jetzt schäme ich mich.«

Ich holte auf und schubste ihn etwas zur Seite. »Warum denn, besser das Leben genießen, als es aus Scham zu verpassen.«

»Ein weises Motto, Segreto. Du hast recht.« Im Gehen verbeugte er sich übertrieben.

»Queeent, bitte.« Ich schubste ihn spielerisch zur Seite.

»Ich meine es ernst. Es tut mir leid, wenn ich früher öfter unpassende Sprüche darüber gebracht habe, dass du herumreist und dieses Geld hast. Du bist ein toller, intelligenter Typ und hot natürlich auch.«

Schmunzelnd ging ich weiter und sagte nichts. Es tat gut, das zu hören.

Wir gingen hinter einen Hügel, wo wir nichts von anderen Menschen mitbekamen, und es wirkte, als gäbe es nur die Natur und uns. An einem Bach sprang ich auf die andere Seite und setzte mich an das steinige Ufer. Quent tat es mir nach, wäre aber beinah rückwärts in den Bach gefallen, also packte ich ihn an seiner Hose am Oberschenkel und zog ihn zu mir. Je mehr sich Quent öffnete und je ausgeprägter mein Wunsch war, ihm zu helfen, ihm näherzukommen, desto größer wurde auch der Drang, mich zu öffnen. Ich wollte, dass er mich richtig kennenlernte.

»Ich habe …« Ich schluckte, als Quentin sich zu mir setzte und seine Hand auf meine legte. »… wie du ja gehört hast, in Tierheimen ausgeholfen. Es gibt da so Onlinegruppen, da können sich Tierheime austauschen, die Hilfe brauchen, und da sind nicht nur die, sondern auch Privatmenschen, die supporten. Und na ja, das sind oft meine Reiseziele gewesen. Auch mein letztes in Thailand. Da … gut, ich habe schon auch gefeiert, aber … da habe ich zwei Monate geholfen, einen Anbau aufzustellen, und den teilweise finanziert. Sie haben ihn sogar House Massimo genannt.«

»Der Bad Boy, der heimlich weltweit Tierheime rettet? Das klingt fast zu gut, Massimo.« Scherzhaft zwickte mich Quentin in den Unterarm. Wenn er nur wüsste, was ich alles getan hatte. Ich konnte das bald nicht mehr zurückhalten. All die Scham und das schlechte Gewissen würden bald den Damm durchbrechen. Und dann würde es unaufhaltsam aus mir rauskommen. Doch noch hielt eine Barriere all das in mir auf.

Mittlerweile staute sich so viel an, dass alles in meinem Körper schmerzte.

»So funktioniert das nicht. Du musst dich kneifen, um zu checken, ob du träumst.« Ich schob seine Hand wieder runter auf meine und sah von seinem Spiegelbild im Fluss hoch zu seinem Gesicht.

»Ich wollte nicht wissen, ob ich träume. Sollte ein Test sein, ob du real oder einem Traum entsprungen bist.« Das irritierte mich.

»Du glaubst mir?«

»Na klar. Ich kann mir nichts einfacher vorstellen als dich halb nackt unter einer heißen Sonne, wie du Holz ... Latten ... aufstellst und, äh, so Sachen machst wie Nägel reinbohren, damit es hält oder so. Du schwitzt und ... Spreche ich gerade laut?«

Ich nickte. »Und du hast echt null Ahnung, wie etwas gebaut wird, oder?«

»Was hat mich verraten?«

»So gut wie alles, was du gesagt hast. Da es so gut wie nichts gibt, das weniger sexy ist, als bei einer Million Grad etwas aufzubauen. Oh, und Nägel werden nicht gebohrt, sondern ins Holz reingeschlagen.«

Salaì trank aus dem Fluss und hüpfte dann zu uns rüber, ehe er sich neben Quentin legte.

Quentin starrte auf seine Hand, die immer noch auf meiner lag. »Bin ich noch nicht so überzeugt von. Aber sag ... Wie ist das so, was hast du da gemacht alles?«

Hitze schoss mir in die Wangen, und ich unterdrückte nicht nur ein Schmunzeln, sondern auch quatschiges Aufkichern, als wäre ich eines der Glücksbärchen. Er nahm das ernst. Er glaubte mir. Aber vor allem: Er traute mir das zu. »Ich habe geholfen, die Tiere zu versorgen ...« Ich holte mein Handy hervor und öffnete ein Bild mit mehreren abgemagerten Hunden, manche nur noch von Fellfetzen überdeckt, einige mit nur noch drei Beinen oder einem fehlenden Auge. »Einige habe ich mit der Flasche gefüttert.«

»Oh, no. Wie traurig die aussehen, na toll, wollte ja eh gerade heulen, kein Ding.« Quentin zog die Nase hoch. »Das ist so toll von dir.«

Ich konnte nicht einmal Danke sagen, so verblüfft war ich von dieser Reaktion. Mich räuspernd wischte ich weiter zu einem Rohbau. »Da haben wir in Nordgriechenland das Tierheim einer Influencerin aus Österreich aufgebaut. Ehrlich … Keine Ahnung, wie viel davon sie nur für ihr Image gemacht hat, aber sie hat es getan und, damit sie keinen Shitstorm bekommt, auch mehr als nur perfekt. Sie hat auf mich aber ehrlich gewirkt, ist oft da gewesen und hat auch, wenn sie nicht gefilmt wurde, angepackt. Oder hier …« Ich wischte weiter. »Auch in Nordgriechenland, da bin ich sogar als Miteigentümer eingestiegen. Wir haben hier einen Anbau bewilligt bekommen, für den sie einen eigenen Tierarzt eingestellt haben. Zugegeben ein Arzt in Rente aus Ghana, der gemeint hat, er habe genug Geld auf dem Konto und mache das eher, um eine Aufgabe zu haben, aber er ist toll.«

Ich wischte und wischte und wischte und wischte, bis ich Bilder von 2017 hervorkramte. Quentin ließ mich Geschichten erzählen, die ich noch nie laut ausgesprochen hatte, und ich merkte, wie mich diese Zeiten geprägt hatten. »Das ist sogar hier in Glasgow. *Paws & Purpose,* gehört einem Freund von mir. Und hier in der Nähe ist auch ein Tierheim von einer Freundin, Abby, das Hilfe braucht, nur … Ja, ist nicht leicht, Spenden zu bekommen.«

»Wow, das ist echt großartig, was du machst. Warum … Ich weiß gar nicht, wo ich anfangen soll, also bleibe ich einfach bei … Warum?« Quentin zog seine Hand weg, und es fühlte sich kalt an, bis er sie an meine Wange legte. Die Hitze kam zurück. Überall in meinem Körper.

Das konnte ich nicht sagen. »Wollte es nicht an die große Glocke hängen.«

»Hm, aber dann hättest du doch viel mehr Spenden sammeln können und andere anfixen und so. Du bist ja ... aus wohlhabenden Kreisen.« Damit hatte Quentin recht, aber das ging einfach nicht.

Ich zuckte leichtfertig mit der Schulter. »Keine Ahnung. War so ein Ding von mir.«

»Na, wenn das so ist.« Er linste auf mein Handy. »Kannst du mir noch mal das Bild in dem Tierheim in Süditalien zeigen. Da, wo du nur diese kurzen Shorts anhast?«

Ich lachte und wanderte mit meiner Hand langsam runter zum Fluss, um ihm Wasser ins Gesicht zu spritzen. »Du brauchst, denk ich, eine Abkühlung.«

»Hey!« Nach dem Aufschrei sprang Quentin hoch und Salaì mit ihm.

Ein sanfter Wind strich über die weite Landschaft und kitzelte meine Haut, als ich meine Hose hochzog und in den knöcheltiefen Fluss sprang, um Quentin noch mehr nass zu machen. Sofort zog auch er sein Hemd aus und schaufelte mit beiden Händen Wasser, das er dann in meine Richtung warf. Ich konnte zwar ausweichen, aber mit meinen platschenden Schritten machte ich mich selbst nass. Salaì sprang freudig um uns herum. Wasser war sein Element! Die Sonne tauchte alles in ein Grün, das lebendiger wirkte, als würde die Natur um uns von selbst atmen. Abgelenkt davon traf mich plötzlich Quentins Wasserattacke mitten ins Gesicht. Gerade als ich vorstürmen wollte, sprang Salaì von hinten auf mich zu und brachte uns beide zu Fall. Wir landeten gemeinsam im Fluss. Das klare Wasser umhüllte uns und erfrischte mich. Zumindest, bis ich im Wasser so nah bei Quentin war, dass es wirkte, als würde es gleich kochen. Wir lachten auf, und ich schüttete ihm einmal noch etwas Wasser ins Gesicht, bevor er vorschoss. »Darf ich dich …« Er hauchte mir schwer atmend ins Gesicht.

»Ja«, raunte ich ihm zu.

Quent küsste mich. Meine Hose klebte an mir wie eine zweite Haut und Quentin wie eine dritte. Salaì sprang weiter um uns herum, und Quentin lachte wohl deshalb in meinen Mund hinein. Ich packte einen Stock, guckte hoch, hinein in den blauen Himmel, und warf den Stock. Ich schrie Salaì, er solle ihn holen, wohl wissend, dass er dann zehn Minuten damit herumlaufen würde aus Angst, ich könnte ihm den wieder wegnehmen. Gleich danach widmete ich mich wieder Quent.

»Hallo, Mister Tierheim-Bauarbeiter«, witzelte Quentin und schlang seine Arme um mich.

Wir küssten uns wieder, verloren uns ineinander. Ich hatte noch nie mitbekommen, dass Etwas-miteinander-Haben mehr sein konnte als Haut an Haut, Stöhnen und Befriedigung. Doch bei Quentin war es anders. Allein seine Lippen auf meinen zu spüren fühlte sich gleichzeitig wie ein Lottogewinn und im selben Moment wie mit einer Sauerstoffflasche zu ertrinken an. Ich wollte mehr und mehr und mehr und mehr und mehr und ach, fuck, einfach mehr!

Wir drehten uns auf das Ufer. Steine drückten sich in meinen Rücken, aber noch nie war mir etwas mehr egal gewesen. Ich vergrub meine Finger in seine nassen Haare. Flusswasser tropfte von Quentins Nase. Er legte die Brille auf mein Shirt und zog mich hoch. Unser letzter Kuss zog sich ein paar Sekunden, bis Quentin aus seiner Hose gestiegen war. Noch mit einem Bein in meiner Hose und den Shorts hatte auch ich es nur geschafft, meine runterzuziehen, da saß er schon wieder auf mir. Seine Zunge wieder auf meiner zu spüren war, wie nach einem Wettbewerb im Luftanhalten wieder zu atmen.

»Quent, Quent.« Ich stoppte ihn, was kaum möglich war, da er einfach meinen Nacken weiterküsste. »Ich habe nichts mit.«

Okay, jetzt hielt Quentin inne. »Nichts, nichts? Ich auch nicht.« Schwer atmend strich er seine Haare zurück und sah sich um. »Ich kann, also ich will vor allem, nicht aufhören.«

»Und du suchst jetzt was genau in der Umgebung? Eine Plastiktüte?«

Quentin lachte verzweifelt und legte seine Stirn gegen meine. Ich erkannte in der Weite noch Salaì im Kreis laufen.

»Mist, dann können wir nicht ganz so weit gehen.« Quentin packte meine Hand, leckte ein, zwei meiner Finger ab und führte sie seinen Rücken hinab.

Ich spürte Quentins heißen Atem auf meinem Gesicht, als ich mit meinen Fingern in ihn eindrang. Er stöhnte leicht auf, und ich atmete ihn ein. Indessen umfasste Quentin unsere beiden Erektionen und bewegte seine Hand auf und ab. Er küsste mich wieder, als er meine andere, noch freie Hand auf seinen Rücken legte.

»Mach weiter«, sagte er und küsste mich.

»Tut das auch nicht weh?«

Ein belustigter Ton kam zwischen zweien seiner Küsse hindurch. »Nope.«

Zuerst tat ich mich etwas schwer, aber ich nahm noch einen Finger dazu.

Mit seinen Küssen und seiner Hand auf meiner Mitte manipulierte er mich, sodass ich ihm verfiel, ihm glaubte, dass er mehr wollte. Verfiel ihm auf tausend Arten.

Es dauerte nicht lange, bis ich ein »Ich komme gleich« aus mir quälte und Quentin das mit einem »Bitte, mach das« kommentierte.

Je mehr mein Körper auf Quentin reagierte, je mehr ich merkte, dass dieser Sex mit ihm mich emotional so sehr forderte, je mehr ich nur noch sein Gesicht leicht verschwitzt und mit knapp geöffnetem Mund sehen wollte, desto mehr fragte ich mich, ob es nicht nur der Sex war …

Kapitel 28

Quentin

… desto mehr fragte ich mich, ob es nicht nur der Sex mit ihm war.

Vielleicht machte es Massimo zu etwas Besonderem. Vielleicht hatte es einen Grund, warum ich mich beim Sex mit ihm zum ersten Mal wohlfühlte, mich fallen lassen konnte und es nicht tat, um mein Selbstwertgefühl aufzuputschen.

Ob es vielleicht daran lag, dass ich mich in …

Kapitel 29

Massimo

… dass ich mich in Quentin verliebt …

Kapitel 30

Quentin

… Massimo verliebt hatte.

Kapitel 31

Massimo

Nach unserem Quickie, der in seiner Schnelle so viel mehr mit mir gemacht hatte, als mich nur zu befriedigen, hatten wir Salaì eingesammelt und waren mit dem Auto weitergefahren. Während der Fahrt spürte ich noch Quentins Haut auf mir. Spürte ihn überall auf mir. Doch kurz danach kamen in mir wieder die Schuldgefühle hoch. Die Panik, er fände alles heraus. Und genauso, wie ich sie nicht verdrängen konnte, erkannte ich auch an Quentin, dass er in Gedanken wieder bei der Uni-Mail war. Selbst jetzt aktualisierte er noch ständig seinen Postkorb, obwohl niemand mehr antworten würde.

Direkt auf der A82 kamen wir dem Ben Nevis näher. Als wir an dem größten Berg Großbritanniens vorbeisausten, raubte mir sein Anblick den Atem. Mal wieder. Diese Größe löste eine gewisse Unruhe in mir aus. Genau wie Quentin. Genau wie meine Gedanken, bevor wir gleichzeitig gekommen waren. Der Gipfel war hinter den aufziehenden Wolken verschwunden, und ich fragte mich wie immer, wie es wäre, dort oben zu stehen und das Leben aus der Vogelperspektive zu sehen. Kam es einem dann etwas ... einfacher vor? Einfacher zu verstehen, dass das Leben nicht so ernst war, wie wir oft dachten? Würde ich von da oben sehen, was Quentin mit mir machte?

Als ich den Weiler Inverfarigaig am Loch Ness erkannte, ließ ich diese Gedanken erst mal hinter mir. In dieser Siedlung gab es nur ein paar wenige Gebäude, die in den schönen Wald mit den gewundenen Straßen und Serpentinen eingebettet waren und hier und da am Wegrand auftauchten. Bei der Hillforester's

Lodge parkte ich und sah nach hinten zu Salaì, der schon etwas müde schien. Quentin hatte während der letzten eineinhalb Stunden kaum gesprochen, aber gut, ich ja auch nicht. Mit ihm schwieg ich gerne und hörte dabei Conan Gray. Wäre da nicht sein trauriges Gesicht, weil er sich um die Zukunft sorgte, die ich sabotiert hatte.

»Ich glaube, ich frage Jane, ob wir Salaì bei ihr lassen können.«

»Jane?«

»Der gehört die Lodge. Ich bin schon ein paarmal hier gewesen, wenn ich etwas Ruhe gebraucht habe. Vor allem nach langen Reisen.« Ich gurtete mich ab, stieg aus und holte Salaì heraus.

»Du bist immer für eine Überraschung gut, was?« Quentin ging mit Salaì an seiner Seite zum weißen Haus. Als ich die beiden dort zur Lodge gehen sah, wurde mein Herz schwer. Bald würde der Tag kommen, an dem Quentin alles erfuhr und dieser Anblick nur noch eine Erinnerung in meinem Kopf war. Oder? Gab es einen Ausweg aus dem Ganzen? Ich konnte … Ach was. Selbst wenn … Quentin wollte seinen Geschichtsprofessor-Nerd, mit dem er Bibliotheksabende veranstalten konnte. Nicht mich. Dad hatte schon recht damit, dass ich nicht gut genug war. Für nichts. Und niemanden. Schon gar nicht für Quentin.

Jane öffnete die Tür, und ich beschleunigte meine Schritte. Janes rotblonder Bob wackelte um ihr faltiges Gesicht, und als sie mich sah, winkte sie mir zu.

»Hey. Ich wollte meinem Freund hier ein paar schöne Loch-Ness-Fleckchen zeigen, kann ich Salaì hierlassen?«

Jane hatte sich bereits zu Salaì runtergebückt und streichelte ihn. Die beiden hatten sich mal wieder ineinander verliebt.

»Schön, dich zu sehen, Massimiliano. Natürlich kann er bleiben. Kommt ihr danach zum Essen vorbei? Schlaft ihr hier?«

»Nein, brauchen wir nicht, aber danke für das Angebot.«

Sein Nein verpasste mir einen Stich ins Herz. Er lehnte nicht mal mit der Begründung ab, dass er an seiner Doktorarbeit schreiben wollte, sondern nur mit einem Nein. Lag es an mir? Natürlich! Er wollte nicht mit mir hierbleiben. Dafür war ich ihm nicht gut genug. Nicht genügend wie Rémi oder die anderen Leute auf der Party letztens.

»Oh, okay.« Jane lächelte Salaì zu.

Er ging ein paar Schritte zwischen Jane und mir hin und her.

»Ich komm bald wieder, ja?« Mit beiden Händen streichelte ich seinen Kopf, klopfte ihm leicht auf die Seite, und damit merkte er relativ schnell, dass ich nicht lange wegbleiben würde. Denn meistens versuchte ich den Abschied dann kurz zu halten oder so, dass er es gar nicht merkte.

»Danke und bis gleich. Gehen wir?« Ich zog meine Schuhe samt Socken aus und stellte sie neben Janes Tür.

Jane winkte uns zu und schloss mit Salaì im Haus die Tür.

Wir huschten über die Straße und gingen den Weg bergab zum Wasser. Die Natur ummantelte uns mit ihrem Vorhang aus Büschen, Bäumen, Blättern und Ästen. Wir gingen einen einspurigen Weg nach unten. Neben uns zog sich ein brauner Lattenzaun entlang der Straße, hinter dem ich ein kleines Häuschen erkannte. Beinahe so schön wie das Obsidian Hill Cottage, nur viel kleiner. Dahinter breitete sich der Loch Ness aus. Quentins Nein nagte noch an mir, aber vielleicht wäre es besser für ihn, wenn ich nicht in seiner Nähe wäre.

Quentin atmete tief ein, hielt die Luft und atmete laut aus. »Die Luft hier ist so frisch, das ist so angenehm. Das müssen wir wieder ...« Er sog wieder die Luft ein. Aber dieses Mal wohl eher nicht, um sie zu genießen. »Ich meine, also ... Generell sollten wir ... Die Menschheit ... nicht wir-wir.« Er zeichnete mit seinem Finger einen imaginären Kreis über uns. »Du weißt schon. Öfter machen.«

Er hätte ja mehr davon haben können, wenn er nicht sofort

abgeblockt hätte, in der Lodge zu bleiben, aber okay. Ich kickte einen Stein vom Weg hinein in den Wald, wo er ein paar Blätter zum Knacken brachte. »Ja, stimmt.« Okay, ich fand es schade, dass er nicht mit mir hierbleiben wollte, und konnte es nicht einfach abstellen.

Der Weg neben uns ging hinter einem grünen Geländer steil nach unten, sodass das nächste kleine Häuschen mit seinem blauen Dach auf unserer Höhe war. Mitten im Dach war ein kleines Fenster, in dem Zimmer brannte Licht, und zwei Kinder spielten mit Papierfliegern.

Den restlichen Zickzack-Weg nach unten legten wir ohne zu sprechen zurück. Quentin sah neben mir nur auf den Boden, und ich wusste genau, dass ihn das mit der Arbeit nicht losließ. Was absolut verständlich war. Es war sein Lebenswerk. Ich wünschte, ich könnte in der Zeit zurückreisen.

Nach weiteren fünf Minuten hielt ich. »Warte kurz.« Ich huschte seitlich zwischen Bäumen hoch und stellte mich zu einem, um mich dort zu erleichtern.

»Du hättest auch bei der Lodge auf die Toilette gehen können.« Während Quent das sagte, hatte ich schon losgelegt.

»Da musste ich noch nicht.«

»Das ist doch noch nicht so lange her.«

»Quentin. Soll ich es mit einem Schwamm vom Baum saugen und zurücktragen?«

Ich hörte ihn kurz lachen. »Nein.«

»Außerdem haben die im Schloss Versailles auch oft in die Gänge gepisst, stell dir vor, wir sind Adelige und ich mach's auf eine Säule.«

»Ha-has-hast du gerade einen echt guten Geschichtswitz gemacht? Ich sterbe.« Quentins Belustigung hinter mir zu hören zauberte mir ein Lächeln ins Gesicht. »Aber stimmt, da lebten oft über fünftausend Menschen am Hof zu Zeiten des Sonnenkönigs und Menschen von außen, da ...«

Ich schüttelte ab. »Ich weiß, deswegen sag ich es ja.« Wieder bei Quentin, deutete ich vor. »Weiter geht's, Ludwig.«

Quent schüttelte den Kopf, doch ich bemerkte sein Schmunzeln.

Weiter unten wurde es flacher, und ich nahm eine Abkürzung neben einem kleinen Jagdstand und lotste uns da durch ein paar Büsche zu einem winzigen Steinufer am Loch Ness, wo wie seit Jahren ein vermodertes Boot angekettet hing. Das Ufer reichte ein wenig in den See hinein, und nur an dieser Stelle waren keine Bäume. Ich liebte diesen abgeschotteten Platz am Loch Ness.

»Hach, wie schön ruhig es hier ist.« Quentin breit grinsend auf dem Steinufer zu sehen, wie er den See von allen Winkeln zu betrachten schien, erfüllte mich ebenfalls mit so viel Ruhe und Frieden.

Der kühle Wind beruhigte mein aufgeheiztes Gesicht, und ich stellte mich neben Quentin, um die Umgebung auf mich wirken zu lassen. Die untergehende Sonne ließ sich blicken, und der Loch Ness erschien etwas weniger dunkel als sonst. Diese düstere Färbung kam wohl vom Torf des umliegenden Moorlands. Beim Blick auf das Wasser spiegelte sich im Licht der Abenddämmerung die umliegende Hügellandschaft. Vor dem Wasser bückte ich mich, wusch meine Hände etwas und wischte sie an meiner Hose ab. Ich schluckte meinen gekränkten Stolz nach dem Lodge-Debakel runter und legte meinen Arm um Quentin. Wir lachten gemeinsam und genossen die Atmosphäre dieses Moments.

»Wusstest du …«

Mit einem »Oh, oh« unterbrach ich Quentin.

»Was?«

»Jetzt kommt gleich ein Geschichtsfakt, den ich auf jeden Fall noch nicht gewusst habe.«

Quentin verzog den Mund. »Dann nicht.«

»Hey, ich habe nur gemeint, ich kenne dich schon und weiß, was kommt.« Ich drückte ihn fester an mich. »Aber ich steh drauf. Ich könnte mir deine Fakten den ganzen Tag reinziehen.« Und das meinte ich auch so. »Du solltest mal ein Tik-Tok-Video darüber machen«, scherzte ich, und Quentin schnaubte belustigt. Hier mit Quent zu stehen gab mir so viel Kraft, dass es mir gar nichts mehr ausmachte, dass es langsam dunkler wurde. Als … Als verdrängte die Zeit mit ihm, der neue Blickwinkel auf Geschichte, die Dämonen der Nacht von früher. Als gäbe es da keine Geister mehr, die mich nachts aus dem Schlaf rissen. Dad war tot, und Quentin … Quentin war mein Licht. Tja, nur wurde ich mehr und mehr zu seinem Dämon, ohne dass er es wusste. Einem Dämon, der ihm das Licht aussaugte, bis Finsternis blieb. Und ohne dass ich es bemerkte, wurde ich mehr und mehr zu meinem Dad, der mit allen Mitteln versuchte, zu bekommen, was er wollte. Cazzo! Das war tatsächlich so. Ich wurde zu meinem Grenzen überschreitenden Dad. Ich wurde wie der Mensch, der mich so zerstört hatte. Was hatte ich mir nur gedacht? Ein Stich ging durch mein Herz. Ich Arschl…

»Okay, ich muss es loswerden!« Spielerisch drückte Quentin mich von sich weg und wand sich aus meiner Umarmung. »Wusstest du: Die ersten Aufzeichnungen über ein Monster im Loch Ness wurden schon um 565 herum gefunden.«

»Okay, also dass das schon so lange geht, hätte ich nicht gedacht.« Ich ging etwas zurück und setzte mich auf den etwas feuchten Baumstamm auf dem Steinufer. Er knackte etwas, als bräche der hohle Stamm bald ein, aber bisher hatte er mich noch immer gehalten.

»Siehst du, Geschichte ist megaspannend. Es gab hier auch einige aufregende Schlachten bei den Jakobitenaufständen und so. Hach …« Quentin setzte sich zu mir, und als er seinen Kopf an meine Schulter lehnte, rutschte mein Herz tief nach unten.

Tiefer als der Loch Ness, und der war ja irgendwas zwischen zweihundertdreißig und dreihundertfünfundzwanzig Meter tief. »Ich sollte mal einen historischen Roman schreiben.« Quentin schlug sich mit der Faust auf die flache Hand, als wäre es damit besiegelt, was mich schmunzeln ließ.

»Wenn das einer schafft, dann du.«

»Meinst du?« Quentin sah mich an.

»Wenn es jemanden gibt, der alles schaffen kann, dann du.« Ich guckte ihm direkt in die Augen, dann auf seine Lippen und wieder zurück in seine Augen.

»Danke. Das habe ich zum letzten Mal von deinem Dad gehört, und das auch nur auf eine Seminararbeit bezogen.« Er schien zu denken, damit etwas zu diesem Moment beizutragen, doch alles, was es tat, war, mir zu zeigen, dass er meinen Vater noch immer wie einen Helden verehrte.

»Cazzo! Lass das doch endlich«, platzte es aus mir heraus.

Kapitel 32

Quentin

Die Stille zwischen uns hatte sich bis in die Nacht hinein gedehnt. Gut, es war vorher schon dunkel geworden, aber dass wir uns so lange anschweigen würden, hätte ich nicht gedacht.

»Tut mir leid, ich wollte nicht …« Ich schloss zu Massimo ans Steinuferende auf. »Ich weiß, du willst nicht über ihn reden. Es ist noch frisch alles. Sorry, okay?«

»Als wäre das alles. Mein Vater, warum musst du …« Er presste seine Lippen aneinander, während er mit seinen Fingern seine Haare zurückstrich, so fest, dass ich richtig sah, wie es seine Haut an der Stirn hochzog.

»Sag es doch einfach.« Was sollte ich mit diesem Typen noch machen? Er war unverständlicher als jegliches historische Rätsel, das noch nicht geknackt war.

Kopfschüttelnd bekam ich nichts weiter als ein bitteres Auflachen. Seine Mimik veränderte sich. Wurde freundlicher. »Du musst dich nicht entschuldigen, ich bin der Esel. Tut mir leid. Lassen wir uns den Abend nicht ruinieren, ja?« Er nahm meine Hand, und wir setzten uns auf die moosbefallenen Steine des Ufers.

»Ich glaube, ich brauche eine Abkühlung.« Als wäre es mit dem Einbruch der Nacht nicht kalt genug geworden.

Dennoch folgte ich seinem Beispiel. Irgendwie musste ich wohl auch mal meine Füße in das Wasser des Loch Ness getaucht haben, oder? So als Histo-Liebhaber.

Meine Beine durchbrachen die Wasseroberfläche. Die eiskalte Wasseroberfläche. Reflexartig zog ich meine Füße wieder hoch, doch kurz bevor sie ganz draußen waren, hielt ich und zwang mich, sie tiefer hineinzustecken. Ich kämpfte gegen die stechende Kälte an, und es wurde angenehmer. Mein Körper gewöhnte sich daran, und ich konnte das dunkle, stille Wasser genießen. Wenngleich in meinem Kopf die Vorstellung blieb, dass unter mir ein Monster herumschwamm und es nun meine Beine über sich baumeln sah.

Die Sterne am Nachthimmel lenkten mich mit ihrem Funkeln wie Diamanten in der Dunkelheit ab, und ich hatte das Gefühl, sie wären greifbar nahe. Eine feine Nebelschwade lag über dem Loch Ness und verpasste der Szenerie eine zauberhafte und zugleich thrillerhafte Stimmung. Es gab mir das Gefühl, als wäre ich in der Zeit zurückgereist, wenn ich dem Wind lauschte. Die elementaren Energien, die mich umgaben, ließen mich diese Natur so stark spüren wie noch nie.

»Lass uns ein Foto machen, okay? Damit wir das besser in Erinnerung behalten.« Massimo griff in seine Hose. »Oh, das habe ich im Auto gelassen, um es aufzuladen.«

»Warte.« Ich fischte meines hervor.

»Soll ich? Meine Arme sind länger.«

»Merkwürdiges Ding zum Angeben, aber okay.« Gerade als ich mein Handy entsperren wollte, nahm er es mir weg und grinste mich an.

»Ich hab noch einiges zum Angeben, zum Beispiel ...« Beim Reden entsperrte er mein Handy und suchte nach der Kamera-App, öffnete sie und hielt das Handy hoch. Ehe ich überlegen konnte, was gerade nicht stimmte, machte er das Foto. »Meinen Sch...«

»Moment mal.« Hier passte gerade etwas so ganz und gar nicht zusammen. »Warum kennst du mein Entsperrmuster?« Ich wurde stutzig und nahm mein Handy wieder zurück.

»Ich ... Ich, äh, von Jasna, die hat mal irgendwas von deinem Muster gefaselt.« Massimos Herumdrucksen störte mich.

»Du hast aber viele Benachrichtigungen«, sagte Massimo, und ich sah ihn an, als ich sein nervöses Kichern hörte.

»Zweihundertelf Nachrichten von Cormac und Jasna?«, nuschelte ich.

»Hm?«

»Nichts.« Ich öffnete unseren Obsidian-Hill-Gruppenchat. Die meisten Nachrichten bestanden aus unzähligen Links zu Videos und Memes, bis ich zu einem anderen Chat kam. Bram?

> Hey, also ich, es tut mir leid, dass ich wieder der Böse sein muss, aber ich sehe nicht ein, alleine dafür zu büßen! Da würde mir Geld auch nichts nützen, wenn das beschissene schlechte Gewissen kickt!

Was für Geld?

»Alles okay?« Ich spürte Massimos Angespanntheit, und das, gepaart mit dem unheimlichen Feeling über dem dunklen Loch Ness, beschleunigte meinen Herzschlag.

> Massimo hat mir damals gesagt, ich soll euch Nachrichten schreiben, um euch zu verunsichern, damit ihr abgelenkt seid von der Doktorarbeit.

»Was ist das?« Massimo rutschte näher, doch ich stand auf und ging weg.

»Eine Nachricht von Bram.«

»Bram? Was schreibt er?« Massimo klang alarmiert. Er kam auf mich zu und blickte über meine Schulter.

> Und er ist auch bestimmt an so manch anderen Dingen nicht ganz unschuldig. Zum Beispiel wusste er von mir, dass dein Prof dich für eine Studierendengruppe vorgeschlagen hat, damit sie dir helfen. Ist damit zufällig etwas passiert?

Massimo las mit und ging dann hin und her. »Fuck. Ich. Lass mich das erklären, okay?«

Schwindel überkam mich, und ich dachte an Suzie vor Filos Laden. An mein Handy, erinnerte mich an den Knall im Mülleimer, den Massimo gerade weggeschoben hatte, als ich ihm Klopapier geholt hatte. Wollte er nur deshalb, dass ich auf sein Gesicht komme? Damit ich dieses Klopapier holte? Shit … »Nein, ich lese mir das jetzt durch!« Das mulmige Gefühl in meinem Bauch wanderte von dort aus über meinen ganzen Körper.

Massimo trat gegen das Steinufer und setzte sich auf den Baumstamm.

Aber nur Sekunden später war er schon wieder aufgestanden und umkreiste den Baumstamm. »Quentin, können wir jetzt bitte darüber reden?«

Nach und nach sickerte die Erkenntnis dieser Chatnachrichten zu mir durch, bildete einen Pfropfen aus Enttäuschung, Angst, Scham, Trauer, Wut, Ungläubigkeit und dem Gefühl, bei einer Versteckten-Kamera-Show zu sein. Ich sackte etwas ein. Machte einen Schritt zurück. »Das ist alles nur Show gewesen? Dass wir dein Erbe vielleicht bekommen, ist dein Unrecht? Wogegen du alles machen würdest? Alles, was wir gemacht haben, unternommen haben, gesprochen haben … Der Sex.« Ein Verdacht wob sich aus Fäden voller Erinnerungsschnipsel zusammen. »Das ist nur gewesen, damit ich nicht an meiner Doktorarbeit schreibe und du das Erbe wiederbekommst?« Ausgesprochen wog die Wucht dieser Wahrheit doppelt schwer, klammerte sich an mein Herz und zog es runter. Gleichzeitig schlug sie in mir aus wie ein Pendel, das sofort wieder hielt, als es sich in meine Eingeweide bohrte.

»Nein, Quent. Nein. Das ist … nur die halbe Wahrheit. Und Bram, er … Ich habe nicht gewollt, dass das alles so kommt, und er hat mich erpresst und, äh, er hat mich auf die Idee mit der Zusammenarbeit gebracht, ich, und ... Cazzo! Ich bin nicht gut darin, mich so spontan zu erklären, das habe ich schon bei Dad nie geschafft. »Okay, also ich ... Ich habe ihn nur angerufen, weil er das mit dem Erbe unfair fand und über meinen Dad diesen Spruch gebracht hat. Er sollte mir einfach irgendwie gut zureden, und plötzlich hat er die Idee gehabt, mir zu helfen mit dem Erbe. Aber ich habe von Anfang an gesagt, nichts Queerfeindliches oder so. Nur, dass er sich über die Erbvergabe beschwert. Das habe ich immer wieder betont. Ihm sogar mit Polizei gedroht. Und keine Ahnung, wo war ich?«

»Wow. Und selbst, wenn es nur die halbe Wahrheit wäre? Selbst ein Achtzehntel der Wahrheit wäre schon too much. Und das im Park? Das hast du auch *nicht gewollt* oder was? Das ist dein hinnehmbarer Kollateralschaden gewesen oder wie?«

»Nein, ich weiß, es ist too much. Ich weiß.« Massimo sah sich um, als hätte er Angst, dass ich weglaufen könnte. »Ich weiß, verdammt. Es tut mir leid. Lass mich nur kurz nachdenken und dir alles erklären, ja?«

»Ich weiß gar nicht, was ich sagen soll.« Das war nicht einmal gelogen, ich fühlte eine totale Leere in mir drinnen, die ich nicht deuten konnte.

»Dann hör mir zu, okay? Ich habe Bram wirklich gesagt, diese queerfeindliche Scheiße geht gar nicht. Das kam alles von ihm. Ja, ich hätte seine Hilfe gar nicht annehmen sollen, ihm gar nicht schreiben, das mit meinem Dad einfach hinnehmen, aber ... Nach der Sache im Park wollte ich alles rückgängig machen, mehr noch, euch helfen und so.«

»Okay.« Was sollte ich sonst machen? Oder sagen?

»Okay.«

»Okay.« Oh, Mann, ich kam mir vor, als hätte mir jemand eine Ohrfeige verpasst und mein gesamter Kopf klingelte noch davon nach.

»Ich, ich weiß nicht, wo ich anfangen soll. Ich habe nicht gedacht, dass ich dich, dass ich euch mögen könnte.«

»Und das macht es jetzt … besser? Wenn es nicht wir wären, sondern andere, unsympathische Menschen?«

»Nein, fuck.« Ich merkte Massimo an, wie sehr er mit sich rang, aber gerade fand ich so was von keinen Funken Verständnis für ihn in mir. So gar keinen. »Das Erbe, das Geld, das Cottage. Es ist so viel mehr als das. Mein Dad …«

Als er Segretos Namen erwähnte, riss bei mir ein innerlicher Faden. »Dein Dad hat gesagt, genau das wäre sein Letzter Wille. Meine Güte, wie kannst du so geldgeil sein, dass dir das egal ist? Dein Dad hat mir so viel Kraft gegeben, an mich zu glauben, und du trittst das alles mit Füßen, und jetzt kommst du mit *mein Dad?*«

Zitterte ich vor Kälte oder wegen Massimos Betrug? Alles in mir gab mir Signale. Jene, die wir hatten, wenn wir wussten, etwas Schlimmes war passiert. Etwas, das vieles ändern würde.

»Ts, mein Dad. Das ist doch genau der Punkt.« Massimo massierte mit seinen Fingern seine Stirn und stieß ein »Cazzo!« aus.

»Dein Dad? Okay, ja, klar.« Jetzt schob er die Schuld weg von sich? So getäuscht zu werden machte mich völlig sprachlos. Dabei sollte ich es doch besser wissen. Die Geschichte zeigte es immer wieder, und nicht umsonst gab es das Sprichwort: Bei Geld hört die Freundschaft auf, und wenn sie bei Geld endete, dann konnte daraus schon gar keine Liebe werden. Richtig? Richtig. Manchmal wäre etwas mehr Rationalität wohl besser, als Gefühlen nachzuhängen. Dieser Vertrauensbruch ließ aber auch Massimo vor mir wie ein Häufchen Elend dastehen. Nur, warum? Tat es ihm echt leid oder nur, erwischt worden zu sein? Aber um seine Befindlichkeiten konnte ich mich nicht kümmern, dafür war ich selbst zu verwirrt und von meinen Emotionen überwältigt.

»Und jetzt sagst du nichts mehr? Sonst hast du doch auch so eine große Klappe.« Es war eine quälende Situation, und ich wusste nicht, wie ich das Nachhausekommen mit ihm aushalten sollte. Die Atmosphäre war bedrückend, und ich hatte das Gefühl, dass die Dunkelheit um uns herum meine eigenen dunklen Gedanken widerspiegelte.

»Ich weiß einfach nicht, wie und wo ich anfangen soll.« Massimo so geknickt zu sehen, wie er über seinen Arm strich und mich, wenn überhaupt, nur flüchtig anguckte, tat mir leid. Dem Teil in mir, der das alles noch nicht erfasst hatte, tat es leid. Aber der Teil, zu dem es mehr und mehr durchsickerte, der wollte ihm eine reinhauen.

»Wie wär's damit, was du dir dabei gedacht hast? Oder damit, dass dein Dad sich ...«

»Mein Dad war ein Arschloch!« Massimo brüllte diesen Satz so tief und voller Zorn raus, als schlummerte er seit Ewigkeiten in ihm. Er schallte über die Weite des Lochs. Seine Augen glühten im Sternenlicht, und er atmete schwer, da sein Körper wohl bisher versucht hatte, genau das zu unterdrücken. Er wischte sich über seinen Mundwinkel und schüttelte den Kopf.

Erschrocken wich ich noch einen Schritt zurück. »Wie kannst du so was sagen?« Mir entfuhr ein spöttisches Lachen, gleichsam ein Zischlaut. Ich konnte über die Absurdität dieses Augenblicks nur den Kopf schütteln.

Massimo saugte seine Lippen ein, als wollte er seinen Mund vor weiteren unbedachten Aussagen verschließen.

»Massimo, ich werde nicht gehen. Ich will das verstehen. Abgesehen davon komme ich ohne dich nicht zurück.« Mehr und mehr übernahm die Wut die Kontrolle. Mit zwei Schritten, großen Schritten, seit wann konnte ich so große Schritte machen, war ich bei ihm und packte ihn am Kragen. »Mach dein Maul auf. Wie kannst du sagen, dass dein Dad, der dir ...«

Massimo hob seine Arme zwischen meine Hände und riss mich von seinem Kragen weg. »Du hast keine Ahnung!«

Wieder taumelte ich zurück. »Dann rede endlich, du beschissener Wichser!«

»Du würdest es nicht verstehen. Du ... keine Ahnung, bist geblendet von ihm gewesen oder hast eine Seite gesehen, die ich in seinen Augen nicht verdient hatte oder ... was weiß ich ... er hat sich geändert, aber zu spät oder er, er mochte nur mich nicht. Woher soll ich das wissen? Wie soll das sein *Ziehsohn* verstehen?« Massimo spuckte das Wort »Ziehsohn« verächtlich aus. Sein Ausweichen ließ mich mit den Augen rollen.

»Du redest wirres Zeug.« Ich schüttelte den Kopf. »Jetzt hast du aber den Vogel abgeschossen. Da gebe ich dir die Möglichkeit, dich zu erklären und nicht davonzustürmen und den Kontakt abzubrechen – wie ich es gerade gerne täte –, und dann kommt nichts als Mist aus deinem Mund.« Langsam verließ mich die Lust, ihn davon zu überzeugen, sich mir zu erklären. So sollte das nicht laufen. »Deshalb gehe ich jetzt auch, und dann guck ich eben, wie ich nach Glasgow komme.«

Als ich dazu ansetzte, mich wegzudrehen, hob er die Hände. »Warte.«

Und ich wartete. Vermutlich war das mein inneres Kind in mir, für das sich nie jemand Zeit genommen hatte, dem nie jemand zugehört hatte, das ihm das jetzt gewährte. Oder ich war einfach nur der größte Affe der Welt.

»Ja?« Meine Arme klatschten gegen meine Seite. »Ich höre. Immer noch.«

Massimo schloss die Augen und kratzte sich an seinem Lid, bevor er die Arme verschränkte. »Mein Dad und ich sind so was von nicht klargekommen. Ich will auch nicht auf Bad Boy mit schlimmer Vergangenheit machen, der will, dass du deswegen alles verzeihst. Wir waren einfach nie auf einer Wellenlänge. Er hat … Er wollte, dass ich du bin. Also noch bevor er dich gekannt hat. Ständig hat er mir von Geschichtssachen erzählt, die mich nicht gejuckt haben, oder mich auf Jahreszahlen geprüft, die ich mir nicht gemerkt habe. Und jedes Mal, wenn ich etwas nicht gewusst habe, hat er mich beleidigt oder mehr.«

»Oder mehr?«, hakte ich nach.

Ich hörte ein lautes Schlucken. »Je frustrierter er darüber gewesen ist, dass ich mich für nichts interessiere, das ihn begeistert hat, desto öfter hat er mich bloßgestellt vor Leuten, die bei uns zu Besuch gewesen sind. Mir gesagt, ich kann nichts, ich werde nie etwas können und ich sollte besser nicht versuchen zu studieren. Ja, ich solle es gar nicht erst wagen und ihn blamieren.« Massimo blickte ins Dunkel hinter mich und schien sich in Erinnerungen an die Vergangenheit zu verlieren. Lange blinzelte er gar nicht, so sehr steckte er wohl in diesen Gedankenblitzen.

»Und hat er …«

»Wenn du danach fragst, kannst du es dir ja auch denken.« Zögerlich fand Massimos Hand seine Wange. »Ja, irgendwann hat er mich auch geschlagen. Dann immer öfter. Nicht sofort, und es hat ihm danach anfangs leidgetan. Er hat mir dann tagelang Zeug geschenkt oder mich irgendwohin eingeladen. Irgendwann nicht mal mehr das. Aber er ist trotzdem immer noch enttäuscht gewesen, dass der Sohn vom tollen Professor Segreto nichts draufhat, und dann ging es direkt wieder von vorne los. Wir haben oft stundenlang zusammengesessen, er hat mir Vorträge gehalten und wenn ich dann abgeprüft wurde und nichts konnte …« Er schlug sich selbst leicht angedeutet auf die Wange, ehe er seine Hand fallen ließ. »Ich hab in meinem Leben so oft gehört – *von ihm* gehört –, dass ich nichts kann, für alles zu wenig Grips habe, dass ich irgendwann selbst daran geglaubt habe. Und na ja, sieh mich an.« Massimo drehte sich im Kreis. »Ich kann auch nichts. Ich habe keine Ausbildung, keinen Schulabschluss, nichts. Und statt mich zu ändern, was mache ich? Ich werde zum selben manipulierenden Arschloch wie mein Dad. Aber wenn du ihn nur als diesen tollen Hecht siehst, frag dich doch mal, warum er Cormac und dich so nahe an sich rangelassen hat? Warum ihr so gut mit ihm klarkamt, warum er so viele vertraute Gespräche mit euch geführt hat, die er in seinen kleinen Akten notiert hat, und die anderen Studierenden hat er noch posthum für ein paar Briefchen zum Dank ins Büro holen lassen, damit sie hören, sie bekommen das Erbe nicht? Ist das nicht etwas grenzüberschreitend?«

Ich war so hin- und hergerissen zwischen: Massimo umarmen, weil er mir leidtat, und: Das gibt dir nicht das Recht, mich zu verarschen, Drecksack. Und die Akten über mich hatte er auch noch gelesen, wow, toll! Deshalb entschied ich mich für: Nichtstun. Ich musste aber auch daran denken, wie oft Segreto mir einredete, wie außergewöhnlich und speziell ich für ihn wäre, nur um jetzt zu sehen, wie vielen anderen Studierenden er das auch gesagt hat. Ihnen dieselben geheimen Orte anvertraut hatte. Manipulierte er uns auch?

Massimo inspizierte mein Gesicht, wartete wohl auf eine Reaktion, aber ich blieb still. Was ihn wohl irgendwie mehr unter Druck setzte, als wenn ich etwas gesagt hätte, und er fuhr fort: »Es tut mir wirklich leid. Auch, dass ich dir das Bild meines Dads zerstöre – zumindest hoffe ich das. Er wollte immer ein Kind haben, das seinen Idealvorstellungen entspricht. Spoiler: Also nicht mich. Und meine Mutter, die, ja die wollte überhaupt nie Kinder, nicht mal, als ich schon da war, aber Dad hat ihr irgendwie ausgeredet, die Schwangerschaft zu beenden. Als er gemerkt hat, dass er mich nicht zu dem Kind machen konnte, das er gerne gehabt hätte, ist er immer frustrierter geworden. Zu meiner Mutter konnte er mich ja auch nicht wieder abschieben, da die sich geweigert hat, sich um mich zu sorgen, wenn sie mich ja gar nicht wollte. Ich bin nur der Versager gewesen, der ihm nichts recht machen konnte. Er hat mich bloßgestellt, mich geschlagen, mir Angst eingejagt und mich in mein Zimmer gesperrt … und jetzt nimmt er mir noch diese Erbe weg, das Erbe, mit dem ich Gutes tun wollte, und verschenkt es – plus, als größten Hohn, das Familiencottage, der einzige Ort, an dem wir jemals eine schöne Familienzeit hatten – an seine *Ziehsöhne*. Damit er mich auch nach seinem Tod daran erinnert, dass ich niemals seinen Ansprüchen gerecht werden würde? Ja, verdammt, ich hätte das nicht machen sollen. Aber … als das alles zusammengekommen ist, ist etwas in mir durchgebrannt. Dazu kommt, dass wir das nie geklärt haben, und nun auch niemals klären werden. Und dann hat Abby erzählt, dass sie ihre Tiervilla schließen muss, wenn sie nicht bis Oktober genug Geld zusammenbekommt und … Ich konnte nicht mehr helfen, obwohl mir die Tiereinrichtungen weltweit alles bedeuten. Abbys ganz besonders. In ihrer Villa hat das alles angefangen, weißt du? Ich hab mich zum ersten Mal nützlich gefühlt, wenn ich dort helfen konnte. Deshalb habe ich all das Geld, das ich zur Verfügung gestellt bekommen habe, meistens nur für die Tierheime ausgegeben. Und weißt du, die Sache, dass mein Dad von den Spenden wusste, wie du ja von den Leuten auf der Histo-Party gehört hast, setzt dem nur die Krone auf. Ich meine, er hat es gewusst, Quentin. Er hat es gewusst und mir trotzdem oder genau deshalb das Geld weggenommen. Er hat die ganze Zeit gewusst, was ich mit dem Geld mache, und nimmt es mir. Okay, ich bin nicht die tierische Mutter Teresa, natürlich habe ich auch viel gefeiert, mir First-Class-Flüge gebucht und in Luxushotels gepennt, aber ich hatte ja kaum Ausgaben. Keine Wohnung, kaum Rechnungen. Und jetzt habe ich so viel Geld auf einmal verloren, dass ich Panik hatte, keine neue Geldquelle zu finden, um die Tiere weiter zu supporten oder auch Leute wie Filomena.« Er wischte sich über das Gesicht.

»Bram hat mich auf die Idee gebracht, er könnte euch mit seinem Frust, das Erbe nicht zu haben, ein wenig auf die Nerven gehen. Mehr nicht. Dass er mit diesen Typen kooperiert und sie so extrem werden, das wusste ich nicht. Er hat mir das erst in der Nacht vom Parkvorfall gebeichtet. Ja, das macht nichts besser, aber die Sache im Park wäre nie von mir gekommen, niemals.«

»Okay, gut, aber du hättest Brams Idee auch direkt ablehnen können, das weißt du, oder?« Mir wurde gleichzeitig heiß und kalt. »Das alles gar nicht beginnen.«

»Ich weiß. Aber ... ich wollte nur, dass er euch sagt, dass andere das Erbe auch verdienen, nicht nur ihr, und er euch, keine Ahnung, böse Memes schickt, irgendwas, damit ihr euch ein wenig mulmig fühlt, keinen Kopf für die Arbeiten habt. Ich habe nie gewollt, dass er euch wegen eurer Sexualität angreift oder sich online mit so extremistischen Leuten vernetzt. Ich habe es nicht geahnt, und als er es gebeichtet hat, war es zu spät.«

Massimo leckte sich über die Lippen, und als er sich räusperte, kam es mir vor, als hätte er sich völlig fusselig und trocken geredet. »Mein Dad hat immer gedacht, ich bekäme nichts auf die Reihe. Diese Erinnerungen haben mich dazu gebracht, dass ich ... Ich habe mir gedacht: Tja, du wirst schon sehen, ob ich nichts hinbekomme, wenn ich auf deinen Willen pfeife und mir das Erbe zurückhole.« Er wuschelte sich verärgert durch seine Haare. »Es tut mir echt leid. Ich will mich auch gar nicht rechtfertigen, aber du solltest es verstehen. Es ist ein Zusammenspiel von so vielen unüberlegten Übersprunghandlungen gewesen. So viel Trauma ist auf einmal hochgekocht, und dann das mit Abbys Tiervilla, und dazu noch die Sache, dass, egal, was mit meinen Eltern war, ich jetzt keine mehr habe. Alleine auf dieser Welt bin. Ohne Geschwister, ohne Freunde, Freundinnen oder einem Partner. Weißt du, wie das ist?«

Ich hob eine Augenbraue.

»Okay, sorry, das ist ... Ich habe nicht nachgedacht. Natürlich weißt du, wie das ist, so ohne Familie.«

»Scheint, als wäre das gang und gäbe bei dir, nicht nachzudenken.«

Etwas, das wie ein Lachen klang, entfuhr ihm. »Scheint so ... Ist so.«

So vieles wollte ich sagen, aber die Worte dafür fand ich nicht. Kein einziger Satz formte sich in meinem Kopf. Totale Leere herrschte in mir. Wie sollte es weitergehen? Deshalb setzte ich mich einfach nur auf den hohlen Baumstamm und starrte auf den Loch Ness hinaus. Die frische Nachtluft tat gut, wirkte jedoch auch keine Wunder. Die Emotionen in mir tobten weiter, und wie ich sie bändigen sollte, wusste ich auch nicht. Ich zuckte zusammen, als Massimo sich neben mich setzte. Wir schwiegen gemeinsam. Sosehr ich ihn auch für das alles hasste, so sehr spürte ich auch mein Herz rasen und das Blut förmlich durch meine Ohren rauschen. Alles um uns schien zu erstarren. Es gab nur noch uns. Irgendwo hörte ich einige Eulen rufen und kleine Was-auch-immer-für-Käfer an der Wasseroberfläche tippen. Und obwohl er da war, fühlte ich eine schwere Trauer und Einsamkeit. Oder war es eher Hoffnungslosigkeit? Was es auch war, die Last drückte mich nieder. Wie sollte und konnte ich wieder mit ihm umgehen? Wollte ich das? Diese Antworten nicht zu haben und sie bestimmt in keinem meiner Bücher zu finden machte das alles noch schlimmer.

»Ich habe auch eine Mail von dir gelöscht. Von der Uni. Deshalb habe ich dein Entsperrmuster gekannt. Ich habe es mir in Erinnerung gerufen. Und ... das mit dem verlorenen Handy ...« Er hob die Hand. Gut, das mit dem Handy war eigentlich sogar ein echter Glücksfall für mich. Sonst wäre das Ding bestimmt bald in meiner Hand explodiert. »... auch ich. Brenda habe ich auch gesagt, du würdest ihr mehr vertrauen, wenn sie das mit deinen Adoptiveltern versteht, wie du es Dad erklärt hast und er es notiert hat. Vielleicht habe ich auch Yiannis gesagt, er solle doch eine studentische Aushilfe bitten, ihm bei der Firmenfeier zu helfen, also, äh, ist er so auf Cormac gekommen.«

Ich konnte es nicht fassen, das auch alles noch. Okay, das mit Brenda hatte keine direkte Auswirkung auf mich, denn für die Schlagzeile war ich selbst verantwortlich. Ich hatte mit Matt geschlafen und ihm das alles anvertraut. Trotzdem nicht so toll. »Und all die Unternehmungen, der Sex, das war alles nur, damit ich nicht an der Doktorarbeit weiterschreibe?«

»Ja, anfangs, nur ich ...«

Sofort unterbrach ich ihn. »Mir wird schlecht. Es tut mir leid, was dir passiert ist, Massimo. Ehrlich, aber ...«

»Autsch.«

Ich blickte zu ihm. »Hm?«

»Ich fürchte, das Aber wird mich killen.« Ich versuchte zu erahnen, was in ihm vorging. Es war offensichtlich, dass er mit der Situation sehr zu kämpfen hatte.

»Aber ich glaube nicht, dass ich dir je wieder vertrauen kann.« So. Da. Ich hatte es ausgesprochen. Nur, warum tat es mir dann selbst so weh? Als stieße ich mir einen Dolch selbst in die Brust? »Ich meine, die im Park hätten uns sonst was antun können. Nicht, dass das nicht genug war, aber es hätte noch brutaler enden können. Gut, das hätte auch so und ohne Bram geschehen können, aber du bist nicht unschuldig.«

»Sagte ich doch. Autsch. Ich weiß das alles, Quentin, ehrlich, und es tut mir leid. Ich wünschte, ich könnte das rückgängig machen. Auch mit Brenda und Matt, ich wusste nicht, wie weit die wirklich gehen würden. Aber ... können wir nicht irgendwann an einen Punkt zurückkehren, an dem es wieder so ist wie vorher? Als wäre nichts geschehen? Kann ich das irgendwie wiedergutmachen?« Massimo schien meine Worte mehr und mehr zu verstehen, denn er kniete sich vor mich hin. Alles sprudelte aus ihm wie Wasser aus einem geplatzten Damm. »Ich würde alles tun.«

Ich prägte mir jeden Fleck seines Gesichts ein, bevor ich antwortete. Seine treuen Augen, die buschigen Brauen, den rauen Bart, die vollen Lippen und seinen Mund, der immer etwas offen stand, die wuscheligen Locken, die schon langsam ihre sonnengebleichte Färbung verloren wie unsere … was auch immer das zwischen uns war … ihren Glanz. Ich unterdrückte das Bedürfnis, ihn anzufassen. »Nein, du hast mich angelogen. Alles. Unsere Treffen, der Sex, alles ist nur gewesen, um mich abzulenken. Weißt du, wie schwer es war, mich über die Chance zu freuen, wie lange ich gebraucht habe, dass ich mir sage, ich verdiene das? Dann date ich jemanden, der mir am Ende genau das sagt, was mein innerer Kritiker sagt: dass ich es nicht verdiene. Du hast ja nicht einmal überlegt, mich zu fragen, ob ich das Erbe bleiben lasse, damit du deine Tierheime weiter unterstützen kannst. Also nein, Massimo, je mehr ich darüber nachdenke, nein, das kann nicht wieder werden.«

Kapitel 33

Quentin

Die letzten Tage hatte ich mich nur meiner Doktorarbeit gewidmet, und ich genoss es gerade, mich auf der Wiese hinter dem Cottage auf einer Decke zu fläzen. Was ich Massimo tatsächlich zugutehalten musste: Er hatte sich um die verpasste Frist gekümmert. Er hatte der Uni alles erzählt, und sie waren darauf eingegangen. Trotzdem wollte ich ihn nicht sehen. Als ich meine Augen schloss, die kühle Frische über mich wehen ließ und das Gras an meiner Hand kitzelte, merkte ich erst, wie schwer meine Lider waren und wie sehr meine Augen brannten. Zu gern hätte ich gesagt, es hatte sich immerhin gelohnt, doch die Wahrheit war: Ich hatte fast jede Nacht alles wieder gelöscht, was ich geschrieben hatte. Nichts stellte mich zufrieden, und alles fühlte sich an, als wollte ich nur Seiten füllen, ohne sie mit Inhalt zu beleben. Das war nicht mein Anspruch an meine Doktorarbeit.

Die Rückseite des Cottages war bewachsen von Geißblattranken, und hinter den Fenstern erkannte ich Jasna in ihrem Zimmer tanzen, im nächsten Cormac an seiner Arbeit schreiben und in meinem eine leere Brezelpackung auf dem Fenstersims. Die, die ich mir aus Massimos Auto mitgenommen hatte, als wir schweigend nachts nach Hause gefahren waren. Die, die ich heulend in meinem Bett verschlungen hatte, nachdem er mich hatte aussteigen lassen, ohne dass wir uns verabschiedet hatten.

Thnks fr th Mmrs von Fall Out Boy dröhnte aus meinem Handy, ein Song meiner Playlist, und ich sang ab dem Refrain laut mit. Meine Kehle tat weh, weil ich die letzte Zeit so wenig geredet hatte. Und dann gleich singen? Mochte mein Körper wohl nicht so. Trotzdem schrie ich lauthals weiter. Ich tippte auf das Zeichen zum Wiederholen. In Dauerschleife wiederholte sich das alles. Schmerzte so gut. Ein Schmerz, der mich dazu brachte, mich wieder lebendig zu fühlen. Ein Blitz durchzuckte mich, und ich war wieder bei Massimo, der mir über den Rücken kratzte, während er mich mit seinem anderen Finger …

»Hör auf zu singen!«, schrien mir Cormac und Jasna gleichzeitig ins Gesicht.

Ich schreckte hoch und schaltete mein Handy aus. »Seid ihr jetzt völlig auf die Seite des Bösen gewechselt?«

»Das fragst du uns?« Jasna deutete auf sie beide, packte ihre Gitarre auf das Gras und legte sich links von mir auf den Boden, Cormac rechts.

»Du schreist so laut, dass ich nicht mehr arbeiten kann. Machst du jetzt einen auf Massimo?« Für diese Frage erntete Cormac einen Schlag von Jasna.

»Mac!«

»Oh, sorry. Zu früh?«

»Ja!«, zischte sie.

Ich schnaubte belustigt. »Schon gut. Mir ist es lieber, wir gehen mit der Sache offen um, anstatt auf heißen Kohlen drum herumzuschleichen.«

Jasna strich mir mit ihren Fingern durch das Haar, und Cormac zupfte an ein paar Strähnen an meinem Nacken.

»Sicher?« Jasna griff hinter sich und hob eine Flasche hoch. »Ich habe Wein mit.«

Cormac machte dieselbe Bewegung spiegelverkehrt. »Und ich vegane Gummischlangen.« Er zog die Augenbrauen tief ins Gesicht. »Ich habe keine Ahnung, was ich sonst zu so einem Anlass hätte mitnehmen können.« Das Wort »Anlass« bekam noch mit einer Hand Gänsefüßchen verpasst, als er es aussprach.

»Ich nehme beides, danke, Leute.« Ich setzte mich auf, schnappte mir die Weinflasche, schnippte den lose steckenden Korken weg und nahm einen Schluck. Gleichzeitig griff ich in die Tüte mit den Gummischlangen und stopfte sie mir sofort in den Mund. Ja, noch bevor ich geschluckt hatte.

Jasna lachte auf. »Aber ich habe auch meine Gitarre mit, und ich habe mir gedacht, es wäre eine gute Chance, dir einen Song vorzuspielen, den ich für euch geschrieben habe.«

Nachdem ich alles runtergewürgt hatte, sah ich meine beiden Chaosköpfe an und stellte die Sachen weg. »Für uns?«

»Was?« Cormac schien davon ebenfalls nichts zu wissen.

Jasna schenkte uns ein Sonnenlächeln, warf ihre blonden Haare nach hinten, setzte die Hände perfekt an die Gitarre und begann eine ruhige, sanfte Melodie zu spielen. Sie klang nach einem mysteriösen Feenhain bei Nacht, wo Glühwürmchen um einen kleinen See flirrten und irgendetwas Magisches vor sich ging. Jasna sang dazu mit ihrer leicht rauen Stimme, die trotzdem beruhigend klang und meine Nerven etwas runterkommen ließ. Sie sang wirklich von uns. Von einem Jungen mit blassrosa Haar, der Angst vor Gewittern hatte, und einem Typen, der durch die Geschichte fiel und Angst vor seiner eigenen hatte. Von uns beiden, die einer jungen Frau halfen, das Gute an sich zu sehen. Und von einem alten Cottage, in dem sie eine Familie wurden. Ohne es zu merken, hatten Cormac und ich uns an den Händen gefasst, und als Jasna die letzten Saiten anschlug, die letzten Töne fertig sang, erst dann prasselte die Last der Welt wieder auf mich ein.

Cormac fiel ihr sofort um den Hals. »Das ist so schön. Ich will, dass du das bei meiner Beerdigung singst.«

»Warte, warte, lass mich mal die Gitarre wegmachen, und danke«, sagte sie und legte sie neben sich. »Der Song ist einfach aus mir geflossen.«

»Er ist wunderschön.« Meine Hand fand Jasnas Oberschenkel. »Tausend Dank.«

In diesem Augenblick verweilten wir zusammen auf dieser Wiese und waren nur für uns. Es tat gut, sie bei mir zu haben.

Und plötzlich überkam mich das schlechte Gewissen wie ein Schlag ins Gesicht. »Aber sagt, wie geht es euch? Die letzte Woche bin ich so mit mir beschäftigt gewesen ... Was ist bei euch so los? Und sorry, dass ich so ...«

»Ah, ah, ah, keine Sorrys. Bei alldem ist es klar, dass du Zeit für dich brauchst. Uns geht es gut. Und dir?« Cormac steckte sich eine Gummischlange zwischen Oberlippe und Nase und sah mich völlig ernst mit dem bunten Bart an.

Ich lachte auf.

»Ja, sag.« Jasna steckte sich das Ende einer Gummischlange in den Mund, warf ihren Kopf in den Nacken und sofort wieder vor, um mich mit der Gummischlange auszupeitschen.

»Aua!« Ich rieb mir die Wange und musste wieder lachen. Das erste Mal, dass mir nach dieser Woche wieder zu scherzen zumute war. »Alles gut. Wirklich.« Okay, eher unwirklich, aber ich wollte nicht, dass sie sich sorgten. Massimo und ich kannten uns ja nur knapp über einen Monat. Also ... würde die Zeit das schon regeln. Wie die Zeit alles in unserer Geschichte regelte. »Aber was gibt es bei euch so Neues?«

»Nicht viel. Mein Kollege, der Möchtegern-Moderator, nervt mich wie immer, und bald noch diese Firmenparty ... Habe ich so was von keine Lust drauf. Ach, und wegen Massimo. Yiannis hätte mich dafür auch so eingespannt, also Massimo hat da nicht wirklich viel dazu beigetragen. Yiannis kann nichts alleine. Ganz ehrlich, wer denkt, es wäre eine gute Idee, außerhalb seiner Arbeitszeit mit der Kollegschaft Zeit zu verbringen?« Cormac rollte mit den Augen und saugte die Gummischlange an, die er inzwischen in seiner Hand hielt. »Denkst du ... du bist bereit für das Interview mit meinem Sender Ende August?«

»Klar, wird schon. Ist ja noch etwas hin. Und bei dir, Jasna?«
Als ich zu Jasna guckte, erhaschte ich noch im Augenwinkel, wie sie und Cormac sich einen Blick zuwarfen. Den Blick. Den Etwas-stimmt-nicht-aber-wir-sagen-es-ihm-nicht-Blick.
»Was war das?«
»Was?«, sagten Cormac und Jasna gleichzeitig.
»Dieser Blick. Irgendetwas stimmt nicht. Hört auf, mich wie ein rohes Ei zu behandeln. Ich bin keine sechzehn, ich betrinke mich nicht und tanze nicht nackt in meinem Zimmer, laut mitsingend zu Herzschmerzliedern, um danach heulend zusammenzubrechen und alle Heartbroken-Geister der Vergangenheit zu beschwören, damit sie Massimo Durchfall bescheren.«
Genau das hatte ich die letzten Tage gemacht.

Und jetzt warfen die beiden sich den Blick zu, der mir bestätigte, dass sie das auch mitbekommen hatten. Ich sollte Blicke-Deuter werden.

»Alsooooo?«

»Na ja, wir wollten es dir nicht sagen, aber …« Cormac deutete zu Jasna.

»Ach, jetzt soll ich das sagen? Was ist aus dem guten alten Verleugnen geworden?« Jasna strich sich die Haare zurück und begann zu schnippen. »Wie wär's mit einem Lied?« Sie stand auf und stimmte eine Melodie an. »Kommt, tanzen wir.«

»Jasna«, stoppte ich sie mit einem schneidenden Ton. »Was ist?«

Seufzend kniete sie sich neben mich. »Okay. Okay. Okay! Massimo … Er, na ja, ich muss ja noch bei ihm arbeiten. Aber glaub mir, ich werfe ihm immer Todesblicke zu und …«

»Hat er was zu dir gesagt?« Meine eigentliche Frage wäre gewesen: Wie sieht er aus, geht es ihm scheiße? Aber bevor ich das ausspuckte, drückte ich diese Frage voraus, das klang etwas weniger verzweifelt.

»Er ist ein paarmal vorbeigekommen, wenn ich irgendwelche Arbeiten gemacht habe, bei denen ich nicht vor ihm flüchten konnte. Wie auf dem Boot auf dem See bei ihnen im Garten. Auf der Leiter beim Pavillon und so weiter. Er wollte immer, dass ich ihm zuhöre und dir ausrichte, wie leid es ihm tut. Dass ich dir gut zurede. Er hat mir dasselbe erzählt wie dir, aber ich habe ihm klargemacht, dass das too much gewesen ist. Oder ich habe einfach meine Kopfhörer lauter gemacht. Was ich aber eigentlich sagen wollte … Ich habe in einem Club in der Stadt einen Job bekommen. Ich darf freitagabends und samstagabends dort auftreten. Es macht mir zwar Angst, dass er das irgendwo online sehen könnte, aber ich brauche das und ich will das.«

Was hatte das mit Massimo zu tun? Wie er wohl ausgesehen hatte, als er Jasna angefleht hatte – zumindest stellte ich mir das so vor, so richtig theatralisch auf allen vieren –, mich zu kontaktieren für ihn? »Okay, toll, aber ist dir das nicht zu viel? Die Bar, Massimos Haus und das Cottage?«

Cormac legte sich neben mich. »Das ist es ja.« Er nahm meine Hand und drückte sie.

Jasna machte dasselbe auf der anderen Seite. »Massimo verkauft gerade alles, was er hat. Sein Haus, die Kunstobjekte, alles. Er hat irgendwie schon öfter Angebote bekommen. Nicht nur er, auch seine Eltern angeblich schon. Er hat einen von ihnen angerufen und, als der noch Interesse hatte, sofort zugesagt. Er lässt viel versteigern und verkaufen, hat da schon Leute beauftragt und nur ein paar Sachen mit einem Sticker versehen, die ein Umzugsunternehmen in ein Lager bringen soll.«

»Das alles in einer Woche?« Eine bessere Frage fiel mir nicht ein, während mein Kopf das alles verarbeitete. Warum tat er das? Für das Geld? Für die Tierheime? Wollte er weg? Eine leise Stimme in mir fügte hinzu: Wegen mir?

»So ein Haus mit diesen teuren Dingen ist schnell weg, und er scheint die Kontakte seiner Eltern genutzt zu haben, um alles

rasch abzuwickeln. Vielleicht plant er das auch schon länger.«
Er wollte das Erbe also echt nicht mehr? »Du kennst ihn ja, der kann schnell mal alles übern Haufen werfen. Und gerade so ein Haus ist schneller weg, als Cormac Pastellrosa sagen kann.«

»Hey, ich habe sie schon zwei Wochen oder so nicht mehr nachgefärbt, bin fast nur noch blond, aber das muss ich unbedingt ändern.« Cormac rollte sich auf die Seite und stützte sich auf seiner Hand ab. »Wie ist das für dich, Quent?« Er malte mit seinem Finger Kreise auf meinem Shirt.

»Mir egal. Muss er wissen.« Ich stellte den Blick auf die Wolken über mir scharf. Wie sie sich wie dicke Zuckerwatte aneinanderreihten und über uns waberten, als zöge es sie in eine bestimmte Richtung. An ein Ziel. Und wenn es das Massimo auch tat, bitte.

»Sicher?«

»Jasna, bitte. Was soll ich mit jemandem wie Massimo? Wie soll ich dem jemals vertrauen können? Ist doch besser, ich lasse das bleiben. Oder, Mac?« Ich hob sofort meinen Zeigefinger und hielt Mac davon ab, wieder zu Jasna zu gucken. »Ah! Was ist das? Hört auf, euch Blicke zuzuwerfen.«

Cormac zuckte etwas zusammen. »Hör zu, ich finde das genauso schlimm wie du, und ich verstehe dich, aber ich kann mir schon vorstellen, dass ihm das alles aus dem Ruder gelaufen ist. Ich sage nicht, dass er nichts Megaschlimmes, Toxisches gemacht hat. Auch nicht, dass er vielleicht gerade jetzt Hilfe brauchte und dass du diese sein solltest. Es ist nur …«

»Was?« Mein eisiger Unterton ließ mich selbst frösteln. »Stellst du dich auf seine Seite?«

Cormac setzte sich auf und mit ihm auch Jasna und ich. »Nein!« Er hob abwehrend die Hände. »Gar nicht. Aber du magst ihn doch und er dich. Und selbst wenn nicht, wäre das, was er getan hat, nicht besser oder weniger krass. Ich glaube nur, dass ihn das alles überrumpelt hat und er es schon sehr lange bereut. Er ist erpresst worden. Er hat dir den Job im Museum besorgt und die Einladung zur Party.«

»Massimo hat mir immer wieder versichert, dass er dir nicht vorgespielt hat, dich zu mögen. Er hat es dir so oft sagen wollen. Ja, hat er nicht, was echt scheiße ist, aber keine Ahnung. Ich habe von Anfang an bemerkt, dass Massimo sich nichts zutraut. Ich habe ihn jedes Mal überredet, mir bei irgendwelchen Sachen fürs Cottage oder bei sich zu helfen, weil er immer dachte, er sei zu untalentiert für wirklich alles. Vielleicht sitzt das alles mit seinem Dad echt tief ... Er hat ja auch das mit der Frist in der Uni geklärt, obwohl du ihn abgeschossen hast.«

»Ja, ich wünschte, ich hätte die Mail mit der Frist auch bekommen, dann hätte ich dich bestimmt darauf angesprochen, aber ich hatte meine Arbeit schon angemeldet, ich musste nur das Datum ändern, und daran hatte mich mein Meteorologieprofessor erinnert.« Cormac musste sich nicht erklären, es war ja nicht seine Schuld, weshalb ich auch abwinkte und sagte:

»Schon gut. Ist ja geklärt.« Außerdem hatte ich bereits ganz andere Gedanken.

Denn all die Gespräche mit Massimo rauschten durch meinen Kopf. Jedes Mal, wenn ich über seinen Dad geschwärmt hatte, musste er daran denken, wie er ihn geschlagen und verspottet hatte. »Und ich habe dann auch noch jedes Mal voller Euphorie darüber gesprochen, wie genial Segreto war. Ihm jedes Mal vor Augen geführt, wie toll er war. Wie froh er sein musste, ihn als Dad gehabt zu haben. Dass er für mich wie ein Vater war, dass er für alle der meganette Superstar war. Während er nur die Schläge und die Erniedrigung im Kopf hatte.«

»Du darfst dir aber auch keine Schuld geben. Mal ehrlich: Segreto war hammermäßig zu uns. Niemand hätte jemals gedacht, dass er so zu seinem eigenen Sohn war.« Cormac nahm einen Schluck von seinem Wein. »Ich glaube, dass dieses Erb-Debakel wirklich mehr ein Rachefeldzug gegen seinen

Dad und nicht gegen uns war. Und seien wir ehrlich: Du hättest jedes Mal sagen können, verpiss dich, ich muss mich vor den Laptop setzen, aber du hast es doch auch geliebt, Zeit mit ihm zu verbringen. Wir hätten auch so oder so ständig beschissene Kommentare von queerfeindlichen Leuten bekommen. Oder den Vorfall mit denen gehabt, auch wenn Bram keine Ermutigung von ihm bekommen hätte. Genauso das mit Matt. Dein Handy wäre auch so bald explodiert und hätte sogar noch das Cottage niedergebrannt. Das wäre passiert. Mit oder ohne Massimo. Mit Massimo hatten wir nur jemanden, der uns im Park gerettet hat. Hätte er Bram nicht ermutigt, hätte er vielleicht niemanden gerufen oder wäre vielleicht gar nicht an dem Tag dabei gewesen.«

Irgendwie erleichterte es mich tatsächlich, dass Cormac Massimo unterschwellig irgendwie verziehen hatte.

»Du könntest es doch immer beenden mit Massimo. Jederzeit, aber solltest du nicht auch ehrlich zu dir sein? Du magst ihn, und die Zeit zwischen euch ist ja ehrlich gewesen. Vielleicht könnt ihr euch langsam annähern. Von vorne beginnen. Von Anfang an ehrlich sein. Wenn du merkst, du vertraust ihm nicht oder er hat nur vorgespielt, dich zu mögen, kannst du ja immer noch sagen: Bye.« Sollte ich Jasnas Vorschlag in Erwägung ziehen?

»Ja, vielleicht, aber ich weiß nicht, ob ich das kann. Es ist schon ein krasser Vertrauensbruch, und diese ganze Manipulation. Muss das nicht irgendwie in einem stecken?« Ich stützte mich an meinem Oberschenkel ab und stand auf.

Jasna und Cormac erhoben sich mit mir, und wir klaubten gemeinsam alle Sachen auf.

»Ich weiß nicht, denkst du das? Traumata können sehr in unsere Psyche eingreifen. Vielleicht hat ihn die Sache mit seinem Dad getriggert und ihn dazu gebracht. Ich habe auch gelesen, Leute suchen sich Konflikte mit Verstorbenen, um noch, ja, quasi in einer Interaktion mit ihnen zu sein, sie nicht gehen lassen zu müssen. Vielleicht waren diese Empörung um das Erbe, die Sache, dass sein Dad weg ist und sie das nie klären werden können, und der Schock, dass er zu uns so großartig war, zu viel für ihn.« Nach Jasnas Ausführungen hielten Cormac und ich inne und starrten sie an.

»Also, bist du sicher, dass du nicht Psychologie studieren willst?«, hakte Cormac nach, und ich pflichtete ihm bei.

»Nein, ich lese nur gerne. Lernen ist nichts für mich. Ich mag die Arbeit im Cottage und das Singen viel lieber. Und die Auftritte freitags und samstags ergänzen meine ausfallenden Einkünfte gut, jetzt, da Massimo ja sein Haus verkauft hat und ich dort nicht mehr gebraucht werde. Trotzdem … Trauma ist keine Erlaubnis, ein verficktes Dreckschwein zu sein, aber vielleicht ein Grund, jemandem eine zweite Chance anzubieten.« Jasna faltete die Decke zusammen.

Vielleicht hatten Jasna und Cormac recht, doch ich fühlte mich einfach zu hintergangen und verarscht. Ich konnte Massimo nicht verzeihen. Niemals.

Kapitel 34

Massimo

Die Leere gehörte fast schon zu mir. Seit Tagen spürte ich nichts anderes. Sie umgab mich. Sie fraß sich in meine Eingeweide. Wenn ich nicht gerade aus dem Schlaf hochschreckte, weil ich von Quentin geträumt hatte, fühlte ich kaum etwas. Selbst meine Gedanken waren fast nur wie ein Hintergrundrauschen aus verschiedenen Erinnerungsfetzen. Fetzen aus Träumen, in denen Quentin mich anschrie und verprügelte oder ich nur in sein enttäuschtes Gesicht starrte. Fetzen aus wahren Begebenheiten. Zeiten, in denen ich Jasna, die sich mit mir wie eine Verräterin fühlen musste, ins Gesicht gelacht hatte, ohne ihr zu sagen, was ich im Hintergrund tat.

Ich lag auf dem erdigen Boden bei Abbys Tiervilla und schaute hoch zu den Wolken. Ob Quentin auch mal in den Himmel hochguckte und an mich dachte? Ich erinnerte mich nur zu gut und gerne daran, wie wunderschön es war, rund um das Obsidian Hill Cottage die Wolken zu beobachten. Als gäbe es sonst nichts auf der Welt. Keine Probleme, nichts Böses, nur Wolken. Obwohl ich es mir verboten hatte, fischte ich mein Handy hervor und betrachtete eines unserer Selfies.

Ihn neben mir zu sehen. Quentin zu sehen. Es war, als zerbräche ich in kleine Stücke. Und an jedem Stück schnitte sich meine Seele. Narben auf ihr, die mich auf ewig daran erinnerten, was ich ihm und mir angetan hatte. Was ich unseren Zukunfts-Ichs, die vielleicht so was wie ein Pärchen hätten werden können, angetan hatte. Aber ich konnte nicht aufhören, das Selfie anzuschmachten und darüber zu tagträumen, was hätte sein können, was wir hätten werden können. Kaum möglich, in Worte zu fassen, was in mir abging, aber dieses Empfinden von Verlorenheit, Bedauern und einer Dolch-Maschine, die mir konstant in den Magen stach – mit einem gezackten Dolch –, das kam dem ganz nahe.

Wie aus dem Nichts verdunkelte sich meine Sicht, und ich hatte etwas Haariges vor meinem Gesicht. Dann etwas Nasses im Gesicht.

»Salaì!« Mein bester Freund leckte mir über mein Gesicht, und ich setzte mich auf.

Er bellte mich an, lief zum Auto, stellte sich auf zwei Beine und lehnte sich gegen die Tür.

»Wir fahren nicht zu Quentin!«

Er ließ sich runterfallen und winselte enttäuscht.

»Jaja.«

Die anderen Hunde lagen hauptsächlich in der Sonne, betteten ihre Köpfe auf ihre Pfoten, und manchmal, okay, sehr oft, wünschte ich mir, mit ihnen tauschen zu können. Vor allem in den letzten Tagen. Quentins Gesicht hatte sich in mein Sichtfeld gebrannt, und sobald ich meine Augen schloss, sah ich es und erkannte wieder, was ich ihm mit meinem Verhalten angetan hatte. Es hatte schon viele Alarmsignale in meinem Leben gegeben, aber das hatte mir den letzten Anstoß gegeben, mich zu überwinden, eine langfristige Therapie anzufangen. Mir gruselte zwar vor meiner Sitzung nächsten Monat, aber ich wollte nie wieder jemanden so verletzen und enttäuschen, weil mich meine Vergangenheit so sehr beeinflusste.

Ich klopfte auf meinen Oberschenkel, und Salaì folgte mir zu einem schattigen Plätzchen unter einem Baum. Gemeinsam mit ihm hockte ich mich hin und nahm meine Wasserflasche, die ich dort platziert hatte. Salaì schlabberte aus seinem Napf Wasser, und ich trank ebenfalls. Ich wusste, ich konnte mich hier nicht ewig verstecken, und bald würde das Zimmer hier nicht mehr frei sein, aber ich konnte mich gerade nicht damit beschäftigen, wo ich wohnen sollte. Es zeigte mir nur wieder, wie unfähig ich war, erwachsen zu handeln, und vor allem, wie einsam und alleine ich nun auf dieser Welt war.

»Na, was sagst du, Salaì? Sollen wir uns irgendwo eine Hundehütte kaufen und gemeinsam darin leben? Irgendwo in einem Wald?«

Salaì schien meinen Scherz nicht lustig zu finden, er sah mich entgeistert an und sprintete weg. Ich redete mir ein, es läge daran, dass sich jemand seinem Futternapf näherte, aber vermutlich war ich sogar ihm im Augenblick too much.

»Hey, Massimiliano. Noch da?« Kamaus Stimme ließ mich hochschrecken. War er denn schon wieder zurück?

Ich stand wieder auf, legte die Flasche weg und winkte ihm zu. Es tat gut, jemanden zu sehen, der mich mochte. Der da war, aber lieber wäre es mir noch gewesen, zu Que... Nein, das war vorbei, und das musste ich respektieren. »Hey, Kamau, na klar.«

»Alles gut mit dir? Du siehst so traurig aus?« Kamau schlug mir mit der flachen Hand gegen den Oberarm.

»Lenk nicht ab«, sagte ich, der gerade ablenkte. »Was habt ihr geredet?«

Kamaus Lächeln gefror, bevor es auftaute und verpuffte. Bitte, bitte schüttle nicht ... Er schüttelte den Kopf. »Wir können Abbys Tiervilla nicht retten. Bis Oktober klappt das einfach nicht, es kommt zu wenig zusammen. Sie hat über einhunderttausend Pfund Schulden. Sie hat den neuen Anbau da«, er deutete neben uns, »gebaut, bevor sie die Zusage für die Förderung bekommen hat. Also wenn du deinen mysteriösen Großspender nicht doch noch überzeugen kannst, sieht es finster aus.« Ja, der Großspender, der ich war. Aber dafür kämpfte ich ja gerade mit einem neuen Plan im Hintergrund. Ich brauchte nur noch ein paar Tage, bis das Geld vom Hausverkauf auf meinem Konto war. Bis die neue Besitzerin das Geld besorgt und überwiesen hatte, dauerte es eben. All die teuren Stücke von meinen Eltern waren bereits weg. Was sollte ich auch mit alldem anfangen? Und was hielt mich hier noch? Kamau rieb sich mit seinen trockenen, rauen Händen so groß wie Pranken über das Gesicht, strich hoch zu seiner Schädeldecke und verweilte da.

»Kamau! Hör sofort damit auf!« Abby stürmte aus dem Büro und stapfte auf uns zu. Ihr Gesicht war rot – vor Wut, von der Sonne, von den Anstrengungen der letzten Jahrzehnte. »Sag ja nicht, dass ich das nicht schaffen kann! Ich schaffe das für meine Tiere, und wenn ich meine Seele verkaufe! Irgendwo im Internet bezahlt dafür bestimmt jemand ein Vermögen.«

Die meisten Tiere um uns liefen zur Terrasse mit dem sandfarbenen Marmorboden. Wenn das Donnerwetter Abby aufzog, zogen sich die Tiere schneller zurück als an Silvester, wenn die Leute noch immer unnötigerweise die Umwelt und die Tierwelt mit Feuerwerk aufschrecken.

»Glaub mir, Abbs, mir macht das keinen Spaß.« Kamaus Hände glitten in seine Hosentaschen. »Du hättest dich besser um deine Finanzen kümmern müssen.«

Beim Kopfschütteln peitschten ihre roten Locken hin und her. Ein bedrohliches, tiefes Lachen kam aus ihr. »Oh, oh, oh, nein. Mister, du kommst mir nicht mit Abbs. Sollen die Tiere Geld essen? Die brauchen andere Dinge, ich kann mich nicht um alles kümmern und …« Abbys Brust hob und senkte sich schnell.

»Abby, das wird noch, okay? Bald kommt Geld, versprochen. Ich schwöre es dir.« All die Erinnerungen an diesen Ort durchströmten mich. Bei Abby war der Grundstein dafür gelegt worden, dass ich mich für Tiere einsetzte. Es hatte diesen Stein ins Rollen gebracht, dass ich durch die Welt gereist war, um zu tun, was ich konnte. Es hatte mir zum ersten Mal eine

Perspektive gegeben, dass ich mit meinen Mitteln etwas konnte. Dass ich mir etwas zutrauen konnte. Dass mein Dad nicht recht hatte. Dass ich kein völliger Versager war. Deshalb war der Verlust eines Hauses, eines Grundstückes und all dieser materiellen Dinge nichts im Vergleich zu dem, was Abby mir gegeben hatte.

Kapitel 35

Quentin

Keine Ahnung, wie oft ich im Kreis gefahren war. Also wirklich im Kreis, da die U-Bahn nur mit zwei gegenüberliegenden Linien im Kreis fuhr. Vermutlich war es nur einmal gewesen, aber mir kam es vor, als umkreise ich Glasgow-Mitte seit Stunden. Der heutige Arbeitstag im Museum war so frustrierend gewesen und reihte sich in die beschissenen Dinge, die mir in letzter Zeit passiert waren, perfekt ein. Ich blickte auf mein Handy, wischte durch Instagram und entdeckte, dass die Destillerie, in der ich mit Massimo gewesen war, eine Stellenausschreibung gepostet hatte. Egal. Ich entfolgte ihnen. Und dann folgte ich ihnen wieder. Sie konnten ja nichts dafür. Gleich danach wechselte ich in meine Galerie, um mir den Screenshot der Speisekarte anzugucken, weil ich etwas bestellen wollte. Danach folgte das Bild der Briefe, die ich bei Filo gefunden hatte. Ich wollte Rémi fragen, ob er sie sich ansehen konnte. Vielleicht waren sie ja irgendwie wertvoll oder so. Oder er kannte jemanden, der alte Briefe sammelte. Ich hatte sie noch immer nicht gelesen. Das sollte ich nachholen, vielleicht lenkte mich das ab. Auch wenn es mich wieder an Massimo erinnerte. Ich wischte zum nächsten Bild und landete bei dem Selfie von Mass und mir. Shit.

Gedanklich hatte ich das Selfie als Polaroid in meiner Hand und zerriss es. Doch stattdessen zerfetzte es mir nur das Herz. Dieser tief sitzende Schmerz, den mir sein Verrat angetan hatte, schlang sich wie dunkle Tentakel um meine Seele und drückte sie zusammen. Ich hoffte inständig, er bereute es. Auch wenn das nichts besser und schon gar nicht ungeschehen machte. Außerdem machte ich mich auch selbst für das fertig, was ich alles gesagt hatte.

Bei der nächsten Station stieg ich aus, fuhr die Rolltreppe hoch und begab mich zu einer Fahrradverleihstation, wo ich mir ein Fahrrad auslieh, um zum Obsidian Hill Cottage zurückzufahren. Dass Rémi mir heute gesagt hatte, dass die Spenden nicht gereicht hatten, ließ mich völlig ratlos zurück. Die teure Party, die zwar von einem Freund von Rémi finanziert worden war, all die Leute, die gekommen waren, die Gespräche, nichts hatte gereicht. Es fehlte so viel, dass mir schwindelig wurde, wenn ich nur daran dachte.

Während ich mit dem Rad fuhr, merkte ich, dass nicht mal mein Glasgowwind es heute schaffte, mir die Gedanken aus dem Kopf zu pusten.

Wieder im Obsidian Hill Cottage hatte ich Jas und Mac begrüßt und mich mit den Briefen neben das Dachfenster auf das Dach gelegt. Ablenkung konnte ich gebrauchen. Ich stützte meine Beine am Ende des Daches ab, wo nicht nur eine Dachrinne mein Halt war, sondern auch eine etwas in die Höhe stehende Metallvorrichtung, die Äste und Ähnliches davon abhielt, die Rohre zu verstopfen. Da das Dach nicht allzu schräg war, konnten wir hier draußen immer angenehm liegen, und ganz ehrlich: Der Sternenhimmel hier draußen war das Risiko wert, in Jasnas Hochbeet zu fallen.

Ich platzierte die Briefe auf dem breiten Rahmen des offenen Dachfensters, das sich perfekt als Ablagefläche eignete, und öffnete den ersten aus der Sammlung, die Filo unter ihrem Schreibtisch gehabt hatte. Das Briefpapier untersuchte ich genau. Gegen das helle Mondlicht gehalten, konnte ich das Wasserzeichen besser erkennen. Ich fühlte die Textur des Papiers und setzte zusätzlich mein Handylicht ein, um Siegel, Stempel und Verzierungen genauer zu betrachten. Auch wenn ich nicht viele Hinweise fand, schätzte ich anhand der Schreibtechnik, dass es sich um eine Handschrift und um handgeschöpftes Papier aus dem 19. Jahrhundert handelte. Zwar war meine Expertise etwas laienhaft, aber das war jetzt nebensächlich. Vorsichtig platzierte ich mein Handy mit eingeschalteter Taschenlampe auf meinem Brustkorb und entfaltete den Brief, der zerbrechlich wirkte. Beim Öffnen erkannte ich einige Flecken, die ich nicht genau deuten konnte, und drehte ihn richtig herum. Da merkte ich erst, dass das Briefpapier unterschiedlich war. Ich blätterte durch. Tatsächlich. Der erste Brief war nur eine Kopie. Das machten Leute damals manchmal, um ihr eigenes Geschriebenes zur Erinnerung oder als Beweis aufzubewahren. Ich guckte mir noch mal die Umschläge an. Sie waren alle von demselben Absender. Von einem Abernathy Gartenbaum an einen Keith Michaelson. Das konnte nur bedeuten, die Briefe waren alle von Keith Michaelson aufbewahrt worden, und er hatte seine Kopie da in den Brief hineingesteckt.

Kopie:
Verehrter Abernathy Gartenbaum!

Ich hoffe, dieser Brief findet Sie bei bester Gesundheit. Ihre Gesellschaft letzten Monat auf der Feier war wie immer ein wahrer Genuss. Wie geht es Ihnen? Hoffentlich geht es Ihnen sehr gut. Könnten Sie mir mittlerweile Ihre Gedanken zum Buch Joseph and His Friend: A Story of Pennsylvania *von Bayard Taylor mitteilen? Ich denke, es könnte eine äußerst spannende Perspektive von Ihnen geben. Gerne können wir es auch gemeinsam lesen, wenn Sie einmal Zeit haben. Ich weiß, dass unsere Interessen sich in vieler Hinsicht gleichen, und ich würde es schätzen, wenn wir uns über die schönen Künste des Lebens unterhalten könnten. Unterhalten oder sie gemeinsam ausüben. Ich freue mich darauf, bald von Ihnen zu hören.*

Bis dahin verbleibe ich mit besten Grüßen.

*Hochachtungsvoll
Keith Michaelson*

Moment. Warte. Was?
Ich überflog den Brief nochmals.
Das … Das war doch ein Brief von einem Mann an einen anderen Mann, und die Codes kannte ich aus anderen Briefen, die ich für meine Doktorarbeit studierte. Alleine schon das Buch, über das er schrieb. *Joseph and His Friend: A Story of Pennsylvania* von Bayard Taylor war ein queeres Buch aus dem 19. Jahrhundert, was auch zu meiner Briefpapierhypothese passen würde.

Hektisch richtete ich mich auf, erinnerte mich aber sofort daran, dass ich auf einem Dach war. Langsam drehte ich mich zum Dachfenster. »Mac! Jas! Kommt bitte mal.« Stille. »Ich falle vom Dach!«

Ich hörte Getrampel und Türen, die aufgerissen wurden.

»Danke, dass ihr jetzt kommt, aber es wäre schön, wenn ihr das auch tätet, wenn ich nicht in Lebensgefahr bin.« Ich legte mein Handy neben die Briefe. »Könnt ihr mal kommen.«

»Na, jetzt nicht mehr«, jammerte Jasna außer Atem und schlug die Tür hinter sich zu. »Dafür hast du mich zu früh aus meinen Gedanken über den Theatertypen Osiris aus der Bar gerissen.«

»Jaaas, bitte.« Durch Macs Gesicht zog sich ein genervter Blick. »Ich halte euch zwei nicht mehr aus. Ich habe gerade die neue Single von Yama gehört und mein Ausmalbuch schlechter als ein Kleinkind vollgeschmiert.« Er stieg auf die Leiter zu mir. »Ihr zerstört mir meinen Abend.«

»Du kannst gar nicht genug von uns bekommen«, sagte Jasna und schlug Mac auf den Hintern. »Mach schneller.«

»Ja, ja, ja.« Cormac kletterte neben mich und machte noch Platz für Jasna zwischen uns.

Als wir alle oben lagen, beschienen von den Scheinwerfern des Universums, umgeben von der Ruhe der Natur und einem sanften Wind, der sich wie eine angenehm kühle Decke um uns ausbreitete, war ich froh, die beiden bei mir zu haben.

»Seht her, was ich habe. Bei Filo habe ich ja diese Briefe gefunden, und es sind einfach welche aus dem 19. Jahrhundert von zwei Männern, die sich mit Codes, um nicht erwischt zu werden, falls die Briefe gelesen werden, geschrieben haben. Es ist so cute.« Ich reichte ihnen den Brief und nahm mir selbst den nächsten.

Verehrter Keith Michaelson!

Meine Gedanken liegen bei der Gesundheit von Ihnen und Ihrer Familie. Ich denke oft an unsere Gespräche über Literatur, Musik und andere praktische Künste. Können Sie mir Ihre Meinung dazu mitteilen? Ich bin mir sicher, Ihre Meinung wäre wertvoll für mich.
Und doch gibt es eine Sache, die ich Ihnen heute und hier schreiben muss. Lieber hätte ich es Ihnen bei meinem nächsten Besuch persönlich mitgeteilt. Meine Schulfreundin Betsy White und ich werden heiraten. Sie kennen Betsy noch? Meine Eltern lieben sie, und sie kennt die Firma. Und wir brauchen ja Nachkommen – am besten einen Sohn – dafür. Sie wissen, wie das ist, nicht wahr? Ich würde mich freuen, wenn Sie zur Hochzeit vorbeikämen. Gerne in Begleitung. Gibt es

da jemanden? Jemanden, den Sie mögen? Ich wünsche es Ihnen sehr.

Bis zu Ihrer erwarteten Antwort verbleibe ich mit besten Grüßen.

Hochachtungsvoll
Abernathy Gartenbaum

Okay, die Briefe schienen nicht mehr alle vorhanden zu sein, oder? Leider waren sie auch nicht datiert.
»Aww, ist das niedlich. Ich shippe die beiden jetzt schon als Paar und will sie zusammen sehen«, sagte Jasna, die sich den Brief zusammen mit Cormac durchgelesen hatte.
»Oh, ja, nennen wir sie ab heute Aberkeith. Wie geht es weiter?«, hakte Cormac nach.
Beide sahen mich erwartungsvoll an. »Na ja, hier, seht selbst. Ich lese mal den nächsten.« Ich reichte ihnen den Brief weiter. Das Papier raschelte unter unseren Berührungen. »Aufpassen.«
»Jaja, Mister Museumsdirektor.« Jasna nahm ihn mir vorsichtig ab, und Cormac richtete sein Handylicht darauf.

Verehrter Keith Michaelson!

Lange habe ich nichts mehr von Ihnen gehört, mein alter Freund. Hoffentlich erreicht Sie meine Nachricht bei allerbester Gesundheit und es ist nicht Ihr Wohlsein, das Ihnen nicht erlaubt, zu antworten. Ich, damit meine ich auch Betsy, mittlerweile meine Frau, hoffe sehr, Sie antworten mir. Uns! Wahrscheinlich kam die Nachricht meiner Hochzeit zu überstürzt für Sie, um uns mit Ihrer Gesellschaft zu beehren. Das hat Ihre gesamte Planung bestimmt umgeworfen. Ich kann mir vorstel-

len, dass Sie das etwas verstimmt zurückgelassen hat. Die Verspätung. Nächste Woche bin ich für eine Messe zurück in Ihrer Stadt. Bestünde die Chance auf ein Treffen? Ich würde mich freuen, wieder Ihre Zigarre zu probieren.

Bis zu Ihrer Antwort verbleibe ich mit sonnigen Grüßen.

Hochachtungsvoll
Abernathy Gartenbaum

»Nein! Aberkeith dürfen nicht getrennt werden.« Cormac rüttelte an Jasnas Oberarm.

»Pass auf, dass du mich nicht vom Dach wirfst.« Jasna pflückte Macs Finger von ihrem Arm, bis er seine Hand wegnahm. »Und wie geht es weiter? Meint er mit Zigarre seinen Schwanz? Das ist so spannend.«

»Jaaaas, bitte. Ich glaube, der Keith ist richtig sauer. Meldet sich nicht mehr, aber ich glaube, Abernathy will seinen Schwanz zurück, ja.« Bevor ich ihn rüberreichen konnte, schnappte Jasna mir den Brief weg. »Pass auf das Papier auf«, zischte ich jammernd.

»Da, das mit der Zigarre. Klingt für mich nach einer ganz besonderen Zigarre.« Cormacs Kichern klang durch die Nacht.

»Ich hatte schon lange keine Zigarre mehr.« Jasna drückte sich den Brief gegen die Brust und seufzte.

»Ich auch nicht.« Mac guckte hoch in den Himmel. »Ich auch nicht.«

Jasna und ich warfen uns einen Blick zu, beschlossen aber beide, nichts mehr zu sagen. Stattdessen nahm ich den nächsten Brief.

Verehrter Keith Michaelson!

Tut mir leid für die Störung. Abermals. Zu meinem Bedauern habe ich Sie damals nicht angetroffen. Sind Sie umgezogen? Schreiben Sie mir jederzeit, auch wenn es noch lange dauert. Hoffentlich fühlen Sie sich nicht noch gekränkt wegen meiner verspäteten Hochzeitseinladung. Wie erwähnt hätte ich es Ihnen bei meinem letzten Besuch erzählen sollen, statt nur mit Ihnen zu reden und Zigarren zu rauchen. Doch ich wollte diesen Besuch nicht mit zu ernsten Themen überschatten. Melden Sie sich gerne.

Bis dahin verbleibe ich mit den allerliebsten Grüßen.

Hochachtungsvoll
Abernathy Gartenbaum

Dieses Mal hatte ich den Brief vorgelesen, weshalb ich mir direkt den nächsten schnappte. Dieser unterschied sich von den vorherigen, was mein Interesse nur noch steigerte. Das Briefpapier und das Kuvert sahen anders aus, bestimmt hatte auch das etwas zu bedeuten.

Verehrter Keith Michaelson!

Alter Freund! Glückwünsche zu Ihrer Heirat. Ein Freund von uns hat mir bei der letzten Messe davon erzählt. Es macht mich etwas sentimental, nicht dabei gewesen zu sein. Ist meine Einladung verloren gegangen? Bestimmt.
Betsy und ich haben unsere dritte Tochter in die Welt gesetzt. Sie wächst und isst tüchtig. Sie würde am liebsten schon herumlaufen und plappert wie ein Wasserfall. Sie erinnert mich etwas an Sie.

Sollen wir uns treffen und ein wenig über die Zeiten sinnieren, in denen wir noch jung waren? Ich würde auch gerne Ihre Ehefrau kennenlernen.

Bis zu Ihrer Antwort verbleibe ich mit lieben Grüßen.

Hochachtungsvoll
Abernathy Gartenbaum

»Oh, nein, er klingt so verzweifelt. Keith ist bestimmt so fucking traurig und sauer. Aberkeith müssen doch zusammenkommen. Gibt's noch etwas?« Jasna schlug mir gegen den Bauch. »Sag Ja!«

»Komm, sag Ja«, stimmte Cormac mit ein.

»Sag Ja!«, brüllten beide los.

Zum Glück lebte hier keine Seele, obwohl es nachts mit offenem Fenster manchmal genau deshalb beunruhigend war, wenn ich draußen knackende Äste hörte.

»Ready? Letzter Brief.« Ich war es nicht.

»Was, wenn es nicht gut ausgeht? Ahhh, die Anspannung macht mich fertig.« Cormac atmete tief ein und aus. »Okay, los.«

»Ja. Los, los, los.« Jasna klatschte mehrmals, damit ich mich beeilte.

Verehrter Keith Michaelson!

Heute melde ich mich mal wieder – aus traurigen Gründen. Leider ist nun nach meinen Kindern auch meine Frau an der Grippe erkrankt und verstorben, und somit bin ich nun alleine. Alleine auf dieser gottverlassenen Welt. Ich bin ehrlich mit Ihnen, mein alter Freund, nie wieder von Ihnen gehört zu haben verletzt mich. Manchmal überlege ich, einfach bei dieser Ad-

resse vorbeizukommen, aber das wäre nicht fair. Ich bereue meinen Fehler mit meiner Lüge. Das weiß ich. Dieser eine Fehler, der größte meines Lebens, wird mich bis zu meinem Sterbebett einholen. Manchmal huste ich. Ich glaube, ich bin krank. Somit holte das Schicksal mich ein. Einmal noch mit Ihnen über Bücher sprechen – das wär's! Hätte ich nur, wäre ich doch nur, was wäre, wenn. Glauben Sie mir, dass ich diese Phrasen täglich abspule? Melde Dich gerne. Immer.

Mit ganz vielen Grüßen
Abernathy Gartenbaum

»Was? Da müssen ja Jahrzehnte dazwischenliegen. Ich weine, Leute.« Cormac schniefte tatsächlich, und auch Jasna drückte sich ihren Finger in die Augenwinkel.

»Hier ist noch was drinnen im Umschlag.« Ich drehte ihn herum, und ein Zeitungsausschnitt fiel heraus.
In Erinnerung an unseren geschätzten Abernathy, der am 10. März von uns gegangen ist. Die Welt trauert um unseren geliebten, alten Freund. Keith
»Das ist eine der Todesanzeigen. Meistens eher von der Familie, um die Trauerfeier anzukündigen. Aber Keith ...« Ich schluckte einen Kloß voller Trauer runter. »Er hat ihn wohl nie vergessen.«

»Ach du meine Güte.« Jasna legte sich ihre Hände auf das Gesicht. »Das ist so traurig.«

Cormac zog sich sein Shirt hoch und wischte sich über seine Augen.

»Vielleicht sollte ich die Briefe auch mal Rémi zeigen?«
»Was übrigens auch so ein Ding ist.« Was meinte Jasna? »Wie wir gesagt haben, vergiss nicht: Den Job im Museum, den hast du dank Massimo. Außerdem, ich weiß, du willst nichts mehr von Massimo hören, aber das Haus, einfach alles ist verkauft.

Ich weiß nicht, wo er jetzt hinwill und was er mit dem Geld macht, aber nach diesen Briefen ... Willst du nicht noch wenigstens einmal mit ihm reden, bevor es zu spät ist? Also was-wäre-wenn-mäßig zu spät.«

»Alles ist weg? Hm.« Ich musste wieder daran denken, dass er das mit der Uni für mich geregelt hatte. Er schien alles wieder in Ordnung bringen zu wollen. Ich ging alles durch, was er mir gesagt hatte, und musste wieder an Abby denken und wie wichtig ihm die Tiervilla war. Vielleicht hatte Jasna recht.

Ich sah wieder auf die Briefe, die wir gerade gelesen hatten. Obwohl die beiden sich offensichtlich mochten, endete es so. Wegen eines Fehlers. Ob sie sich bis zum Schluss gedacht hatten, was wäre, wenn ...? Klar, es war nicht eins zu eins auf Massimos und mein Verhältnis zu übertragen. Dennoch fragte ich mich, ob ich nicht doch im Begriff war, etwas wegzuschmeißen, das noch gerettet werden konnte. Je öfter ich an Segreto dachte und die Erinnerung mit Massimos Erlebnissen ergänzte, desto mehr merkte ich, dass Segreto echt kein guter Mensch gewesen war. Mehr noch, er hatte echt zu wenig Distanz zwischen seinen Studierenden und sich bewahrt. Wie musste das dann als sein Sohn sein? Vielleicht sollte ich das alles noch mal überdenken.

Ich machte das Handylicht aus, das von alleine wieder anging, als ein Anruf reinkam.

Kapitel 36

Massimo

Nach einem letzten Blick auf mein Handy schaltete ich es aus und schloss die Augen. Beim tiefen Atemzug spürte ich noch einmal das Gerät in meiner Hand, die abgerundeten Ecken, den zerkratzten Bildschirm. Bis es nicht mehr auszuhalten war. Ich pustete die Luft aus, öffnete meine Lider und schleuderte das Handy so weit wie möglich nach unten. Lustig, wie das Leben spielte. Denn in diesem Moment konnte ich mir nichts Schöneres, Befreienderes vorstellen, als ebenfalls in Dunkelheit zu versinken. Ich würde für immer Nacht aushalten, wenn ich Quentin davon überzeugen könnte, mir noch eine Chance zu geben.

Als ich vorhin irgendwo bei Achnacarry auf dem Weg zur Tiervilla abgebogen, beim Loch Lochy ausgestiegen und die Hügel hinaufgelaufen war, hätte ich niemals gedacht, dass mich das hierhin führen würde. Ich stand auf einer Anhöhe, neben mir erstreckte sich ein Berg. Mein Blick folgte seiner imposanten Gestalt, bis er sich in den tief hängenden Wolken verlor. Ich machte einen Schritt vor. Die ausgetrockneten Gräser abseits des Weges drückte ich nieder und schaute hinunter in den Wald vor dem Loch Lochy. Irgendwo dort unter mir war mein Handy mittlerweile kaputtgegangen. Der dunkle See vor mir schlug kleine Wellen, die auf der Wasseroberfläche wie zarte Gitternetze aussahen.

Zugegeben, ich hatte etwas Angst. Was, wenn ich nicht mehr zurückfand, mich verletzte und keine Hilfe rufen konnte? Ich fühlte mich urplötzlich abgeschnitten von der Welt. Als würde ich nun alles Mögliche verpassen. Nichts mehr mitbekommen und ausgeschlossen werden. Aber mich überkam auch das erfrischende Gefühl von Freiheit. Ich hatte meine Siebensachen im Auto und Salaì, der neben mir im Kreis lief, und mich. Mehr brauchte ich nicht. Okay, irgendwann einen Job zu finden wäre nicht schlecht, aber vorerst reichte es, dass ich mich hatte. Denn auf mich musste ich mich konzentrieren. Während ich zum Auto zurückging, ließ ich mir noch mal durch den Kopf gehen, was ich die letzten Wochen alles getan hatte. Was für ein Mensch ich geworden war.

Salaì hüpfte um mich herum. Für mich war er der Beweis, dass ich doch etwas richtig machen konnte. Dass mich jemand aushielt. Dass ich jemanden in meinem Leben halten konnte, ohne mich anzupassen, ihn zu manipulieren oder mit Geld um mich zu werfen. Obwohl ich alles gezahlt hätte. All meine Karten zum Glühen gebracht hätte, um eine Umarmung von Quentin zu bekommen. Was kostete eine Umarmung? Ich würde es zahlen. Aber ich hatte auf schmerzhafte Art und Weise erfahren, dass genau das mein Problem war.

Ich hoffte, mit der richtigen Therapie würde ich das auch verinnerlichen können. Meinen Weg gehen. Und zu dem stehen, was ich konnte. Und wollte. Vor allem, was ich wollte. Und dazu brauchte ich kein Geld. Kein Cottage. Kein Erbe. Keine Bestätigung meines Vaters.

Mit Salaì im Auto fuhr ich zu Abbys Tiervilla, und schon von Weitem sah ich sie auf mich zukommen. Sie winkte mir mit ihrer alten, ausgewaschenen Cap zu. An den Rändern der Innenseite erkannte ich die Schweißflecken von ihrer Stirn, die sich dort über die Jahre hineingefressen hatten. Als ich hielt, schaffte ich es nicht mal auszusteigen, da riss sie schon die Autotür auf.

»Stell dir vor! Stell dir vor!« Sie war so aufgedreht, dass Salaì in seiner befestigten Box freudig aufbellte und sich im Kreis drehte.

Ich lachte. »Was?«

»Jemand hat meine Schulden bezahlt, und ich kann weitermachen. Ich habe sofort Kamau angerufen. Er wird mir helfen, Ordnung reinzubringen, damit ich da nicht wieder hineinschlittere, aber ...« Sie faltete die Hände vor der Brust, und ich erkannte Tränen in ihren Augen. Abby hatte noch nie geweint. Nicht einmal, als sie damals von einer Gruppe herumtollender Hunde von der Leiter geschmissen wurde und sich die Schulter ausgekugelt hatte. »Meine Babys bleiben bei mir.«

»Ach, Mensch, Abby. Freut mich das. Darf ich nur ...« Ich deutete zur Tür.

»Natürlich, sorry.« Sie hüpfte zurück, holte Salaì raus, und ich streckte mich wieder auf den Beinen durch. »Wer das wohl war?«

»Na ja, es gibt wohl ein paar tolle Großspender, was?«

»Das kann gut möglich sein. Ich habe es immer gesagt: Menschen, die Tiere lieben, halten zusammen! Und stell dir vor. Ich habe auch gleich noch etwas Gutes getan. Diese junge Frau aus Polen, Zofia, die hat sich schon dreimal über mein Onlineformular auf eine meiner einjährigen unbezahlten Stellen beworben. Doch ich war mir sicher, dieses Mal niemanden nehmen zu können, weil ich mir die Verpflegung nicht leisten kann. Aber jetzt habe ich zugesagt.« Oh, okay, das bedeutete, mein Zimmer hier war keine Option mehr ... Fuck.

»Wie schön. Das freut mich. Für Zofia und für dich. Weißt du, wann sie kommt? Kann ich bis dahin vielleicht bleiben? Es ist schön hier, wie eine ruhige Oase für die Seele.« Ich ging mit Abby und Salaì zu den anderen Tieren, bis mich ein paar der älteren Hunde und Hündinnen erkannten und mich überfielen.

»Schon, klar ...«

»Aber?«, rief ich lachend aus dem Hundehaufen.

»Zofia hat sich sehr gefreut, ich glaube, ihr geht es zu Hause nicht so gut, mit ihrer Familie und so, sie macht sich die Tage schon auf den Weg.« Abby ging neben Salaì in die Hocke und streichelte ihn. »Aber das ist kein Problem, oder?«

»Nein, nein, gar nicht.«

»Sehr gut, dann ... Oh, wer bist du denn?« Abbys Blick hatte sich schon beim Satzanfang hinter mich bewegt.

War das schon diese Zofia?

»Quentin.« Hm. Ich hätte gedacht, Zofia wird anders ausgesprochen. »Ich kenne diese Tiervilla von Massimo.«

Und Zofia kannte mich auch noch. Oh, warum tat jetzt mein Magen weh? Und mein Herz?

»Ach, Massimo, du bist unser neuer Werbeträger, oder wie sehe ich das?« Abby lachte laut auf und winkte ihn zu uns.

»Kommt schon, lasst ihn los, Jungs und Girls.« Nach Abbys Befehl folgten die Hunde Abby zu den Futternäpfen im Innenhof. »Willst du einen Hund? Oder jemanden bringen? Ersteres wäre mir aber lieber.«

Sobald sich meine Paralyse lichtete, wandte ich mich zu ihm. Quentin tauchte vor mir auf. Er stand direkt vor mir. Seine dunkelbraunen Haare bewegten sich leicht mit dem Wind mit, und hinter seinen Brillengläsern erwarteten mich weitaus weniger feindselige Augen, als ich gedacht hätte. Sein Gesicht zu sehen ließ alle Gefühle, die ein Mensch fühlen konnte, auf einmal implodieren.

»Ich bin wegen Massimo hier.«

»Oh, okay, sollte ich jetzt beleidigt sein?« Abby richtete sich mit der Futterschaufel in der Hand auf und legte überlegend ihren Finger aufs Kinn. »Hm, nein. Mist, der Sack ist leer. Das wird jetzt wieder einen Aufstand geben, ich ...«

»Ich hole etwas«, sagte ich rasch und sprang hoch.

»Ich komme mit.« Mist. Ich freute mich, Quentin zu sehen, aber gerade wollte ich ihm nur aus dem Weg gehen, damit ich nicht hören musste, was er zu sagen hatte.

Ich inhalierte die Luft tief, als Quentin aufholte. Um mich

herum sah ich zahlreiche Tiere, die herumtollten, und ich konzentrierte mich darauf. Mit wenig Erfolg. Quentins Präsenz hüllte mich völlig ein. Während wir auf dem Weg zum Lager waren, sprachen wir nichts. Verschiedene Katzen und Kaninchen sausten in ihren Gehegen umher. Die offensichtliche Glückseligkeit dieser Tiere bei Abby brachte mich manchmal schon richtig zum Seufzen vor Rührung. Niemals hätte dieses Paradies verloren gehen dürfen. Vermutlich machte auch sie nicht alles perfekt, sie war auch schon älter, aber den Tieren ging es hier echt gut.

Die etwas verrostete Tür ratterte zur Seite, und das Lagerhaus begrüßte mich mit einem Duft von frischem Futter. Die Regale waren bis oben mit Säcken von Premiumfutter gefüllt, daneben frisches Heu, frisches Gemüse, und heute war sogar die Tür zur Küche frei, in der Abby auch frisches Essen zubereitete.

»Stell dir vor, hier würde mal Salaì einbrechen«, sagte Quentin.

Ich konnte nicht anders und lachte laut auf.

Quentin tat es mir nach und half mir, einen sorgfältig ausgewählten Sack runterzuheben.

»Das stimmt. Abbys Tiervilla ist ein echter Schatz inmitten dieser schottischen Wildnis.« Ich guckte Quentin an, als wir den Sack abstellten, und wir prusteten beide los. »Sorry, jetzt klang ich wie ein Werbeflyer.«

»Allerdings.«

Nachdem wir uns länger angeschaut hatten, verpufften die Grinser aus unseren Gesichtern.

»Warum bist du hier, Quent?«

»Ich habe heute auf Instagram gelesen, dass das Museum eine hohe Spende bekommen hat, dank der es offen bleiben kann. Komischerweise nachdem du dein Haus verkauft hast.« Quentin näherte sich mir. »Mit Filo habe ich auch gesprochen.

Du hast auch ans *Pretty's* gespendet, oder? Und an die Tiervilla? Ich habe einen Anruf bekommen. Mehrere sogar. Ich weiß das mit der Uni natürlich auch schon seit Tagen, also wegen der verpassten Mail. Du hast dich um die Ausnahmeregelung gekümmert, um mich nachträglich zu melden. Suzie und den anderen hast du auch gesagt, dass du mein Handy gestohlen hast.«

Ich schüttelte den Kopf.

»Lüg mich nicht an, Massimo.« Ich hörte die Ernsthaftigkeit in Quentins Stimme. Niemals würde ich das noch mal wagen. Ich wusste nun, wozu das führte. Zu dieser eisigen Stimme.

»Darum habe ich nicht den Kopf geschüttelt. Es war eher ein resignierendes Kopfschütteln. Ja, ja, habe ich, Quentin, aber nicht deinetwegen oder weil ich Absolution kaufen wollte, falls du mir das jetzt auch noch vorwerfen möchtest. Ich habe …«

»Wieso musstest du mit alldem nur anfangen …« Quentin unterbrach mich, sah mich aber nicht an, als würde er das mehr zu sich als zu mir sagen.

»Weshalb bist du jetzt genau da? Ich habe doch schon verstanden, dass du mich nicht sehen willst.« Ich hievte den Sack über meine Schulter und ging vor.

»Ich will dich nur besser verstehen.«

Mir rutschte der Sack aus der Hand. Er knallte zu Boden. Es hallte durch die Lagerhalle. »Ich hab dir alles über mich erzählt, was ich erzählen kann.« Bevor Quentin mich aufhalten konnte, lief ich hinaus.

Kapitel 37

Quentin

»Nimm es ihm nicht übel.« Abby wischte sich mit ihrem blau karierten Hemd über die Nase und schnitt dann die Möhren weiter. »Abhauen ist quasi das Einzige, das er gelernt hat, um sich zu schützen.«

»Vor seinem Dad?« Ich packte die geschnittenen Gemüsestücke und verteilte sie auf die Metallschüsseln. »Vor seiner Family?«

Abby nickte. Wie schnell sie die Möhren schnitt, machte mich ganz schwindelig.

»Seine Familie ist nie wirklich zufrieden mit ihm gewesen.« Sie lachte wieder, aber es war kein ehrliches Lachen. Eher als wäre dieses kehlige Lachen ihre Methode, um Schlechtes fernzuhalten. »Davon kann ich auch ein Lied singen. Seine Eltern sind echt nicht sehr fair zu ihm gewesen, weißt du? Aber hier ist er aufgeblüht. Er hat sogar die ganzen Skandale auf sich genommen, um dafür Leute kennenzulernen, die er dann wiederum um Spenden bittet. Aber er hat nicht erzählt, wofür, sondern eher, dass er solche Skandale weitermacht oder zu ihren Partys kommt, damit da Presse ist und so weiter.« Das hieß, Abby wusste, dass er Spenden für Tiere sammelte, aber nicht, dass er einer ihrer wichtigsten Großspender war?

Überall lagen Tiernäpfe und Spielzeuge herum, aber Abby schien in ihrem Chaos die Königin zu sein, die alles im Griff hatte. Toll, jetzt stellte ich sie mir mit einer Tiernapfkrone vor. Um mich herum herrschte so eine ausgelassene, zufriedene Stimmung, ich konnte förmlich spüren, wie mich die Schwingungen der Tiere übermannten. Diese positive, glückliche Welle, die einem sofort zeigte, wie gut es ihnen hier ging. Kein Wunder, dass Massimo diesen Ort liebte. Tiere liebte. Es liebte, ihnen zu helfen.

»Wegen Massimo ...«

»Was hat er angestellt?«

»Ist das so offensichtlich?«

»Massimo ist ... eben Massimo.« Ihr Messer schlug gegen das Schneidebrett mit den Tausenden Kerben darauf, und die Gurkenstückchen schienen sich schon fast von alleine zu ergeben und in perfekter Form auf das Brett zu kippen. »Das soll nichts entschuldigen, aber er ist echt ein guter Kerl. Ich meine, klar, Bösewichte in Filmen sind ja auch für irgendjemanden immer die Guten.« Sie schlug sich mit der Hand leicht gegen die Stirn. »Sorry, ich schaue zu viele Filme, aber da ich manchmal auch etwas Ruhe vor meinen Tieren brauche, habe ich hier draußen nur meine fünftausend Streaming-Accounts.« Sie lachte auf. »Ich stehe auf diese Fantasy-Bösewichte. Jedenfalls ... Massimo macht bestimmt einige Fehler. Ich habe ihn hier mal alleine gelassen, und was hat er gemacht? Gefeiert und dabei in den Garten gekotzt, und eine Flasche ist in die Brüche gegangen – zum Glück nicht in der Nähe der Tiere. Ich war fuchsteufelswild und habe ihm das auch nicht durchgehen lassen. Er hat dann alles alleine putzen, aufräumen, sortieren dürfen, selbst Dinge, die er gar nicht schmutzig gemacht hatte. Danach habe ich zwei Monate nicht mehr mit ihm geredet, es seinen Eltern gesteckt und so. Er hat sich jeden Tag entschuldigt, angerufen, mir Bilder geschickt von anderen Tierheimen, bei denen er geholfen und nichts dergleichen falsch gemacht hat. Am letzten Tag ist er mit seinem Vater gekommen, sie haben mir Futter und so Zeug vorbeigebracht. Ich bin noch sauer gewesen ...« Ihr Blick verlor sich am Schneidebrett, und die Möhre schnitt sie nur noch wie in Trance. Etwas Trauriges huschte durch ihren Blick. »Ich wollte die Sachen ins Lager bringen, aber mir ist die Tür zugefallen, und ich wollte den Ersatzschlüssel holen, da habe ich gesehen, wie Massimos Dad ihn geschlagen hat und gemeint hat, er wäre nicht mal gut genug, um Tieren ihr Fressen auszuteilen. Danach konnte und wollte ich nicht mehr sauer sein, und es hat mir auch gezeigt, jeder trägt so sein Päckchen. Ich denke, er ist überfordert gewesen, dass ich ihm etwas zugetraut habe, ihm Verantwortung gegeben habe, und er hat gedacht, er wäre nicht gut genug, könnte das nicht, und hat sich selbst sabotiert. Das soll nichts entschuldigen. Ich halte es für richtig, dass ich nicht mit ihm geredet habe und er die Strafarbeiten bekommen hat. Ein Teil von mir hat sich sogar gedacht, die Ohrfeige hat er verdient, weil ich damals echt wütend vor Angst um meine Tiere in die Tiervilla zurückgekommen bin. Aber meine Wut ist verpufft, und danach hat er nie wieder einen Fehler hier gemacht. Er hat sogar für mich mit tiermedizinischem Personal geredet, Bücher gelesen, Videos geguckt und gegoogelt, wie wir Dinge verbessern können oder wo meine Handhabung noch zu sehr alte Schule oder überholtes Denken gewesen ist. Und ich glaube, diese zweite Chance hat ihm echt geholfen.« Abby reichte mir ein paar der Näpfe, die wir dann auf einen großen Schiebewagen stellten. »Ich habe oft bemerkt, wenn er mal irgendwie etwas zu spät gemacht hat oder er einen Futtersack falsch aufgeschnitten hat und so weiter, dass er sich sogar selbst geohrfeigt und sich Beschimpfungen zugemurmelt hat.« Wir fuhren raus, um die Näpfe zuerst bei den Kaninchen zu verteilen. »Was ich sagen will: Was er auch gemacht hat, lass es ihm nicht durchgehen, aber wenn es geht, gib ihm 'ne zweite Chance. Wenn es für dich und dein Herz möglich ist. Wenn nicht, dann muss er das als Lektion für sein Leben eben auf die harte Tour lernen.«

»Ich verstehe. Massimo hat es wohl echt nicht leicht gehabt.« Die Kaninchen versammelten sich, als sie den Schiebewagen hörten. »Kann ich dich damit alleine lassen?«

Abby lächelte mich mit einem Zwinkern an und bedeutete mir dann mit ihrem Kopf, abzuhauen. »Geh schon. Ich glaube, er ist am Loch-Lochy-Ufer, dort gibt es einen winzigen Leuchtturm, folge den Schildern zum Lighthouse. Dort hat er sich öfter mal verkrochen.«

Natürlich hatte ich mich verlaufen. Irgendwann fand ich doch noch das Steinufer mit den hellen, fast weißen Steinen. Dort erkannte ich auch den kleinen weißen Leuchtturm mit dem schmalen Fenster, das auf den See zeigte. Etwas erhöht auf einem Hügelchen, umgeben von großen Steinen, lag er im Sonnenschein. Ich ging selbstverständlich in die Richtung, in der ein Holzzaun war. Beim Draufzugehen begutachtete ich die schöne Szenerie. Die Sonne legte einen leuchtenden Ton über den sonst so dunklen See. Sie ließ die grünen Wälder, Wiesen und Hügel drum herum noch satter erscheinen, und der Wind tanzte auf dem Wasser. Die Steinchen unter mir knackten beim Darübergehen, und als ich auf die erste Latte des Holzzauns stieg, knarrte sie. Hoffentlich brach da jetzt nichts ein. Erst als ich auf die andere Seite gesprungen war, fiel mir auf, dass ich auch unten am See, nur zwei Meter von mir entfernt, um den Zaun hätte herumgehen können. Tja, ich studierte ja Geschichte, nicht Alltagsleben. Ich ging seitlich einen grasbewachsenen Weg hoch zum Leuchtturm. Als ich um den Turm herumging, erschrak ich. Dort saß tatsächlich Massimo mit Salaì. Ich guckte zum Turm. Dort war ein kleines Vordach über dem Eingang, gestützt von zwei Wänden: eine gegenüber der Tür sowie eine rechtwinklig daneben, die diese Wand mit dem Turm verband. Vielleicht, um vor Regen oder so zu schützen. Jedenfalls hatte ich irgendwie angenommen, Massimo wäre da drinnen und nicht schon hier davor. Er saß auf dem

Gras, dort, wo es bergab zu den großen Steinen und zum See ging. Er drehte sich gerade um, da er mich wohl kommen gehört hatte, und ich unterdrückte den Impuls, wegzulaufen.

»Quentin? Wie hast du ... Abby.« Als Massimo ihren Namen ausgesprochen hatte, bellte Salaì aufgeregt. »Sie ist nicht da.« Dennoch rannte Salaì für Streicheleinheiten zu mir.

»Hey, Massimo. Ja, Abby. Sie hat mir ein paar Dinge über dich erzählt.«

Massimo drehte sich wieder vor zum Loch Lochy. In der Ferne schwenkte eine orangefarbene Boje hin und her, und die gerade eben noch kleinen Wellen wurden deutlicher sichtbar. Sie drängten sich Richtung Norden. Sagte ich, bekennender Keine-Ahnung-Haber, der einfach immer dachte, alles, was gerade vor ihm lag, sei Norden. Wolken verdichteten sich, verbanden sich zu einer dicken, grauen Wand und vergruben die Sonne hinter sich. Der Wetterwechsel hatte es heute ja mal wieder in sich.

»Ich will nicht, dass du Mitleid hast. Das wäre nur wieder eine Form der Manipulation, und ich muss damit aufhören.« Massimo sprach so leise, so traurig, so geknickt, wie ich ihn noch nie erlebt hatte.

Ich setzte mich neben ihn.

Salaì setzte sich neben mich.

»Das stimmt.«

Massimos Gesicht wirkte dünner, als hätte er lange nichts mehr gegessen, und auch seine Lippen wirkten etwas trocken. Unter seinen Augen erkannte ich angeschwollene Augenringe, und seine Haare flatterten unordentlicher als sonst umher. Ich legte meine Hand an seine Wange. »Hast du Lust zu reden, oder soll ich wirklich wieder gehen?«

Massimo lehnte sich gegen meine Hand. »Worüber? Ich denke nicht, dass du noch etwas mit mir zu tun haben willst. Das hast du ja deutlich klargemacht.«

»Das tut mir leid«, platzte es aus mir heraus.

Kurz herrschte Stille zwischen uns. Ich nahm meinen Rucksack und holte aus einem Beutel, den ich mitgenommen hatte, eine Whiskyflasche raus, die ich von unserer Destillerie geholt hatte, und reichte sie Massimo zusammen mit seiner Spieluhr und einer Brioche mit Lotus-Creme und Blaubeeren. Die ich dort hineingesteckt hatte.

Massimo sog scharf die Luft ein. Neben mir hörte ich, wie er die Flasche aufschraubte und einen Schluck nahm. Salaì schien das auch zu merken und guckte auf.

Er strich über den Rand der Spieluhr, die die mystische Atmosphäre unterstrich.

»Okay, lass uns reden. Ein letztes Mal.«

Kapitel 38

Massimo

Alles, was nur brennen konnte, glühte in meinem Körper. Und der Whisky. Und die Brioche, die ich fast ganz runtergeschluckt hatte. Jeden Moment müsste ich doch in Flammen aufgehen, oder? So fühlte ich mich. Abgesehen von meinen Handflächen. Die kamen mir wie von meinen Nägeln durchbohrt vor, so fest ballte ich sie zu Fäusten.

Quentin setzte einen besorgten Gesichtsausdruck auf und streichelte mir kurz über meinen Oberschenkel. Was bedeutete das? Was bedeutete überhaupt sein Auftauchen? Warum sagte niemand etwas?

»Wir sollten wohl auch reden, wenn wir, na ja, reden wollen, oder?« Endlich durchbrach Quentin die Stille. »Ich habe die Briefe gelesen, die wir bei Filo gefunden haben.«

»Und?«

»Briefe zwischen zwei Männern, die sich mochten, aber die Zeit damals hat ihre Beziehung nicht zugelassen. Sie haben sich nie bekommen und sich wohl immer gefragt …« Quentins Blick suchte meinen. »… was wäre, wenn.«

»Verstehe.« Was wäre, wenn ich das alles nicht versaut hätte?

»Massimo.« Quentins Hand auf meinem Rücken ließ mich hochschrecken. Er zog sich die Schuhe aus und legte seinen Fuß über meinen. »Ich will mich das nicht auch fragen.«

»Quentin, ich …« Mehrmals atmete ich aus, öffnete meinen Mund, wusste nicht, wo ich ansetzen sollte. »Alles, was ich getan habe, ist so schrecklich. Ich erkenne mich selbst nicht mehr wieder, aber ich schwöre dir, ich bekomme das mit Therapie und allem hin, das weiß ich, weil … weil mein Dad nicht recht hat, dass ich nichts kann. Was ich nicht weiß … Wie soll ich mir verzeihen, was ich euch angetan habe? Und dass ich dich verloren habe? Ich habe … ich habe mich … wirklich in dich verliebt. Ich weiß nicht, wie ich mit der Schuld weitermachen soll oder wie ich das wiedergutmachen soll.« Ich merkte, wie etwas Nasses meine Wangen hinablief, bis es an meinem Bart hängen blieb. »Ich weiß nicht …« Laut aufschluchzend schloss ich meinen Mund, doch mein Burstkorb zuckte weiter. »Sorry.«

»Du musst dich nicht entschuldigen.« Quentins Worte klangen weich wie Karamellsoße, die sich warm über kaltes Eis legte. »Nicht schon wieder.«

Salaì kam an meine Seite und stupste mich an. Ich lächelte ihm zu. Er bohrte sich mit seiner Schnauze unter meinen Arm, bis ich ihn über ihn legte.

»Das ist alles nicht deine alleinige Schuld gewesen. Bram hat dir eingeredet, ihr könntet zusammenarbeiten, und obwohl du ihn gefragt hast, hat er dir nicht gesagt, was er wirklich macht, und dir erst nach dem Vorfall alles gebeichtet. Ich verstehe jetzt, wie Segreto gewesen ist und wie traumatisiert du davon sein musst. Das mit Matt und Brenda habe ich alleine verbockt, und ob Suzie mich mag oder nicht, ganz ehrlich? Mir egal. Ich kann ein paar Tage Rückstand, gelöschte Kapitel und ein verschwundenes Handy, das ohnehin bald explodiert wäre, verkraften, solange du ab jetzt Massimo bist. Der, der du wirklich bist.« Quentin nahm meine Hand und stand mit mir auf. Diese Worte von ihm zu hören machte meine Knie weich. Ich blinzelte immer schneller, damit die Tränen nicht kamen, guckte von Quent weg und presste meine Lippen aufeinander, um nicht wieder zu weinen. Ich wischte meine Nase an meiner Schulter ab. »Was nicht heißt, dass ich dir das alles sofort verzeihe, aber …«

»Aber?«, hakte ich nach.

»Vielleicht könnten wir beide eine zweite Chance brauchen? Ich will nicht sagen, wir sollten von vorne anfangen. Ich hasse dieses *Oh, lass uns noch mal von vorne starten,* und dann geben sich die Leute die Hände, stellen sich noch mal vor und lachen. Was wir erlebt haben, gehört zu unserem Jetzt und zu unserer Zukunft – wie lang sie auch dauern mag. Ich will weitermachen, wo wir aufgehört haben, nur ohne diese ganze Manipulation und die Lügen. Falls ...«

»Wenn du sagen willst, falls ich das auch will, dann bist du betrunken oder so – wenn du auch nur daran denkst, ich könnte dich nicht wollen.« Ich drückte Quentins Hände fester. Am liebsten hätte ich sie so fest gedrückt, dass meine Gefühle für ihn durch meine Poren in seinen Körper wanderten und er es selbst spürte.

Auf seinem Gesicht breitete sich ein Grinsen aus. »Ich wollte sagen, falls du Hilfe brauchst, finden wir die bestimmt, aber das ist auch gut.«

Ich rollte mit den Augen und ließ seine Hand los, um meine Tränen wegzuwischen. »Na toll.« Ich zog die Nase hoch. »Wieder blamiert.«

»Ach was, das ... Wuah.« Quentin fiel zu mir vor, und ich fing ihn auf. Danach linste ich hinter ihn und entdeckte Salaì, der gerade wieder auf seine Vorderpfoten fiel. Er hechelte mit offenem Mund und wedelte mit dem Schwanz. Es war ein gehässiges Hecheln. Ich spürte das. Dieser Fuchs.

»Salaì hat dich zu mir gestoßen.«

»Was er uns damit wohl sagen will?«

»Also mir fällt da schon etwas ein«, sagte ich, hob Quentins Kinn an und sah ihm direkt in die Augen.

Seine Augen weiteten sich. »Ja?« Dieses Ja kam erstickt aus ihm.

»Dass du jetzt wieder an deine Doktorarbeit denken solltest

und nicht …« Ich drängte mich mit meinem Bein zwischen seine und drückte mich gegen seine Mitte. »… an andere Dinge.«

Quentin lehnte seine Stirn gegen mich und schnaubte. »Du bist gemein.«

»Oooooder. Wir nehmen uns in der Lodge ein Zimmer, und du machst morgen weiter. Wenn das in deinen Zeitplan passt.« Mein Vorschlag ließ Quentin seinen Kopf anheben. Sobald ich in seine strahlenden Augen blickte, erhellte sich mein Tag, auch wenn es um uns herum eher nach Gewitter aussah.

»Das klingt noch besser, und was meine Arbeit anbelangt … Keine Ahnung, ob ich es noch rechtzeitig schaffe. Ich werde die letzten Wochen jetzt viel reinstecken müssen, aber es könnte klappen.« Das Strahlen in seinem Blick wurde schwächer.

»Hey. Du schaffst das, ja?« Ich küsste seine Nasenspitze. »Und ich werde da sein, dich anfeuern, mit den Brezeln versorgen und so Sachen eben.«

»So Sachen?«

»Keine Ahnung, während du arbeitest unter deinen Tisch krabbeln, deine Hose öffnen und, ohne dich zu stören, deinen …«

Salaì bellte laut auf und hüpfte neben uns auf und ab.

»Ich glaube, er will, dass wir uns küssen«, sagte Quentin.

»Will er das oder du?« Ich lachte auf.

»Er natürlich. Ich würde nur mitspielen, weil ich Salaì keinen Wunsch abschlagen kann.«

»Natürlich.« Mit meiner Nase streifte ich seine. Wir sahen uns kurz an, dann legte ich meine Lippen auf seine und verfiel in einen Rausch, den ich so nicht kannte.

Ich hatte gedacht, ihn nie wieder zu spüren. Quentins Mund nie wieder auf meinem zu finden. Ihn nie wieder zu sehen, riechen, schmecken, alles. Ich wollte einfach das Gesamtpaket Quentin, und das am besten jeden Tag.

Es heißt zwar, küsse niemals deinen Feind, aber mit diesen Lippen wäre ich immer wieder ins Verderben gelaufen, wenn die Endstation ein Seeufer mit Quentin war.

Als wir uns wieder voneinander lösten, fand ich endlich wieder eine Ruhe in mir, die ich lange nicht mehr gespürt hatte. »Es ist nur, ich weiß nicht, wo ich hinsoll. Ich habe so gut wie alles gespendet. Die Villa verkauft, fast alles, was darin war, die wertvollen Gegenstände, und nur aufbewahrt, was ich noch zum Leben brauche und für meine Therapie. Ich habe gedacht, ich kann erst mal bei Abby bleiben, aber die bekommt jetzt eine Aushilfe aus Polen. Also kann es sein, dass ich dich doch nicht jeden Tag beim Lernen anschmachten kann oder dir ...«

»Zieh bei uns ein. Ins Cottage.«

»Ich ... Was?«

»Es gehört doch eigentlich sowieso dir.«

»Ich will es nicht. Auch nicht das Erbe und ...«

»Trotzdem. Das wäre doch nicht richtig. Du schläfst auf der Straße und wir in deinem Cottage? Und was das Erbe anbelangt ... Weißt du, sollte ich es schaffen und einen Teil davon bekommen, dann spenden wir es. Und wenn nicht und es kommt zurück zu dir, dann auch. An Museen und Tierheime. Natürlich auch an Abby, aber ich hoffe, du weißt, dass du dich nicht für ihre Lage schuldig fühlen musst, ja? Ich bin sofort dabei, ihr zu helfen, aber du solltest dich generell nicht mehr verpflichtet dazu fühlen, ja? Außerdem ... Ich habe den Job im Museum, und mit dem Doktortitel wird das schon. Und du ... Na ja, ich habe da etwas von einer Stelle in der Destillerie gelesen, in der wir ein Date hatten. Also vielleicht ...«

»Das wäre perfekt. Du bist perfekt. Ich meine, nein, bist du nicht, sonst wärst du nicht so toll, wenn du nicht auch deine fantastischen Unperfektheiten hättest – wie zum Beispiel jemandem wie mir noch eine Chance zu geben ... Und wenn du, wenn ihr mich haben wollt, würde ich nichts lieber tun, als dir jeden Tag zu beweisen, dass ich mich ändern kann, und wenn nicht, dann ...«

»Massimo?«

»Ja?«

»Halt den Mund und zeig mir lieber, was du alles unter meinem Schreibtisch machen wollen würdest, ja?« Quentins Worte überrumpelten mich, und ich merkte jetzt erst, wie schnell und hastig ich geredet hatte.

Ich lachte laut auf, und dann ging ich in die Knie, um Quentin hochzuheben. »Wie du befiehlst. Ich habe gehört, mit einem ordentlichen Ruck soll die Tür zum Leuchtturm leicht aufgehen.«

»Das schaffst du. Du schaffst alles, was du willst.« Quentins Worte bedeuteten mir die Welt.

»Komm, Salaì, du musst ganz kurz unten im Leuchtturm warten, ich muss Quentin die schöne Aussicht oben zeigen.« Salaì lief neben uns her.

»Ganz kurz?« Quentin umklammerte mich und sah zum Leuchtturm hoch.

»Sorry, mein Freund, habe dich zu sehr vermisst.« Vor der Tür des Leuchtturms ließ ich Quentin runter.

»Ich dich auch, Massimo.« Quentin küsste mich auf die Wange, und danach trat ich die Tür zum Leuchtturm auf.

Gemeinsam schritten wir hinein in unser nächstes Kapitel.

»Wusstest du eigentlich, dass dieser Leuchtturm ...«

»Quentin!«

Salaì bellte laut auf, und ich schloss hinter uns die Leuchtturmtür, doch die Tür in unsere Zukunft hatte sich gerade wieder geöffnet. Und nur das zählte. Nicht, wer von uns das Erbe bekam, was damit geschah, wie es mit dem Cottage weiterging, wo es uns und alle danach hintrieb. Ich hatte gelernt, die Vergangenheit weniger zu beachten, die Zukunft nicht so sehr zu fürchten, sondern im Hier und Jetzt zu leben.

Liste sensibler Inhalte / Content Notes

- Anfeindungen und Gewalt gegen queere Menschen
- Cybermobbing
- Verlust
- Konsum von Alkohol
- Beschreibung von Sex
- Ein Bericht einer vergangenen toxischen Beziehung
- Manipulation durch einen Elternteil
- Erpressungen, Diebstahl und Intrigen

Liebe Lesende,

falls ihr Hilfe benötigt – und Hilfe anzunehmen ist ein Zeichen von Größe –, schreibt Einrichtungen, die sich mit der Unterstützung von queeren Menschen beschäftigen. Ihr seid niemals alleine (auch wenn wir uns ganz oft so fühlen).

Euer Andreas

Die Liebe steht in den Sternen

ANDREAS DUTTER

ZODIAC LOVE
Starlight in Our Dreams

Roman

Felix ist Sternzeichen Fische und liebt Astrologie. Ganz untypisch für sein schüchternes Fische-Wesen hat er sich getraut, seine Heimat Österreich hinter sich zu lassen und ein Auslandsstudium am University College Cork anzutreten. Alles lässt sich erstaunlich gut an, sogar sein Nebenjob bei einem Herrenausstatter – bis er auf den schroffen Owen trifft.
Owen, der am UCC Medizin studiert, hält im Gegensatz zu Felix überhaupt nichts von Astrologie. In einer hitzigen Diskussion kommt es zu einer Wette zwischen ihnen: Owen soll verschiedene Sternzeichen daten, und Felix wird voraussagen, wie die Dates laufen. Die Einsätze sind hoch, doch die Wette gilt – und sorgt für Herzklopfen, das beide so nicht erwartet hätten ...

Eine romantische, herzerwärmende queere Liebesgeschichte und der Auftakt der Zodiac-Love-Reihe von Own-Voice-Autor Andreas Dutter.

Manche Menschen sind wie Sternschnuppen in der Nacht

JUSTINE PUST

WO DIE STERNE UNS SEHEN

Roman

Willa arbeitet praktisch ununterbrochen. Voller Hingabe widmet sie sich ihrem Studium der Sozialen Arbeit und den Selbsthilfegruppen, die sie ehrenamtlich leitet. Für andere da zu sein bedeutet ihr alles – gleichzeitig gelingt ihr nur so, ihr inneres Gleichgewicht aufrechtzuerhalten. Als sie Elias im Gemeindezentrum beim Rollstuhl-Basketballtraining kennenlernt, fliegen zwischen ihnen die Funken. Er geht ihr mehr unter die Haut, als ihr lieb ist, und er macht kein Geheimnis daraus, wie sehr Willa ihn fasziniert. Je mehr Zeit die beiden miteinander verbringen, desto mehr geraten Willas Herz und ihr Alltag aus dem Takt. Bis sie schließlich zu Mitteln greift, die nicht nur sie selbst verletzen …

Der Auftakt der emotionalen und romantischen Skyline-Reihe.